北京知青与延安丛书

崖畔回声

我的故土情怀

北京知青与延安丛书编委会 主编

中央编译出版社
Central Compilation & Translation Press

北京知青与延安丛书编委会

主　　　任：姚引良
副 主 任：梁宏贤
委　　　员：薛占海　薛义忠　姚靖江　杨军宪　刘小军
　　　　　　李慎健　方勇平　张春阳　樊晓霞　杨葆铭
　　　　　　谢文治　同刚
主　　　编：姚靖江
执 行 主 编：杨军宪
执行副主编：杨葆铭　樊晓霞　同刚
核　　　稿：谢文治

总 序
宝塔山下倾听历史的回声

圣地延安，三山鼎峙、二水交融。宝塔山、延河水相映生辉，构成了共产党人精神家园的红色符号，成为圣地延安绝佳的形象标志。

这套散发着陕北黄土气息的丛书，用以情纪史的笔法，向人们展示了近28000名北京知青，在延安黄土地上度过的峥嵘岁月和苦乐年华。丛书中所收录的每一个人，或作为插队岁月的亲历者、见证者，或作为对青春往事的追忆者，他们每个人的内心深处，都深藏着一个与自己相伴终生的"圣地情结"，他们对延安的宝塔山和延河水，对这片曾养育了中国革命的黄土地，始终怀着一种深深的眷恋。正是因为有了这样一种深植于灵魂深处的红色革命情结，在那场声势浩大的知识青年上山下乡运动中，这批满怀革命豪情的青年学子，告别了繁华的首都，开始了人生最初的"朝觐"。他们从金水桥头集结，向着一个越走情思越浓的熟悉而又陌生的圣地进发。他们每个人的心中，都怀着类似贺敬之在《回延安》中所表达出的那种真挚的感情，并在赶赴延安的征途中，就产生了一个朴素而又简单的意念——以延安的宝塔山和延河水为背景，照一张留驻青春倩影的照片，寄回北京，告慰父母及家人。这样的情感与意念，都出自对圣地延安的一种向往与景仰。从知青们当时所接受的教育来看，充满红色革命传奇的圣地延安，无疑成了他们最向往的地方。延安的宝塔山、延河水，以及山崖上错落有致的土窑洞所构建起的红色革命历史长廊，是最能表达革命豪情、展示英雄主义情怀、放飞青春梦想的绝佳之地。能在圣地延安的宝塔山下，倾听历史的回声，解读革命之所以能在穷乡僻壤取得胜利的历史逻辑，能在革命圣地接受延安精神的熏陶和滋养，对人生的成长，定会聚集起更加强大的精神力量。

浑雄苍茫的陕北高原，像被群山环绕成的一个巨大的聚宝盆，她以海纳百川的胸襟，在79年前，接纳过一支在枪林弹雨中转战大半个中国、用坚定的理想信念来传播共产党人改天换地革命理想的红军队伍。长征，是对人类历史进程产生过巨大影响的一个大事件。延安，作为红军长征的落脚点和中国共产党人演绎红色革命传奇的大舞台，已被载入中国革命的辉煌史册。近28000名北京知青来延安插队，堪称是一次规模巨大的社会群体实践活动，是继红军长征到达陕北后又一个庞大的外来群体，也是对延安产生了深远影响的一个重大历史事件。1969年那个多雪的冬天，充满红色革命印记的圣地延安，在接纳这批胸怀革命理想的青年学子的同时，也将这方地域严酷的自然环境和贫穷落后的面貌，以猝不及防的方式展示在他们的面前。在理想与现实的巨大反差中，知青们开始用一种平民的视角来观察体验生活，他们看到了生息在这方土地上的父老乡亲，面朝黄土背朝天，终年劳作却难以温饱的生存现状；看到了牛踩场、驴拉磨，传话隔山吼，点灯靠麻油的原生态的生活场景。在经历了痛苦的磨炼和深刻的思索之后，知青们很快就从浪漫、狂热和困惑中平静了下来，以一种平民意识和平民情怀来融入生活，用青春的激情，在贫瘠荒凉的黄土地上燃起了理想的火焰，以革命英雄主义的精神风貌，面对严酷的现实开始书写自己的人生。他们与延安人民一道，发扬自力更生、艰苦奋斗的延安精神，战天斗地，改造山河，搏击贫困，演绎出一幕幕"苦其心志、劳其筋骨、饿其体肤、空乏其身"的青春活剧。

从文化史、思想史和自我认知的结合上来看，陕北这块厚重的黄土地里，蕴涵着一种豁达、包容、互助、亲善的文化基因。知青们少小离家，来到这块被群山阻隔、举目无亲、多风少雨的荒僻之地后，很快就从这块厚重的土地上感受到了人生的艰辛，同时也感受到人性的温暖。这里淳朴的民风，古老、甚至近乎愚昧的乡俗，就像蹲在土窑洞里的粮食囤和酸菜缸，在不紧不慢地散发着一种湿润温和的气息，让远离父母的知青们有了一种归属感和家园感。

知识青年上山下乡，是为了接受一种"再教育"，而这种"教育"，实际上是让这些来自城市的年轻学子，通过自我认知的方式来阅读社会这部无字的大书；通过上山下乡的磨砺，来接受人生观和世界观的教育。知青们在延安插队的岁月里，看到了当时中国社会最真实、最基层的一面。他们在接受艰苦生活的考验中，懂得了人生的衣食之难，体会到了稼穑之苦，并

❖ 崖畔回声——我的故土情怀

在与延安人民朝夕相处、共同生活中,学会了坚忍、顽强与拼搏。艰难困苦,玉汝于成。正是因为有了这样的人生经历,才"玉成"了知青健康的人格、志存高远的情怀和坚忍不拔的精神气质;正是因为有了上山下乡"这碗酒垫底",他们才会在日后漫长的人生岁月中,对遇到的各种人生风浪总能等闲视之。在圣地延安的土地上接受了精神洗礼的知青们,学到了在书本中根本就无法学到的东西,收获到一部不着一字、但却可以受用终生的人生宝典。作为一种回馈和反哺,知青们将大好的青春年华、将单纯而又质朴的青春热情挥洒在延安的土地上。

在那个困苦的年代,曾作为革命中心的延安,战争的创伤早已恢复,但经济建设和文化建设还十分落后,知青们的到来,为这两大建设注入了活力。他们将书本知识与生产劳动相结合,将聪明才智运用到生产实践中,对提高农村落后的生产力,改变延安贫穷落后面貌可谓勋业卓著、功莫大焉。尤其是在文化建设上,知青们更是领文明之首,开风气之先。他们每一个人,都成了文明的信使,成了乡村中一道亮眼的风景。他们将京城的先进文化、生活方式,将文明的种子和知识的甘霖,播撒在延安贫瘠的土地上;他们用自己的思维方式、行为方式和全新的生活理念深刻地影响着当地的乡俗和民风,给生活在这方闭塞土地上的群众进行了一次现代文明的启蒙。从历史的角度来重新看待和审视北京知青到延安插队落户,就能让人发现:闭塞的黄土地在党的十一届三中全会之后,能够很快顺应改革开放的时代大潮,这与知青在延安插队期间,对这块土地在思想和文化建设上所做出的贡献有着密切的关联。因

总序　宝塔山下倾听历史的回声

此,从这个意义上来讲,对于这片远离现代文明的土地,对于生息在这方土地上的人民,知青们在插队岁月中,对这方土地所付出的热情,所洒下的每一滴汗水,都具有弥足珍贵的历史价值,并将会被这片土地和生息在这片土地上的延安父老乡亲所铭记。

宝塔山高延水长。感谢造化的恩赐,将这样一方圣洁的山水景象馈赠给了延安;感谢历史的垂青,将这道亮丽的风景演化成中国革命的一种象征。尽管岁月不居、时光荏苒,但宝塔山和延河水所激荡起的历史回声总在一代又一代人的心中回响。"羊羔羔吃奶眼望着妈/小米饭养活我长大",这是从延安土窑洞中走出来的一代"老延安"对这块土地的深深眷恋;"踏遍了黄土吃遍了草/我也是你怀里的羊羔羔",这是在延安度过青春岁月的插队知青的真诚吟唱。这种眷恋、这种吟唱,是跨越时空的心灵对心灵的回应,更是一种历史的链接。知青来延安插队的火红岁月,已成为延安红色革命历史的一部分,并丰富和拓展了延安红色革命文化的内涵。而今,英雄的延安人民可以引以为豪的是:这块浸润着英烈的鲜血、洒满了知青青春汗水的沧桑土地已发生了翻天覆地的历史性巨变。涌动着现代潮的延安城乡,蔚然深秀、满目苍翠的山川大地,以及洋溢在延安人民脸上的幸福笑容,这一切的一切,不正是曾在这块土地上生活和战斗过的革命前辈,不正是近28000名北京知青所希望看到的美好景象吗?

"对照过去我认不出了你,母亲延安换新衣。"延安变了,变得山绿了、水清了,变得文明了、富裕了,而唯一没有变的是延安人身上所具有的那种淳朴、厚道、善良的精神品质。寸

❖ 崖畔回声——我的故土情怀

草常念三春晖,涌泉永记滴水恩。40多年来,延安人民与知青结下的这种亲情,在岁月的流逝中愈加显得弥足珍贵。曾在延安黄土地上插过队的知青,将对圣地延安的眷恋化成了一条条红色的感情纽带,将北京与延安紧紧地联结在一起。他们每个人的心中,都怀着一种"惜身家亦惜土地,终怀父母之心"的情愫。他们在这40多年间,时刻关注着延安的发展。让延安人民能过上幸福美满的好日子,是他们由衷的期盼。他们以游子感念慈母的情怀,发挥自身所长,整合知青们所拥有的各种资源,通过不同渠道,不遗余力地给延安经济社会的发展以无私的帮助,其情其意,令人感佩。为了铭记这段难忘的历史,珍藏这份亲情,我们觉得趁这段历史还不算久远,趁知青们当年在延安插队留下的珍贵史料还没有被岁月所尘封,我们有责任通过开展搜集、抢救和挖掘这批弥足珍贵的史料来以情修史、以诗纪史,这不仅是一种责任,也是一种使命所在。延安的历届领导,对知青来延安插队的这段历史向来十分珍视,延安曾在不同时期,编辑出版了北京知青在延安的画册、图书,拍摄了电视专题片以及举办图片展览,旨在通过各种形式,来真实地展示知青在延安度过的青春岁月和苦乐年华。为了更加完整地记录这段历史,让这段历史在建设"圣地延安、生态延安、幸福延安",实现"中国梦"的历史进程中发挥"资治、存史、育人"的作用,延安市委决定开展广泛的史料征集活动,通过对那段峥嵘岁月的悉心梳理与钩沉,编辑出版这套从思想和文化视野上都具有经典和史实意义的大型系列丛书。丛书共分为六卷本,依照编著的内容和体例,第一卷以知青追忆插队生活为主,用第一人称的手法,真实地讲述了插队岁月所经历的思想感情的变化和人生成长的过程。文中所展示出的原生态的乡土场景，所散发出的青春气息，在朴素真诚的表达中，让人感到一种温馨。第二卷有一种浓得化不开的未了之情。卷中着重记述了知青返城之后，对当地经济社会的发展所给予的关注和所浸注的心血，让人在感受这份亲情中，看到在艰苦岁月中所结下的深情厚谊，历时愈久，愈加显得珍贵。第三卷中所收录的知青日记和书信，填补了记述知青史的一个空白。这些带有私密性质的日记和书信，像一幅幅清晰的心理图谱，照彻出知青们所经历的心路历程。第四卷按编年体的形式，将知青在延安插队期间大的历史事件给予了准确的记录，为后人勾勒出了一个清晰的历史脉络。第五卷则以更加直观的读图手法，来展示知青们来延安插队时的花样年华。尽管岁月流逝，青春不再，但面对这一幅幅泛黄的照片，犹如在时间的遗址前流连。第六卷所收录的许多篇什，在知青插队的年代曾被传诵一时，是谱写在他们心田里的人生华章。在对这六卷本丛书的编撰中，力求全方位、多角度来再现知青插队岁月的历史场景，让原生态的乡土风景在追忆中复活起来，让结缘于黄土地上的这份亲情，像陈年的老酒，散发出更加浓郁的芳香，让昔日高唱的理想之歌不要成为绝响，让每一幅老照片都留驻着知青们的青春梦想。对于已经走入人生秋天的知青来说，这套丛书不仅仅是他们对插队岁月的一种追忆和记录，而更多的是，表达了知青们的一种人生态度和人生情怀。在一年四季的轮回中，秋天是一个收获的季节；在生命的流程中，人生之秋是思想凯旋的岁月。这套丛书中所展示出插队岁月的乡土场景，所表达出

❖ 崖畔回声——我的故土情怀

  知青与延安父老的那份真挚的感情,既能勾起知青们对青春岁月的怀想,又能让人感悟到:历史就是由一代又一代人的青春链接而成。这套丛书更像是一幅纷繁万状的历史画卷,那一幅幅熟悉的乡村景象,包含着一代人的集体记忆。飘着炊烟的村庄,朴素的窑洞,包括硷畔前的那盘石磨,窑壁上挂的那顶草帽,都在知青的心中成为一个有价值的景象和器物,并让人在阅读这些饱含真情的文字时,似乎看到陕北高高的山峁上,黄牛正在缓缓行走。犁尖像唱针,在嵌入土层的那一刻,一首无言的黄土之歌在心中骤然响起,那感人的旋律舒缓深沉,令人回味无穷。

  宝塔山依然屹立在延河之滨,那高耸的塔尖上曾悬挂过当年来延安插队的北京知青的理想风帆。尽管岁月像延河水一样一去不复返,但历史已经将那段难忘的岁月,将曾在延安插过队的每一个知青的光荣的名字镌刻在延安的大地上。

  宝塔含笑遥祝赤子幸福安康,
  延河欢歌颂唱神州筑梦时代。

  是为序。

中共陕西省委常委、延安市委书记

目录
Contents

理想之歌……… 北京大学中文系七二级创作班工农兵学员 / 1
唢呐声声（组诗）………………………… 梅绍静 / 27
干妈（组诗）——陕北记事 ……………… 叶延滨 / 35
共和国会记得——观《知青画展》有感 …… 天山月 / 48
献词——为纪念北京知青
　赴延安插队四十周年而作 ………………… 朱　凌 / 51
彼岸的乡愁 ………………………………… 邢　泽 / 53
祝　福 ……………………………………… 董　瑜 / 54
知青林之歌 ………………………………… 中　平 / 56
昔日的歌谣
　小小石桌旁 ……………………………… 王　火 / 66
　鞋 ………………………………………… 白　明 / 67
　千里之外有妈妈 ………………………… 邵　新 / 69
　我们战斗在延河畔 …………………… 邵　新　树　民 / 70

  当一辈子延安人 …………………………… 贾安庆／72

  说起咱队的拦羊娃 …………………………… 林　岩／74

  照张相片捎回家 …………………………… 延水波／76

  延安路上 …………………………… 吴北玲／77

  夜扬场 …………………………… 麻炎华／79

  插队俚曲 …………………………… 张铁良／80

  插队词 …………………………… 雷思晋／84

  杂诗四首 …………………………… 刘立山／86

  延安窑洞住上了北京娃 …………………………… 张　郁／88

散文三篇 …………………………… 史铁生／92

自由的土地 …………………………… 陶　正／111

初恋祭 …………………………… 邢　仪／122

激情燃烧的离别 …………………………… 田　丰／130

哭刘老·问老曹 …………………………… 高红十／148

我的"延川老乡"——关于北京知青的记忆 …… 厚　夫／159

又见三汊 …………………………… 罗点点／177

我的农民师傅 …………………………… 李　华／183

海米先生 …………………………… 沈小兰／189

家 …………………………… 王寅生／196

心在高原 …………………………… 孙燕君／202

南义沟纪事 …………………………… 孟和平／208

饥来驱我 …………………………… 王晓辉／219

一只箱子 …………………………… 芦　村／224

回　村 …………………………… 刘蕴秋／230

浊酒一杯说蘖醴（外一篇） …………………… 王克明／239

目录

插队散记	张树人	/ 252
我当"伞头"	温东方	/ 270
枣红马	马平安	/ 281
卖瓜记趣	王晓建	/ 287
甘泉·道镇·洛河	赵　超	/ 292
掏小蒜	徐　楹	/ 297
接生记	公孙雨	/ 303
我的青春谁做主	汪　起	/ 314
雨（外一篇）	张铁良	/ 327
神奇的土地　精神的沃壤——浅谈陕北地域及历史文化对北京知青精神的滋养	张志清	/ 348
延安插队的北京知青成长之路探析	同　刚	/ 359
知青文化思辨	陈立胜	/ 366
浅谈知青文化中的地域文化元素	二　河	/ 382
老知青与大学生"村官"	老　周	/ 394
由知青文化研究说开去	袁福堂	/ 400
后　记	北京知青与延安丛书编委会	/ 407
总后记	梁宏贤	/ 409

理想之歌

北京大学中文系七二级创作班工农兵学员

红日

白雪

蓝天……

乘东风

飞来报春的群雁。

从太阳升起的北京

启程,

飞翔到宝塔山头,

落脚在延河两岸。

欢迎你们呵!

突击队的新战友,

欢迎你们呵!

我们公社的新社员。

喝一碗

热腾腾的米酒吧!

❃ 崖畔回声——我的故土情怀

——延安人民的情意
酿在里边；
吃一把
红彤彤的大枣吧！
——陕北的枣儿呵
蜜一般甘甜！
白羊肚手巾，
红袖章，
——高原上
又开放一片山丹丹……
新来的战友呵，
你问我：
"什么是
革命青年的理想？
怎样理解
又怎样实践？"
——这确是一张
十分严肃的考卷！
……唢呐声、腰鼓点，
信天游一曲上云端。
牵动我心中的
滚滚延河水呵——
让我告诉你——
革命的理想呵，
怎样引导我，

踏上眼前的康庄大道,
又怎样激励我,
跨入闪光的明天……

（一）

当我第一次
睁开眼睛,
祖国
正是朝霞满天的黎明。
双脚刚刚落地,
就踏上了
红色的甲板,
扑面而来的
是前进航程中,
汹涌的浪峰。
阿姨讲起
包身工的希望,
伯伯掏出
儿童团的红缨。
"快点长大吧!
等待你的
是又一场伟大的革命。"
也有人送来
一只白鸽,

❖ 崖畔回声——我的故土情怀

说它象征着
永久的和平。
"你真幸运呵
再不会看到
阶级斗争的刀光剑影……"
——多少幅画卷
在眼前展开，
哪一幅
是最好的远景？
理想的航帆
就这样升起来了，
八面来风
就这样将它吹动……
"大跃进"的炉火
烧毁了右派分子的迷梦，
炉膛里有我捡来的
碎铁小钉；
叔叔们写批判稿
投入庐山上的战斗，
我帮助把墨研得
又黑又浓……
虽没有赶上
战火纷飞的年代，
身边仍然是
暴雨急风！

◈ 理想之歌

凝视着
红军草鞋上的血斑,
抚摸着
八角帽上的弹洞,
我懂得了
创业的道路,
是革命先辈
用生命和鲜血铺成。
从《雷锋日记》的
字里行间,
从收音机里
广播的"九评",
我知道了
为了巩固政权,
正进行着
更壮丽的万里长征!
先烈的目光,
像在大声发问:
"我们的理想
怎样实现?
未竟的事业
谁来继承?"
又过了七八年,
又过了七八年!
无产阶级"文化大革命"

❖ 崖畔回声——我的故土情怀

一声震撼世界的雷鸣!
第九次大搏斗,
第十次大搏斗!
我,同父兄一般高,
编制在
革命大军的行列中——
曾记否?
《炮打司令部》
挟雷携电的宣言;
曾记否?
毛主席的红卫兵
摧枯拉朽的笔锋。
把横扫四旧的倡议,
一夜之间
贴满全城;
让"大串联"的脚步,
山南海北
遍撒北京的火种。
难忘的"八·一八"呵,
鲜红的袖章
染上了
红太阳的光辉,
"我们支持你们!"
——伟大的声音
激浪千层!

支持我们呵,
对反动派造反有理;
支持我们呵,
为"解放全人类"
奋斗终生。
毛主席挥手
我前进呵!
风雨中
多少海燕击长空。
逆流回旋,
难阻大江滚滚东流去;
猿声悲啼,
革命航船已过山万重……
迅猛的风暴,
横扫着
"克己复礼"的阴云。
愤怒的声讨,
宣判了
修正主义教育路线的
死刑!
什么"求名不得
抑郁而死",
什么"飞吧,未来的科学家
年轻的鹰……"
有个佃户的后代

❖ 崖畔回声——我的故土情怀

不认自己的亲生父母，
有个矿工的儿子
不愿再挖煤下井。
这就是
和平演变呵
——潜移默化，
这就是
阶级争夺呵
——你死我生。
"一月风暴"里
我到过上海港，
造船工人
给我讲：
他怎样含着热泪
送我国第一艘万吨轮
启锚登程。
长征串联路上
我到过红旗渠，
贫下中农
给我看：
为了重新安排林县河山，
一米长的钢钎
怎样磨剩了三寸……
呵，描绘理想的大笔，
从来倾注着

阶级的深情；
只有与工农相结合，
才是通向
革命理想的
唯一途径！……
"知识青年到农村去……"
毛主席
发出了进军号令！
百川归海呵
万马奔腾，
决心书下，
签名排成
一列长龙，
接待站前，
同学少年
待命出征！
呵，不可战胜的幼芽，
在火红的年代
诞生！
离别北京的
前一天夜晚，
我和战友们
来到中南海外，
眺望着
彻夜的灯光，

❈ 崖畔回声——我的故土情怀

倾听着
拍岸的波声。
挥笔写下一行誓言:
"上山下乡
彻底革命!"
一个字
用八张纸,
从傍晚
写到黎明。
为了让敬爱的
毛主席,
推开办公室的窗棂,
能在晨曦的辉映下,
看到我们的决心,
露出欣慰的笑容……

(二)

排排窑洞,
层层梯田,
千里高原,
万里长川。
怀揣着
毛主席给红卫兵的信,
我们从北京

❖ 理想之歌

来到延安。
这里就是我
理想种子扎根的土壤,
这里就是我们
战天斗地的营盘。
上工的晨钟,
奏起了
理想之歌的
第一个音符。
烧荒的野火,
映红了
理想诗篇的
第一行语言。
镢把
磨穿了掌心的血泡,
荆棘
划破了褪色的学生蓝。
锄地,
大娘教我分苗草;
扬场,
大爷教我把风向辨。
前进道路上,
哪一步
没有斗争相伴?
哪一程

❖ 崖畔回声——我的故土情怀

没有阶级亲人在身边?
一个风雪的夜晚,
卷刃的镢头
忽然不见,
循着脚印我来到后村,
哦,炉火映红了一孔窑面。
镢头已被加钢,
"老八路"白发红颜
坐在风箱前。
南泥湾大生产的
老模范呵,
上甘岭保卫战的
英雄汉!
把复员费全部交给队里,
坚决抵制了
退社单干。
他手中的大锤,
锻造出多少
制服穷山恶水的钢钎?
呵——锤声叮当,
为理想之歌加进了
继续革命的节奏,
火光熊熊,
把理想之歌的
每一个音符熔炼。

❖ **理想之歌**

那是水电站
刚刚建成的时候,
我找到一位烈士的母亲
——"老妇联":
"给窑里安上电灯吧,
您缝缝连连有多方便。"
老妈妈笑着摇了摇头:
"还是先建个广播站吧,
把电线拉到
整个山川。
让大伙都能听见,
北京的声音,
让毛主席的思想,
照亮千家万户人的
心坎。"
没有浮华的辞藻,
没有绮丽的语言,
阶级亲人们呵,
帮我校正着
理想的航线。
翻开队委会记录本,
我把
"千万不要忘记阶级斗争"
写在上边,
砸烂孔庙里斗大的"仁"字,

❖ 崖畔回声——我的故土情怀

我们办起了
批林批孔的展览。
星夜里,
挑灯巡视水库堤岸,
识阴晴、
辨敌友,
练就一双阶级的锐眼。
岔路口,
拦住弃农经商的大车,
顶逆流,
分路线,
铸造一副钢铁的肝胆!
穿上第一双陕北鞋,
我同亲人一起,
扶犁耙;
爬大山。
深翻土地,
举起
三五九旅的镢头;
清理账目,
拨动
土改复查的算盘。
蘸着丰收的汗水,
我把镰刀
磨得银光闪闪,

迎来了学大寨的
又一个金色的秋天。
冒着漫天飞雪,
我们点起劈岭填沟的排炮,
开始了
跨长江的攻坚战!
幸福凝结着
创业的艰难,
胜利预示着
更严峻的考验。
是在这宝塔山下,
延河岸边,
我开始理解:
从来就没有什么
个人理想的诗篇;
我们革命青年的理想,
要由整个无产阶级谱写,
要把千百万人召唤!
我们壮丽的
现实和理想,
是用革命战斗的红线
紧紧相连。
与天奋斗,
与地奋斗,
与人奋斗,

❖ 崖畔回声——我的故土情怀

其乐无穷!
我们沿着与工农相结合的方向,
冲锋陷阵,
一往无前!
谁说我们的生活
"平平淡淡",
我们的事业,
风光无限!
谁说"农村落后,
难以改变"?
世上无难事,
只要肯登攀!
农村
需要我,
我,
更需要农村。
贫下中农的希望,
就是我的志愿。
为了实现无产阶级的理想,
我愿在这光荣的陕北高原,
迎接十个、几十个
战斗的春天!
亲爱的战友呵!
新来的伙伴!
这时,

只是在这时,
我才开始填写
"什么是革命青年的理想"
这张严肃的考卷!

(三)

但是,理想的航道
并不是那么宁静、坦荡,
丰饶的山区
也不都长着核桃、海棠。
骗子会装出
"同情"的腔调,
地富会端来
"关心"的米汤。
不敢扬帆的航船,
会在泥沙中搁浅;
躲进屋檐下的燕雀,
当心煤烟熏黑了翅膀。
有人躲在阴暗角落
射出"变相劳改"的毒箭,
有人站在邪路上
贩卖"劳心者治人"的砒霜。
什么"人生""青春"哪,
"前途""理想",

❖ 崖畔回声——我的故土情怀

丑恶的个人主义,
常借这诱人的字眼,
打扮梳妆。
西伯利亚的冷风,
也吹来了
新沙皇的叫嚷,
在"理想"问题上,
修正主义者
也在大做文章:
什么"中国青年没有理想",
——好一副悲天悯人的伪装,
将祸心包藏。
正是你们背离了
十月革命的道路,
正是你们出卖了
布尔什维克党!
你们的"理想"
究竟是什么货色?
不过是伏特加中的
醉生梦死,
爵士乐中的
糜烂疯狂。
你们那臭名昭著的"土豆烧牛肉"
"造就"了垮掉的一代。
在无产阶级战士面前,

◈ 理想之歌

你们有几丝萤光？
你们剥削阶级的梯子，
岂能够到
我们的心窗？
你们帝国主义的尺子，
怎能把
我们的襟怀度量？！
我们战斗的岗位，
虽在这小小村庄，
祖国的江河山川
皆在我望！
孔孟之道的几丝蛛网，
遮不住《共产党宣言》的
光芒；
我们宽阔的胸腔
向着五洲风云开敞。
我们同工农结合的
隆隆脚步声，
震碎了
你们这些篷间小雀的
一枕黄粱！
……马蹄破冰川，
套杆打豺狼，
"宝贵青春属人民，
誓将青春献人民。"

❖ 崖畔回声——我的故土情怀

——那是我们的张勇呵,
舍生忘死
救群羊!
气盖双河浪,
壮歌震北疆,
"活着就要拼命干,
一生献给毛主席!"
——那是我们的金训华呵,
化作雄鹰
云里翔!
"跟上来呵!"
——英雄在召唤;
"我们来了!"
——回声响彻
岭南、塞北、
海岛、边疆。
千万个金训华、张勇
在战斗,
千万个金训华、张勇
在成长!
呵——
广阔天地,大有作为,
几个骗子
抹杀不了这铁的事实!
它写在大地,

◈ 理想之歌

写上长天,
写进这伟大时代的
《编年史》,
也写进亿万青年人
火热的心房。
这是历史上
一次伟大的反潮流呵,
这是一场
震撼世界的反修仗!
让火炬烧得更旺,
把战鼓擂得更响!
我们宣战了,
向旧世界宣战!
向帝修反宣战!
我们要冲决
资产阶级法权思想的罗网,
我们要摧毁
旧传统观念的牢墙。
看呵,
八亿人旌旗奋举,
听啊,
九万里风雷激荡。
国家要独立,
人民要革命,
民族要解放!

❖ 崖畔回声——我的故土情怀

我们用宽厚的肩膀,
挑起了革命的重担;
我们用带茧的双手,
接过了先辈的刀枪。
党呵!
请检阅我们的队伍吧!
几百万
几千万!
呵,整整一代
有志气有抱负的中国青年,
前途无量。
千重险峰,
万顷巨浪,
后继有人,
大有希望!
我们有
马列主义的
开天巨斧,
我们有
毛泽东思想的
指路阳光!
前进,向前进!
"希望寄托在你们身上。"
呵!
寄托在我们身上!

❖ 理想之歌

前进，向前进呵！
迎着风暴，
迎着火光，
迎着雷霆，
迎着激浪，
迎着共产主义
鲜红的
太阳！

[**友情链接**] 这是一代人吟诵过的青春之歌、理想之歌。歌中散发出的狂飙大气至今还在一代人的心中激荡；这是一代人的理想追求，尽管表达这种追求的语境带着那个时代的痕迹，但反映出的是历史的真实。

说来也巧，今年是这首政治抒情诗出版40周年。40年前，这首诗在出版时，作者的署名是：北京大学中文系七二级创作班工农兵学员集体创作。这个集体，实际上是由四个知青组成。作者张祥茂当年在内蒙古插队，于卓在北大荒兵团，陶正和高红十在延安插队。2007年3月，《凤凰卫视》中文台播出专题片"我的大学——记工农兵大学生"。专题反映的是"文革"背景下工农兵大学生的人生经历。《理想之歌》的四位作者是北大第三届工农兵学员，在此期间，他们创作了这首在当年被传诵一时的政治抒情长诗，该专题片在第二集中，对这首诗的作者及诗的创作过程进行了访谈。

海涅说过，换一个时代，换一批歌喉；换一批歌喉，换一批耳朵。今天，我们用这个时代的"耳朵"来聆听那个时代的"歌喉"所唱出的歌谣，又将会产生怎样一种感觉呢？

"红日／白雪／蓝天……／乘东风／飞来报春的群雁／从太阳升起的北京／启程／飞翔到宝塔山头／落脚在延河两岸。"这种镜头式的开篇诗句，完成了用意象对概念的解释，并让首都北京与革命圣地延安的历史链接在不经意间得以完成。我们在诗中可以看得出，"太阳"和"群雁"在这里有种专属的寓意。当年从太阳升起的地方——首都北京起飞的"群雁"，落脚的地方不仅仅是在"宝塔山头、延河两岸"。岭南、塞北、边疆、海岛，都有知青的身影。而作为艺术创作，它可以将所要抒发和展示的精神亮点聚焦在一个地方，那么，选择革命圣地延安来作为抒发理想情怀的地方，不仅能调动起创作的激情，而且能实现对历史进行诉说的渴望。很显然，《理想之歌》是一个命题作品，是在主题先行的理念主导之下，以符合那个时代的政治语境和审美意趣而完成的一个"宏大叙事"。我们可以理解的是：异代不同时。每一代人有每一代人的理想追求，但并不是每一代人都能唱出属于自己的理想之歌。当年，这首跌宕、豪迈、充满着理想主义色彩和英雄主义情怀诗作，一经出版，便不胫而走。后又经中央人民广播电台配乐播出，并在《人民日报》全文刊载，一时间，吟诵《理想之歌》成了一种流行话语。年轻人通过吟诵这首诗来寻找自己的同道，许多知青因能背诵其中的一些章节，便得到一种身份认同。一首政治抒情诗能引起如此大的轰动效应，这是作者始料未及的。

  这首诗的四位作者，其中有两位在延安插队。宝塔山和延河水交相辉映的图景，在他们心中，不仅仅是一个地理标志，而是一种革命和理想的象征。"老三届"作家，在文学审美上有自己的取向。不难看出，《理想之歌》的创作是受了贺敬之、郭小川诗风的影响。除了对政治理念的抒发之外，诗中对陕北风物和乡土场景的描述生动准确。时至今日，还有评论家认为：这是一首诞生于那样一个年代，但在艺术上堪称一流的诗作。

唢呐声声（组诗）

梅绍静

这不歇气儿的
金黄的声音，
在金黄的阳光里、
金黄的土地上飘荡……

啊，只要世上还有这个声音，
我的心就不会平静，
不管它在多远的地方，
也会款款地落在
我的耳旁。

我不再好奇地
盯看吹奏人，
那微闭的双眼、
一凹一凸的腮帮。

❖ 崖畔回声——我的故土情怀

　　我不再讪笑
　　满眼的红红绿绿，
　　也不再发傻似地瞧着
　　驴驮上的新嫁娘……

　　我的心开始在这声音里
　　隐隐地振动，
　　还一阵阵地发出
　　抑制不住的声响。

　　好像它也有
　　和这支唢呐一样的频率。
　　好像它也憋了整整一年，
　　和土地、阳光一样。

　　难道我的心里，
　　真有这金黄的声音，
　　既扎实又透亮？

　　啊，为什么它会
　　和千万支唢呐一样，
　　颤颤悠悠，
　　喜气洋洋，
　　不停不休地
　　响在这山间小路上？

❖ 唢呐声声（组诗）

我听见了它，
它招来了这么些
小娃娃和大姑娘。
他们也知道吗？
我多么喜欢无忧无虑的笑容、
崭新美丽的衣裳。

唢呐也是
世上的一面镜子，
把另外一种鲜花和色彩，
真实地映在自己的身上：

那缀着拼音字母的秋竹梅花，
那撒下满空耀眼的焰火，
不再是土炕上织布时的梦，
它们已是一件件真实的衣裳。

啊，让我这悠悠的、亮亮的声音，
也跟着花花绿绿的腰带，
跟着旱船的桨，
在这欢笑闹嚷的人流里
起起伏伏，飞飞扬扬。

让它也响得人心痒痒的，

❖ 崖畔回声——我的故土情怀

把那些还在窑里、
还在山上的人们
聚到这大路旁。

我听见了它,
我听见它
在金黄的阳光里、
金黄的土地上飘荡……

我心中的唢呐呀,
这才是你的命运——
永远被欢喜的人群高举,
还将在流淌的人群中闪闪发光。

啊,不是去迎什么神神,
吹奏唢呐的人就是
捧着甘露瓶儿的观音菩萨!
世上又要有一片开花的果林,
又要有一片翠生生的庄稼……

吹唢呐的人呀,
你吹出了甘露,
吹出了阳光,
也吹出了我的泪花。

❖ 唢呐声声（组诗）

她就是那个梅

不要指着你那憨野地笑着的女儿，
对我说："我的二女子叫唤梅。"

不要停下你絮着棉花的手，抬起眼：
"为甚女子都叫'改'？我就叫她'唤'哩！"

啊，母亲！唤着你的梅的母亲！
你的这些话，惊得我瞪大了眼睛。

"二女子生下来就哭不出声！
是你大娘抱了公鸡来唤我的梅。

"嘴对着嘴唤了嘛，唤活来我的梅，
你说叫个唤梅，讲究对不对？"

这名字起好了！
你却说："你是学生女子，不还叫了个梅？"

唤梅的母亲！多少年过去了，
你还记不记得那一个梅？

只有你喜欢过我名字里的梅呵，

❖ 崖畔回声——我的故土情怀

  我本就唤来的那一个梅!

  不是你把我从大路上唤回你窑里来的吗?
  不是你给了我第一阵哭声?

  能哭出声来的孩子才能活下去,
  那一天,我也叫你家的公鸡嘴对过嘴?

  也许只有一个人吧,在这个世界上,
  想起那天就觉得羞愧!

  你拉着我的手一股劲呀唤梅呵
  你慌乱中的呼吸又催出我多少眼泪?

  可是那天以后,我好好地活下来了,
  像颗野果子,我也包兜着活着的滋味!

  呵,母亲!我长在这儿多像马茹子啊,
  显眉显眼的,可也叫你放心!

  什么时候起,外乡人问我是谁,
  你就在那人面前说:"她是我的梅!"

  什么时候起,你在草窠里寻着几颗鸽子蛋,
  在洼洼上撸着一把杜梨儿。

也这么叫着我:"来!我的梅!"
我想不起来了呵,唤梅的母亲!

我总看见一个学生女子走在那沟沟底,
她就是那个你怀里哭过的梅呵,母亲!

双扇扇的木门打开了

双扇扇的木门打开了,
我听见了水勺儿磕碰缸沿儿的声音。

真奇怪!这飘飞着花瓣儿的窑院,
竟使我急切的脚步突然放轻。

还等什么?等着看有没有狗吗?
叽叽儿地,一群小鸡娃子在门槛上扑腾。

我没有穿她在这孔窑里做的布鞋来,
也根本不再是常来这窑里的学生女子。

可是我多么想
再隔着窗户纸叫一声:"芬莲子!"

我看见壁窑里那个线笸箩,
依然藏好了秘密躺在阳光里。

❖ 崖畔回声——我的故土情怀

　　还能惶惑地感到，
　　几颗玻璃扣儿换回的情意吗？

　　啊，再不会在她拿我当毛驴吆喝的笑声中
　　默默地把清凉吸吮！

　　风中的梨花飘落了一片又一片，
　　而我只想再晚一点儿得到那一个陌生的村名儿……

　　哦，双扇扇的木门打开了，
　　我听见了水勺儿磕碰缸沿儿的声音。

干妈（组诗）
——陕北记事

叶延滨

她没有自己的名字

她没有死——
她就站在我的身后，
笑着，张开豁了牙的嘴巴。
我不敢转过脸去，
那只是冰冷的墙上的一张照片——
她会合上干瘪的嘴，
我会流下苦涩的泪。
十年前，我冲着这豁牙的嘴，
喊过：干妈……
我驮着一个"狗崽子"的档案袋，
到圣地延安，
为父母赎罪——

为他们有神的力量，
没有在监狱、炮火中倒下。
为他们有人的弱点，
在和平的年代也生下我这个娃娃！
为他们在语言当子弹的战场，
只会说实话的嘴巴，
被无数弯着的舌头打垮……
带色的风清扫这狼藉的战场，
我是卷进黄土高原的一粒砂。
连知青也像躲避瘟疫一样讨厌我，
丧家狗——实际，也不算难听的话。
"孩子，住到我们家吧。"
"不！我不需要听怜悯的话。"
"孩子，我们老两口也要个帮手，
我为你做饭，你替咱担水……"
也许，这只是一个借口，
但我的自尊的天平需要这块砝码！
从此，我有了一个家，
我叫她：干妈。
因为，像这里任何一个老大娘，
她没有自己的名字，
"王树清的婆姨"——人们这样喊她……

灯，一颗燃烧的心

穷山村最富裕的东西是长长的夜，

❖ 干妈（组诗）

穷乡亲最美好的享受是早早地睡。
但对我，太长的夜有太多的噩梦，
我在墨水瓶做的油灯下读书，
贪婪地吮吸豆粒一样大的光明！
今天，炕头上放一盏新罩子灯，
明晃晃，照花了我的心。
干妈，你何苦为我花这一块二，
要三天的劳动，值三十个工分！
深夜，躺在炕上，我大睁着眼睛，
想我那关在"牛棚"里的母亲……
"疯婆子，风雪天跑三十里买盏灯，
有本事腿痛你别哼哼！"
"悄些，别把人家娃吵醒，
年轻人爱光，怕黑洞洞的坟！"
干妈，话音很低，哼得也很轻……
啊，在风雪山路上，
一个裹着小脚的老大娘捧一盏灯……
天哪，年轻人，为照亮人走的路，
你为什么没有胆量像丹柯，
——掏出你燃烧的心！

铁丝上，搭着两条毛巾

带着刺鼻的烟锅味，
带着呛人的汗腥味，

❖ 崖畔回声——我的故土情怀

带着从饲养室沾上的羊臊味，
还有从老汉脖子上擦下来的
黄土，汗碱，粪末，草灰……
没几天，我雪白的洗脸巾变成褐色，
大叔，他也使唤我的毛巾。
我不声不响地从小箱子里，
又拿出一条毛巾搭在铁丝上，
两条毛巾像两个人——
一个苍老，
一个年轻。
但傍晚，在这条铁丝上，
只剩下一条搓得净净的毛巾。
干妈，当着我的面，
把新毛巾又塞到我的小箱里：
"娃娃别嫌弃你大叔，
他这个一辈子粪土里滚的受苦人，
心，还净……"
啊，我不敢看干妈的眼睛，
怕在这镜子里照出一个并不干净的灵魂！

饲养室里的马列主义

马尿和驴粪搅在一起，
汗臊和烟味混在一起，
长者和少女挤在一起，

❖ 干妈（组诗）

开春。饲养室全队会议
讨论的两个议题缠在一起
——牲口的春耕给料。
——知青的评工定级。
"青骡子驾辕了，添二升！"
"小叶会犁地了，全劳力！"
"几个女的，最多六分五厘。"
"那头老驴，少给它点麸皮。"

不是喜剧，决非戏谑。
在计算机的时代——
我们贫困而务实的乡亲
严肃而认真的议题。
在这文明的古国——
我的名字曾和狗崽子连在一起
如今又挨着毛驴……

贫困的乡亲将凭着良心
把一份口粮匀给毛驴，
把几百个工分让给我，
——我感激
这纯金般的善良与正直！

力争这工分我毫不客气，
它意味着：养活自己！

崖畔回声——我的故土情怀

它的伟大意义绝不亚于1942
养活了革命的边区!

啊,这是百万青年青春的代价——
我们是中华民族
用木犁养活自己的知识阶级……

驮炭的毛驴走在山道上

道路有道路的性格:坑洼。
毛驴有毛驴的性格:疲沓。
我的性格,走山路爱唱歌
——脸厚不怕嗓子哑!

"青线线来蓝线线,
蓝格英英的采呀……"
"挎洋枪,骑白马,
当红军的哥哥回来啦……"
"解放脚走起来一阵风,
大辫子剪成个齐刷刷……"

老驴,破筐,少年,
虽也似"古道西风瘦马",
这心境偏偏潇洒,
——像走入黄胄的风俗画!

❖ 干妈（组诗）

这路，走过赤卫队的兵马，
这筐，装过保育院的娃娃。
莫非扛梭标的父辈也唱这些歌，
声音山路录下，
心劲山沟留下，
儿子来走，踩着录音机的闸！

拾野菜的光屁股娃，
听愣了，荆条篮子滚下山崖。
"这知青哥哥疯啦，
还唱哩，穿一件露肉的褂……"

山道上有一个赶驴的少年，
天苍苍地茫茫，一幅千年古画。
不对，扎白羊肚手巾的脑袋里——
装着哥白尼，司汤达，
施特劳斯《蓝色的多瑙河》，
黑格尔的辩证法……

道路坑洼，毛驴疲沓，
咱偏不唱"断肠人在天涯"！
苦日子，吹醒发昏的脑瓜，
感谢你，延安，穷家！

❖ 崖畔回声——我的故土情怀

夜啊，静悄悄的夜

困，像条长长的绳子把手脚捆紧，
困，像桶稠稠的糨糊把眼皮糊紧，
困，像团厚厚的棉花把耳朵塞紧，
乏极了的身体在暖暖的炕上，
一团轻飘飘的浮云。
那闪亮的是星星么？不，是油灯。
那苍白的头发是谁？啊，是干妈。
夜，静悄悄的夜里我醒来，
只见干妈那双树皮一样的手，
在搜着我衣衫的缝……
也许，用诗来描绘这太粗俗的事，
我一辈子也不会成为诗人。
但，我不脸红——
我染上了一身的讨厌的虱子，
干妈在灯下把它们找寻。
妈妈，我远方"牛棚"里的亲妈妈呀，
你决不会想到你的儿子多幸运，
像安泰，找到了大地母亲！
我没有敢惊动我的干妈，
两行泪水悄悄地往下滚……
"哎，准又梦见妈了，可怜娃！"
她轻轻抹去我脸颊上的泪花。

❖ 干妈（组诗）

我轻轻在心里喊了一声妈妈。
啊，暖暖的热炕上我像轻飘飘的云，
暖烘烘的云裹着一颗腾腾跳的心！

我怎能吃下这碗饭

"我怎能吃下这碗饭，
干妈呀，我的好干妈！"
留给我的，
一碗米饭金黄，
洋芋酸菜喷香。
留给你的，
一碟苦苦菜，
一碗清米汤，
一个窝头半把糠……
"你不要说，
你不要讲，
要不是我碰上，
你不会说，
你不会讲，
你还会像昨天那样，
笑着看我吃得多香……"
延安啊，革命的穷娘，
贫瘠的山冈，
枯瘦的胸膛。

给人吃米,自己吞糠,
过去这样,现在这样,
见到三五九旅的老将,
当儿孙的咋有脸讲?!
我用颤抖的双手捧着碗,
像婴儿捧着母亲干瘪的乳房……

太阳与大地的儿子

太阳剥掉文弱少年的躯壳,
啊哈,古铜色的脸膛,
山脊般棕黄的肩膀,
指节结着铜钱的手掌。

"受苦人!"
乡亲用最高的荣誉,
勾描我的形象。

高原是受苦人的亲娘,
贫瘠,贫血的脸一片灰黄,
富饶,撒把种子掀起绿浪。
土窑当房,房顶上种粮,
土碗盛粥,野菜叶清香,
土布褂子上汗碱子黄,
土炕上一躺,

❖ 干妈（组诗）

亲娘怀中也睡得没这样稳当！

啊，刮得天昏地暗的风，
掀不动这千里如磐大地，
——难怪尽长钻天杨！

也许，太阳也被下放，
连夜晚也有它的光芒，
——乡亲的目光。
我的皮曝蜕了，火辣辣烫。
我的脚起泡了，火辣辣烫。
邻家女儿身边过，
她讥诮的目光，火辣辣烫。

早春的太阳呵清晨的太阳
是房东大娘的目光，
是拦羊大叔的目光。

这女娃子的目光呵，
是三伏骄阳，恨得我牙痒——
恨得我懦弱变成了刚强，
恨得我酷日下脱光脊梁……
晒吧！龟裂的皮肤下
袒露的灵魂，
让我和这块土地一样！

❖ 崖畔回声——我的故土情怀

当那件褪色的衬衣，
再也裹不住肌腱勃起的胸膛，
我禁不住地放声唱：
啊哈，我属于大地和太阳！

我愧对她头上的白发

十年，在九百六十万平方公里舞台，
有多少个悲欢离合，多少个想不到。
我多么不愿用一滴辛酸的泪，
作为对干妈所有美好回忆的句号！
啊，十月的鞭炮炸响，
乡亲们才告诉我这个噩耗，
三年前，她就死了，
死于陕北最平平常常的病，
胃出血，加上年老……
啊，三年！是哪一个好心的乡亲，
在骗我，每月一次地：
"放心吧，我很好、很好！"
怪谁呢？怪谁？谁？
没牙的嘴啃着黡糠的窝窝，
佝偻的腰背着沉重的柴草，
贫困——熬尽了她生命的最后一滴血，
枯了，像一根草……
不！这个回答，我接受不了，

❖ 干妈（组诗）

延安，四十年前红星就在这里照耀！
她说过，当她还是一个新媳妇，
也演过"兄妹开荒"，
唱过"挖掉了穷根根眉梢梢笑"！
"共产党人好比种子，人民好比土地。"
啊，请百倍爱护我们的土地吧——
如果大地贫瘠得像沙漠，像戈壁，
任何种子，都将失去发芽的生命力！
——干妈，我愧对你满头的白发……
干妈，你咧开豁牙的嘴笑了，
告诉我，你那没合上的嘴，
想对我说些什么话！

◈ 崖畔回声——我的故土情怀

共和国会记得
——观《知青画展》有感

天山月

总有一天
这世界将不再有你和我
我们像落叶化入泥土
像沙粒回归大漠

总有一天
这世界将不再有你和我
我们像一阵轻风掠过
像一颗流星划落

再过一万年，那里也许已是大海
陆地沉降，海水扬波
只有风声和雨声，从云间掠过
再过一万年

❖ 共和国会记得

岩石已经风化,功罪也成传说
但至少,共和国会记得
——在历史的泪眼里,
在民族的心窝
隔着生死的距离
将那些青春的脸庞轻轻触摸

西双版纳的橡胶林,大兴安岭的冰河
蒙古包前的篝火,陕北的黄土高坡
那是一千七百万年轻的生命组成的宽度
史家高悬的笔,怎能轻松越过

但是,我相信——共和国会记得
即使寒冷曾将孤独的灵魂挟裹
可希望的灯花总会一次次点燃
东方的旭日也会一次次喷薄
即使利刃曾将真理的喉管切割
但大海的呼喊何曾中止过片刻

一辈人的旗帜,几代人的探索
"世界用痛吻我,要我回报以歌"
这正是一代人的身影
——共和国会记得

是的,共和国会记得

❖ **崖畔回声——我的故土情怀**

即使不叮咛、不嘱托
因为——那是沧海淹不没的灵魂的记忆
那是岁月磨不平的历史的碑刻

献　词
——为纪念北京知青赴延安插队四十周年而作

朱　凌

四十年前，西去的列车奏响了启程的汽笛
北京车站，人流如潮涌动，寒风漫卷红旗
在规定的情景里
万千首都儿女
将要奔赴一个熟悉而又陌生的领地

今天，我们从四面八方赶来
纪念过往的岁月，追忆曾经的洗礼
我们把最美好的青春年华
都献给了那片寒凝的土地
我们用激情渲染出的万丈彩虹
曾将理想的风帆高高挂起

我们忘不了住过的窑洞、扶过的铧犁

◈ 崖畔回声——我的故土情怀

困苦磨砺了意志，丰富了阅历
我们忘不了推过的石磨、用过的锄头
艰难考验了人生，让人见识了风雨
时光荏苒像川上逝水
岁月匆匆如白驹过隙
当年风华正茂如新松
而今我们都有了一大把年纪
绚烂归于平淡
去尽浮华、皓首布衣
唯有"老知青"的称谓
将我们的心紧紧地系在一起

我们有着共同的经历
我们有着共同的记忆
愿我们永远不会相忘
愿我们珍惜这份情谊
首都北京——圣地延安
也从未把自己的儿女忘记

大道简从自然法
心归淡泊远名利
青春岁月瞬息过
苦乐年华堪追忆
桑榆晚景青山照
共赏夕阳我和你

彼岸的乡愁

邢 泽

冰冷的长夜
散发着思念的味道
梦,无数次坐上回京的列车

真正鸣起汽笛时
却难以释怀
一缕缕炊烟般的思绪
仿佛是刻在树上的年轮
缠绕出
那裹着白羊肚手巾的放羊老汉
那长着红扑扑脸蛋的陕北姑娘
那飘着醉人香味儿的糜子稠酒
那冬暖夏凉的土窑洞
那热烈奔放的信天游
一切都是一份割舍不断的乡情
把我拉进彼岸的乡愁

❖ 崖畔回声——我的故土情怀

祝 福

董 瑜

新年的钟声还没有敲响
喜庆的花炮还没有燃放
而祝福的短信
却在手机屏上密集奏响

它送来了新年的祝福
它传递出友情和念想
那来自黄土高原的一句问候
将我的思绪带回到第二故乡

插队的岁月怎能忘
乡土的场景记心上
精美的剪纸映窗棂
大红的对联贴门框
开席的大碗盛佳肴

❖ 祝　福

老玉米烧酒摆桌上
热腾腾的油糕甜又软
滚滚的米酒稠又香

此时的我，多想身长翅膀脚生云
心急火燎回故乡
乡亲故交团团坐
举杯对饮话衷肠

此时的我，多想化作烟花远飞去
用焰火去装点山圪梁
让记忆去把新年的钟声来敲响

祝福那片淳朴的沃土
风调雨顺、五谷飘香
祝福那里的父老乡亲
吉祥平安、永世安康

◈ 崖畔回声——我的故土情怀

知青林之歌

中 平

第一章

这是一个神奇的山谷
这是一片丰饶的沃土
这里有拓荒者留下的足迹
这里有"三五九"旅住过的窑洞
这里有老一辈革命家憩息过的红楼
这里有炮校遗迹光照千秋

在那战火纷飞的岁月里
边区军民同仇敌忾,抗击敌寇
英雄的"三五九"旅
在这里打响了向荒山进军的战斗

大生产的英雄壮歌

鼓舞着万千健儿走向荒山深沟

苦战三年，打破了敌人的封锁

苦战三年，赢得了英雄部队的美名

呵，中国现代农垦事业

就是从这里起步

呵，彪炳千秋的延安精神

也是在这里孕育而生

这光荣的传统呵

我们不能丢弃

延安风华北京知青林

正是在这种思考中诞生

第二章

在这山谷的深处

还保留着昔日的宁静

知青林的有序开发

也没有把这里的生态扰动

这里吹拂的清风

报送着和平的信息

这里缭绕的山岚

展示着自然的律动

这里充满着蓬勃生机

这里展现着和谐图景

这里有黄羊结队而行

这里有锦鸡朝天长鸣

这里的野果可供它们终年食用

这里的植被可供它们隐匿行踪

它们没有天敌

它们不必惊恐

与它们比邻而居的

是一群善良的知青

他们志在建设秀美山川

他们注重人与自然的和谐相融

万物一体的理念

铸造着他们美好的心灵

第三章

这是一个静谧的山谷

这是一片暖心的热土

一个正在兴起的村落

座落在山谷的中部

这就是风华北京知青林呵

一群壮心未已的老知青

又挥起与他们久违的镢头

他们追求的是团队精神

他们期盼的是大地的丰收

这个群体虽然很小

却代表着三万名原知青的意志
这个群体里的人虽然不再年轻
却依旧充满着当年的豪情
他们都有各自的爱好
却以共有的情趣在这里凝聚
他们虽然有着清悠的晚景
却选择在这里共同奋斗
他们要将对圣地延安的感情
在这里得以寄托
他们要将对泥土的眷恋
在这里得到延伸
他们要让知青精神
在这块土地落地生根

第四章

万木青翠展风华
团队有个好当家
知青林的领头人
他拙于言词不善表达
但长于运筹较少偏差
他每天一身汗渍，两腿泥巴
为的是让知青林再展风华
这里还有一位实干的女性
她不甘无为，不图安逸

❖ **崖畔回声——我的故土情怀**

把全部的余热
都奉献给这方天地
她有优裕的退休生活
还有丰富的生活情趣
但为了知青林的事业
她甘愿在此安居

这里还有归而复返的原知青
他们如猛虎归林，飒飒生风
京城的繁华抑制不住
他们对陕北的怀念
闲适的退休生活淹留不住
他们对延安人民的深情

还有这样一对夫妻
他们早已迁居异地
男方是北京知青
女方是江南秀女
他们同样情系陕北
他们同样热爱这个群体
他们人在两地穿梭
却把心留在这里

还有这样一位知青
他给知青林输送光明

一条银线接山外
牵系往昔知青情

第五章

这是一个战斗的集体
这是一个和睦的家庭
他们没有忘记自己的使命
他们没有丢掉光荣的传统
他们是知青的优秀代表
他们是无愧于时代的精英
这里有他们栽种的侧柏
这里有他们培育的红枫
青山可以作证
心碑自当永铭
没有他们的支持
哪有知青林今日的火红

呵，当年来延安插队的知青
都已进入人生的晚境
当年一代风华人
桑榆晚景夕照明
他们有对圣地往昔的追念
他们有对延安未来的憧憬
他们有对过去岁月的感怀

他们有对第二故乡的深情
他们有对自我的人生反思
他们有对祖国的一片至诚
他们有老骥伏枥的壮怀
他们有岁月难磨的豪情
他们有笔触坚实的心画
他们有富于个性的语境
他们还在奉献
奉献自己的全部余生
他们还在流汗
用汗水来滋润这青翠的知青林
这就是知青群体强劲的心声
这就是知青文化崇高的意境

第六章

呵,曾在延安插过队的知青
我们的好兄弟
延安的山川沟壑
曾留下我们青春的足迹

呵,曾在延安插过队的知青
我们的好兄弟
这苍翠欲滴的知青林
是寄托情思的绿地

❖ 知青林之歌

这里枫叶红似二月花
象征着我们不变的赤诚
这里有重峦叠嶂
这里有松柏常青
这里有遍山野花
这里有良田百顷
这里有遗存的窑洞
能让你重温旧梦
这里有空旷的蓝天
能让你放下处世的心机
这里有八道沟的风景
能让你把心灵的污浊洗涤

呵，曾在延安插过队的知青
我们的好兄弟
我们多么渴望
在这如诗的情境中
我们再度相聚
我们多么渴望
在泥土的芬芳中，在丰收的喜悦里
与大家共同回忆
我们是一个拆不散的团队
我们的心永远在一起

[友情链接] 以上六位作者的诗作，就作品创作的时间点上来讲，跨度较大。

叶延滨的组诗《干妈》和梅绍静的组诗《唢呐声声》是上山下乡运动已呈式微、"伤痕文学"刚刚兴起之际创作的；《共和国会记得》、《彼岸的乡愁》、《献词》，显然是上山下乡运动成为遗响之后，被研究知青史的学者称为"后知青时代"创作出的具有反思意味的作品；《祝福》和《知青林之歌》，是一代知青风华褪去、青春不再之后，在对插队岁月进行追忆和回望中表达出的一种情愫。

叶延滨和梅绍静是黄土地知青文学的代表人物。当年，叶延滨的《干妈》发表之后，在知青中和文学界引起了很大反响。以记述一个被作者称为"干妈"、一辈子没有自己名字的农村大娘为开篇，作者完成了他对陕北的纪事。这种纪事，所纪的不仅仅是人物、风土、乡情，更多的是作者插队时心路历程的一种表白。古人言：感人心者，莫先乎情。在这首诗发表30多年后的今天重新感受诗中的意蕴，依然能让人觉得有一种浓得化不开亲情在诗中流淌。梅绍静的诗作，是在陕北信天游的基础上进行了大胆创新。她的诗既不失陕北民间对信天游的审美意趣，又丰富了创作内容，拓展了民歌的创作形式，有着很高的艺术性。梅绍静在延安插队、工作、生活了20多年，对黄土风情和陕北地域文化深有感悟。当年，她创作的长篇叙事诗《兰珍子》，讲述了一个女知青当赤脚医生的故事，叙述生动，故事完整，在诗坛上引起很大反响。有评论称：梅绍静开创了一种新的诗风，她的诗作将民歌与新诗得到一种较好的结合。这里选发的这组诗，散发着一种淡淡的民歌味，黄土气息扑面而来，对陕北的乡土风情给予形象的展示。

《共和国会记得》、《彼岸的乡愁》、《献词》，虽然短小，但内涵深刻，有追溯历史和反思历史的意味，其中有一些格言式的典句，引人深思。从这几首诗作中可以看得出，在延安黄土地上插过队的知青，从未放弃对理想的追求，对人生的思考。《祝福》和《知青林之歌》表达的是对第二故乡的思念之情。知青们在延安黄土地上洒下青春的汗水，并与延安人民结下了深厚的情谊。这份情谊经过岁月的积淀，已化成了一种亲情。《祝福》是借新年的来临，表达了一位老知青对往昔岁月的怀想，对黄土地的依恋。《知青林之歌》有杜甫"新松高千尺"的诗意。作者通过对延安风华北京知青林的赞美，歌颂了一代知青的风华神采。全诗感情丰沛，寓意深刻，是一代知青的风华新唱。

❖ 崖畔回声——我的故土情怀

昔日的歌谣

小小石桌旁

王 火

小石桌上映满了朝霞,
和煦的春风把冰雪融化。
在这"遥看草色近却无"的时节,
我叩问伴守在石桌旁的大树,
是谁在这里和岸英同志谈话?

当年,他爽朗的笑声冲散了雾云,
当年,他在这里把神州的未来描画。
挥巨笔,他写下雄文卷卷,
下号令,他调动千军万马。
就在那令人难忘的一天下午,
他和岸英在小石桌旁坐下。

促膝相对,殷殷寄语出肺腑,

❖ 昔日的歌谣

父子深情，谆谆教诲一席话
——外国的大学你上完了，
中国的老师你可曾认下？
只有体验稼穑之苦，
才能感知劳动的艰辛，
才能懂得劳动的伟大。

滚滚延水东流去，
千古长河浪淘沙。
情系百姓共忧乐，
脚跟站定工农家。
握过笔杆握锄把，
经霜新松发春华。

花开花落年复年，
石桌虽小耐磨打。
父子深情一席话，
领袖风范昭天下。
革命征途无止境，
万里关山从头跨。

鞋

白　明

窑洞灯光闪，
弯月挂天边，
贫农大嫂走进门——

❈ **崖畔回声——我的故土情怀**

一双新布鞋，
送到我手边。

爱不释手细细看，
紧紧把它贴胸前。
针针情意浓，
线线心相连，
贫下中农对待我，
寸草春晖心里甜。

从北京，到延安，
千山万水不觉远。
黄土沃壤育新苗，
陕北新家多温暖。

土窑洞里话当年，
延安精神代代传；
田间地头勤指点，
南泥湾老镢扛在肩。
心传口授把我教，
让咱接好革命班。

手捧布鞋望大嫂，
一股暖流涌心田。
穿上这双老布鞋，

万里征程不歇肩。

千里之外有妈妈

邵 新

一路歌声一路话,
满怀豪情到新家,
巍巍宝塔把我迎,
房东大婶像妈妈。

妈妈领我过延河,
河水为我洗尘沙,
我跟妈妈进窑洞,
一碗米汤赛香茶。

妈妈待我最情真,
一夜多少贴心话。
种子落地不愁长,
沃土孕育我发芽。

教我莫负好年华,
心里牢记党的话,
广阔天地炼红心,
陕北高原把根扎。

❖ 崖畔回声——我的故土情怀

  教我吃得苦中苦，
  不怕雨骤风浪大，
  立志山乡献青春，
  永做一棵向阳花。

  教我锄禾如绣花，
  秀美山川任描画。
  练就一副铁肩膀，
  千斤重担压不垮。

  延安就是我的家，
  北京亲人莫牵挂，
  延安——北京千里远，
  千里之外有妈妈。

我们战斗在延河畔

邵　新　树　民

喝着甜滋滋的延河水，
吃着香喷喷的小米饭，
扛着南泥湾的老镢头，
我们战斗在延河畔。

挥笔书壮志，
抡镢战群山。

❖ **昔日的歌谣**

延安精神哺育咱呵,
革命先辈在召唤——

叫咱莫忘旧日苦,
叫咱牢记创业难,
叫咱接过革命班,
叫咱炼就钢铁肩。

党的教导记心间,
风霜雨雪经考验。
踏着先辈走过的路,
革命理想高于天。

手扶犁铧紧加鞭,
夜读光辉"老三篇"。
浑身泥巴满手茧,
战天斗地若等闲。

打窑洞、垒石堰,
种下糜谷金灿灿;
艰难困苦何所惧,
勇挑革命千斤担。

阵阵歌声响山间,
滴滴汗水洒麦田;

❖ 崖畔回声——我的故土情怀

年年夺得大丰收，
岁岁谱写新诗篇。

红色土地育新人，
新松叠翠绿满川；
广阔天地任翱翔，
敢将大任担在肩。

谁说北京离咱远？
山水相依心相连。
不负青春好年华，
万仞高山敢登攀。

延河水呵流不断，
我们战斗在延河畔，
胸怀朝阳干革命，
高举红旗勇向前！

当一辈子延安人

贾安庆

一

阳光里的花朵红旗下的娃，
毛主席眼看着咱长大。

❖ 昔日的歌谣

北京——延安几千里,
胸怀朝阳到圣地。

革命的后代火红的心,
宝塔山脚扎下根。

赤卫队员呵老红军,
请检阅新一代的接班人。

二

延安的土啊寸寸金,
革命先辈留足印。

延安人啊个个亲,
质朴无华显淳真。

"复电"光辉当头照,
咱跨进革命的大学校。

闪亮的镢头黄灿灿的米,
延安精神刻心底。

手扶犁头肩扛枪,
革命传统大发扬。

❖ 崖畔回声——我的故土情怀

豪情不减斗天地,
定叫延安换新衣。

三

延河水连着四海浪,
革命征途万里长。

脚踏黄土心向党,
一把老镢肩上扛。

山丹丹花开背洼洼红,
革命炉火炼真金。

黄土地上把根扎,
一辈子甘当延安人!

说起咱队的拦羊娃

林 岩

说起咱队的拦羊娃,
那可真是个"顶呱呱",
从她拦羊起,
羊群在扩大,
原来六十九,
现在二百八。

❖ 昔日的歌谣

四年翻了好几倍,
谁个听了不惊讶!

说起咱队的拦羊娃,
竟然是北京来的小女娃。
到咱红石崖,
干劲实在大。
哪里活最重,
那里就有她。
听说羊群要人拦,
她请求当个放羊娃。

说起咱队的拦羊娃,
下苦干活没麻达。
赶羊遍地走,
脚印满山洼。
迎着朝霞去,
归来披晚霞。
不怕山风吹,
任凭暴雨打。
广阔天地炼红心,
青春热血放光华!

说起咱队的拦羊娃,
贫下中农都夸她。

❖ 崖畔回声——我的故土情怀

为给羊治病,
学医寻药想办法。
跳下深沟去救羊,
艰难困苦全不怕。
"女羊倌"常受人夸赞:
真不愧是主席身边来的娃!

照张相片捎回家

延水波

羊肚子手巾头上扎,
照张相片捎回家。
亲爱的妈妈:
离开北京到延安,
如今我变成了陕北娃。
广阔天地经风雨,
要像青松立山崖。

羊肚子手巾头上扎。
照张相片捎回家。
亲爱的妈妈:
延安精神哺育我,
战天斗地志气大。
革命红旗接在手,
要让青春放光华。

羊肚子手巾头上扎,
照张相片捎回家。
亲爱的妈妈:
理想风帆心中挂,
延安就是我的家。
永与工农相结合,
经霜枫叶似彩霞。

延安路上

吴北玲

红旗映朝晖,
歌声展翅飞,
还是这条黄土路,
走着延安新一辈。

捧一掬黄土热泪流,
喝一口延水甜心肺,
挥手相问宝塔山:
可记得当年"长征队"?

想当年啊忆当年,
万里神州起风雷。
踏上先辈走过的路,
高擎红旗跃万水。

❖ 崖畔回声——我的故土情怀

险峰身后退,
冰霜脚下碎。
凤凰山下忆传统,
枣园灯火照心扉;
杨家岭前学党史,
"七大"精神放光辉。

告别延安城,
步步把头回,
立志接好革命班,
万里征程不掉队!

高原的风呵多爽朗,
快快送我到陕北。
踮脚望宝塔,
而今又回归。
瑞雪漫天舞,
唢呐声声催。
热腾腾的米酒送嘴边,
真诚的问候挂双眉。

大爷给我忆当年,
大娘帮我缝衣被。
山坡上一起挥老镢。
煤油灯下把图绘。

❖ 昔日的歌谣

再重的担子咱要挑,
再沉的石磨也要推。

冰雪映红梅,
高原开新葵。
延安路上大步走,
革命红旗色不褪!

夜扬场

麻炎华

像海上渔火映江天,
像端午江河赛龙船;
人影绰绰连枷舞,
上场的新麦堆如山。

锨扬起,好似礼花冲天绽,
风吹时,更像桂花飘人间;
麦落下,颗粒赛过老君丹,
场院里,灯光更比月光艳。

麦堆顶上星天,
社员脚踏月殿。
殿里神仙说罕见,
纷纷争相观看;

❖ 崖畔回声——我的故土情怀

嫦娥轻拨云幔，
吴刚把酒敬献；
太上老君更感叹，
欲下人间学炼丹。
熏风吹柳，轻拭额头汗，
明月穿云，干劲更冲天。
手勤舞，紧扬锨，
扬净——晒干——到明日再看：
送粮车路上，马叫人欢。

插队俚曲

张铁良

僻静的小山村坐落在沟掌上，
一年到头没人路过、没人来访，
婶子舅舅像一家人一样。
衣服破了露点肉也不算走光。

知青的灶台没有老乡的光，
大铁锅里没油水锈得发黄。
老槐木门板被风吹得直响，
屁股大的窗户纸一尺见方。

墨水瓶做的油灯一点点亮，
刀耕火种打连枷想起炎黄。

❖ 昔日的歌谣

买个暖壶扯块花布就算时尚,
拖拉机咋恁大劲、吃的啥粮?

到村里没几天把头剃了个光,
炕沿上一溜秃葫芦像庙里的和尚。
聊半宿精神会餐哈喇子流了一炕,
说到伤心处哭起来像号丧。

说俺哪来的腰,可疼得跟折了一样,
看咱们块儿壮可没老乡能扛。
学人家干活可身板总不像,
吃起馍来个个都是好饭量。

学抽烟的不一定都是流氓,
腾云驾雾蚊虫不扰神仙一样。
手指头夹烟卷表明已经成长,
捡烟屁股的寒碜事可别张扬。

外国民歌没有老乡的酸曲黄,
知道那些事儿还是在下了乡。
老乡总爱唱的是《高粱地》,
知青最喜欢《莫斯科郊外的晚上》。

走村串队的同学们来来往往,
哥儿几个说说笑笑就上了灶房。

崖畔回声——我的故土情怀

女生们在门口站了一大帮,
不交钱就吃饭你们就别想。

女人们愁了哭,男人们愁了唱,
小毛驴拉上磨鼻子哼得响。
老乡愁了就回家打婆娘,
知青愁了就唱《沙家浜》。

雨下了半个月灶上断了粮,
没吃的借遍了整个村庄。
天一放晴赶忙磨了二斗麦,
还完了人家只剩下斤二两。

插队的小屁孩不能搞对象,
碰见了女同志远远相跟上。
两条小辫子撩拨得心里痒,
一回头臊得脸像茄子一样。

过生日大婶把咱来犒赏,
虽说她成分不好可菜做得香。
橡子儿酒喝醉了不敢嚷嚷,
干部们知道了又要上纲。

收工回来骨架像散了一样,
窑门口见菜篮底下把鸡蛋藏。

弟兄们高兴地说：吃了再讲，
俺回头四下张望却不见小芳。

识俩字儿总能派上用场，
凭一本医疗手册就把赤脚医生来当。
头疼脑热用错药倒没啥影响，
生孩子的大事可就着了慌。

科学种田把实验室弄得有模有样，
福尔马林呛得俺头昏脑涨。
有了成绩上县里接受表彰，
哪知道分配时却扣住俺不放。

陕北的风土不适合俺成长，
女生都挺胖男生瘦得像麻秆一样。
卖的力气多，好处摊不上，
想回家拦个车还要女生来帮忙。

熬过了麦收，又熬到秋凉，
结算分点钱，粮食进了仓。
老乡有钱就想箍新窑，
知青把钱都扔在铁路上。

当时真想走，走了还挺想，
说起乡情故交两眼泪汪汪。

❖ 崖畔回声——我的故土情怀

滴水之恩永难忘，
总想起婶子、栓儿，和那梳辫子的姑娘

插队词
雷思晋

向西行，整装待天明。
站台挥泪别亲友，列车徐徐汽笛鸣。
少年离北京。

山崖上，土窑一面光。
寒冬挡风未觉暖，炎热盛夏好乘凉。
火炕一边藏。

去挑水，坡下泉水涌。
左摇右摆神仙步，扁担换肩把腰拱。
双肩已压肿。

摊米黄，麻杆引火忙。
前锅馏馍后炒菜，炊烟缭绕漫窑房。
酸菜味道香。

去砍柴，寒风侵胸怀。
铁斧千击枸子木，枯枝倒地摞成排。
一捆背回来。

❖ 昔日的歌谣

早出工，破晓东方红。
酣睡沉沉惊梦醒，古钟阵阵村前鸣。
睡眼还惺忪。

学耕田，起身五更寒。
黄牛漫步拉犁走，挥手高悬三尺鞭。
犁地就怕偏。

要春播，农家肥料多。
胸前挂篓手拿粪，点籽犁沟脚踩窝。
种地满山坡。

常除草，三遍为最好。
锄头过后显青苗，满山号子声回绕。
血泡银针挑。

割麦急，镰刀手中提。
龙口夺食受大苦，只因没有收割机。
麦茬留得低。

秋收忙，遍地闪金黄。
石碾轧场转圈走，连枷打谷空中扬。
玉米堆满仓。

交公粮，土炕代烘箱。

❖ 崖畔回声——我的故土情怀

湿度检查钢牙咬,毛驴驾车也成行。
麻袋肩上扛。

拦山羊,知青放牧郎。
吆五喝六高处走,羊群低头吻草香。
足迹遍山梁。

爱赶集,抬脚两腿泥。
红舞香烟薯干酒,烩菜蒸馍赛宴席。
来回五十里。

盼回家,半夜就出发。
搭车辗转铜川市,盘缠用尽把车扒。
一心念爹妈。

忆乡亲,共同历艰辛。
四十年后回故里,喜见一片知青林。
永远心连心。

杂诗四首

刘立山

采 薪

既事耕耘又纫炊,
雪崖樵径每惊危。

❖ 昔日的歌谣

身孤落日穿钩棘，
肠断啼鸦栖老枝。
还念残擎慈母处，
更伤新履拔泥时，
出师未捷焉回却，
犬吠捐薪月伴迟。

筑　坝

山河有待我无情，
千里徭夫百感生。
病体闻鸡挥镢斧，
寒烟锁目踏榛荆。
人穿机杼灯摇影，
水振夯歌谷荡声。
果见残秋风卷雪，
谁知大坝汗凝成。

乡　思

蒿莱出没尽芜田，
疾逝韶华又一年。
泪洒荷锄风雨处，
神驰捧卷古今间。
思乡苦隔迢迢路，
望月昏笼漠漠烟。
羡煞长鸣南去雁，

❖ 崖畔回声——我的故土情怀

逍遥展翅入云天！

探 亲

垄柳堤花满路香，
闲情早失走匆忙。
荆峦徒步迷晨雾，
草棘独身入大荒。
露宿新城寒彻夜，
风餐陈饮暖盈肠。
迢迢千里还乡泪，
有痛深埋莫告娘。

延安窑洞住上了北京娃

张 郁

山丹丹的那个开花哟
那个赛朝霞
延安那个窑洞
住上了北京娃
漫天的那个朝霞
山坡上落哟
北京那个青年在
延河畔上安下家安下家
毛主席身边长成人
出发在天安门红旗下

❖ 昔日的歌谣

接过革命的接力棒
红色土地上把根扎
就像当年的红小鬼
满面红光映朝霞
踏着前辈的脚步走
延安精神放光华

[**友情链接**] 将以上十几位作者的诗作辑成一组，取名为《昔日的歌谣》，有一种以集体合唱的方式来展示青春风华的律动之美。

从这组诗的风格和语境中可以看出，这是知青昔日情怀的吟唱。真诚、质朴、激昂、不加修饰；从诗的声调、气韵上也可以听得出，彼时作者正年轻。

这组诗的内容可分为三部分：一是表达了对圣地延安的景仰和向往之情。知青们心中的理想、红色革命情结与青春风华交响出的旋律虽然已经远去，但这毕竟是一代人从心中唱出的歌。二是这组诗是知青心志的一种表达。从诗的内容和韵律中可以感受到，一代知青志存高远。他们将插队看作走到一个能让人放飞理想、砥砺心志的地方。"乡野放歌抒豪情，青春做伴写壮怀"。一代人有一代人的言说方式，一代人有一代人的抒情口吻。这组诗所传达出的正能量可以用两个字来表达，这就是：豪迈。三是诗中有对农事的记忆和对乡土场景的描述。倘没有对陕北农事的稔熟，对农事劳作的体验，对乡土风情的感悟和记忆，是断然写不出这种带有地域特色的诗作的。另外，在这组诗中，还收录了一首歌词。当年，《延安窑洞住上了北京娃》曾被谱成曲传唱一时。至今，这首歌的旋律依然能勾起老知青对青春岁月的记忆。

❖ 崖畔回声——我的故土情怀

散文三篇

史铁生

黄土地情歌

我总觉得自己还年轻呢,跟二十几岁的人在一起玩不觉得有什么障碍,偶尔想起自己已经四十岁,倒不免心里一阵疑惑。

某个周末,家里来了几个客人,都是二十出头的小伙子。小伙子们没有辜负好年华,都大学毕了业,并且都在谈恋爱;说起爱情的美妙,毫不避讳,大喊大笑。本该是这样。不知怎么话题一转,说起了插队。可能是他们问我的腿是怎么残废的,我说是插队时生病落下的。他们沉默了一会儿,其中一个说,"我爸我妈常给我讲他们插队时候的事"。我说,"什么什么,你再说一遍?"他又说了一遍,"我爸我妈,一讲起他们插队时候的事,就没完。"

"你爸和你妈,插过队?"

"那还有错儿?"

"在哪儿?"

"山西。晋北。"

"你今年多大了?"

"二十一。知青的第二代,我是老大。"

"你爸你妈他们哪届的?"

"六六届,老高三。今年四十五了。"

不错,回答得挺内行。我暗想:这么说,我们这帮老知青的第二代都到了谈情说爱的年龄?这么说,再有个三五年,我们都可以当爷爷奶奶了?

"你哪年出生?"我愣愣地看他,还是有点儿不信。

"七零年。"他说,"我爸我妈他们六八年走的,一年后结婚,再一年后生了我。"

我还是愣着,把他从头到脚再看几遍。

"您瞧是不是我不该出生?"他调侃道。

"不不不。"我说。大家笑起来。

不过我心里暗想,他的出生,一定曾使他的父母陷入十分困难的处境。

"你爸你妈怎么给你讲插队的事?"

他不假思索,说有一件事给他印象最深:第一年他爸他妈回北京探亲,在农村干了一年连路费都没挣够,只好一路扒车。(扒车,就是坐火车不买票或只买一张站台票,让列车员抓住看你确实没钱,最多也就是把你轰下来。)没钱,可那时年轻,有一副经得起摔打的好身体,住不起旅馆就蹲车站,车上没你的座位你就站着,见查票的来了赶紧往厕所躲,躲不及就又被轰下去,轰下去就轰下去,等一辆车再上,还是一张站台票。归心似箭,就这样一程一程,朝圣般地向京城推进。如此日夜兼程,可是把他爸他妈累着了。有一次扒上一趟车,谢天谢地车上挺空,他爸他妈一人找了一条大椅子倒头便睡。接连几个小站过去,车上的人多了,有人把他爸叫起来,说座位是大家的不能你一个人睡,他爸点点头让人家坐下。再过一会儿,又有人去叫他妈起来。他爸看着心疼。爱情给人智慧,他爸灵机一动,指指他妈对众人说:"别理她,疯子。"众人于是退避三舍,听由他妈睡得香甜。

我说他的出生一定曾使他的父母陷入困境,不单是指经济方面,主要是指舆论。二十年前的中国,爱情羞羞答答的常被认为是一种不得不犯的错误;尤其一对知识青年,来到农村的广阔天地尚未大有作为,先谈情说爱,至少会被认为革命意志消沉。革命、进步、大有作为甚至艰苦奋斗,这些概念与爱情几乎是水火不相容的;革命样板戏里的英雄人物差不多全是独身。那时候,爱情如同一名逃犯,在光明正大的场合无处容身;戏里不许有,书里不许有,歌曲里也不许有。不信你去找,那时的中国的歌曲里绝找不到爱情这个词。以往的歌曲除了《国歌》,外国歌曲除了《国际歌》,一概被指责为黄色。所以,我看着我这位年轻的朋友,心里不免佩服他父母当年的勇敢,想到他们的艰难。

但是二十岁上下的人,不谈恋爱尚可做到,不向往爱情则不可能,除非心理有毛病。

当年我们一同去插队的二十个人,大的刚满十八,小的还不到十七。我们从北京乘火车到西安、到铜川,再换汽车到延安,一路上嘻嘻哈哈,感觉就像是去旅游。冷静时想一想未来，浪漫的诗意中也透露几分艰险，但"越是艰险越向前"，大家心里便都踏实些，默默地感受着崇高与豪迈。然后互相勉励："咱们不能消沉。""对，对。""咱们不能学坏。""那当然。""咱们不能无所作为。""人的能力有大小，只要……""咱们不能抽烟。""谁抽烟咱们大伙抽谁！""更不能谈恋爱，不能结婚。""唏——！"所有人都做出一副轻蔑或厌恶的表情，更为激进者甚至宣称一辈子不做那类庸俗的勾当。但是插队的第二年，我们先取消了"不能抽烟"的戒律。在山里受一天苦，晚上回来常常只能喝上几碗"钱钱饭"，肚子饿，嘴上馋，两毛钱买包烟，够几个人享受两晚上，聊补嘴上的欲望这是最经济的办法了。但是抽烟不可让那群女生看见，否则让她们看不起。这就有些微妙，既然立志独身，何苦又那么在意异性的评价呢？此一节不及深究，紧跟着又纷纷唱起"黄歌"来。所谓"黄歌"，无非是《莫斯科郊外的晚上》呀，《喀秋莎》呀，《灯光》《小路》《红河谷》，等等。不知是谁弄来一本《外国名歌200首》，大家先被歌词吸引。譬如："一条小路曲曲弯弯细又长，一直通向迷雾的远方，我要沿着这条细长的小路，跟随我的爱人上战场……"譬如："有位年轻的姑娘，送战士去打仗。他们黑夜里告别，在那台阶前。透过淡淡的薄雾，青年看见，在那姑娘的窗前，还闪烁着灯光。"多美的歌词。大家都说好，说一点都不"黄"，说不仅不"黄"而且很革命。于是学唱。晚上，在昏暗的油灯下认真地学唱，认真的程度不亚于学"毛选"。推开窑门，坐在崖畔，对面是月色中的群山，脚下就是那条清平河，哗哗啦啦日夜不歇。"正当梨花开遍了天涯，河上飘荡柔曼的轻纱，喀秋莎站在那峻峭的岸上，歌声好像明媚的春光。"歌声在大山上撞起回声，顺着清平川漫散得很远。唱一阵，歇下来，大家都感动了，默不作声。感动于什么呢？至少大家唱到"姑娘"、"爱人"时都不那么自然。意犹未尽，再唱："走过来坐在我的身旁，不要离别得这样匆忙，要记住红河谷你的故乡，还有那热爱你的姑娘。"难道这歌也很革命吗？管他的！这歌更让人心动。那一刻，要是真有一位姑娘对我们之中的不管谁，表示与那歌词相似的意思，谁都会走过去坐在她的身旁。正如"毛选"中云："民主是主流，反民主的反动只是一股逆流"一样，对二十岁上下的人来说，爱情是主流，反爱情的反动也只是一股逆流。不过这股逆流一时还很强大，仍不敢当着女生唱这些歌，怕被骂作流氓，爱情的主流只在心里涌动。既是主流，就不可阻挡。有几回下工回来，在山路上边走边唱。走过一条沟，翻过一道梁，唱得正忘情，忽然迎头撞上了一个或是几个女生，虽赶忙打住但为时已晚，料必那歌声已进入姑娘的耳朵（但愿不仅仅是耳朵，还有心田）。这可咋办？大家慌一阵，说："没事。"壮自己的胆。说："管她们的！"撑一撑男子汉的面子。"她们听见了吗？""那还能听不见？""她们的脸都红了。""是吗？""当然。""听他胡说呢。""嘿，谁胡说谁不是人！""你看见的？""废话。"这倒是个不坏的消息，是件值得回味的事，让人微微地激动。不管怎么说，这歌声在姑娘那儿有了反应，不管是什么反应吧，总归比仅仅在大山上撞起回声值得考虑。主流毕竟是主流，不久，我们听见女生们也唱起"黄歌"来了："小伙子你为什么忧愁？为什么低着你的头？是谁叫你这样伤心？问他的是那赶车的人……"

想来，人类的一切歌唱大概正是这样起源。或者说一切艺术都是这样起源。艰苦的生活需要希望，鲜活的生命需要爱情，数不完的日子和数不完的心事，都要诉说。民歌尤其是这样。陕北民歌尤其是这样。"百灵子过河沉不了底，三年两年忘不了你。有朝一日见了面，知心的话儿要拉遍。""蛤蟆口灶火烧干柴，越烧越热离不开。""鸡蛋壳壳点灯半炕炕明，烧酒盅盅量米不嫌哥哥穷。""白脖子鸭儿朝南飞，你是哥哥的勾命鬼。半夜里想起干妹妹，狼吃了哥哥不后悔。"情歌在一切民歌中都占着很大的比例，说到底，爱是根本的希望，爱，这才需要诉说。在山里受苦，熬煎了，老乡们就扯开嗓子唱，不像我们那么偷偷摸摸的。爱嘛，又不是偷。"墙头上跑马还嫌低，面对面睡觉还想你。把住哥哥亲了个嘴，肚子里的疙瘩化成水。"但是反爱情的逆流什么时候都有："大红果子剥皮皮，人家都说我和你，本来咱俩没关系，好人摊上个赖名誉。""不怨我爹来不怨我娘，单怨那媒人嘴长。""我把这个荷包送与你，知心话儿说与你，哥哎哟，千万你莫说是我绣下的。你就说是十字街上买来的，掏了（么）三两银，哥哎哟，千万你莫说是我绣下的。"不过我们已经说过了，主流毕竟是主流，把主流逼急了是要造反的："你要死哟早早些死，前晌死来后晌我兰花花走。""对面价沟里拔黄蒿，我男人倒叫狼吃了。先吃上身子后吃上脑，倒把老奶奶害除了。""我把哥哥藏在我家，毒死我男人不要害怕。迟来早去是你的人，跌到一起再结婚。"真正是无法无天。但上帝创造生命想必不是根据法，很可能是根据爱；一切逆流即便是有法的装饰，也都该被打倒。老乡们真诚而坦率地唱，我们听得骚动，听得心惊，听得沉醉，那情景

❖ 崖畔回声——我的故土情怀

才用得上"再教育"这三个字呢。我在《插队的故事》那篇小说中说过，陕北民歌中常有些哀婉低回的拖腔，或欢快嘹亮的呐喊，若不是在舞台上而是在大山里，这拖腔或呐喊便可随意短长。比如说《三十里铺》："提起——这家来家有名……"比如《赶牲灵》："走头头的那个骡子儿哟——三盏盏的那个灯……""提起"和"骡子儿哟"之后可以自由地延长，直到你心里满意了为止。根据什么？我看是根据地势，在狭窄的沟壑里要短一些，在开阔的川地里或山顶上就必须长，为了照顾听者的位置吗？可能，更可能是为了满足唱者的感觉：天人合一，这歌声这心灵，都要与天地构成和谐的形式。

民歌的魅力之所以长久不衰，因为它原就是经多少代人锤炼淘汰的结果。民歌之所以流传得广泛，因为它唱的是平常人的平常心。它从不试图揪过耳朵来把你训斥一顿，更不试图把自己装点得多么白璧无瑕甚至多么光彩夺目；它没有吓人之心，也没有取宠之意；它不想在众人之上，它想在大家中间，因而它一开始就放弃拿腔弄调和自命不凡；它不想博得一时癫狂的喝彩，更不希望在其脚下跪倒一群乞讨恩施的"信徒"；它的意蕴是生命的全息，要在天长地久中去体味。道法自然，民歌以真诚和素朴为美。真诚而素朴的忧愁，真诚而素朴的爱恋，真诚而素朴的希冀与憧憬，变成曲调，贴着山走，沿着水流，顺着天游信着天游；变成唱词，贴着心走沿着心流顺着心游信着心游。

其实，流行歌曲的起源也应该是这样——唱平常人的平常心，唱平常人的那些平常的牵念，喜怒哀乐都是真的、刻骨铭心的、魂牵梦萦的，珍藏的也好坦率的也好都是心灵的作为，

◈ 散文三篇

而不是喉咙的集市。也许是我老了,怎么当前的流行歌曲能打动我的那么少?如果是我老了,以下的话各位就把它随便当成什么风刮过去拉倒。我想,几十几百年前可能也有流行歌曲,有很多也那么旋风似的东南西北地刮过(比如"大跃进"时期的、"文化大革命"时期的),因其不是发源于心因而也就不能留驻于心,早已被人淡忘了。我想,民歌其实就是往昔的流行歌曲之一部分,多少年来一直流传在民间因而后人叫它民歌。我想,经几十甚至几百年而流传至今的所有歌曲,或许当初都算得流行歌曲(不能流行起来也就不会流传下去),它们所以没有随风刮走,那是因为一辈辈人都从中听见自己的心,乃至自己的命。"门前有棵菩提树,站在古井边,我做过无数美梦,在它的绿荫间……""老人河啊,老人河,你知道一切,但总是沉默……"不管是异时的还是异域的,只要是从心里流出来的,就必定能够流进心里去。可惜,在此我只能列举出一些歌词,不能让您听见它的曲调,但是通过这些歌词您或许能够想象到它的曲调,那曲调必定是与市场疏离而与心血紧密的。我听有人说,我们的流行歌曲一直没有找到自己恰当的唱法,港台的学过了,东洋西洋的也都学过了,效果都不好,给人又做偷儿又装阔佬的感觉。于是又有人反其道而行,专门弄土,但那土都不深,扬一把在脑袋上的肯定不是土壤,是浮土要么干脆是灰尘。"我家住在黄土高坡,大风从门前刮过",虽然"高"和"大"都用上了,听着却还是小气;因为您再听:"不管是东南风还是西北风,都是我的歌……"这无异于是声称,他对生活没有什么自己的看法,他没心没肺。真要没心没肺一身的仙风道骨也好,可那时候"风"里恰恰是能刮来钱的，挣钱无罪，可这你就不能再说你对生活没有什么看法了。假是终于要露马脚的。歌唱，原是真诚自由的诉说，若是连歌唱也假模假式起来，人活着可真就绝望。我听有人说起对流行歌曲的不满，多是从技术方面考虑，技术是重要的，我不懂，不敢瞎说。但是单纯的技术观点对歌曲是极不利的，歌么，还是得从心那儿去找它的源头和它的归宿。

　　写到这儿我怀疑了很久，反省了很久：也许是我错了？我老了？一个人只能唱他自己以为真诚的歌，这是由他的个性和历史所限定的。一个人尽管他虔诚地希望理解所有的人，那也不可能。一代人与一代人的历史是不同的，这是代沟的永恒保障。沟不是坏东西，有山有水就有沟，地球上如果都是那么平展展的，虽然希望那都是良田但事实那很可能全是沙漠。别做暴君式的父辈，让儿女都跟自己一般高（我们曾经做那样可怜的儿女已经做得够够的了）。此文开头说的那位二十一岁的朋友——我们知青的第二代，他喜欢唱什么歌呢？有机会我要问问他。但是他愿意唱什么就让他唱什么吧，世上的紧张空气多是出于瞎操心，由瞎操心再演变为穷干涉。我们的第二代既然也快到了恋爱的季节，我们尤其要注意：任何以自己的观念干涉别人爱情的行为，都只是一股逆流。

相逢何必曾相识

　　等有一天我们这伙人真都老了，七十、八十甚至九十，白发苍苍还拄了拐棍儿，世界归根结底不是我们的了，我们已经是（夏令时）傍晚八九点钟的太阳，即便到那时候，如果陌路相逢我们仍会因为都是"老三届"人而"相逢何必曾相识"。那么不管在哪儿,咱们找一块不碍事的地方坐下——再说那地方也清静。"您哪届?""六六。您呢?"(当年是用"你",那时都说"您"了,由此见出时间的作用)"我六八。""初六八、高六八?""老高一。""那您大我一岁,我老初三。"倘此时有一对青年走过近旁,小伙子有可能拉起姑娘快走,疑心这俩老家伙念的什么咒语。"那时候您去了哪儿?""云南(或者东北、内蒙古、山西)。您呢?""陕北,延安。"这就行了,我们大半身世就都相互了然,这永远是我们之间最亲切的问候和最有效的沟通方式,是我们这代人的专利。六六、六七、六八,已经是多么遥远的年代。要是那一对青年学过历史,他们有可能忽然明白那不是咒语,那是二十世纪中极不平常的几年,并且想起他们曾背诵过几个拗口的词句:插队,知青,接受贫下中农的再教育……如果他们恰恰是钻研史学的,如果他们走来,如同发现了活化石那样地发现了我们,我想我们不会介意。历史还要走下去,我们除了不想阻碍它之外,正巧想为"归根结底不是我们的"世界有一点用处。

  我们能说点什么呢?上得了正史的想必都已上了正史。几十年前的喜怒哀乐和几百几千年前的喜怒哀乐一样,都根据当代的喜怒哀乐为想象罢了。我们可以讲一点儿单凭想象力所无法触及的野史。

  比如,要是正史上写"千百万知识青年满怀革命豪情奔赴农村、边疆",您信它一半足够了,记此正史的人必是带了情绪。我记得清楚,1968年末的一天,我们学校专门从外校请来一位工宣队长,为我们作动员报告,据说该人在"上山下乡的动员工作"上很有成就。他上得台来先是说:"谁要捣乱,我们拿他有办法。"台下便很安静了。然后他说:"现在就看我们对毛主席忠还是不忠了。"台下的呼吸声就差不多没有了,随后有人带头喊亮了口号。他的最后一句话尤为简洁有力:"你报名去,我们不一定叫你去,不报名的呢,我们非叫你去不可。"因而造成一段历史疑案:有多少报了名的是真心想去的呢?

什么时候也有勇敢的人,您说出了大天来他就是不去,不去不去不去威吓使那位工宣队长者反而退却,这里面肯定含着一条令人快慰的逻辑。

我去延安。我从怕去变为想去,主要是好奇心的驱使,是以后屡屡证明了惯做白日梦的禀性所致,以及不敢违潮流之怯懦的作用。唯当坐上了西行的列车和翻山越岭北上的卡车时,才感受到一缕革命豪情。唯当下了汽车先就看见了一些讨饭的农民时,才于默然之间又想到了革命。也就是在那一路,我的同学孙立哲走上了他的命定之途,那是一本《农村医疗手册》引发的灵感,他捧定那书看了一路说:"咱们干赤脚医生吧。"大家都说好。

我们到村里的第二天就有人来找立哲看病,我们七手八脚地都作他的帮手和参谋。第一个病人是个老婆儿——发烧、发冷,满脸起红斑。立哲翻完了那本《农村医疗手册》说一声:"丹毒"。于是大伙把从北京带来的抗生素都拿出来,把红糖和肉松也拿出来。老婆儿以为那都是药,慌慌地问:"多少价?"大伙回答:"不要钱。"老婆儿惊诧之间已经发了一身透汗,第一轮药罢病已好去大半,单是那满脸的红斑经久不消。立哲再去看书，又怀疑是否红斑狼疮，这才想起问问病史，老婆儿摸摸脸："你是问这？胎里作下的嘛。""生下来就有？噢——嘛！"当然，后来立哲的医道日益精深，名不虚传。

立哲后来成了全国知名的知青典型，这是正史上必不可少的一页。但若正史上说他有多么高的政治水平，您连十分之一都甭信。立哲要是精于政治，"四人帮"也能懂人道主义了。立哲有的是冲不垮的事业心和磨不尽的人情味，仅此而已。再加上我们那地方缺医少药，是贫病交困的农民们把他送上了行医的路。所以当"四人帮"倒台后，有几个人想把立哲整成"风派""闹派"时，便有几封数百个农民签名（或委托）的信送去北京，担保他是贫下中农最爱戴的人。

历史总归会记得，那块古老的黄土地上曾经来过一群北京学生，他们在那儿干过一些好事，也助长过一些坏事。比如，我们激烈地反对过小队分红。关家庄占据着全川最好的土地，公社便在此搞大队分红试点，我们想，越小就越要滋生私欲，越大当然就越接近公，一大二公嘛，就越看得见共产主义的明天。谁料这样搞的结果是把关家庄搞成全川最穷的村了。再比如，我们吆三喝四地批斗过那些搞投机倒把或出门耍手艺赚钱的人，吓得人家老婆孩子"好你了，好你了"一个劲儿央告。还有，在"以粮为纲"的激励下，知识青年带头把村里果树砍了，种粮食。果树的主人躲在窑里流泪，真仿佛杨白劳再世又撞见了黄世仁。好在几年后我们知道不能再那么干了，我们开始弄懂一些中国的事了。读了些历史也看见了些历史，读了些理论又亲历了些生活，知道再那样干不行。尤其知青的命运和农民们的命运已经连在一起了，这是我们那几届"老插"得天

❖ 崖畔回声——我的故土情怀

独厚之处,至少开始两年我们差不多绝了回城的愿望,相信就将在那高原上繁衍子孙了,谁处在这位置谁都会幡然醒悟,那样干没有活路的。

当然,一有机会我们还是都飞了,飞回城,飞出国,飞得全世界都有。这现象说起来复杂,要想说清其中缘由,怕是得各门类学者合力去写几本大书。

1984年我在几位作家朋友的帮助下又回了一趟陕北。因为政策的改善,关家庄的生活比十几年前自然是好多了。不敢说丰衣,钱也还是没有几个,但毕竟足食了。乡亲们迎我到村口,家家都请我去吃饭,吃的都是白面条儿。我说我想吃杂面条儿,众人说:"哎呀——,谁晓得你爱吃那号儿?"但是,农民们还是担心,担心政策变了还不是受穷?担心连遇灾年还不是要挨饿?陕北,浑浊的黄河两岸,赤裸的黄土高原,仍然是得靠天吃饭。

那年我头一次走了南泥湾。歌里唱好是"陕北的好江南",我一向认为是艺术夸张,但亲临其地一看,才知道当年写歌词的人都还没学会说假话呢。那儿的山是绿的,水是清的,空气也是湿润的,川地里都种的水稻,汽车开一路,两旁的树丛中有的是野果和草药,随时有野鸡、野鸽子振翅起落。究其所以,盖因那满山遍野林木的作用。深谙历史的人告诉我,几千年前的陕北莽莽苍苍都是原始森林,但是一出南泥湾的地界,无边无际又全是灼目的黄土了。我想,要是当年我们一来就开始种树造林,现在的陕北已是一块富庶之地了。我想要是那样,这高原早已变绿,黄河早已变清了。我想眼下这条浑浊的河流,这片黄色的土地,难道是民族的骄傲吗?其实是罪过,是耻辱。但是见过了南泥湾，心里有了希望：种树吧种树吧种树吧，把当年红卫兵的热情都用来种树吧，让祖国山河一片绿吧！不如此不足使那片贫穷的土地有个根本的变化。

  篇幅所限，不能再说了。插队的岁月忘不了，所有的事都忘不了，说起来没有个完。自己为自己盖棺论定是件滑稽的事，历史总归要由后人去评说。再唠叨两句闲话作为结束语吧：要是一罐青格凌凌的麻油洒在了黄土地上，怎么办？别着急，把浸了油的黄土都挖起来，放进锅里重新熬，当年乡亲们的日子就是这么过的。再有，现在流行"侃大山"一语，不知与我们当年的掏地有无关联？掏地就是刨地，是真正抡圆了镢头去把所有僵硬的大山都砍得松软，我们的青春就是这样过的。还有一件值得回味的事，我们十七八岁去插队时，男生和女生互相都不说话，心里骚骚动动的但都不敢说话，远远地望一回或偶尔说上一句半句，浑身热热的但还是不敢说下去，我们就是这样走进了人生的。这些事够后世的年轻人琢磨的，要是他们有兴趣的话。

几回回梦里回延安

  从小我就熟读了贺敬之的一句诗："几回回梦里回延安，双手搂定宝塔山。"谁想到，我现在要想回延安，真是只有靠做梦了。不过，我没有在梦中搂定过宝塔山，清平湾属延安地区，但离延安城还有一百多里地。我总是梦见那开阔的天空，黄褐色的高原，血红色的落日里飘着悠长的吆牛声。有一个梦，我做了好几次：和我一起拦牛的老汉变成了一头牛……我

❖ 崖畔回声——我的故土情怀

知道,假如我的腿没有瘫痪,我也不会永远留在清平湾;假如我的腿现在好了,我也永远不会回到清平湾去。我不知道怎样才能把这个矛盾解释得圆满。说是写作者惯有的虚伪吧?但我想念那儿,是真的。而且我发现,很多曾经插过队的人,也都是真心地想念他们的清平湾。

有位读者问我,为什么我十年之后才想起写那段生活?而且至今记得那么清楚,是不是当时就记录下了许多素材,预备日后写小说?不是。其实,我当时去过一次北京动物园,想跟饲养野牛的人说说,能不能想个办法来改良我们村里耕牛的品种。我的胆量到此为止,我那时没想过要当作者。我们那时的插队,和后来的插队还不一样;后来的插队都更像是去体验生活,而我们那时真是感到要在农村安排一生的日子了——起码开始的两年是这样。现在想来,这倒使后来的写作得益匪浅。我相信,体验生活回延安和生活体验是两回事。抱着写一篇什么的目的去搜集材料,和于生活中有了许多感想而要写点什么,两者的效果常常相距很远。从心中流出来的东西可能更好些。

因病回京后,我才第一次做了写小说的梦。插过队的人想写作,大概最先都是想写插队,我也没有等到十年后。我试了好几次,想写一个插队的故事。那时对写小说的理解就是这样:写一个悬念迭起、感人泪下的故事。我编排了很久,设计了正面人物、反面人物,安排了诸葛亮式的人物、张飞式的人物。结果均归失败。插过队的人看了,怀疑我是否插过队;没插过队的人看了,只是从我应该有点事做这一方面来鼓励我,却丝毫不被我的"作品"所感动。费了九牛二虎之力,得此效果，感觉跟上吊差不多。幸亏我会找辙，我认为我虽有插队生活，但不走运——我的插队生活偏偏不是那种适合于写作的插队生活。世界上的生活似乎分两种，一种是只能够过一过的生活，另一种才能写。写成小说的希望一时渺茫。可是，那些艰苦而欢乐的插队生活却总是萦绕在我心中，和没有插过队的朋友说一说，觉得骄傲、兴奋；和插过队的朋友一起回忆回忆，感到亲切、快慰。我发现，倒是每每说起那些散碎的往事，所有人都听得入神、感动；说的人不愿意闭嘴，听的人不愿意离去。说到最后，大家都默然，分明都在沉思，虽然并不见得能得出多么高明的结论。每当这时，我就觉得眼前有一幅雄浑的画面在动，心中有一支哀壮的旋律在流。再看自己那些曲折奇异的编排，都近于嚼舌了。这种情况重复了也许有上百次，就过了十年。我才想到，十年磨灭不了的记忆，如果写下来，读者或许也不会很快淡忘。十年磨灭不了的记忆，我想其中总会有些值得和读者一块来品味、来深思的东西。于是我开始写，随想随写，仿佛又见到了黄土高原，又见到了清平湾的乡亲，见到了我的老黑牛和红腱牛……只是不知道最终写出来能不能算小说。当然，我也不是完全盲目。通过琢磨一些名家的作品（譬如：海明威的、汪曾祺的），慢慢相信，多数人的历史都是由散碎、平淡的生活组成，硬要编派成个万转千回、玲珑剔透的故事，只会与多数人疏远；解解闷儿可以，谁又会由之联想到自己平淡无奇的经历呢？谁又会总乐得为他人的巧事而劳神呢？艺术的美感在于联想，如能使读者联想起自己的生活，并以此去补充作品，倒使作者占了便宜。这些说道一点不新，只是我用了好些年才悟到。

❖ 崖畔回声——我的故土情怀

　　我没有反对写故事的意思，因为生活中也有曲折奇异的故事。正像没有理由反对其他各种流派一样，因为生活中有各种各样的事和各种各样的逻辑。艺术观点之多，是与生活现象之多成正比的。否则倒不符合历史唯物主义了。我只敢反对一种观点，即把生活分为"适于写的"和"不适于写的"两种的观点。我的这个胆量实在也是被逼出来的。因为我的残腿取消了我到各处去体验生活的权利，所以我宁愿相信，对于写作来说，生活是平等的。只是我写作的面无疑要很窄，作品的数量肯定会不多，但如果我不能把所写的写得深刻些，那只能怪罪我的能力，不能怪罪生活的偏心。所有的生活都有深刻的含意。我给自己的写作留下这一条生路，能力的大小又已注定，非我后悔所能改善的，只剩了努力是我的事。

　　有位读者问我，一旦我的生活枯竭了怎么办？或者以前积累的素材写完了怎么办？我这样想：我过去生活着，我能积累起素材，我现在也生活着，我为什么不能再积累起素材呢？生活着，生活何以会枯竭呢？死了，生活才会枯竭，可那时又不必再写什么了。虽然如此，我却也时时担心。文思枯竭了的作者并非没有过，上帝又不单单偏爱谁。但我倾向于认为，文思枯竭的人往往不是因其生活面窄，而是因为思想跟不上时代，因为抱着些陈规陋习，懒散和遇见到新事而看不惯。我就经常以此自警。不断地学习是最重要的。否则，即便有广阔的生活面也未必能使自己的思想不落伍。勤于学习和思考，却能使人觉到身边就有永远写不完的东西。我当然希望自己也有广阔一点的生活面。视野的开阔无疑于写作更有利，能起到类似"兼听则明"的作用。我知道我的局限。我想用尽量地多接触人来弥补。我寄希望于努力。不知我借以建立信心的基础有什么错误没有。退一步说，不幸真活到思想痴呆的一天，也还可以去干别的，天无绝人之路，何况并非只有写小说才算得最好。

还有的读者在来信中谈到清平湾的音乐性。我不敢就这个话题多说。假如清平湾真有点音乐性，也纯粹是蒙的。我的音乐修养极差，差到对着简谱也唱不出个调儿来。但如果歌词写得好，我唱不出来，就念，念着念着也能感动。但那歌词绝不能是"朋友们，让我们热爱生活吧"一类，得是"哥哥你走西口，小妹妹也难留，手拉着哥哥的手，送哥到大门口"一类。前一种歌，我听了反而常常沮丧，心想：热爱生活真是困难到这一步田地了么？不时常号召一下就再不能使人热爱生活了么？不。所以我不爱听。而听后一种歌，我总是来不及做什么逻辑推理，就立刻被那深厚的感情所打动，觉得人间真是美好，苦难归苦难，深情既在，人类就有力量在这个星球上耕耘。所以，我在写清平湾的时候，耳边总是飘着那些质朴、真情的陕北民歌，笔下每有与这种旋律不和谐的句子出现，立刻身上就别扭，非删去不能再往下写。我真是喜欢陕北民歌。她不指望教导你一顿，她只是诉说；她从不站在你头顶上，她总是和你面对面、手拉手。她只希望唤起你对感情的珍重，对家乡的依恋。刚去陕北插队的时候，我实在不知道应该接受些什么再教育，离开那儿的时候我明白了，乡亲们就是以那些平凡的语言、劳动、身世，教会了我如何跟命运抗争。现在，一提起"中国"二字（或"祖国"二字），我绝想不起北京饭店，而是马上想起黄土高原。在这宇宙中有一颗星球，这星球上有一片黄色的土地，这土地上有一支人群：老汉、婆姨、后生、女子，拉着手，走，犁尖就像唱针在高原上滑动，响着质朴真情的歌。

　　我不觉得一说苦难就是悲观。胆小的人走夜路，一般都喜欢唱高调。我也不觉得编派几件走运的故事就是乐观。生活中没有那么多走运的事，企望以走运来维持乐观，终归会靠不住。不如用背运来锤炼自己的信心。我总记得一个冬天的夜晚，下着雪，几个外乡来的吹手坐在窑前的篝火旁，窑门上贴着喜字，他们穿着开花的棉袄，随意地吹响着唢呐，也凄婉，也欢乐，祝福着窑里的一对新人，似乎是在告诉那对新人，世上有苦也有乐，有苦也要往前走，有乐就尽情地乐……雪花飞舞，火光跳跃，自打人类保留了火种，寒冷就不再可怕。我总记得，那是生命的礼赞，那是生活。

　　我自己遗憾怎么也不能把清平湾写得恰如其分。换个人写，肯定能写得好。我的能力不行。我努力。

自由的土地

陶 正

　　自由花指的是山丹丹花。在那个万花纷谢的季节——这不是说我到陕北正值冬季,是说那时无论春夏秋冬,都只有一种花开得热闹:葵花。

　　葵花五大三粗,模样很憨厚,其实却极乖巧。它脑袋特别灵,扭来扭去,时时将一张大脸呈向太阳,绕得采光吸热肥了自己,还落了个好名声。山丹丹花往往开在背洼洼里,它也需要阳光,那仅仅是指自然的白昼。它把自然的光折成自己的颜色:红。那红却很新鲜,很本分,没有丝毫的胁迫感,没有脂粉气。

　　葵花的果实很显眼。它还要低头哈腰,添一笔谦逊羞涩的戏剧效果。山丹丹不。它似乎没有果实,开就开了,败就败了,开不争春,败不悲秋,留给世界的是一股清气,一种诗境,一些幽幽脉脉的启示和挑逗。

　　山丹丹遍布陕北高原,偏又星星点点,开不成花团锦簇。有意寻找它,你可能眼空无物,白白惹出莫名的惆怅;无意中的一瞥，你又可能发现它——它就在咫尺之间，开得又散漫，又执着，又热烈，又冷清。

我写过不少小说，也得过奖，其中一篇获奖小说就是写陕北的。人们给了我一些誉美的称谓。我最喜欢的却是其中最不正规、最不显身价的一种：老山花。因为，它不是委任、赏赐的；不是大拨轰或死乞白赖争来的。它是生活的名字，爱称，我的奶名儿。听人叫奶名儿，你只会觉得亲切，不会有那种进入角色的沉重反应。

我上中学的时候，就喜欢文学。命题作文一挥而就，应时应景的墙报稿节日诗更是信手拈来。主题积极，情感健康，借鉴拼凑得也比较巧妙。当然，我不是文抄公，并不曾抄袭搬用任何一篇范文；我的楷模是当时一统社会的大文章。我也没弄虚作假，确实是先用神圣的感情压住了心底的腌臜。学校的教育不仅使我掌握了文法，也使我懂得了如何把握自己的思想感情，不让它出格越轨、离经叛道。所以，表面上我是笔意恣肆，其实只是能自如地选择标准答案罢了。

"文化大革命"来了个"试看天地翻覆"。我也随着被颠倒的历史被颠倒过来。写八股文的笔变成了如意金箍棒，指点江山，激扬文字，横扫千军如卷席。再没有人判分儿、写评语，更不用说命题授意透露答案。我信马由缰，想写什么写什么，想怎么写怎么写。写政治檄文，敢把皇帝拉下马；写讽刺小品，粪土当年万户侯。毛泽东以身作则猛写旧体诗，我也紧跟效颦，平平仄仄乱抡一气。当时的感觉真是淋漓畅快，自由之极。我就从这自由中得到了文学创作的乐趣。

可是，几年之后，当我的感情已像岩浆喷放后的火山，空洞虚乏了的时候，再翻看自己的文学档案，我又有些惘然——我自以为是沾着心血写出来的东西，竟也显露了空虚，不像是我的了。是我的，也是扶乩之作。仿佛冥冥之中还是有一只大手在操纵我的笔，所谓信马由缰还是信由着一根无形的缰绳驾驭着我的心猿意马。我不能不负责任——为自己在沙盘上划拉出的呓语，为马蹄踏出的污痕，为岩浆漫出的黑灰废墟。然而，一旦承当起来，我又觉得不堪其重，压迫出一种受愚弄的委屈。

这时，我到了陕北。红彤彤的新世纪憧憬和灰蒙蒙的废墟梦魇俱往矣。面前只是一派土黄色的现实。没有任何文学目的，更没诗情画意——如果不考虑这时代大潮本身的史诗性和它的发动者的诗人气质的话。土黄色的现实反衬着文学的轻浮奢侈，正如计工分的方式宣告着微积分的多余。

我倒没有消沉。新的生活又使我昂扬起来了。我当时的全部感受只用一个字就可以概括：干。嘴里还得说"接受再教育"，心里念叨的是改造农村改造中国。我也真想在革命圣地学到什么革命传统。陕北穷、落后、能大有作为，这是真的。志同道合的十七个人编成一组，专挑荒僻穷困的地方落草扎寨。延川县关庄公社鸭巷大队偏远闭塞，好地方！一个工两毛多钱，三口人一床棉被，好生活！贴春联不会写字用月饼模子扣圆圈儿，有味儿！种地要走出二十里，砍柴要走出三十里，赶集买盐要走出四十里，提神儿！这是一块被革命遗忘了的土地。这是一块革命者大有可为的土地。干！有了虱子才痒痒，找到虱子才兴奋，掐死虱子才痛快！于是，玩儿命地干农活之外，我们建广播站，办扫盲班，组织青年突击队，搞农业科学实验……我们十七个人率先进入共产主义，各尽所能，按肚皮大小配糠团儿麸饼糊涂粥，吃完大锅饭披星戴月四面出击，进行阶级调查、历史调查、文化调查、医疗卫生调查、地质资源调查，描绘改天换地的宏伟蓝图……我们以无私无畏的卖命精神很快地取信于民，当上了饲养员、赤脚医生、保管、出纳、会计、队长、书记、教师，全面篡夺了庄里的党政财文大权……我们与全国各地交流，借它山之石攻玉，手刻油印小报，发往黑龙江、内蒙古、山西、云南……

我是小报的主办人。收工回窑，点一盏油灯，写稿，编辑，刻版，印刷，忙得不亦乐乎。这仍不是搞文学，是干革命。而这革命却又一反过去，露出了随意、即兴、我行我素的性情。我可以无视灰色的理论，与朋友们探讨该不该搞点"资本主义"；可以摘登北疆兵团战友抄录的俄罗斯民歌："明天离别时，亲人的兰头巾，将在船尾飘扬"；可以大发感慨："乘风云端下，始知人间苦"；还可以自创哲理："人也许都是自私的，问题在于这私心的取向。比如我，归根结底是要以献身的行为求得一种精神上的乐趣，一种高尚的自我满足……"

上面有人干预了。《人民日报》和《红旗》杂志的专员不耻下问："你们为什么办刊物？""很简单，为革命。""经过批准了吗？""没有，革命无须谁来批准。"唇枪舌剑，义正词严。查背景？没有。纯粹的自发，绝对的自主，自然而然的自由。查表现？没问题。我们从不偷鸡摸狗，打架斗殴，连朦胧的爱情也被干过来的革命挤得半死。鸭巷的乡亲们更是众口一声：我们庄的北京学生，好得太！

县里也来人过问了："始知人间苦……这个'苦'字……

1957年，就凭这一个字就能定右派哩……"怎么？陕北不苦吗？一穷二白是不是苦？以苦为乐是不是革命口号？本地人把劳动叫"受苦"，夸我们能干说"有苦"，心疼我们没事儿找事儿干说是"苦太重"，他们反动不反动？

不反动。县里的人也不觉得我们反动，只是上行下效，做做官样文章罢了。当时在县委宣传部的曹谷溪爱文惜才，又有感情共鸣，更是为我们美言了一番。在这片曾是革命中心，后来又远离革命中心的黄土高原上，那种无情的、你死我活的革命已像出土文物似的暗淡了色彩，又像土窑里的粮食囤酸菜缸，浸溢着一股温和湿润的人情味儿。

就连我们的革命，也在不知不觉之中被乡风民情淡化、软化了。

冬天搞"清队"，我们开会批判庄里唯一的老地主。我正在慷慨激昂，会场中有人走出来，漫不经心地给老地主披上了一件老羊皮袄。

搞"一打三反"，一个后生领呼口号亵渎了神圣。我明知他是走嘴出偏，也得举案上报。公社书记却轻描淡写：那人是个"二杆子"，算逑了！

我们阻止社员掏崖上的肥土，反对乱开"十边地"——陕北开荒，河南遭殃！这可不是当年闹大生产了，全国人民要一盘棋！生产队长听了，连连称是。可是，过些天再到那里一看，土崖已掏得光不溜溜，地畔已翻得寸草无存，附近的青苗长得格外好……三番五次，不知从哪一天起，我们的老镢儿也鬼使神差地伸向了崖畔……

我们打击"小自由"，对私开的"偷留地"来了次大扫荡，未成熟的糜谷菜水无一幸免。可是，收秋的时候，社员们又起早摸黑，从不知什么地方担回了私种的玉米洋芋……斗转参横，两年过后，我们竟主动提出把窑前窑后的果木分到农户；竟怂恿队里放出闲余劳力外出经商，把"资本主义尾巴"抻得更长；竟嘻嘻哈哈看一个雇农老光棍和一个地主的老寡妇搞阶级调和，合二为一做老伴儿……

渐渐地，我们熟悉和适应了这一方土地。我们也渐渐地被这一方土地真正接受了。我们在抗拒"接受再教育"的尝试中受了教育，在改造农村的努力中改造了自己。

我说山丹丹是自由的，也是说养育它的土地是自由的。实际上，我并不记得是什么时候认识了这种山花——起码刚到陕北时还没有寻花问柳的心思。我是先对那里的人、空气和土壤有了感情，才喜欢那里的山水花草。山丹丹带有象征性，尤其是后来，命运又把我引上了文学道路，它就更作为一种形象思维中的图腾，在我心里扎根了。

我的重操旧业是潜移默化的，也如那不知何时孕育、发芽、含苞和开放的山花。我当过民办教师，一个会教五个年级，课本不全或分不开身，就编段打油诗，把从学前班到五年级的娃娃们召到一起，让他们读之写之，背之诵之，误人子弟。我又主办农民夜校，写顺口溜串上些常用字：一家二三口，干了四五年，有了六七百块钱，迎个十八九的女子来过年。教完，接过哪个老汉后生的烟袋，吧嗒吧嗒喷云吐雾，云山雾罩讲山外的稀罕事儿，免不了又添枝加叶儿创作一番。过年了，庄里人闹红火。当时最红最火的是革命样板戏。我和同伴就叫上庄里的后生女子一块儿排演《红灯记》。正值举国声讨"歪曲样板戏"的大气候，一些文艺团体一心增色反倒沦为有意抹黑。我却真是有意抹黑——用锅底黑把晒不黑的白脸儿抹成李玉和的英雄本色。反正陕北的小气候四季如春。再用红粉笔沫儿调蛤蜊油搽红两腮，再用马粪纸糊大壳帽，帽檐上缀个酒瓶盖儿，再用烟盒里的锡纸包上扣子，再拧下手电筒的底盖权当怀表，再把吊井水用的足有十几斤的铁链子挂在脖子上，便哗啦哗啦上了场。庄里人又开心又怜悯地指着我叫"受松"，乡音土语勾得我道白时串进了陕北味儿。唱词不熟丢三落四即兴修改没麻达。唱戏像唱歌洋腔土嗓加跑调儿。我又唱《沙家浜》，穿上从永坪油矿借来的国军戏装，扮刁德一耀武扬威阴阳怪气老是夺阿庆嫂的戏。乡亲们蹶在地上，骑在圪垯或树杈上，看得有滋有味儿。受不受教育的，熬煎一年了，乐呵乐呵是真的。前排蹶着的小学生"五妹儿"乐得疯疯癫癫："噫——照！照陶老师那个松样样儿！"我也忍俊不禁，刁德一竟扬手照"五妹儿"的屁股打了一巴掌……

苦中有乐，苦中寻乐，苦中作乐。小小的乐趣，也值得纪念。

清明吃豆腐："小青蒜，辣子面儿，芝麻盐儿，满满调上一大碗儿……"有红有绿有黑有白，好色彩！发洪水抢救羊群："洪水浑，洪水浑，挽臂下水救羊群。脚下一滑没了顶，出水已经离了村……"杂七杂八记了一大本儿，竟成了一部手抄诗集。我又突发奇想，要为鸭巷做一个规则沙盘，于是豁出去几天不挣工分，二搭不流上蹿下跳逛山景儿。站在山峁山梁，又来了诗兴。这回不写古体诗了，填词炼字太受限制。信天游多好，名字就美，美扎了！信手信意，上天入地，东游西

❖ 崖畔回声——我的故土情怀

走,整个一个陕北性情!"山梁梁上唱歌山沟沟里和,土窑窑里冷清心窝窝里热……豆钱钱儿稀饭酸菜汤,喝不饱肚子暖心肠……华尔街的情侣名古屋的客,问你的年华如何过?莫斯科红场的年轻人,生活的兴趣何处寻……"还是书生意气,还是少年狂热,也还是没有游离于社会的大范文。然而,不同了。这真真确确是我自己的了,是我的思想感情的自由宣泄。

自由从来就是美好的。文学创作的自由更是如此。它并不一定要摆脱什么规范,只不过由什么规范模具压榨出来罢了。

我的自由之作,有些甚至革命得出格过火。我又写了一个从未想发表的歌剧本:假设决定人类命运的第三次世界大战爆发了,我和同伴们这才告别陕北,慷慨从戎,奔赴解放全人类的战场,临别的誓言壮烈而深情:"一身献疆场,换来全球红旗迎风摆……到那时,洗净战尘,还回陕北来。"这是真情,是我用幻想形式表达的对现实的爱,对陕北的爱。"山可爱,水可爱,山山水水有我们汗水在,我们和这里的人们再也分不开。"尽管后来我离开了陕北,我也并不因此怀疑菲薄当初的感情;没有再为这一段文学史脸红——这很像爱情,像那种摆脱了包办婚姻后的恋爱,像初恋。即使它没有演进成谐老的婚配,即使日后情况有变或当事人情有所移,也不必否认这初恋的真纯。何况,我对文学的感情已经是永远的了;对陕北的感情已溶进我的文学信念和追求之中了。

陕北的情怀是博大的。它接受了飘零的花籽,像接受了一个流浪儿,尽管只有粗茶淡饭,却也视如亲生,抚育起来。等到这花籽发了芽,结了蕾,这孩子长大了,它又任从他再度浪迹天涯,寻求自己的人生。

❖ 自由的土地

　　插队后的第三个秋天，收获的季节，我被借调到延川县委从事文学创作——又是陕北的好风水，给了我这样一个自由发展的时机。那年，文苑仍是禁苑，面向工农兵的样板戏实际上是御花园里的贵族品种，三枝五朵，形影相吊。而我却得以和谷溪、路遥组班，播种和采集山川间的野花了。我们一边征寻本地的业余文学作品，一边炮制私货。我又拿出了办小报的十八般武艺，刻蜡版、画插图、推油墨滚子，钉出了一本本小诗集。在今天看来，这本诗集很不够档次，艺术粗糙、幼稚；思想简单、带着"帮气"。但是，在70年代初的霸道文坛上，一束山野之花能破土而出，与宫廷花匠们精心栽培的富贵花争夺生存权利，本身就是一种放肆行为，一种生机的显露，一种自由对于专制的挑衅。背阴的山屹崂孕育又袒护了它，使它非但没受到风雨挞伐，反而日益茁壮烂漫。油印的小册子很快又升格为铅印的《延安山花》，国内外发行几十万册。后来，延川县又创办了生生不息的《山花》文艺小报，招招摇摇登堂入室，造就了非常时期的反常现象，昭示了非常时期的反常现象，昭示了那"非常"的不正常和"反常"的正常。

　　可惜，这时我已经回到北京，作为"工农兵学员"学习专业创作了。"老山花"的爱称从陕北叫过来，使我颇有些忘乎所以。孰不知，山花的性情在天高皇帝远的陕北可以自由袒露，在帝京表现出来，便要大倒其霉了。由于涉猎了"爱与死"的一点点原则，人家以革命的名义折腾了我好几年。我抗争过，检讨过，也为保住创作权利写过违心之作。不过，当自由之风终又吹来，而且一阵暖似一阵时，山丹丹不死的根还是更早地冒出了新芽。我和挚友合作的长篇小说《魂兮归来》可

❖ 崖畔回声——我的故土情怀

算是文学解冻时期的重作。我的中篇小说《假释》在春情醉人之时又预示了"倒春寒"的可能。短篇小说《逍遥之乐》也是较早地呼吁了超脱物欲的精神追求，昭示了山花自在的美……我又四次重返陕北，膜拜这心中的图腾。每每踏上那黄色的土地，心头总兀地湿热，随之而来的是灵魂净化的清澄感。城市的喧嚣污染和功利重负也烟消云散。我又可以海阔天空了。

我并不想说陕北的一切都是美好的。起码，贫穷本身就是一种丑恶。

我只是要说：陕北对于我的情感操练是美好的。它使我在自由的呼吸中明白了自由的可贵，建立了自由的信念，开始了对自由的殷殷追求。

我也并不想说知识青年上山下乡运动全然正确，不想说什么青春无悔。这总有一种替什么人文过饰非和自我宽释的意味。

我只是要说：尽管我如果不到陕北，可能还会另有一条自我发展并造福于人的路，尽管另一种选择有可能使我们这一代更有力地推进历史的车轮，我毕竟是到陕北去了。毕竟是陕北的生活指引了我的事业和人生。

这就如同黄河。无论怎样评说它的千秋功罪，它也是中华民族的母亲河。

再说一件新近发生的小事，似乎和本文无关，其实又不无关联——

前年，我们插队的那个小山庄还没通电。据说架电线就差几千块钱，五六百口子村民们凑不齐。

◈ 自由的土地

于是庄里人想到他们迎来的又送走了的北京知青。一沓求援信发到了首都。

我们把这次看作是母亲对天涯游子的反哺需求。

凡是得知此事的"插友"们都二话不说掏了腰包。

5000元人民币寄到了第二故乡。

现代文明的血脉终于连通了鸭巷。

庄里立即有十几户人家看上了电视，有的还是大彩电……

噫，且住！不是连架线的钱都没有吗？

我们乐了。有苦笑的味道，但更主要的成分还是甜。我们毕竟还是乐于知道母亲富裕起来的。

初恋祭

邢 仪

我在陕北插队和工作前后整十年。陕北是我人生之路的第一段旅途。在那段旅途中，我把最宝贵的青春年华献给了那片土地，也把我最纯洁的初恋留在了那里。

插队到了第三年，知青们有的参了军，有的被招了工，我也被借调到杨家坪中学去教书。

杨家坪学校与我插队的村子隔一座山，设在离关庄公社三十多里路的川道上。这是一个只有初中部的学校。学校四面环山。靠山崖箍起的那排石窑，就是教师办公和住宿的地方。当时，学校的教师有公办和民办之分。公办教师吃国库粮，民办教师每月要从自己窑里背粮来入伙。我因为是临时借来的，属于后者，每隔两三个星期，我就要回村去背粮。每天下午放学后，离家近的教师都回去了，学生不论离家远近，一律不在学校住。因为学校没有学生宿舍，再则像他们那么大的孩子，回到家里还有许多活等着他们干呢。

喧闹纷乱的校园每到下午就安静了下来。太阳慢慢西斜，

❖ 初恋祭

学校被大山的阴影笼罩着。我坐在窑洞里的书桌前,望着对面山梁上光与影的分界线,眼见那阴影部分在上升,光亮部分在变小,由淡黄到橘黄,由橘黄到橘红。在这种静默中,我一个人在想:到陕北插队已经三年多了,我的出路在哪里?随着同学们以不同的方式一个个离开,我的这种忧虑越加强烈起来。

在胡思乱想中,突然听到门外响起了脚步声。哦,是他找我聊天来了。

第一次见到他,是在观看一次篮球比赛上。赛场外,人们为一个高大英俊的青年大声叫好。在赛场上,他弹跳惊人,投篮几乎百发百中。只要他上场,比分便直线上升。这个青年小伙在杨家坪学校任教,他是绥德人,属于被我们学美术的所赞叹的那类形象好的陕北后生。他生得宽肩窄股,身材挺拔,鼻直口方,浓眉大眼。他比我大四岁,是高六六届本地回乡青年。在杨家坪学校,他是骨干教师,担任初三毕业班的数学课教学,还兼任两个年级的体育课。学生们都喜欢他、崇拜他,无论他走到哪里,周围总是簇拥着一群学生。他是公派教师,家离学校有好几十里地,他平时住在学校。那时候的陕北农村没有电灯电视,每到晚上,他常常拉着二胡来消磨时光。

看得出来,在这个寂静的山村学校,对于我的到来,他十分高兴。"文革""大串联"时,他曾步行到过北京,还在天安门前留过影。他惊讶北京与陕北的天壤之别,他羡慕、向往大山外的精彩世界。所以,我,以及我生活过的那个城市,对他来说有着极大的吸引力。

我们在一起有说不完的话题。我生性腼腆,不善言词。但每次和他在一起时,话就特别多。我高兴有人与我一起排遣这个难挨的黄昏,我有一种让对方认真倾听他没有过的经历以及许多趣闻的优越感。回想起当年,我绝对纯真、善良。当时,我第一次接触陕北青年时,最强烈的感觉就是为他们叫屈。他们天性优秀,不乏智慧,只因出生在贫瘠的陕北农村,使他们只能在黄土里刨食,缺吃少穿,穷困不堪。为什么同是一个时代、一个国土、一个社会,命运会如此不公?我在他们面前似乎感到有些"理亏",我拥有的不应该比他们多,我愿将我的所有与他们分享。但想归想,我又能为他们做些什么呢?我给他借书,我们一起议论"牛虻"的命运,感叹"青年近卫军"的英勇,我给他看我的读书笔记,送给他一腔的热忱和真诚的友谊。

这不是有意的选择,我们就这样相遇了。不知是好事还是坏事,那段感情经历确实影响、甚至改变了我们各自的人生。

自我们相遇之后,他变得愈发生气勃勃。篮球场上,活跃着他矫健的身影;校园里,学生们经常能听到他爽朗的笑声。他拉奏的二胡,驱散了我在黄昏时的惆怅和哀愁。遇到我不用回村取粮的星期天,他也留了下来,我们和其他教师相约到水库游泳。等到下一个星期天,我背着口粮回到学校时,他也正好从家里来到学校,并给我带来山里的特产:桃、杏、小瓜、大枣和红薯。

我很年轻、也很傻,我毫无顾忌地享受着我们的友谊。我很快活,但却不知道由于我的出现,搅扰了他的平静。他开始向往、憧憬,开始睡不安稳,开始心事重重。有一次,我们相伴夜行十几里,去外村看一部老掉牙的电影,回来的路上,脚下的路崎岖不平。他一路照顾着我。我们走到一个被洪水冲过的低凹地段时，我的脚被石头绊了一下，这时，他提醒我："注意，小心脚下。"说着，紧紧地抓住了我的手。当时，一股暖流涌进了我的心田。直至今日，我仍记得那只滚烫的手在颤抖，一种真情也在那一刻油然而生。我没有抽回自己的手，随之，我的手也开始颤抖。也许，这就是一个情窦初开的少女对爱的初试。就这样，我们手握着手，一路走回学校。

得知他已经有了家室好像是在看电影之后。他不能将这些情况告诉我，他显得很痛苦。我很同情他。我不能想象，这样年轻活泼的一个人，竟已是两个孩子的爸爸。我十分矛盾，好像感到一种失落，又好像一脚踏进无底的枯井，心被悬在半空，无着无落；继而又好像有一种摆脱羁绊后的轻松。我不否认，在我二十一年的生命中，这是第一次与异性产生的友谊与恋情，但我从未想到过结婚，因为无论我在感情上掀起怎样的狂澜，可心底总存一丝理念：我不能在这里安家，这一点我很清楚。如果不是他已经结婚，我们的感情发展下去也是没有出路的，这样反倒令我释然。现在，我知道我不如我的同学。我有几个女同学，她们与当地青年结了婚，几十年同甘共苦，相亲相守，有些至今还生活在陕北。她们勇于正视自己内心的感受，不只是为了一个爱人，也是为了自己真实的感情，为此，她们付出了自己的青春以至整整一生。从这一点上来说，他们是富有的、浪漫的、是无愧的。人生在世，什么是最宝贵的？不就是那么一点真情么！

我真的不值得他爱。他向我表示他准备离婚，我说，绝对不行。我说不行的同时，又拆了自己的毛衣给他织成毛袜，我想对他补偿点什么，可我知道我什么也不能补偿。他从此变得消沉下来。他看我时，眼神里有无尽的哀怨。他心里很苦，他怨恨陕北农村的早婚，他开始一根接一根地吸烟，眼睛布满血丝，常常失眠。傍晚，空寂的校园里长久地回荡着他的二胡声，如泣如诉。

后来发生了一件事，使我们相处一年，产生了如醉如痴却又无可奈何的感情悲剧式地结束了。

一天，他走到另一位男教师的窑门口，听到里面有人在议论我和他关系如何如何。他一听，当即冲进窑里，劈头给了那位教师一顿老拳。那位教师将他告到公社，公社书记亲自下来处理这件事。一时间，这件事闹得沸沸扬扬。事后，他对我说，我在他心中像一位"女神"，他容不得别人对我有半句微词。不过，此事过去之后，他也后悔自己太莽撞，不计后果。当然，我更明白他这是在借机发泄。是的，他想发泄，可又不知道该怎样发泄！

也就在这个节骨眼上，县里录用了一批知青干部，上面调我到县文化馆。当时，我想：到了县文化馆是否会影响今后的前途。可在当时，我已顾不得考虑那么多了，反正杨家坪学校不适宜我再待下去了。我们告别得很匆忙，他还回了我的书，送给我一个硬皮笔记本，笔记本的开头有他写给我的一首诗。他的诗写得很朴实，很真挚。我发现诗的字里行间有一些水渍。这时，我突然明白这是他的泪痕。我受不了堂堂七尺男儿的眼泪，更受不了这泪痕对我的刺激。我神使鬼差般地竟将那首诗从笔记本上扯下来撕碎。我无法解释我的行为。也许，我不喜欢他的软弱，也许，我是想尽快结束这段恋情。

上天安排，我们的缘分并未就此了结。到县文化馆的第二年，我考上了西安美术学院。在美院里，我还被选为团委副书记。毕业时，院党委书记找我谈话，诚心表示要留我在学校工作，还说学校打算重新分配一名毕业生到延川县文化馆接替我。可没过几天，我的班主任又悄悄告诉我，他第二天一早就要去延川搞我的外调，原因是一位来自延川的同学向学校反映了我在杨家坪学校干了什么不光彩的事。最后，外调不了了之，但我留校的事再也没被提起。

在美院上了三年学，我又回到了延川县文化馆。这时，县里的知青已经走得差不多了。正当别人纷纷远走高飞时，我却又回到了原地。这时，我开始对他产生了怨气。

他知道我又回到延川后，有一个星期天，他来看我。他背着一个鼓鼓囊囊的大书包，脚步有些迟疑。我看到他又像以前那样出现在我的窑门前。三年不见，他明显老了、瘦了、两颊塌陷了，他的眼神疲惫而空洞，他的衣服不再干净平整，身上的青春朝气几乎荡然无存。但此刻，他的脸上却兴奋地放着光。我让他进来，我们的目光再次相对，彼此却显得很生疏和客气。这时，我心里什么滋味都有：惊诧、痛惜、酸楚、凄怨。这时，我犯下一个永远不能原谅自己的错误，我不管不顾地讲了我没被留在美院的原因。我永远都要诅咒自己的狠毒与自私，我千不该万不该在他满怀重逢喜悦来看我的时候，兜头给了他一盆冷水，将自己的不幸全推给他。而这个时候的他，像被霜打了似的，脸色霎时变得土黄，蜡人一样呆坐在那里。他爱上了一个北京来的女知青，他追求美好、高尚的精神生活，他有什么错？他的生活虽然贫困、单调，但却平静，而这平静的生活却被这无望的爱情所搅扰，从此他吃不香、睡不

❖ 崖畔回声——我的故土情怀

安,他吞食了这颗苦果。他太善良了,他可以默默地忍受命运给他的痛苦,他只想给人爱,却从来没有想过要害人。他忠厚、纯洁的心,因自责而深受创伤。他伤了元气。而在这场悲剧式的爱情中,我只是暂时受挫,但我当时却只替自己着想。我们无言地僵坐着,眼光相互回避着对方,空气在我们中间凝固,时间变得非常难熬。他缓缓地站起来,默默地将书包里的水果、罐头和当地产的饼干堆放到我的书桌上,然后提着空空的背包走了,再也没有回头。我追了出去,但没有想叫住他,从他垂下去的头和紧缩的双肩上,我看出他正在啜泣,他的心在啜泣,他的心在滴血。这就是他最后留给我的背影。他走了,他的背影一直刻在我的心上。此后,我又在延川待了三年,再也没有见到过他,听说他有了四个孩子,调到一个很偏僻的农村学校教书,不愿与过去的老朋友见面。

许多年过去了,许多事淡忘了,但不知为什么,他在我的记忆中总是那样鲜活,让我忘不掉,也摆脱不掉对他的歉疚。

在黄土高原上,我曾与一位黄土地的儿子相遇,并给了他一个少女的初恋,也搅扰了他一生的平静。这就是我要讲的故事,不管朋友们会如何谴责我,说我是个狠心的人,我绝不辩解,谨以此文向他表达我永远的祝福与怀念。

如今,我早已过了不惑之年,经历了人生百味,不会提起初恋便耳热心跳。但第一次毕竟是第一次,犹如那块黄土地与我们的人生路,是特殊年代给我们安排的一种邂逅。那蔚蓝蔚蓝,在调色板上不用加白,纯钴蓝画上去都不过分的天空;那赤裸贫瘠,但蕴藏着巨大生命力的土地;那山沟里小村庄的春夏秋冬;那像黄土一样纯朴、厚道的村民。当年,我们年轻的生命曾与他们融合，我们曾用汗水和泪水浸润过黄土地赤裸的胸脯。不管世人如何评说，也不管我们对那块土地的感情是如何复杂，但我们的心灵已深深地打上了那块土地的烙印，我们的生命里已经有了她的基因。

离开陕北时，我已经 27 岁。那是 1978 年，我先是调到陕西省团委主办的《陕西少年》杂志社任美术编辑，编辑过几百期刊物杂志，画过上千幅体育和儿童插图，1990 年为筹备亚运会体育展览，借调到北京工作一年，直到 1992 年才举家迁回北京。

搞美术和体育可能都不是我的初衷，但在这个领域我兢兢业业工作了近二十年。人有时很难改变自己的境遇，尤其是我们这些插过队的"老三届"，失去了许多可以实现人生梦想的机会。如今，我们可以自慰的是，我们在失去了许多的同时，也得到了其他人所没能得到的东西。我们丰富的人生阅历，从最艰苦环境中磨炼出来的能力和智力，是我们独有的财富。我们过去没有输给命运，我们会一如既往地走下去，为自己，也为我们这一代人所拥有的特殊经历。

❀ 崖畔回声——我的故土情怀

激情燃烧的离别

田 丰

一

"难道你疯了吗？"

"想想你爸你妈，想想你妹妹，你怎么能干出这种蠢事？"

连珠炮似的质问向我发来。而我对这些质问却没有回应，觉得有些不屑。我知道，我没有做任何有负于家人的事，只是在高中毕业后，未与家人商量便报名去延安插队。我的这个决定除了家人反对之外，少年时的伙伴也来劝我，挚友种玉禾就是其中的一个。他当时在一个名叫黄土岗的地方插队，处于人生低潮。农民身份令他憋气，我们之间也多了言语上的忌讳。他万万没想到我不吭不哈地一下子将自己抛到了三千里以外的黄土高原。

种玉禾生气地对我说："你太不了解农村。到了农村你吃什么？睡哪儿？每天晚上干什么？"

"吃玉米面蘸盐水，睡牛棚，在煤油灯下看书。"我略带调侃地回敬他。

"既然知道这些,为啥还抢着去插队?东北、内蒙古、山西、云南的北京知青,都想尽办法往回跑。"

这些话听得我耳朵都起了茧子。一位同学的哥哥从延安病退回京,陈述插队生活的种种艰辛,好心劝我打消去延安插队的念头。我认真听着,冷不丁地问了一句:"陕北的大山里是不是有狼?"他一怔,继而斩钉截铁地说:"那地方——穷得连狼都不去。"

不管谁来劝,我铁了心要到延安去插队。一天清晨,我和父母挤在一辆三轮小货车上,到达北京火车站广场。8时30分,志愿赴延安插队的37名应届高中毕业生和两名初中生将在此告别北京,坐火车奔赴延安。

忽然,西城区的同学高声招呼我与他们一起合影留念。在我亲历的校园生活中,男女之间的眼神从不碰撞,更甭提交谈与交往。现在,我却被仅见过一面的几位女生拉进陌生的人群中。我的头上还被她们给戴了一顶印着"广阔天地,大有作为"字样的草帽。我木偶似地呆立着,想张嘴,可张了半天也没张开。

宠儿是蔡庶。他是东城区的,一米八五的个头,走到哪里都成为焦点。各城区来的即将要插队的同学都在喊他,他似乎很情愿接受这种礼遇。他同班的四男两女去了侯隽插队的所在地,而他觉得倚在家门口战天斗地太平庸,要求去东北,没想到市里不批;他又报名去西藏,原以为雪域高原,急需有志青年去献身,没料想又未获批准。后经市知青办的反复劝说,他在最后的节骨眼上成了自愿赴延安插队的第39名成员。在插队之前召开的一个座谈会上,蔡庶说班上的同学给他取了"堂吉诃德"的绰号，惹得一片窃笑。自嘲自讽、孤胆英雄的个性使蔡庶超然鹤立。西城区的同学制作了"自愿赴延插队小分队"的队旗，并将队旗慷慨地交给了蔡庶。他走在所有人的最前头。

滚滚人流通过车站西头的通道进入第一站台，我们的车厢在火车的中段。随身物什放妥之后，我和其他人一样，探身窗外。这时，只见站台上人头攒动。送行的人们拥挤着，轮流到窗前与即将告别的人说话。

我相信这样的送别场面，全国少有。记得是1969年9月，我们正为即将举行的天安门广场国庆游行操练，突然，组织操练的人将我们调到永定门火车站执行任务，负责维持"老三届"赴黑龙江生产建设兵团的送行秩序。毫不夸张地说，当时我看到的是悲情的海洋。

这次，是别人来送我。妹妹和邻居家的女孩美凤挤到跟前，未和我说几句话，便被涌来的人挤向别处。瘦弱矮小的妈妈也挤到窗口。她红着眼圈，想要和我说些什么却始终没有说出口。她给我递上一块折叠好的手绢后，旋即被人流卷走。

北京市的领导也来送行。他们和每个人握手告别。有位领导在我面前停住了脚步，身旁有人给他介绍说："这是丰台区的田丰，去延安插队。"那位领导紧紧握住我的手，用语重心长的口吻说："田丰，到了延安一定要好好干！"此情此景，搞得我受宠若惊。因为我报名去延安插队没有任何荣誉性的预期，压根儿未料到还会有众多同行者，还会举行欢送会，会有领导莅临。一次座谈会，已经使我意识到自己的学识、口才、志向、风貌方面的欠缺，我已经将自己定位在丑小鸭的角色，甘心躲在寂静之处。现在，凝视着面前这位如此抬举我的父辈人，我好歹得表个态，慌乱之下，我冒了一句："决不辜负您的期望。"言毕，觉得脸烧得滚烫。

过了一会，一阵铃声掠过。此时，人群开始骚动，巨大的欢呼声如海啸奔涌。我急忙抽回身，和登车送别的赵安、陈旭光握手告别。赵安上前，将我拥抱。我猝不及防，又尴尬了片刻。

火车启动了。大家探身窗外，使劲挥动着手中的花束。这时，我看见爸爸站在站台的另一侧，他神情凝重。随着车速的加快，在人影晃动中，那些熟悉的面孔越来越难寻觅。这时，我猛然想起未见到小妹。我急切地张望，仍是杳然无踪。正在懊悔间，感到有人打了一下我的手臂，我一看，站台靠近轨道的弧弯处，10岁的妹妹被两名女生托举着。她挥动着两只小手，迭声叫喊："哥哥——哥哥——哥哥……"列车拐弯了，她的呼唤化成了终生萦绕耳畔的回响。

安身坐稳后，恍恍惚惚记起妈妈的手绢。悄悄地掏出，展开，定睛一看，心头一阵紧缩：层层叠叠之中，有一张贰元的钞票。

惆怅和失落骤然冲击着我。这一刻，我意识到：根本离不开我的家永远离开了我；我从现在开始不是北京人了。什么叫不孝之子，什么叫"忠孝难两全"，我似乎有了点感悟，似乎感悟到牛虻和保尔最可贵的不是敢于牺牲自己的生命，而是能承受血肉亲情分离的煎熬。

与许多同行者不一样，我到延安插队根本没有任何期求。我说过我要到祖国最需要的地方去，一旦国家有号召，我就应

❖ 崖畔回声——我的故土情怀

该去。而北京市知青办的文件明确说明，有意要去外地插队的同学可在学校报名，逐级汇总到市上，由市知青办统一安排。我认为，这就是号召。我说过的诺言一定要信守。这便是我登上西去列车的唯一缘由。

起初，报名去外地插队的人数不少，但在层层阻拦之下，大多数人中途退出。我一直是自己的事自己拿主意，可令我始料不及的是，越是临近出发，我越是挂念这个家。几年以后，邻居家的女孩告诉我，我的三个妹妹自从我插队走了之后，经常躲到别人家，小小年纪便心事重重。她们简直无法想象，这个家怎么能缺少我？妈妈犯病了，谁去照看？歹人滋事，谁去震慑？

迁户口时，办事处的中年妇女像是询问又像自语："迁往延安？"说了这么一句话后，她随即将专属我的那张户口页撕下，扔进废纸篓。

尘埃落定了。忽然之间，东高地的楼房、足球场、电影院，连同那条小河都奇妙地在我的眼睛里闪耀起温柔、温暖、温情的光辉，甚至连妹妹随口叫出的一声"哥哥"也拨动着我的心。

乡愁和想家是我们必须承担的代价，解决的办法只能是大家都坚强起来。我觉得自己应该和父母谈一谈。为了能使父母坚强，我对父母说："倘若到了延安，我实在想家，我就徒步跑回来，权当练长跑，这样，在沿途也可见见世面。"父亲一脸无奈地说："再困难，也不能让你跑着回来呀。"

火车正驶过城区边缘。窗外，频频闪过房屋、车流和过往的行人。我干坐在自己的位置上。车厢内的人们依然在尽情交谈。他们基本上是地方和军队的干部子弟。他们许多人的父母当初是从延安和其他革命老区走出来的。他们大方的举止、纯净的心地、朴素的衣着、近乎透明的善良，是我尊崇的品质。说到坚忍不拔，我们之间不存在差异。我的影集扉页上写着这样一句豪言壮语："举头望天，天高千仞；放眼观山，山深万重。马革裹尸终不弃，一骑绝尘向苍穹。哼！不信有攀不上去的高峰。"可就基本素质而言，我无法抓住自己的头发，把身心拔出自幼浸淫其中的家庭和社区环境。

就这样，列车把我载向精神的天际线。父亲一直在想我。他希望能到延安来看一看。每次，当北京组织慰问知青活动时，父亲就向市知青办提出申请，希望能成为一名家长代表去延安。可是，他最终也没有实现这个愿望。

2002年春节，我终于陪着父母走访了延安。父亲已老迈，他拖着颤巍巍的双腿，走到我当年插队住过的窑洞前时，轻轻抚摸着斑驳的门框，面无表情。过了一会，他转过身望着一派荒凉的川道。他大概不能理解，这里怎么会成了承载过全家人揪心的思念和我不孝的土地。而今，高速公路从我插过队的村前穿过，延安城已是繁华之地，她曾拥有的启迪和昭示已越来越少。

回首往昔，平心而论，在那个物质匮乏、生活困苦、信息隔绝的时代，我和同学们能自觉走入边远、走入极限的行为，是缥缈于平民百姓之上的"十二月党人"式的壮举，是贵族才支付得起的牺牲，基本不适合于普通家庭的子女。但是，仅对我个人而言，正是这片土地开启了我浴火涅槃式的心路历程。如果说我仍有什么自我欣赏之处的话，这就是：在那一年，我

❖ 崖畔回声——我的故土情怀

义无反顾地迈出了此生最为勇敢的一步。

二

当年，贺敬之的那首《西去列车的窗口》曾成为理想主义的同义语。现在，我就在这个"窗口"旁坐着。

多年前的那个夜晚，列车驶离太原市。窗外的万家灯火渐次熄灭。

忽然，半个车厢欢呼了起来，众人纷纷手执花束涌向一个女生，和她握手交谈。这个女生高个、偏瘦，面色略显苍白，戴一副透明边框的近视眼镜。

她叫朱珍珍，是北京海淀区的。她乘车提前一天来到太原市，等候今天与我们会合。

几天前，在北京市知青办组织的座谈会上，李霞提及自己的同学朱珍珍被父母锁于家中，户口簿也藏到了别处。

"她该怎么办呢？"李霞在座谈会上问知青办的领导，可诸位领导避而不答。当时，我也在想：是呀，她该怎么办呢？没想到身单力薄的朱珍珍竟然提前到了太原市。

两只口琴欢快地吹响。车厢里又沸腾了。五个身着国防绿的精壮小伙从另一个车厢鱼贯而入，潇洒坦然地和每一个人握手寒暄。原来，他们是海淀区翠微中学高一年级的在校生，他们要求和毕业生一道去延安插队。

我感到惊异。一是惊异他们思维空域的自由与广阔；二是惊异他们理想主义色彩的整体性；三是惊异他们神情风貌的轻松、明朗，甚至带着欢欣。

更大的惊异在后头。途经西安时，我们住进小雁塔对面的陕西第三招待所。吃过晚饭后，大家聚集在一起闲聊。男孩子嘛，在天南海北的侃侃而谈中，既显示自己，又互通信息。他们一开口，我顿时哑然无语。一本本名著，一句句名言，从他们口中流淌出来。以蔡庶为例，他早就阅读过德热拉斯的《新阶级》，并能复述其主要思想。聊到中东问题时，蔡庶激烈地辩称："不论阿拉伯有千般理由，但将以色列平民作为目标的恐怖行为是恶中之大恶。犹太复国主义是历史和国际社会的选择，我国政府的立场应该调整。"当时我对国际问题所持的观点和今天北京开出租车的业余评论家们别无二致，自然难以接受这种世界眼光。但当我听了蔡庶的诉说后，受到的震动确实不小，可以用惊鸿一瞥伴随着振聋发聩来比喻，从那一刻起，我明白了自己已迈入一个全新的精神家园。

之后的两天，我们参观了西安八路军办事处、半坡博物馆、华清池、碑林。在捉蒋亭，我无意爬那条窄窄的山缝，我靠着栏杆远眺。男同学纷纷脱下外衣，塞入我的怀中让我替他们保管。我抱着一大堆衣服，立在小路边。左等右等不见人下来。这时，李霞和朱珍珍走到我眼前。李霞诧异道："咦，大家都爬山去了，你在这儿干什么？"我说给他们保管衣服，等他们下来。

"他们都去烽火台了。走，咱们一块去追。来，把他们的衣服给我俩分一些。"

我本能地躲了一下说："我抱得动。我在这里等。"

李霞见状，笑着又说："下山的路有许多条。谁还会走到这里来取衣服？"

她俩不由分说，直接取走大半衣服。

走到一个院落，正遇见西城区的女同学在劝架。原来，这里的白开水一毛钱一碗，小雷大概嫌贵，嘟囔了一句，没想到卖水的中年妇女便觉得搅了她的生意，与小雷吵了起来。

当晚，陕西省委在人民大厦召开了一个欢迎北京知青赴延安插队的茶话会。在会上，我们见到了将和我们一同去延安插队的16名西安同学。

省委章副书记开口说的第一句话是："同学们辛苦了！来，吃苹果。"第二句话是："各位请动手，我带头。"自由发言时，后排站起一位西安女生，她情绪激昂地说："希望省知青办尊重我们个人的选择，不要将我们分到延安县枣园公社裴庄大队。我们四人志愿去宜川县寿峰公社后峪沟插队。请领导批准我们的请求。"

这位女生端庄秀丽、稳重沉静，迥异于其他同学；加上她话中有话，一下子就吸引了全场的注意力。

茶话会结束后，蔡庶就马上和她接洽。后来我们知道，这位名叫刘怡的女同学，在年初认识了延安地区宜川县一位名叫张革的北京知青。张革动员她和她的同学毕业后到后峪沟插队。张革插队时因表现出色，被推荐去了工厂。1973年，他自愿返回后峪沟。他要在深山里建水电站，造花果山……西安的这16个同学决心到延安地区宜川县去插队。西安的家长比北京的家长聪明，直接到省市两级领导机关就此事进行上访；陕西的领导又比北京的领导"铁腕"，直接将这16名同学改派到枣园公社。以刘怡为首的四个人坚决不从，遂被当作了"分裂分子"冷落在一边。

可能是出于同情，蔡庶一拍我的肩膀说："咱们也去后峪沟！"

我们的处境有点微妙。别人出发之前便有了组织，去哪里插队早已确定。而我们还没个着落。六个人，五个寡言，只有蔡庶的思路和话语稠密，自然成为挑头者。

蔡庶在车上向北京的同学宣布：我们六个人也去后峪沟。

整整一晚上，蔡庶和男女同学谈话。对方轻声地质疑、分析、探讨，他以大嗓门回应。一直谈到东方发白。细节记不清了，大家主要的疑问是：刘怡四人去后峪沟是因为他们16个人当初是奔张革而去，有过郑重的承诺，而你突然要脱离小分队去那里为了什么？

早饭后，几十个人乘两辆披着彩头的客车北上延安。

下午一点半，车过铜川与延安地区交界的咽喉要道——金锁关。此关气势森森逼人，公路被陡峭危耸的山壁挤夹得细长弯曲。盘山公路逐级上升，急转弯能旋出许多花样。

陡立的黄土崖，深深的黄土沟，连绵不绝的黄土峁。车厢里泛起凝重的气氛，大家无声地望着窗外荒芜肃杀的景象。

桥山黄帝陵例外。几万棵古柏覆盖着山峰，最粗的六七人方搂抱得拢。相传是五千年前人文初祖黄帝老人家栽下的。

上洛川塬，天地顿时开阔，仿佛回到华北。公路笔直笔直，平展展的麦地一望无际。省知青办的干部说：洛川是陕北最丰饶的县份。

下午五时抵达洛川县城。小小县城，几处车马店而已。

高原的夜空缀满星星，颗颗明亮。

与北京小分队不同，西安小分队还跟着一个老师，兼领导职,居然每天晚上都要开会。约九点半,院子对面的平房里爆发了激烈的争吵,两个女生的声音尤为突出,像辩论又像抗争,那是刘怡和她坚定的追随者。我们纷纷踱出屋外,静静地听。群起的攻击中,两人的声音渐显式微。

忽然,一个长长的身影冲了过去,"砰"的一声撞开门。所有的嘈杂在此刻被蔡庶不断卡壳的质问取而代之:"这是干……干什么!对……对待敌人吗?"

这可了不得!北京同学急忙跑过去拉蔡庶,可正在气头上的他指着那位老师的鼻梁还在质问。老师身边簇拥着的西安同学,默默无语地望着他。大家齐努力,连拉带劝将蔡庶弄回房间。但蔡庶余怒未消。后经众人好言相劝,他也不便发火。著名体育播音员张之的儿子张伟坐到他身旁,循循善诱地给他分析:过于轻率的干预会造成两地同学之间的误会与隔阂。

不料,蔡庶一听勃然大怒,激烈地反驳张伟。干部子弟的涵养令人佩服,西城的女生瞬间平静下来,和颜悦色地劝抚蔡庶,又让张伟不要再说话,不要计较,蔡庶就这脾气。张伟窘得满脸通红,低头不语。

第二天继续北进。在路上,不时遇到从后面赶上来的车。司机从驾驶室里伸出头,一口纯正的北京话:"真是北京来的吗?哪个区的?欢迎,欢迎!"乡音亲切,醇若美酒,不出远门,不知此乃人生之一大享受也。

在路过一些村庄时,我们常能看到圆状水池,里面汇集着浊污的雨水。同车的一位干部说,这叫涝池,天旱时,当地老百姓就饮用此水。

驶过洛川,穿过富县,越往北走,绿色越淡。在路经甘泉时，汽车缓缓从两侧直立的土壁间穿行。崂山，周总理当年在此中了土匪的埋伏。后来，他在一张照片的背后写过八个字："崂山遇险，仅存四人。"

延安就在前方。随着川道渐宽，公路成了林荫大道。

"宝塔山！"有人一声惊叫。

"啊——"大家忙不迭地探头去看，方知受骗，荡漾起一片笑声。

车厢里意兴风飞。几个女生唱起最新一期《战地新歌》上的《延安窑洞住上了北京娃》。

"宝塔山！"又一声惊叫。

这回是真的了。顺着南河望去，群山之中透出一个熟悉的侧影。过了七里铺，车停下。前面锣鼓喧天，五彩缤纷的秧歌队和腰系红布带的锣鼓手似等候多时。路两边聚集了许多人。他们的目光友好而温和。

嗓音好的同学领着喊口号。

蔡庶带头喊了起来。他半个身子探出窗外，手臂伸向空中："向延安人民——"等了几秒之后，他才将"学习"两个字喊了出来。

下车排队，各自整理好袖章、草帽、水壶、挎包。秧歌队引导着我们步入南北走向的十里长街。一路锣鼓喧天，红旗招展。我内心忐忑：我配吗？我真的不配。

队伍开进位于延安大桥旁一个宾馆的会议室。延安的领导已在这里等待。

当天下榻在第三招待所。休息起来后，去招待所西边的党校卸行李。因为西边无路，必须从倾斜七十多度的坡下去。坡底有一巨石，埋没在沙土和碎石之中。大家依次手足并用往下挪。忽见朝阳区的程强悠闲地从悬崖边缘的羊肠小道信步走过。这时，大伙禁不住停下步来，仰望程强。程强是沉默寡言之人，没有理会异样的目光，径自去了。

上山容易下山难。回来时简单些，别朝下看，至少没有眩晕感。可朝阳区的魏杰军依然如故，半天才挪一步。经不住蔡庶在屁股后面催促，他边喘气边说："我……死了……不要紧，害得领导……回去做……检查……"

魏杰军比程强还寡言，记忆中根本没说过话。这时，他开口幽了一默，众人闻之捧腹。

5月4日，延安各界在杨家岭旧址中央大礼堂旁举行欢迎大会。北京同学的致辞由西城的张伟撰写，由高一兵朗读。文稿虽然写得很好，但高一兵英挺的形象、播音员般的嗓音确实提升了我们志愿行为的意象。致辞多次被热烈的掌声打断。

有人告诉我，高一兵是东城区的，但她参加了西城区的组。仅凭当时的感觉，我认为高一兵的形象在那里更为贴切。

中午，蔡庶在路上截住高一兵等人，质问了几句，大意是：噢，原来你们也是挣脱了重重阻拦。那为什么你们又成了我们的阻力？

高一兵没有理会。自此，蔡庶的眼神多了一份不屑。但西城同学的态度对蔡庶的矫正作用显而易见。西安小分队丝毫未受到蔡庶勇猛精神的干扰，依然夜夜开会至十一点半，企图制止刘怡等人的"分裂"行为。蔡庶再没有介入此事。

延安革命纪念馆的解说员里，有好几位是北京知青。她们请我们晚上去座谈，这一去，居然认识了谢伟华和刘玉敏。

各个知青点的北京知青陆续来看望大家。我们六人被分到河庄坪公社井家湾大队。来接洽的是村上的领导。我们初入社会,需要带头人,渴望归属感。蔡庶透明、正直,浑身充满理想主义的色彩,这是他头角峥嵘可依然备受欣赏的缘由。只可惜思绪有些发散,要为我们掌舵,还须假以时日。

当时流传着两封信。一封是朱珍珍采取与家庭决裂的方式,在离开北京之前写给同学的,通篇充满青春激情;另一封是刘怡母亲在刘怡赴延安之前写的,弥漫着温柔、忧伤的情调。母亲以无可奈何而又充满希冀的口吻规劝道:女儿去延安插队落户,不论生活是否艰辛,妈妈都会寝食不安。妈妈反对女儿去后峪沟,仅仅是为了在探望女儿时不要在荒山野岭中再倒一次车。

前一封信令我自愧弗如,后一封信令我思绪万千。

夜深了,我坐在屋外。群山罩于夜色,立体感极强的星星垂吊在头顶,从纯净的天宇滴漏下缕缕蓝光。静寂中听得见有一种声音在喧哗。此刻,我想了许多。

当年,我们志愿赴延安插队,父辈的血缘情结是个重要因素,但是,更重要的是延安有着太多的象征意义。象征意义的深处已是别样天地。在这个深度上,平民化的体验铸成理想的基石,而平民化的感物习惯和观物角度早被层层过滤掉。这有点"十二月党人"的影子,可"十二月党人"的境界比我的平民境界高尚,这是我以前道不明而冥冥之中又憧憬的。我知道自己依恋上了这个群体,把它奉为须恒久努力才能跃上的平台。去后峪沟,意味着不仅在地理上,还会在许多方面与这个群体之间产生疏离隔膜。

思来想去，拿定了主意。第二天，对蔡庶说："我们去井家湾。"

午休时，朦朦胧胧听见翠微中学的人向来客述说，因各级领导均未批准，户口转不来，以后连粮食都买不到。

"领导？他妈的，他们算干什么的！管得着吗？要户口干嘛？队上的粮食吃不完。"

起床后问："刚才谁来了？"

"孙立哲和丁爱迪。"

品咂着他们充满血性的话，真有滋味。事情原来是如此地简单。

5月5日深夜11时50分，我们陪刘怡等人悄悄来到山脚下。

没过多久，张革从黑暗中走来。我们送到大路，那儿停着一辆卡车。

翠微中学的五个人也在这个晚上悄无声息地走了。

5月6日是大家分手奔赴各个知青点的日子。清晨，步行到东关车站为去延川插队的同学送行时，又见到刘怡。告别之际，西城区的男生唐见林从人群中快步走出，抓住卡车的侧栏尾部，蹁腿就上。张革疑惑地拦住他。

"我去后峪沟插队。"他坚决地说。

高一兵们僵立于原地，愣着说不出一句话。

张革力拒不允，郑重而温和地说："我和余田林是多年的好朋友，你是去赵家沟他那里的。如果你跟我去了后峪沟，叫我以后怎么见他呢？"

西城的小组月亮般地缺了又复圆。

❖ 激情燃烧的离别

九点多钟，同学们陆续登上卡车。蔡庶昂首挺胸，立于车头，展开那面红旗。红旗的主人们——西城区的女生在底下喊："蔡庶，把旗子还给我们吧，它是我们的。"

"是大家的！"蔡庶看也不看她们。

"是我们制作的呀。给我们保存吧。"眼看汽车发动，她们近乎央求了。

蔡庶直视前方，不为所动，直至绝尘而去。

无论是在四年的插队生涯里，还是在告别延安后的几十年，我一直对构成我们群体中坚的西城和海淀的同学们心存不变的感激。事实上，是他们将我引到了西去列车的窗口，引上了黄土高原，引进了既贴近土地又超越平俗家常的高远畅爽之境。这一段时光永远温润着我的生活，也温润着我的生命。

[友情链接] 将史铁生和陶正的作品,作为这一卷本散文板块的打头之作,不仅仅是看重二位在当代中国文坛上的地位和影响。

在万马齐喑的年代,在"地接边荒"的遥远陕北,在求得基本温饱、维系人的基本生存的艰难困境中,当年来延安插队的北京知青中,不乏面对现实、叩问大地的思想者,亦不乏仰望星空的理想主义者。每个人对自己要走的人生路有着不同的选择,用文学这条策杖走过命运万水千山的史铁生、陶正等人,用文学诠释了人生的意义。他们对陕北这块厚重少文的地域,立下了用文学来开风气之先的不世之功。有评论称:史铁生、陶正、叶延滨、梅绍静等一批在中国文坛上享有盛名的作家、诗人,他们不仅是黄土地知青文学的拓荒者,同时也是陕北文学的奠基者。

　　选了史铁生的三篇散文,均与插队有关。《黄土地情歌》表达出的并非一个"情"字,而是对黄土地和由这片土地所衍生出的一种旋律的记忆和表达。《相逢何必曾相识》记述的是插队生活的点点滴滴,其中能感受到作者对插队岁月、对黄土地怀有一种亲切而又复杂的心情。当年,史铁生创作的小说——《我的遥远的清平湾》在全国获奖,引起广大读者的关注,这里选的这篇《几回回梦里回延安》就是这篇小说出版时的"后记"。这篇"后记"文字的朴素、真诚,读来令人感动。史铁生后来的创作注重灵魂叙事,这里选编的这三篇散文,可以看到他早期的创作风格。

　　陶正早期的作品多取材于陕北。他写陕北、写插队的系列小说赋予知青文学以新的内容,也给了陕北本土作家创作以新的启示。这篇《自由的土地》以写陕北的山丹丹花为开笔,道出了陕北地域的涵纳和包容,礼赞了这里淳朴的民风,讲述了由土地的自由而生发出精神上的自由。邢仪是一位画家,她将一段珍藏多年的初恋诉诸文字。这段恋情刻骨铭心,经过岁月的积化,发酵出的浓烈情感,将土地与人、青春和岁月,都在回忆中得以呈现。《激情燃烧的离别》,再现了赴延安插队途中的场景。当年,在西去列车的窗口上眺望未来的风华学子,之所以将那样一个离别场景铭刻在心,其中所蕴含的人生况味令人感慨。

❖ 崖畔回声——我的故土情怀

哭刘老·问老曹

高红十

哭刘老

刘老走了，1984年秋天，大地之父把一年的果实铺排贡奉完毕，地净场光之后，才接回了他的儿子。

陕北，南泥湾，八十七岁算绝对高龄。

几个月后我才知道刘老的远走，否则，悼词不含糊该我写。因为我做过刘老的邻居，也曾占有南泥湾一最：最高的文化——大学。陕北人管那叫做"文化结实了"。

我同刘老的交情，自1973年起。十余年间，我的身份变了几变：大学生、农民、出版社编辑、报社记者。刘老还是刘老，还住在南泥湾那孔黝黑的接口石窑，还当他的农民。他的不变陪衬了一些人的变，证明多变的世上还有一种叫做坚定的东西。任何抉择都不后悔的我，对刘老总抱有几丝相形见绌的愧赧。

1977年春节的正月初三，我到刘老家串门。地理上，我插

哭刘老·问老曹

队的三台庄同刘老的南泥湾队膀挨膀；心理上，我俩挺近乎。一时知名度相仿，常坐一辆车赴会，常围一圆桌就餐，我要帮他辨认餐券上的"中"或"晚"字，更主要的是脚踩一块土地，这块土地的命运消逝了我们中间半个多世纪的年龄差距。

初三去串门，一为给老汉拜年，二为听他讲往事：刘老是大生产运动赫赫有名的"三五九"旅的副连长哩！"四人帮"倒台不久，我一个最强烈的感觉，在这里没有更多更真实地了解历史，是很吃亏的。

见我来，刘老很高兴，忙招呼刘奶下炕拾掇年饭。刘奶坐在炕沿上，左脚勾起一只套鞋，"反了！"刘老吼她。刘奶用右脚勾起另一只，"又反了！"刘老的吼声压抑着笑。刘奶生气了，索性站到地上，细细辨认，穿好鞋，出门抱柴火。

"这是个聋子，"刘奶拉着风箱对我说，红火映着白头发，"谁晓得他在省城咋同人家拉话，天上一句，地上一句，净打岔！"

"像你拉些外国话，管鸡叫'九'。"刘老颇不服气，没牙的嘴噘噘着。

年饭照例是庄户人一年中丰盛而又雷同的饭，初一初二，在我们庄的老乡家填塞了许多，坐在刘老的炕上已不十分馋；何况还要听讲，还要记录：刘老讲他的大生产。

刘老名叫刘宝斋，河南人，家乡穷，没地种。二十岁逃荒出来，给人家揽工糊口。1937年，"三五九"旅在山西扩兵，刘老参了军。参军那年他四十，四十岁入伍从戎实不算早，可走入人生的不惑域界还要为真理而献身，的确怀揣一股子叫人钦敬的劲儿。刘老三八年入党，四一年随部队开进南泥湾。部队撤离延安北上南下转战陕北时，刘老已近五十岁，便留了下来。从那会儿直到——喏，坐在热炕头，靠着被垛同我拉话，直到最后闭上眼睛的那一刻，刘老再也没离开过南泥湾。

那年正月初三之前和之后，我听刘老讲过许多次大生产，一些轰轰隆隆的情节我不记得了，或许记在本子上便不往脑子里存。脑子里留下的是一些零星、像暗夜里萤火虫一样发光的东西。

1941年春，"三五九"旅进南泥湾，三十里铺到阳湾拢共六十里地，部队走了整整五天。山高、梢大，要用马刀和刺刀开路。从血腥战场下来，到杳无人迹的荆棘深处去，一支供给匮乏至极的部队，靠什么一脚脚前行呢……

部队把山坡洼地上的树木放倒，堆成堆，临收工时，点火烧荒。想象之中那场面颇诱人，深蓝色的天空，黑纸样的山影，金红的火由山脚一路跳跃上去，黑纸样的山燃旺成一只只大灯笼，面对褐红色的半个天空，闻着好闻的柴烟树枝味，看野羊狼狐四处逃窜，会有苍茫、悲壮的心绪涌上淳朴的战士胸间吧。

"烧了荒的地很壮。"刘老说。

那当然！成千上万方木料化做草木灰，当年的庄稼肯定差不了，第二、第三年也不成问题。再往后呢？十年八年、三十年四十年后南泥湾的生态呢？别说刘老没想，恐怕大生产运动的发起者也考虑得不多。结果（这结果快得吓人），大生产运动写在纸上，是历史光辉的一页；写在土地上，是方圆几十里无树，地气阳了，天气旱了，娃娃们只能从电影银幕上感受森林的蓊郁了。

庄稼丰收，吃粮不愁。刘老讲一个连一顿饭下一斗米，炊事班往往下斗半。吃不完，喂猪。

吃饱喝足该练兵了。天不亮点上火往山坡投弹，有个卫生员脸被打肿，指导员牙被打掉，再不敢天黑练了。

光有粮不行，还得有钱。部队在南泥湾孟酒沟种了一沟大烟，用多余的粮食酿酒，烟酒贩到国统区能换钱。"为这事常同机关的打架。连队要挣钱，机关要收税。一次往河东贩烟土，货上了船，船帮站一圈端刺刀的战士，看谁敢挡……"刘老颇为自豪地说。

"整风整错不少人。我们连一次杀猪，猪血煮洋芋，许多战士吃了吐。有人说卫生员是特务，只有他能弄到毒药。卫生员供出指导员叫他干的，两个人都成了特务。下一次杀猪，我试着尝了点猪血煮洋芋，果然也闹肚，但也死不了人。卫生员指导员又不是特务了。"

"王震旅长脾气暴，可是不毁人。一个连队跑了四个战士，抓回来要枪毙，刚好王旅长在。问他们怕不怕，战士说，打日本不怕死，被自己人打死，怕。王震把他们放了，叫人把指导员捆起来，因为指导员没带好兵。指导员跟在王震旅长的马后边，到另一个连队当指导员。"

"难的时候真难，当连长的哭过，背着人到沟里哭。高兴的时候真高兴，演戏、唱歌，唱'风在前，马在后……'"

刘老讲着，不像讲给别人听，而是自己在回顾、回味。窑洞里，炕暖，被垛软，一阵阵困意袭来。闭眼前，我想问刘老，为什么1973年我当大学生开门办学采访他时，他没讲这么多有趣的事？那次见面，他给我的印象：黑大袄、旧皮帽，不大的脸盘满是深黑的皱纹。以至于我的目光时时被硷畔下一片霜绿色的洋白菜夺去。我还想问他,那根用黄蒿杆做的烟袋锅子哪去了?什么时候换成野羊腿把骨的……

一度,南泥湾客很多,汽车喇叭满沟响。凡是到延安接受传统教育的人都要到南泥湾一游,到了南泥湾都要听讲大生产,刘老成了必请的"神"。听讲的有外国左派共产党、到华旅游大学生以及友好国家政府官员。国内的青年工人、军人、学生不计其数。

刘老总是那一身:蓝涤卡制服棉袄,袄袖里露出鲜红的绒衣——地区外办给置的,一顶大皮帽。总是那样开头:毛主席号召大生产,王旅长带领"三五九"旅开进南泥湾……结尾根据时代略有变化,时代批判的对象必是反对毛主席大生产运动的坏蛋。后来,便不怎样讲了,后来干脆不讲了——历史的尴尬或者叫尴尬的历史吧,只是不该把不体面的表情留给个人。有人说:刘老老讲错,"四人帮"倒了,他还用"四人帮"的语言,得让他参加学习,跟上趟。于是刘老被请去参加各种文件的学习,只用他的耳朵,不用他的嘴。

其实他根本用不着跟什么趟儿,只要把脑子里以往装的五花八门的趟儿统统丢弃,自自然然,本本色色,就是正儿八经的趟儿了。

政协开会还请他。

好在刘老劳动了一辈子,不会被土地遗弃,山川田野四季变化缤纷着充实着他暮年人生。他按月拿民政局给的优抚款,却仍旧干活。下不了地就看场,能干多少干多少。我去公社办事回来路过南泥湾的场,有时晌午了,见刘老还没歇,挟一扫帚，或端一簸箕，蠕蠕地动。身后是山，身后是地，身后是黄黄的麦秸堆，身后是矮矮的场房。刘老蠕蠕地动，比对着话筒讲演自在自如。

一年秋天，队里收罢红小豆，刘老去山上净地，连捆带捡整起一背子，老汉背起就往山下走，他忘了老，老可没忘了他，从碾盘沟到山下他家窑前足足歇了八歇。上大学的女知青提出，要带点土特产孝敬城里的娘老子，刘老没吭气，二升红小豆给女知青倒了个干净。为此，刘奶冲我叨咕了许久。她没讲女知青贪，只讲她老汉憨，歇了八歇。

探亲回来，我给刘奶带回一顶黑大绒帽子，耳边一朵黑大绒花。给刘老带了两盒带锡纸带把纸烟，刘老吃了一支便收起，说留着待客。

哦，插队那些个岁月，物质虽乏匮，人情却浓酽酽地浸渍人心。

我记不得刘老发过扎根南泥湾的誓言，他用他的一生长成一棵树，年轻时，给黄土塬支一篷绿荫；年老时，给蓝天幕映一副铜枝铁干的剪影；殁下，给他心疼爱抚的人留一捧剥辟燃烧的好柴。

他不过是攥着他那些先他而去的名字上了九龙泉石碑的伙伴们去了，到另一个世界去团聚。当然，他闲不住，挟一扫帚，端一簸箕，还在干活儿。

于是，我的悼词只有一句：刘老，老留在南泥湾！

问老曹

老曹没名，陕北山村一个大队的党支部书记，现在，连书记也不当了。老曹有名,叫曹怀秀。

他问我,问我好。他不知道这问候会带到隔山隔水千里之外的京城。他不是讨人喜欢才问的。他问我好。

我有什么可问?诸事平淡,不满意和不满足,尚在努力,没有值得夸耀之处。但是,这么一位非亲非故非同事非同乡的老人念叨、牵挂着我——五年前离开的插队知青,很使我告慰:过去的生活没白过去。

五年前离村的时候,老曹送我,只送到硷畔。他要去公社开会,开大队划分生产队的会——那是变革初起的年头——不往远送了。前一天,该说的话都说了,他代表队里送我个本本。照例,扉页写上几个字,小学校长那笔三类苗一样歪歪倒倒的字,右下角盖上大队红红圆圆的章,章子盖得很红很完整。想象得出盖章人盖章时的姿态和表情。还送我一个特大号茶缸子,够盛二斤水,白色搪瓷底起绿叶红花。如果没有插队,我不会喜欢那样的花色,嫌它"怯"。下乡后,知道亲近土地的农民偏爱鲜亮颜色,我也在不知不觉中喜欢了。缸子太大,没盖,不合用。老曹却以为,缸子大了渴不着。乡下城里,渴总归不好受。割麦的五黄六月天,我一早上山前要喝七碗米汤,渴怕了。

"还回么?"老曹手扶自行车把问。

我说:"回。"

老曹笑了,多有不信。庄稼人判断标准,看实的,不听虚说。

两年后的春节,我自费回村过年。老曹请我吃年饭,请我喝酒、吃菜。酒是家酿米酒和九龙泉六十度土烧,菜是八碗:

炖肉、丸子、酥鸡、炒肉……盘盘碗碗大都离不开个肉。我不喜喝酒，照规矩抿也要抿一口。不吃肥肉，专挑豆芽子菜。斯文地拈两片片糕，掰一疙瘩黄米馍馍，就撑得盘腿坐不住炕了。

一天叫吃五顿饭，我在村里待了六天，初六，我上路了。

"还来么？"老曹村头问我。

我说："来。"

老曹信疑参半，"同学走光怕是不来了。"

半年后，出差绕道，我又来了。

爬上村前猪打滚狗吐舌虚淌淌黄尘乱扬的斜坡，出了一脸油汗。老曹见我，笑了，信了。知青走得半个不剩，不看乡亲不看他，回来做甚？他忙拉我回窑上炕，婆姨不在，他给我擀面。面和软了，煮好捞到筷子上短短的，盛在碗里粘成一坨，浮面烧一层油汪汪的炒鸡蛋。旁边同样一老碗候着。

我说吃不了许多，不比插队受苦那会儿。

老曹笑了，眯着眼问："忘了抢我的吃食？"

抢吃食？咋能忘。我从他老汉手里抢过无数，煮玉米棒子、酸蔓菁、红亮亮樱桃、绵软的杏、冬至的爆玉米花、清明的花馍馍……抢的时候，有理有力。

有一次，我去他家办事，推开窑门闻见肉香，忙问："煮甚哩？"

老曹婆姨说："半后晌四家人家分了只死羊羔，不晓得煮熟了没有，你尝。"动手给我盛了一碗。

头半碗我连甜咸也觉不出，羊羔肉挤挤拥拥往嗓子眼跑。后半碗刚吃出点味，倒没了。老曹兜头往碗里又扣了一勺，我三扒两下吃光,那味道——香一辈子。

第二天早起,我到井台绞水。老曹问我:"夜黑地的羊羔肉你咋能咬下?我从夜黑地直煮到今早上,尔格还咬不下。你该顶个生吃了么?"绞满水,他担上走了,慨叹道:"娃娃们凄惶的。"慨叹磨盘样沉,井水样清纯。

老曹问我好,是不放心我,他希望我样样项项都好,生怕有一星半点不好。

插队那会儿,我们踩着雪进沟拾柴,天黑实了,人没回来,急坏了曹老汉。他走出村,反穿皮袄,官路边候着。我推柴车推得头晕眼花,猛不丁见路边蹴着个白糊糊人影,吓得泼骂起来。老汉当下没言传,后来对旁人讲:"小高可把我骂结实了。"下乡七年,那样结实地骂人,我也就这一回。

农田基建兴修水利,爬坡掏冻土,他不放心我们,怕被冻土砸着,自己拎一把镢头上去了。微驼的背,罗圈腿,右手拇指一个大肉瘤。口中"嘿嘿"地叫着,看上去动作不快,却有力有效。三年过去了,我们也可以把镢头抡得"嘿嘿"地,蛮像那么回事,碰巧了,还能放下桌面大小的冻土。老曹显见得老了,拔一棵油菜,要往手心吐三回唾沫。

一年初秋,女知青小向深夜拎一盏马灯进阳岔沟观察虫情。老曹听说了,急忙派人寻回来,黑着脸在社员会上美美批评一气。可是,灾难并不因为他格外留神就不降落到知青中间。猪场的小柳给刚下猪崽的老母猪砍青榆叶,从七米五高的土崖上摔下来,颈椎骨折,胸以下高位截瘫。

老曹糟心透了!要抢救病人,从队里用架子车把小柳拉到公社,又从市里飞往省城;要镇静炸了窝的知青小组,要安抚家长。他不知如何补救这个损失,好话,钱,都是虚的,不能给小柳的娘老子赔一个活不拉拉的小柳,老曹利用职权用党员的桂冠相赠了。

我不知道该如何评价他的决定,或许不这样做,不把什么都安排好,知青会成熟得快些;可是没有了他的关照,知青中的意志薄弱者或许会感到世界冷漠,失去生活勇气。我无法评价他的所为,我的人生经验不够。我只知道他是好人,他凭良心办事。否则,他干吗问我好,我早已不是接受再教育的知青,他也不是再教育小组的组长了。

我问捎话的来人:"老曹身体咋样?"

"好着哩。"

"精神状态如何?"老曹恕后生无礼,用了个文绉绉的词。

"乐呵呵的。"

哦,乐呵呵的,我还以为他乐不出来,他愁眉不展,愁肠百结。

老曹是多年的学大寨先进队带头人,出席过省里的会,事迹上过省报头版头条。那个年月,他有常人私心,也有一般庄稼汉不具备的思想觉悟和政治荣誉感。他是按上级指示办的,他是身先士卒干的。之前,他未为自己捞一星半点油水,清白得令人难以相信;之后,他不把罪责胡乱推给谁,默默地承受,默默地代人受过,默默地该干什么干什么。

十一届三中全会后,生产大队划分生产队,生产队又划分作业组,眼瞅还要往小划分。老曹转不过弯子了,因转不过弯子干得不那么热情积极。六月我去看他,他指着分队后搬走人家的窑洞,窑洞门窗拆去了,窑壁留下原住户发狠掏下的老镢印子；他指着院里一片开蓝花的三角地，滋味莫辨地笑笑，摇一摇头。

我认为，老曹是过去时代的产物，大半辈子扑在了过去的史册上，新农村、新生活、新功德、新喜悦应当属于更年轻一辈。我担心他会想不开，因想不开窝在心里窝出病。老曹原来身体就有病，克山病、柳拐病都不轻。我写信去，劝他把眼界放宽，少管事，别太认真（倒显得我比他还老成）一些子废话，请他有空到省城来玩。

老曹没来玩，似乎也没有太转不过弯子，就又乐呵呵的了。他没必要装出乐呵呵的，他不是面对记者，他的乐如同他的问候，是发自心底的，不是做在脸上的。

我似乎又犯了把痛苦夸大的小知识分子毛病。

愿他总那么乐呵呵的。

老曹问我，我也问他：老曹，你好么？身体咋样？日子过得咋样？咱村那些喝着清凌凌底沟水，吃着金灿灿塬上谷米的婆姨、女子、后生、老汉们好吗？

请把我的问候捎到。

我的"延川老乡"
——关于北京知青的记忆

厚　夫

2011年8月初,我有幸在桥儿沟鲁艺旧址前,为正在延安干部学院学习的"全国高校主要领导延安培训班"学员们讲授了一堂《鲁艺与延安文艺的繁荣与发展》的现场教学课。这个班有两位曾在延安插过队的北京知青:一位是北京师范大学校长钟秉林教授;一位是浙江大学校长杨卫院士。钟秉林校长当年在延长县插队;而杨卫校长则在我的家乡延川县插队。在此之前,我虽一直没有见过大名鼎鼎的杨卫院士,但这毫不影响我对他的了解。我少年时代,曾在家乡的县级文艺小报《山花》上读过他的诗歌,他当年是位文艺青年。

正是基于这样的原因,我与杨卫校长的交谈在现场教学课之前就很顺畅地展开了。杨卫旁边的西安交通大学校长郑南宁院士,似乎奇怪我的普通话,他问我:"你也是北京知青?"未等我开口,杨校长就说:"他是我的延川老乡!""延川老乡?"郑校长更加疑惑了。我赶紧解释:"杨校长当年在延川插队,我是延川人,我们这就成老乡了!……"我的话把郑校长逗笑了,我和杨校长也会心地笑了。

是啊,"延川老乡"这个朴素得不能再朴素的词语,在我和杨卫心里却有更深层次的含义,包括信任和理解。而能用"延川老乡"这个词把我们这两位未曾见过面的人的情感紧紧焊接在一起的,则是那场让众多北京青年与这块土地发生联系的知识青年"上山下乡"运动。

一

"文革"期间,先后有二万八千名北京知青来到当时的延安地区插队,其中的大部分人是 1969 年 2 月初来到延安地区的各个县农村的。有资料记载,我的家乡延川县当时接纳了两千多名北京知青,全部来自海淀区,这其中的很大一部分还是清华大学附中的学生。这些知青里包括现任总书记的习近平同志,已故著名作家史铁生先生,著名作家陶正先生,浙江大学校长杨卫院士,美国某文图公司总裁孙立哲先生,中国人民大学教授吴美华女士,著名画家邢仪女士,等等。我的老家禹居公社禹居大队梁家沟生产队,这个当时只有二十户人家的单一姓氏的小山村,呼啦一下子来了十九位北京知青,他们对这个小山村的文化影响可想而知。我现在仍能清晰地记得他们的名字:录志宏、赵红梅、李万英、任颖光……

我生于 20 世纪 60 年代中期,北京知青来到梁家沟村时,我的年纪还小,尚不能清楚地记得他们到来时的情景,但经常听爷爷像讲"古朝"一样讲述他们的新鲜事。爷爷抽着旱烟

我的"延川老乡"

锅,不紧不慢地说:"'文革'开始了,这群北京娃娃们没有事情干,天安门城楼上的毛主席他老人家发话了,这些娃娃们盛在北京城里会无事生非的,干脆送到延安农村去锻炼锻炼,给他们这些生驴驹们套个笼头,压压身子,调教他们哩……"爷爷好像稳坐朝堂的决策者一样,能把事情说得有根有据,有板有眼。最高领袖当年是否有这样的决策考虑,这一切已无从知晓了。然而,当我在中学语文课本上学到孟子言:"故天将降大任于斯人也,必先苦其心志,劳其筋骨,饿其体肤,困乏其身,行拂乱其所为,所以动心忍性,增益其所不能……"时,我更加坚定了北京知青到来延安农村就是压担子的一道工序的想法。现在看来,我当年众多幼稚的想法今天终于成为现实。这批脚踩过泥土的、曾接过地气的北京知青,今天已经真正成为中国的栋梁。

我仍能清晰地记得爷爷当年讲"古朝"时的情景。爷爷说:"这些知青像星星一样从天上撒下来,撒到咱这些山沟里的。他们来时,用面包喂狗、饼干喂驴,把韭菜当麦苗哩!……""面包喂狗,饼干喂驴?"孩子们生怕听错了,反问一遍。"是面包喂狗,饼干喂驴!"爷爷在此肯定地说。"噢!……"我们发出惊讶的笑声。我们这小山村里的孩子怎也不相信这事是真的,因为我们这群孩子中的大部分甚至连面包与饼干都没见过、都分不开,而从爷爷的讲述中那应该是世界上最好吃的一种东西了。至于把韭菜当麦苗,这更让农村孩子们好笑,稍有农村生活常识的人是不会犯这种低级错误的。在孩子们惊讶与感慨之后,爷爷又说:"这些娃娃们原来什么也不会,可只用了半年功夫,锄镰老镢样样会使,成了好受苦人了!咱山沟里条件不好,这些娃娃们可受了罪了!……"我那时候怎也想不明白,北京知青到山沟里来就是受罪?那么,我们这些像土疙瘩林里刨出来的洋芋蛋蛋们,就不叫受罪?……这些幼稚的问题在当时幼小的脑际盘旋了很长时间,但又终于没有问出口。

长大后,我对北京知青的历史颇感兴趣,在阅读资料时才了解到当时的北京知青并不像爷爷所说的像天上的星星一样撒落下来的,而是辗转来到家乡的。1969年2月初,也就是农历的1969年春节前夕,这些北京知青乘着西去的列车,一路向西。到西安后,乘火车到煤城铜川;再从铜川乘汽车到延安。到延安后,地区按照指标先分到各县。到各县后,县里再次分配到各公社的各村庄。这样,北京知青像下阶梯一样,由北京到省城,由省城到县城,再由县城分配到各村,大概花费一个星期的时间。我也当面问过北京知青"面包喂狗,饼干喂驴"的事情,他们说那是个别现象,面包发霉了,就顺手扔给狗吃了,村里人就传出去了,说知青糟蹋东西哩。哈哈,原来是这么一回事情!

据资料介绍,当时延川的知青是各村队长们赶着毛驴车从县城接回村里的。我的家乡禹居大队梁家沟村,虽说在公社的所在地,属于自然条件相对较好的那种村子,但当时尚一不通公路,二不通电,人们过着"日出而作,日落而息"的生活,与北京城简直是天上与地下之别。那十九位从北京天上降落到偏僻落后的小山村的知青,首先要过"生活关"的考验。

我听母亲说,这群知青来的时候快要过年了,生产队专门配了个人给他们做饭。过年时,村里把这些知青分派到各家过年,我家也分到一人。过了年,开了春,知青们就自己起灶炉做饭了。头一年，知青们吃公家发下的粮，他们往往前半个月管饱吃，后半个月饿肚子，没有调剂观念，也不会节省着过日子。母亲说，这群知青爱看书，每天晚上都点着煤油灯看书，第二天早上出工时就爬不起来了……事实上，我能想来母亲所讲述的知青们当年的狼狈样。一群十七八岁的中学生，他们在京城的家里娇生惯养，可谓衣来伸手，饭来张口，生活无虞。可就在一夜之间，他们落到延安地区的沟沟洼洼，虽说他们还满怀战天斗地的激情，但面对每天具体而繁琐的日常生活时，自然就是手足无措的。

二

陕北方言，把"干活"说成"受苦"，把农村人叫做"受苦人"。古代社会中，陕北人李元昊、李自成等揭竿而起的重要原因，就是不想忍受受苦的生活。但在轰轰烈烈之后，又是千百年不变的沉寂惯性。现代社会的刘志丹、谢子长等，替穷人们打天下，也为的是让穷苦人过上好日子。当上个世纪那场改朝换代的革命高潮推向北京城之后，新中国顺理成章地成立了。可是原先在革命风暴中心位置的延安农村，却在改变农民生存问题上没有实质性的进步。

"文革"时期的延川乃至整个陕北，受苦是农村人的基本生存方式。北京知青插队延安的初期，延安广大农村仍然是"毛驴驮水，牛耕地；煤油点灯，粗布衣"，甚至连饭都吃不饱。交通不便，电力不通，所谓现代化的设施可能就是村里的有线广播，而"楼上楼下，电灯电话"仍旧是农村人遥遥无期的奢望与梦想。即使在北京知青来延安插队几年后的1973年，当时的延安地区仍很贫穷。甚至到1978年，延安地区的情况仍不容乐观。新华社记者冯森龄顶住"左"的错误的干扰，冒着风险，采写了一组《延安调查》的内参，如实反映延安地区贫困状况，引起中央的高度重视，这才有中央一系列解决陕北贫困问题的政策。我曾在2009年接受《中国财富》杂志记者采访时，表达过"延安人应该给他立座碑"的观点。当然，这是后话。

　　我在这里有必要对延安农村当时严酷的生存环境作一番陈述。先说住的问题吧。当时的延安农村，居住条件差的问题尤为突出。插队到延安的北京知青，与到黑龙江、内蒙古、云南的兵团知青的最大不同，在于这两万八千名知青是撒到延安农村的，有的村子四、五人，有的村子十多人，像我的老家梁家沟属于较多的，有十九位。这些知青接触到中国最贫穷地区的真实情况，而不像兵团知青那样始终是一个相对封闭的整体，与百姓没有更深切的接触。这些知青在北京城里是"楼上楼下，电灯电话"，而到了延安农村住的是在黄土崖上挖出的窑洞，俨然成了"山顶洞人"。土窑洞里既没有木板床，更谈不上席梦思，只有一盘小土炕，多人挤到一起，卫生条件自然无法保障。在陕北农村，人们除了每年夏天在村前小河洗上有数的几次澡之外，一年四季再也洗不到澡。农村人又没有换洗衣服，这样虱子、跳蚤这些穷人的寄生虫就尾随而至。我小时候，经常与小伙伴们比赛捉虱子，对虱子大开杀戒，全面围剿，但往往是几天的消停，因为虱子的繁殖太快了。虱子多了也就不痒了，那时的农村人，谁身上没有两只虱虮？还有跳

我的"延川老乡"

蚤,这个能跳出四十倍身高的小昆虫,咬起人来很疼,它在陕北叫"虼蚤"。这种小昆虫既善吸血液,也善跳跃,极为机智,人要捕获是很困难的事。夏天的时候,一只跳蚤往往折腾得人一晚上睡不好觉。这些小小的昆虫,陕北农村人尚很难对付,更不要说细皮嫩肉的北京知青了。北京知青来到农村后,不服水土也表现在对于虱子与虼蚤的抵抗能力差。这些机警的小昆虫们,嗅到与陕北农村人不同的人体气味后,往往能准确地捕捉目标,群起而攻,饕餮大餐,洋洋得意。现任国家主席、党的总书记习近平同志,当年曾在距我的家乡禹居村六七公里左右的文安驿公社梁家河大队插队。他在2005年任浙江省省委书记时,曾接受过延安电视台《我是延安人》栏目记者的采访。他说他当年在延川农村插队,是过了"五关"的历炼——即跳蚤关、饮食关、生活关、劳动关、思想关。他对跳蚤尤其记忆犹新,"当时跳蚤搞得我们痛不欲生。我皮肤过敏,跳蚤一咬就起水泡,水泡破了就是脓包,全身长疮啊,这种情况下怎么办呢?严重到我们把六六粉撒到床单上睡觉,否则治不住跳蚤。三年以后没事了,硬扛过来……"在当时的陕北,虱子和跳蚤几乎是家家无法驱除的寄生虫,知青们也是一样。久而久之,他们也就慢慢地也适应这种"虱子多了不痒"的生活。

再说吃的问题吧。农民要打一粒粮食,必须经过"春种、夏耘、秋收、冬贮"的过程,真可谓"谁知盘中餐,粒粒皆辛苦"啊!粮食打下了,要磨成面才能做成食品。我的家乡那时是条件相对较好的生产队,磨面尚且需要用牲口来推磨,这也是农村妇女们必备的功课。每天天蒙蒙亮就开始把驴拴在磨道里推磨,常常能推到半后晌。推磨是个技术活,妇女们把面磨成不同的等级，供家庭在不同的时节食用。"头道面"是最好的面，有韧劲，也有面香，一般是招待重要客人或逢年过节才吃；"二道面"相对成色差些，也只能隔三差五才能吃上一顿，解解口馋；"三道面"是黑面，是平常的面食，就这也掺玉米面或高粱面才能食用。麸子是喂牲口的好饲料，当然在困难的时候也要食用。母亲说，知青们开始不会推磨，只能央求村里妇女们换工推磨；妇女们也乐意干这活，也可以赚一些麦麸。再后来，他们就自己推磨了。面推好了，距做成馍还有一个过程，也需要几项条件：一是要发酵，面发酵了，要打碱，才能蒸馍。不然，不是碱大就是碱小。碱大了是黄的，馍发苦；碱小了，馍是硬的，发酸。二是要烧火做饭。当时农村人烧不起石炭，只烧柴禾，而光山秃岭的农村砍柴也很困难。勤快的男人们往往跑上十里八里路，砍一担柴。硬柴火旺，做饭也快；绒柴火弱，锅很长时间开不了；湿柴更麻烦，一早上烟熏火燎的做不熟一顿饭。某种意味上，柴火的好坏是对男人们勤快程度的检验。生产队里，男人们早上要出工，到山上干活；妇女们在家里做饭。太阳照到窗棂上时，送饭人要敲钟送饭。这时，各家各户把准备好的早饭送到指定地点。有些人家因为柴火不争气或者其他原因，没有在规定时间内送到饭，送饭人也不等。一顿早饭，往往能看出谁家婆姨麻利、谁家婆姨周正。母亲说，这些知青们当时受了罪，经常有时候连饭也做不熟，她那时也经常帮女知青们做饭。

吃在当时的延安农村，绝对是妇女们潜心钻研的一门学问。陕北农村有民谚："肥正月，瘦二月，半死不活的三四月。"三四月是陕北农村人最难熬的月份。那时，头一年打下的粮食吃完了,种子刚刚撒到地里,还看不到一点希望。我的老家梁家沟村的条件相对好一些,穷人家搭点糠叶还能勉强涉险过关。但对绥德、米脂一带地皮薄、人口多的村庄而言,三四月里的光景太难过了,许多人家只好走南路讨饭。我小时候,曾见到过成群结队的讨饭人群。等到了五六月份,情况就开始好转,榆钱能吃,槐花也能吃,能救命的东西多了。再到七八月份,瓜果梨枣上来了,一年里最能敞开肚皮的日子也来到了。这样的日子,知青们也同样不例外。我曾看过习近平同志的一个讲话,说他们那时吃饭没有油水,把胡萝卜和洋芋切好,倒进锅里一块煮。有一天晚上,他觉得自己做那顿饭特别香。打开锅一看,原来是黑灯瞎火打水时,打上来一条蛇和一只癞蛤蟆,把蛇和癞蛤蟆煮到锅里了,所以这个汤特别香。民以食为天,吃是人生存和发展的头等大事。想必这顿味道特别的晚饭,深深地嵌在习近平同志的脑海里。我还看过延川著名知青丁爱笛接受记者采访时的资料,丁爱笛说他曾一连吃过三个月的辣椒面拌饭。他说能吃三个月辣椒面拌饭,还会有什么克服不了的困难?看来,知青们了解民生,哀民生之多艰,是从吃与住开始的啊!

再说说干农活的问题。在陕北农村,农民除了春节期间短暂的狂欢"闹红火"之外,其余的时间基本上是土地的奴隶。农活严格恪守二十四节气,每年开春土地解冻后,受苦人忙着整地、送粪,收拾土地。芒种前后,要把一年的秋庄稼安付到位。耽误农时,是一件十分危险的事情。谷雨过后,青苗破土而出,紧接着就要间苗、锄草了。苗稠了,间距小,庄稼秋天的籽种挂不实;苗太稀了,浪费土地,成本太高。苗的行距、株距，全靠受苦人的眼力来判断。好的受苦人，一锄过去，留哪株锄哪株清清楚楚。下罢雨后，还要追肥，促进庄稼生长。受苦人最担心的是春旱，滴雨不下，种子难入土；即使入了土，也很难发芽拔苗。每到这个时候，受苦人就心急如焚，眼巴巴地望着老天，祈求龙王爷能下场透雨，保佑世间万物。初夏时节，麦子熟了。受苦人又投入麦收新战场，争分夺秒地在龙王口里夺食。因为这时的雨说来就来。受苦人稍有差池，夏粮就要成为泡影了。麦收过后，接着是打场，是晾晒，是入仓，程序不容闪失。稍容抽袋烟，紧接着就要翻麦地，预备明年的夏粮了。当然，秋庄稼也不容忽视，该锄二遍的锄二遍，该施肥的就施肥。白露时节，冬小麦就要安付妥帖，再抽出身子来收秋庄稼。秋庄稼虽说不像小麦是龙王口夺食那样紧张，但也必须抓紧时间收割完毕。红薯、萝卜和大白菜，该入窖的要入窖；玉米、高粱该捋穗的要捋穗。到霜降过后，寒风起来，受苦人要把地里的秋庄稼收拾干净。冬天不种庄稼，但也不能闲着，这是砍柴、送粪、打坝淤地的好时光。只有到腊月里年关近了，受苦人才能有几天短暂的放松时间。在年复一年的轮回里，这些接受贫下中农再教育的知青们，也要和农民们一样地干活，在面朝黄土背朝天的日子里煎熬，而不是每天都有"晨兴理荒秽，带月荷锄归"的诗意。

我后来想，北京知青来到延安农村之前，绝没有想到他们心中的"中国革命圣地"的延安农村，在建国二十多年后，竟还是如此赤贫如洗。他们当初是满怀激情地奔赴陕北农村，在广阔的天地里接受贫下中农再教育的。可这种连基本生存问题都没有解决的延安农村，就是摆在这群从天而降的知青们面前的真实情况。某种意义上，这也让中国当年在以农补工、以农促城的城乡二元对立的城市环境中长大的知识青年们，亲眼目睹了中国的另一面，认识了中国社会的复杂性。对此，这些心怀远大革命理想、以拯救天下劳苦大众为己任的北京知青们，怎能无动于衷呢？事实上，他们也的确以其柔弱的肩膀扛起了远大的理想，并进行最初的人生实践。

三

前些年，我见到一位曾在富县插队的北京知青。他以赞叹的口气说延川知青厉害：一是他们的学习成绩普遍好；二是他们大都是清华附中学生，普遍有一种帮助贫下中农改山移水、改变落后面貌的理想与抱负。这位知青对延川知青的总体评价准确不准确，我说不清，但我在少年时代就深刻地感受到北京知青文化的影响。

我1971年上禹居小学，那时学校里有好几位北京知青当老师呢！我上小学的第一课是"毛主席万岁！"我们问知青老师，"毛主席是不是住在天安门上，到北京能不能见到毛主席？"老师说："毛主席住在中南海。""那毛主席怎就住在海里呢？""中南海不是海，是个地方名，就在天安门旁边。""噢，毛主席住在天安门旁边……"那时，我们已经改口，喊自己的"大"叫"爸"、"妈"叫"妈妈"了。我们故意偷偷溜在父母的身后，猛地大喊一声："爸爸"、"妈妈"，惊得父母直打战。他们回过神来责备："吓死我了！"伸出手要打时，我们早一溜烟跑了。那时，村里孩子们可以用普通话字正腔圆地朗读一些小短文，得到父母的表扬。

我的记忆中，当时延川全县范围内出名的知青有好多，其中孙立哲、丁爱笛、习近平和陶正最为有名。

孙立哲是在关庄公社插队的清华附中学生，他自学成才，敢在擀面的案板上做阑尾切除手术、妇女子宫大出血手术，他的事迹很快在县里传颂开来，他是延川百姓家喻户晓的"救命菩萨"。据说当时的卫生部不相信一个赤脚医生有做过三千例手术的神奇事迹，专门派中国医学科学院院长黄家驷教授实地考察。黄教授考察了一个月后，得出了孙立哲的医术相当于一个从正规医学院毕业并有三年临床经验的专科医生的结论。这样，孙立哲名声大震，《人民日报》专门报道过他的事迹，当时的中小学课本上也登他的事迹。1974年，风靡延川的《延川十唱》的中第一唱就唱的是孙立哲："一唱孙立哲，赤脚好医生，天天出诊在山村，土窑洞里治大病。孙立哲对病人，热情负责任，手术大病根能除，一心为人民。"我少年时代曾见过孙立哲一面。那时，他已经出名，乘着一辆草绿色的救护车到处巡诊。他来到梁家沟村，给村里一个叫"寻吃"的人家的小女孩看病。村里大人、小孩听说孙立哲到村后，竟把寻吃家的院子围得水泄不通。我记得孙立哲当时二十多岁的样子，个头不高，寸头，剑眉，有一双炯炯有神的大眼睛。"文革"结束后，我听说他挨整了。再后来听说他到美国读医学博士学位去了，因身体过敏的原因弃医从商，成为美国一家图文公司的总裁。他当年与著名作家史铁生在一个村子插队，他后来还把史铁生接到美国住了一年。后来，我还看到过一则报道，说孙立哲发誓要给延安捐一座现代化医院。捐一座现代化医院的资金

我的"延川老乡"

量太大了,这可能要花费他一生的积累,但他的这种精神非常值得感谢,说明他心里还装着延安。我前两年在凤凰卫视上看到他回村时记者同步拍摄的画面,他回到村里时,关家庄人像过年一样,秧歌队在村口迎接他,还杀猪宰羊,用狂欢的形式欢迎归来的亲人。看到这组镜头时,我的眼睛湿润了。孙立哲,延川人民永远不会忘记你!

丁爱笛是《延川十唱》中的第二唱人物,外号叫"丁牛",意思很有牛劲。歌词这样唱到:"二唱丁爱笛,张家河插红旗,扎根农村志不移,紧跟毛主席。革命接班人,敢于反潮流、顶逆风、战恶浪,革命路上大步走。"丁爱笛也是清华附中学生,他曾在张家河村插队时,主动请缨担任生产队长、大队党支部书记。他带领全村百姓没日没夜地苦干巧干,打坝造田,栽种果树,发展副业,仅过了几年工夫就使村子初具新农村规模,他与同村的女青年结婚,立志扎根农村成为全省知识青年的先进典型。生产承包责任制后,他眼看着自己创造的成果一夜之间毁坏,含愤考取上海的一所大学,离开了他深爱着的黄土地。前几年,我在延安电视台《我是延安人》节目中看到他。节目中说他大学毕业后下海经商,多次被骗,甚至是血本无归,但屡败屡战,又重新打拼,成为一家知名的民营公司的总裁。他虽年近花甲,但精神矍铄,神采奕奕。他说,有在延川插队时吃过的苦垫底,这辈子没有迈不过的槛!好一个丁爱笛,依然是当年的"丁牛"样!

习近平当时虽没有写进《延川十唱》,但同样也很有名,他当时在文安驿公社梁家河大队插队。梁家河村在文安驿镇对面的小山沟里,距镇子二三公里的样子,而文安驿与禹居虽说

◈ 崖畔回声——我的故土情怀

是两个公社，也不到四五公里的距离。当时，这两个公社只有一个文安驿集市，我们这群小孩每逢集市，总要走到文安驿集上溜达一遭。习近平在梁家河村插了七年队，乡亲们没有因为他是"黑帮"子女而歧视，相反给他入了党，选举他担任大队党支部书记，让他放手工作。他在担任村大队党支部书记期间，带领全村群众打坝造田，大办沼气，还建成了陕西省第一个沼气化农村。"沼气"可是个好东西，既可以做饭，也可积肥，还卫生与环保，真可谓"一气"几得，在干旱少雨缺少肥料的陕北农村确实有推广价值。我记得大概是三四年级的时候，县里发文件，让全县人学习文安驿公社梁家河村大办沼气的经验，我也参加过挖沼气池的义务劳动。现在回过头来想，在当时的情况下，建沼气村无疑是一场深刻的农村革命：一是能彻底解决农村人的烧火做饭问题，解放生产力；二是有效解决农村的肥料短缺问题；三是因建沼气池能引起农村的"厕所革命"和公共卫生革命。当时，陕北农村人的厕所叫"茅厕"，蛆虫乱爬，是公共环境最差的一个场所。一到夏天，绿头苍蝇嗡嗡乱飞，让人恶心不已。习近平同志是1975年被乡亲们推荐到清华大学上大学的，这样他离开了插队七年的梁家河村。2005年，时任浙江省省委书记的习近平同志在接受延安电视台《我是延安人》栏目记者采访时说：他在离开梁家河的那天早晨醒来，发现全村的男女老少都站在院子里为他送行。他再也控制不住自己的情绪了，痛痛快快地哭了一鼻子。是的，男儿有泪不轻弹，只是未到动情时。我看见接受采访的习近平同志的眼圈有些泛红，他控制住了自己的回忆情绪。但我却对着银屏落泪了，一个懂得尊重历史与感恩大地的人，他会走得更远的，我心里默默地祝福他！

　　陶正，也是当时有名的北京知青，他来延川关庄公社鸭巷村插队时，专门从北京带了台油印机，痴情于文学，发誓要拯救全世界受苦受难的穷人。1972年，他与谷溪、路遥、闻频、军民等人，创办了文革时期具有"泥土气息"的县级文艺小报《山花》。《山花》的创刊，开创了延川文艺的"山花时代"。从此，以路遥、谷溪、闻频、陶正、荆竹、海波等人为核心的"山花作家群"登上中国当代文坛。新时期以来，"山花作家群"越来越壮大，中国作家协会会员就有十余名之多，这在陕西乃至西北地区都是个奇迹！陶正当时最有名的诗歌，是与高红十合作的长诗《理想之歌》，我上小学时曾学过，记得开头是："蓝天，白云……"1974年，陶正被推荐为工农兵学员，到北大中文系上学去了。再后来，他成为北京市一名专业作家。新时期以来，他以陕北农村生活为题材创作的多部中短篇小说，先后多次荣获全国优秀中篇小说奖、优秀短篇小说奖，在文坛刮起过"陶正旋风"。

　　除此以外，陶海粟、吴美华、蔡玉珠等人也很有名，我在小时候就经常听说他们的事迹。相反，在关庄公社关家庄村当饲养员的史铁生当时却默默无闻。据说史铁生那时候的主要工作是喂牲口，副业是给村里当画匠，画家具。他本身有先天性的腰椎裂柱病，村里人给他安排了相对轻松的农活。谁也不曾想到，他在拦牛时遭遇了一场瓢泼大雨。大雨浇透了他，让他发烧感冒，引起腰椎裂柱病发作，才酿成后来终日以轮椅为伴的大患。他回到京城后，开始文学创作。他把目光投向当年插队的小山村，并在那时找到了温馨而美好的记忆。他对我的影响最深是 1983 年发表的短篇小说《我的遥远的清平湾》获奖以后，我知道延川走出的作家中不仅有路遥、陶正、谷溪、闻频、荆竹，也有史铁生。史铁生这篇用散文化的抒情笔法所创作的小说对我影响很大：原来陕北农村平淡无奇的生活，经过作者的深思过滤后，赋予了抒情的诗性。这篇小说教给我如何发现生活中的美，并如何加以提炼与抒发的技巧。史铁生 2010 年 12 月 31 日凌晨病逝后，我用最快的速度写出两篇悼念散文，表达一位深受他文学影响的延川晚辈的怀念之情。在延安插过队的北京知青成为作家的很多，如高红十、梅绍静、叶延滨、陈行之等，他们的作品也不同程度地对我产生过影响。

四

20 世纪 70 年代中期，北京知青已经渗透到十多万人口的延川县的各个领域。那时，许多知青已经开始参军、招工、上学，纷纷离开了延川县。而留在延川的知青们，也当民办教师、公社专干、文化馆专干、宣传部干事，等等。当然，北京知青与当地青年通婚的现象也不在少数，有当地小伙娶北京姑娘的，也有延川姑娘嫁北京小伙的。当时的文学青年、后来成为著名作家的路遥先生，他的爱人就是曾在关庄公社插队的"清华才女"林达。

我们梁家沟村的知青潮退却后，给村里留下三眼公窑。其中的一眼公窑架囤里，竟放着大堆铺满灰尘的知识青年用书。我和伙伴们把这些书全部偷回家，这些书籍也成为我少年时代认知外面世界的重要窗口。它们的名字我大都还能记得：《美帝国主义侵华史》《我们的朋友遍天下》《各国概况》《世界地理》《世界历史》，等等。我后来嗜书如命的习惯，均是少年时代培养起来的。当然，我们这批1960年出生的延川农村孩子，受到北京知青的文化影响是多方面的，我们从小开始学说普通话，从小就开始刷牙、讲卫生，均是受到他们的影响。直到今天，我在延安大街上行走，只要是看到操着纯正普通话的知青们，总会投去敬重的目光。我对1958年下放到陕北子洲县、新时期后成为著名诗评家的北大中文系高材生沈泽宜老师动情地说："您来陕北，是您人生的不幸，但却是陕北人的大幸！"是的，这句话同样也能套用在北京知青那里。不管是什么原因，两万八千名北京知青曾在延安走了一遭，有些人甚至把生命也献给陕北，至今仍有三百多名北京知青留在延安工作。从历史的角度而言，北京知青对延安的文化影响是深远的，也是长远的，有可能超越上世纪三四十年代陕甘宁边区时文化人对陕北的影响。

  2011年10月份，我赴京办事，见到北京师范大学博士生导师衷克定教授。他当年也是一位北京知青，曾到延安县临镇公社的一个只有六户人家的小山村插队，在那里待了六七年。本来应是我请他吃饭，但他却预定了一桌丰盛的饭菜，并告知我说，必须给他在京请客的面子，因为是家乡的人来了。我只得作罢。喝了几口酒后，他动情地说："我的青春就在那个小山村里，我晚上做梦能经常梦到那个村子。1991年后，我有能力回到村子里看看，每过两三年，我总要一个人背着行囊回村子里，看看乡亲们。前不久，我回到村子时，乡亲们杀了一只羊款待我。我和乡亲们喝着酒，吃着羊肉，拉了一晚上话……"说着说着,他的眼圈有些湿润,话语有些哽咽:"我这次回到北京后,突然有个想法,我想立个遗嘱,让家人在我死后,把我的骨灰匀出一部分葬在村子里。我这辈子无法和这个小村子分开了……"他还说,他返京后把这个奇怪的想法告诉同村插队的战友,他们也十分响应这个提议。此时此刻,我能充分感受到衷教授的心情。从延安走出来的北京知青,他们的生命已融注进了这块土地的密码,他们的生命已经和这块黄土地融为一体了!

衷教授还讲到他国庆节期间回到延安时的趣闻。他一人漫无目的地在延安街头闲逛时,却听见前面传来熟悉的北京口音,他定睛一看,原来是北京师范大学某学院的教授。他们彼此之间都认识,衷教授和他对视了半天,互相喊到"老插",又相互捶胸顿足。他们在一所学校同事几十年了,互不知道对方的身份,想不到今天是以这样的方式增进了友谊。这位教授当年在延安县的贯屯公社插队,他也是领着一大帮同学回村看看的。于是,衷教授又跟着他们的队伍走了一回贯屯村。衷教授讲完这个故事后问我:"你说奇怪不奇怪,缘分往往就在那回眸之间!"是的,这正是不解的延安情所牵的手啊!

回到延安后,我专门索要了一套延安市政协文史资料委员会编辑的北京知青资料集《回首青春》,并用挂号方式寄给衷教授。这套资料的附录中收录了当时到延安插队的两万八千名北京知青的名字以及插队的县区,是一份十分珍贵的资料。

我在翻阅这份资料时,突然意识到这两万八千名北京知青,每个人都是一部生动与鲜活的历史。我眼前矗立起一面历史的大墙,上面镌刻着他们的名字,熠熠生辉,一直到永远!

又见三汉

罗点点

杨家湾有四兄弟：大汉、二汉、三汉和四汉。这四兄弟都长得高高大大，高额头，大眼睛，是杨家湾村里的漂亮男人。

杨家湾的男人好看，这是我刚到这里插队时就发现的事情。我老想：说不定他们的祖先曾是戍边的军户，说不定他们的脉管里真的流着匈奴单于、蒙古王爷、突厥公主、回鹘女郎甚至阿拉伯美人儿的血呢。

三汉是好看的四兄弟中最好看的一个。他健壮挺拔，筋骨匀称。面孔稍显黧黑但肤色油亮。他一笑，就露出两个虎牙，而且他特别爱笑，一笑，就让人看见他有一口在当地人群里少见的、洁白而整齐的牙齿。

有一年打春打得早，一个冬天也没下一场雪。快到播种时，地里干得冒烟。干得冒烟并不是比喻，而是一阵狂风过后，把地里的黄尘刮起，真的就像冒起一阵黄烟。这个时候的我们已经很有点劳动人民的感情，真为播不下种子，或者耽误了农时而发愁。可是，我看到村里的其他人好像没有我们愁得

◈ 崖畔回声——我的故土情怀

厉害。他们每天照常上山去犁冒烟儿的地。眼见得节气就剩下两三天，我沉不住气了，便想找人问问。

那几天上山受苦，生产队把我和一头牛分给三汉，可以算作是一个作业组吧。既然分在一起就好好干。我牵牛，牛拉犁，三汉握着犁把。犁一天冒烟儿的地，三汉挣10分，这是村里最好的劳力才能挣到的最高分。牛挣一顿草料和两把黑豆，我挣的工分连三汉的一半还不到，只挣四分半。但我觉得，三汉和我，包括那头牛，都会觉得这种分配挺公平。歇歇儿的时候，我问三汉：老天爷这么长时间不下一滴雨，这该怎么办？三汉见问，便露出一对虎牙，暧昧地笑了笑说："下呀、下呀，他不下就不对了。"我能听出来，三汉所说的那个"他"就是老天爷。可三汉怎么知道老天爷下不下雨呢？这天夜里，老天爷当真就下了一场及时雨。第二天一大早，全村人齐出动，有上山的，有下川的，把种子全种到地里。等喘过气来，我又去问三汉："你咋知道会下雨？"三汉见问，一时还没反应过来，便又反转问我："我咋知道会下雨？"我说："你昨天说下呀、下呀，他咋果然就下了呢？"这回，三汉算是听明白了，他的虎牙又露了出来，红着脸说："我只知道老天爷不能把人往死里饿嘛，他不下能成？他得下哩嘛！"我被三汉这种没有逻辑的超级智慧惊得目瞪口呆。但我一个人琢磨了一会，又有点儿拿不准这到底是不是智慧。就像我后来又有点儿拿不准二汉婆姨说的一句充满宿命感的话，那话既表达出信念的坚定，又有一种痛苦太多以后的麻木。但有一点我会意出来了：乐天知命是一种品质，是生产方式落后和命运悲惨的人的一种特征。源远流长的中华文化中，这种东西最有利于安定团结。中

◈ 又见三汉

国老百姓因此成为世界上最安分守己、最热爱和平的人。

对于三汉，我曾在《红色家族档案》中对其进行过较为细致的描写。时隔 30 多年后的 2004 年，我又回到了延安、回到了延长，回到了那个令我魂牵梦绕的杨家湾。当然，既然回到村里，我肯定要去看看四条汉子。

30 多年后，这四条汉子又是怎么一个情况呢？

先说大汉。他不知道因为什么原因犯了事，从监狱出来以后，就一直在外面做生意。听村里人说，前些年他的生意做得还不错，赚了点钱，可后来听说又赔了个底朝天。他现在住在西安，60 多岁了，身无分文却还想着发财。既无本钱又无本事，剩的就只有胡吹乱侃了。

二汉早就故去。他婆姨改嫁给一个工人，又生了一个女儿。奇怪的是，二汉的婆姨多少年就没有离开杨家湾。村里人还叫她二汉婆姨。与她结婚的那个工人退休后回了湖南老家，现在两地分居。二汉婆姨的窑里挂着二汉的大照片，那工人的照片却小小的，被挤在角落里。

三汉和四汉我是见到了。一见三汉，觉得他真的老了，头发掉光了，皮肤更黑了，比非洲某些不甚黑的人还要黑。曾让他引以为荣的那口洁白的牙齿也脱落殆尽。四汉呢，看上去也十分苍老。他的牙跟三汉有一拼，基本掉完了。就眼前这两个老汉的形象，说破大天，也与那本书里的描写联系不到一起。

见三汉是在他承包的大棚里。县里推广大棚西瓜，杨家湾搞了 30 多个大棚，动员村民出来承包，三汉承包了一个。承包户们对西瓜真可谓精心照料，我们在村上待了两天，眼见村民们从早到晚在大棚里忙碌。西瓜长得不错，苗长得一人多高，碗大的西瓜挂在架上，说是再有一个月就可以上市了，每斤能卖五块钱。可是钻进三汉的棚里一看，情景就有点不对劲了。跟前的西瓜苗又稀又小，一副萎靡不振的样。三汉不好意思地笑着对我说：里边的西瓜长出来了。我往里一看，也没看到一个西瓜。30多个大棚，数随娃家的西瓜长得好。我问随娃：三汉大棚里的西瓜为什么没长好，随娃说："他上的鸡粪太多了。"看来，种西瓜跟抚养孩子一个道理，过分溺爱是不行的。

村长对三汉的评价是：他接受新事物快。外面有个啥新鲜东西，他都能很快接受，可就是一弄就半途而废，常常没个结果。

说起三汉爱看新鲜事，接受新事物快，那还是真的。我们刚到杨家湾插队时，村里没有电，没有报纸，外边的世界是什么样子，大伙根本就不知道。村里有的老人一辈子连县城都没去过，火车是什么样子？更没人见过。有一次，在地里干活时，我们跟他们吹牛：你们知道火车是怎么跑的吗？他们说：不知道。我们便给他们讲：火车一发动，就站起来竖着跑！

当时，三汉年轻力壮，是干活的好手。我们插队的第一年庄稼收成好，分红时，三汉是得钱最多的，分到10元人民币！你可别小看这10元钱，在那个时候，10元钱足以让全村人眼红。不信给你算算看：全村最壮的劳力一天挣10个工分，10个工分值人民币8分钱，刨掉冬季农闲3个月，就算你以后出满工也就270天。270天满打满算挣的工分乘以8，多少？21元6角。一年两次分红，21元6角再除以2，多少？10元零8角。所以，你必须是壮劳力，还必须出满工，才能挣到10元

又见三汉

钱。而我们队一天挣 10 个工分的人不是太多。你说那 10 元钱能不让人眼红吗？

就在那次分红后刚两天，三汉失踪了。过了几天，三汉又回来了。接着，村里爆出一个特大新闻：三汉去看火车了！原来，三汉揣上 10 元人民币，跑到离村子几百里地以外一个有火车的地方，蹲在铁路边，直把火车看了个美。

三汉的壮举在村里"镇"倒了一帮年轻人，但也遭到了一些人的非议：二杆子！拿着半年的汗水钱去看了一趟火车，咋是不想过光景了。

这就是三汉。

时隔四年，我又踏上了回村的路。这次回村时间紧，只有半天。但时间再紧，我也要上山去看一看，去看我们当年"战天斗地"的战场。

如今，陕北的山川景象与我们插队时不一样了，退耕还林使黄土高原改变了颜色。当年裸露的黄土被林草所覆盖。尤其是经济林发展得很快。一路上，我一边感叹陕北的变化，一边吃着随手从树上摘来的苹果，甚是惬意。

隔着一个山包，不远处，花花绿绿的一片花圈引起我的注意。从花圈的完好程度上看，像是一座新坟，坟头上还插着一只幡，中间一个大纸鹤头冲着天，寓意着墓主人已经驾鹤西去。我想：这是谁家的坟？从花圈的数量上看像是一位老人，子女应该不少。

回到山下，与老乡聊天中我想起了山上的新坟，便问是谁去世了？得到的答复是三汉！

谁能想到，这次与三汉竟然是阴阳两隔。

❖ 崖畔回声——我的故土情怀

　　这个世界就是这样。人来了，又走了，本是极正常的事。但是，每当我们熟悉的一个人离去时，我们就会发出由衷的叹息。想到三汉已经永远睡在黄土中，我有一种怪怪的感觉。

　　这个世界，不论是声名显赫，还是一介草民；是城里人，还是乡下人；是富贵，还是贫穷，最后的归途都一样！

我的农民师傅

李 华

陕北地接边荒，生活苦焦。人生活在那样一个环境中，不经老。就说我的这个侯师傅，当年他 40 岁才刚出头，就满头花发，一脸风霜。为了让我们这些来插队的北京知青更好地接受"再教育"，生产队给每个知青派了一个农活技术好的农民当师傅。我师傅叫侯生成，村里人都叫他"猴子"。师傅一家六口人，他婆姨精明干练，精于计算，村里的大事小情好像都瞒不过她。她患一种奇怪的病，经常头疼。头疼病一发作，她就在太阳穴上贴一片薄荷叶。她有四个孩子，大女儿叫侯玲，与我同岁。我刚到村上还不到一年，侯玲就出嫁了，对象是四队的张杏。当时，我很吃惊，这里的女孩子刚满 16 岁就结婚了。她们的青春也太短暂了。师傅唯一的男孩叫"猴儿子"。这孩子看上去憨憨的，两条鼻涕常挂在上嘴唇边。有一次，师傅生病了，他拦的羊群需要有人代放，队里要把拦羊的事交给一个学生娃娃。这时，"猴儿子"恼了，他连声喊着："哎、哎，我拦西山我大呀！我拦西山我大呀！"他说这句话的原意是：应该由他去拦他爸爸在西山上放的羊，结果说成了在西山拦他爸爸。他说的这句傻话把大家逗得笑了半天。

我们刚到村上时，正值春节前，队里没有活干，知青就经常到各自的师傅家串门聊天，我自然成了侯师傅家的常客。师傅家的光景在队里算是中等。他住的窑里有一盘土炕，一个灶台，灶台边的墙上钉着一个长条木板，炕上铺着一条羊毛毡，地上有一口水缸，还有几个用纸箱糊制的装粮食用的"纸仓"——这，就是师傅家的全部家当。

陕北农村人吃饭都在炕上，没有炕桌。饭做好了，师傅的婆姨就端过来一个木质托盘，盘里放几个小碟，里面盛着盐面、辣椒面、腌的苦菜、碎菜等。在师傅家，我吃了"热腾腾的油糕"，喝了"滚滚的米酒"。特别是米酒，味道又酸又甜，特别好喝。还吃了扁食。陕北农村人将饺子称作扁食。包的时候不用擀杖，揪下一小块面，揉成小面团，再用手捏成一个小碗状，将馅装进去之后，把两边捏住就行了。吃的时候，烩在一碗热腾腾的粉汤里。

师傅的老家在榆林，因为闹饥荒，逃荒来到这里。师傅从小给人揽工，受了许多熬煎。有时，我与师傅在一起拉起过去的事，师傅每说到动情处，还给我唱起《揽工调》：揽工人（儿）难，揽工人（儿）难，干的是牛马活，吃的是猪狗饭。在师傅的身上，我了解到陕北苦难的历史。

开春了，我们干的第一项农活是掏地。那一年，队里的耕牛没有喂养好，乏牛无法耕地，正好赶上我们11个知青来到村上，这便成了掏地的主力军。队里给我们每人发了一把老镢头，每天天不亮就上山掏地，一直干到太阳落山才回家。回到窑里，不洗脸，不抖身上的土，而是先把两只鞋脱下，将钻进鞋里的土倒出来，走起路来才不硌脚。

　　掏地的活儿技术性不强，但劳动强度大。没过几天，我们的手上便起满了血泡。血泡破了之后，将镢头把儿都染红了，师傅看在眼里，疼在心上。有一次，他看见我的右手又起了两个大血泡，便用烧过的针穿上头发，挑破血泡，将血挤出之后，把头发留在里面，这样，就不会再次鼓起血泡来。他还嘱咐我："干农活不能太猛。不怕慢、就怕站。你们还小，正在长身体，别太累着。"

　　几场春雨过后，庄稼地里的苗子齐刷刷地长了起来。队里给我们每人打了一把锄头，在师傅的带领下，我开始学习锄地。每个师傅带着自己的徒弟，手把手地教。我师傅锄地的技术没得说，他粗大的手，握起锄把却是那么灵活，锄头轻轻地掠过土层，锄尖仿佛长着眼睛，将杂苗、杂草一一剔掉，锄头划过之处，新鲜的湿土被翻了出来，就这样，间苗、锄草、松土，一气呵成。

　　川地的玉米锄完后，就要到山上间谷苗了。间谷苗是农活里最细的活。因为在山坡上种谷子是用手播的种，苗长出来后杂乱一片。间苗时，先要通过目测，确定留苗的间距，然后将多余的苗锄去。如果将苗留稀了，就会影响产量；留密了，苗子又长不起来。因此，村上在安排间谷苗时，都派了一些"老把式"。因知青们一时还掌握不了这门技术，就没有安排他们去，可生产队却偏偏让我跟着师傅去间谷苗。这不仅是对师傅的信任，也是对我锄地技术的肯定。间谷苗很像绣花。一把锄头握在手中，而使用的却是锄头两边的锄尖。会锄地的人，在

❖ 崖畔回声——我的故土情怀

间谷苗时,要将锄头的两头倒腾开。锄尖左右扭动,上下翻飞,像是在穿针引线。抬眼望去,在蓝天白云的映衬下,新锄过的地上,均匀壮实的小苗绿茵茵的,被山风拂动着,真像一幅美丽的山水画卷。

夏季在地里锄草时,太阳火辣辣地炙烤着,每个人都汗流浃背。"锄禾日当午,汗滴禾下土"的诗句只有锄过地的人才能真切地感受到。这时,师傅就抬头看一看天,然后把他的草帽摘下来戴在我头上,还一边擦着汗一边说:"不碍事,我禁晒。"

山里的气候多变,刚才还是晴空万里,一阵风狂过后,却又阴云密布,紧接着,陕北人说的"老白雨"就从天而降。我们经常在山上被大雨浇得抱头乱窜。每每在这个时候,师傅总会走在我前面,接应着我,生怕我不小心滑倒。我们在城里走惯了平路,下山时腿不会打弯,是直的,这样很容易跌跤。师傅教给我,下山路坡度大,膝盖要弯曲,两只脚尖向外撇,身板要向后靠,稍微带上一点小跑,这样就不会跌倒。过了不久,我也掌握了用极快的速度从陡坡上跑下来的技巧。

日复一日的艰苦劳动,令我们感到枯燥、苦闷。每当这时,看着身边的师傅,我不禁扪心自问:为什么这里的农民能够祖祖辈辈几十年如一日地劳作,毫无怨言,我们却不能呢?这时的师傅并不知道我们的心理变化,仍旧勤恳劳作、热心带徒。他的这种生活态度,在无形中化解了我们的心结。

古语说:工欲善其事,必先利其器。干好农活,必须要有顺手的工具。我师傅有一把锄头非常漂亮:锄片经过多年的使用,被打磨得锃亮,尤其是锄头把儿,是用柏木做的,质地细密，光可鉴人，无论多热的天气，握在手里总是凉凉的。而我们知青的锄头，则是队里统一配发的，新锄头的刃没有打磨开，黑黑的锄片用起来既笨重又容易沾土；而且锄把儿全是柳木的，到了夏天，天有多热，锄把儿就有多热。师傅似乎看出了我的心思，过了些日子，专门给我做了一把锄头，柏木锄把儿被他打磨得光溜溜的，又安上他自己使用过的轻巧锄片，锄起地来，真是得心应手。也正是因为师傅给我更新了手头的工具，我的锄地技术才会在短时间内突飞猛进。

盛夏到了，麦子熟了，我们开始上山割麦。知青们都领到了镰刀，磨得快快的。这是我们自插队以来的第一次收获，大家干活都不耍奸。这时，我却犯了愁。因为镰刀是偏刃的，只能右手使用，而我天生是个左撇子，干其他农活问题不大，但用左手使镰刀，没割几下镰刀就打滑，弄不好还会割到自己手上。麦收开始后，师傅见我用左手拿镰刀费劲的样子，便上了心。很快，他不知从哪里找到铁匠，专门为我打了一把左手镰刀，还给我磨得很锋利。我拿到左手镰刀，像战士有了合适的武器一样高兴。这下，我显出了左撇子动作灵活的优势，割起麦来，竟可以同干活最快的妇女队长有一拼。

以后，师傅又根据需要，陆续帮我配备了吆牛用的鞭子和背庄稼用的牛皮绳。这些应手的家什，帮助我很快由一个娇嫩的城市女孩，成为一个强壮的女劳力。评工分时，我由最初的每天6分，增加为每天9分，成为女劳力中的最高分。后来，我还被社员们选为青年突击队队长和妇女队长。

有一天，我写下这样一篇日记："今天，是我们来向阳沟插队整整五个月的日子。我们在思想上、感情上已经有了一个大转变,还同贫下中农建立了深厚的感情。"在另一篇日记中,我又写下这样一段话:"锄地时,我和师傅又聊了起来。师傅说:'你们从北京到这里,离开了爸爸妈妈,我们会把你们看做是自己的亲生儿女。'听了这句话,我心里既感动、又温暖。"

正如在日记中所写的,我师傅和向阳沟的父老乡亲,真的把我们这群远离父母的知青当做自己的儿女。村里的"干大""干妈"们都把我们称为"羔娃"或是"羔羔",这是他们对自家孩子最亲切的称呼。

不知从什么时候起,全队的社员和知青都开始同我一样,称我师傅为"侯师傅"了,村里再也没有人叫他"猴子"。直到我这个徒弟离开向阳沟到县上工作之后,"侯师傅"的称呼继续被沿用。

1978年,我离开志丹到延安工作,临行前,我专程去了趟向阳沟,与乡亲们和师傅告别。在知青窑前,我和师傅留下了第一张、也是唯一的一张合影:在陕北的丽日蓝天下,我和师傅迎着阳光,笑逐颜开。

1985年,师傅去世了!今天,我望着那张合影,回忆起插队时的点滴往事,我感慨万千。我想:正是由于得到千千万万个像侯师傅一样的陕北父老乡亲对我们的关爱、呵护,才使我们迈出了走向社会的第一步,使我们的思想深植于劳动人民这片深厚的沃土中。这一切,为我们走好人生的每一步打下了坚实的基础。

海米先生

沈小兰

海米,这是她先生在结婚日记上对她的昵称。她把日记翻给我看时,我很糊涂:为什么叫海米?她笑而不答。

她是我的老师,或曰先生,大学进修时的班主任。可她只比我大一点,长相又显小。学生们没有人正儿八经地叫她老师或先生,都在她的姓氏前冠一个"小"字。她倒也随意,在课堂上笑着说:"罢了。叫我什么都成,称呼无非是个代号而已。"

其实,在学问上我们都很敬重她。我们那一期学员,大多来自农村,一进校门,学的是资本主义剩余价值、《反杜林论》,还有党史。由于大多数学生对这些内容好像不太感兴趣,因此,课堂上呈现出的气氛总是很沉闷。不过,同学们都喜欢她的课。她讲课开放、活跃。她教党史,不管我们提出一个熟悉或不甚熟悉的历史人物或历史事件,她都能说出个"一二三"来。那已经逝去的岁月,那已经安息的灵魂,在她的讲述中得以还原。

❖ 崖畔回声——我的故土情怀

　　北方的冬季天黑得早，夜又无比漫长。到晚上复习作业，或者看书，不一会肚子就开始捣蛋，饿得咕咕地叫。这时，我便去了她那里。她用煤油炉煎鸡蛋，熬小米粥。有时，我们还把豆瓣辣酱抹在烤得焦黄的玉米发糕上，还会在煮好的土豆上撒上一点盐末。这时，我们一边吃着饭，一边听她讲过去和人打赌吃鸡蛋的事。她总觉得那个赌输得太亏。如果能把那些没吃完的鸡蛋留到现在吃，那该有多好。

　　听她这么说，我忍不住想笑。我是她打赌的见证人。早在上大学之前，我俩就是好朋友。我们在一个地方插队，之后，她被招到县委通讯组工作。有一次，她下乡采访，斜背着一个帆布挎包，沿着崎岖的羊肠小道，连跳带蹦地一路走来。有时走在半路上，她会停下来站在山脚下，和正在崖畔上放羊的老汉或后生拉话。她兴致好的时候，还和牧羊人唱山歌、对情歌，一人一句。老乡唱的歌词，都是上辈子流传下来的，经过岁月的沉淀，歌词所表达出的多是对美好生活的向往，当然，还有情歌，只不过情歌里的有些歌词她唱不出口。而她唱的歌词，潇洒自由，脱口而出，有时不免有点胡搅蛮缠。牧羊人接不住她的茬，一时无词以对。这时，她便放声大笑，样子很得意。

　　她说的打赌也是那一阵子发生的事。当时的县委机关食堂，饭菜很一般。过来过去，两碗豆腐，豆腐两碗，最好吃的菜是土豆烧猪肉，但这种菜一个月也吃不上几次，大多数的菜清汤寡水，人吃的时间长了，总想换个花样。可在当年，换着花样吃饭可不容易。有一次，几个后生和她起哄打赌：若她一次能吃下20个白煮蛋，他们每人送她一碗土豆烧猪肉；若吃

❖ 海米先生

不下去，就让她把头剃光。你可甭说，她可真的打了这个赌。她一口气吃下去八个白煮鸡蛋，到吃第九颗的时候，噎住了，她喝了一口水继续吃，可吃到第十颗之后，感到鸡蛋变成了铁蛋，再也嚼不动了，于是，她俯首认输，真的剃了个光头。

刚剃过头，天气正冷，她用一条羊肚子头巾扎在头上，很坦然地往来于县城与乡村之间。当时，身穿蓝制服、头扎白羊肚子头巾的年轻人随处可见，不认识她的人都把她当成了后生。天变暖了，她一把扯去头巾。在当时那么一个封闭的年代，又处在一个更加封闭的山区小县城，她竟然不忌惮任何人的议论，留着一个光头，说来够"潮"的。

我去县城办事，常在她那里歇脚，混顿饭吃。虽然县城只有一条街，但我们还喜欢去逛街，看看商店里有没有新到的饼干或者是香菇鸡翅之类的罐头。她高出我半头，且身材细瘦，走路时，一只手很自然地搭在我肩上，温暖而舒服。年轻的女孩子，大多喜欢这样的小亲热，我们也一样。那一天，我们正说说笑笑地走着，忽然感到有些不对劲——所有的路人都对我们侧目而视，还指指点点，我甚至从小学生的目光中读出了——"不要脸"三个字。这是怎么了？当我抬头看她时，我一下子明白了：她的光头刚长出一层短发，依旧是青皮大鸭蛋，比男人还男人。我把她的手从我的肩膀上推开，可一推开她又搭了上来，如此三番，我不得不告诉她：人家把咱俩看成一男一女在勾肩搭背。可她听了之后却没反应，而且用手紧紧搂住我的肩膀，还得意洋洋。回到宿舍后，她哈哈大笑，我也笑得喘不过气来。

和她在一起，很少忧愁，日子说说笑笑就过去了。当时，

❖ 崖畔回声——我的故土情怀

我们尽管看不到光明的未来，但也不曾感到失落，心里很安定。有时，我想，像她这样一个女孩子，出嫁后该是怎么一个样子？若有了孩子，又该是怎样一番情景？她笑我傻。在婚姻爱情方面，她不搞"马拉松"。她迅速恋爱，果断结婚。并且非常得意地向我宣布：她的先生是百里挑一。而她的先生听了她的夸赞后，有点不好意思地说："你们不要听她说。"

她先生当时是看守所的门卫。班里的一些女生背后嘀咕说："她这么好的条件，找了个看大门的，有点亏。"对此她也有所耳闻，但她总是笑着对人说："萝卜青菜，各有所爱嘛。"她的先生后来果然出息了，但她是在他没有出息时和他好上的。有一年夏天，我回京探亲，住在体院。她转了好几次车来看我。在烈日炎炎的中午，人们都休息了，我俩却顶着太阳在球场上"散步"，走累了，便并排躺在树荫下。刺眼的阳光透过树叶照在脸上，可以看到湛蓝的天空。这时，她突然翻过身问我：你知道我刚生下孩子之后，给我妈妈说的第一话是什么？我想，大概是一句不着调的笑话吧？

她有先天性心脏病，医生说生孩子有困难，但可以试试。她毫不犹豫地选择了试试。胎里的孩子虽然不大，可必须剖腹。剖腹产下孩子的第二天，她便下了床，穿过一条走廊，借护士值班室的电话给她母亲打了一个电话：妈妈，今后我再也不气你了。她母亲一听就急了，问她这是在哪里打电话。接着便一通怒吼——还不气我呢！快回到床上躺下。

她说，她今后不会像自己的母亲那样对待孩子，从头发梢管到脚后跟。这种爱，会泛滥成灾。

过了几年，她去广州学习，还专程绕道来和我聊天。当

❖ 海米先生

时，我的儿子还小，才三岁，又正感冒，咳嗽发烧。我关门闭窗，生怕孩子再受风寒。她看到这些，感到奇怪，问我："干吗不开门窗。"我愁眉苦脸地对她说，怕儿子着凉。

"嗨！你儿子又不是纸糊的。"她一伸手就拉开了通往阳台的门，阳光一下子照了进来。

我急得跺脚："海米，你——"

"噗嗤"，儿子竟破涕为笑，我也一扫愁云。

[友情链接] 这是一组记述人物的散文。作者以及所记写的人物都与延安的黄土地有关,都与知青插队有关。高红十笔下的老刘和老曹,当年在延安是赫赫有名的人物。说其有名,不是他们头上顶着南泥湾这道光环,单说老刘——刘宝斋,这个人物独特的人生经历就值得一记。老曹——曹怀秀,陕北山村的一个大队党支部书记,一个和土地一样质朴的人,他之所以被一个曾在这里插过几年队的知青念念不忘,是他身上所散发出的精神光亮被作者所看重。高红十当年与人合作的《理想之歌》曾被广为传诵。诗中表达出的革命豪情,呈现出的青春

风华，至今还能勾起老知青们对青春岁月的回忆。这两篇南泥湾人物记，写得真诚朴实，字里行间有尊重、有念想，有对土地和岁月的回望和依恋。《我的延川老乡》的作者是延安本土作家，他笔下的"老乡"，他记述的这些人和事，经过爷爷、母亲乃至更多的陕北父老的口头辗转，经由他执笔完成了对一系列人物的记述。往事、乡土、情感，经过岁月的积化，凝结成一条割不断的情感纽带，并赋予"老乡"这个充满着人性温暖的词语以更多的内涵。《又见三汉》是罗点点所著的《红色家族档案》中的一个节选。几笔勾勒、几件小事，便完成了对一个人物的记述，文字的表述充满了悲悯与关切，读来令人不胜唏嘘。另外两篇所记述的是两个截然不同的人物。师傅的质朴厚道，海米的灵动机智，在这两个人物的身上，有着岁月光影的返照。

❖ 崖畔回声——我的故土情怀

家

王寅生

对于一个游子来说，家的概念包含着温暖、体贴与关怀。

对于一个居无定所的人来说，家的概念包含着踏实与安宁。

在汉字的组合中，由一个"宝盖头"搭建起的家，曾在多少人的心头泛起依恋和向往的情思，曾让多少在逆旅中奔波的天涯倦客回头怅望。"日暮乡关何处是"、"浊酒一杯家万里"，这些充满人世沧桑的千古典句，有一种心灵期冀得到归属的渴望。

年轻时游走四方，到老了，这才真切地感受到，所谓的家国情怀是一种"惜身亦家惜土地，终怀父母之心"的赤子之情。我是北京人，我家在北京。这座千年古都对于我来说，她"国都"的意义似乎远远未能超过家的意义。"我家在北京"，这是我回答别人问话时脱口而出的一句话。尽管首都北京在世界范围内都有很大的名头，可对我来说，这个地方首先是我的家。这座千年古都的每一条大街、每一个巷道，包括在春节庙

❖ 家

会上所看到的每一个场景、所听到的每一声带着十足京味的吆喝声，都构成了我对家的记忆。当然，这种记忆是由概念和形象所构成的一种记忆，往具体说，北京崇文区广渠门内大街的那个四合院是我的家，我在那里度过了我的童年和少年。那个由六户人家组成的四合院，那个分内外两个院落的地方，才是我栖身安心的地方。那古朴的房屋、静谧安详的居家环境，让我的性灵得到陶冶，人格得到培育。

一个人怎能将自己童年居住过的地方忘记呢？一个人怎能将儿时听过的歌谣忘记呢？广渠门那个温馨的家给我最早的启蒙，让我将"家"的概念积化成一种味觉、感触和记忆。长大了，该走出家门了，我来到范仲淹当年在这里吟咏过"浊酒一杯家万里"的地方——陕北。由华北到西北，由平原到山区，当我翻过高耸险峻的宜君梁后，高天空旷、西风长啸的陕北就在眼前。我来到我插队的地方——延安地区宜君县哭泉公社东角生产队。我将我从北京带来的一捆行囊放在陕北的土炕上，在打开行囊的那一瞬间，北京老宅——广渠门四合院里的那个家的气息还存留在我的行囊中。瞬间，北京老家的气息与陕北新家的气息得到一种融合。我知道，从这一刻起，我已经有了一个新家。"插队落户"，落户就意味着一个新家的建立。当然，我的这个新家已不是广渠门四合院的那种形制，它是由陕北的黄土制成的一种土坯垒成的家，寒俭、粗糙，只能算作是一个栖身之所吧。然而，人对家的感觉源自于心灵的一种感应。华美精舍，倘没有人性的温暖，那只能是一个冰冷的建筑；草庵茅舍，但人住着踏实、安心，依然是人世间最好的栖身之处。陕北乃苦寒之地，我所居住的这个家也只能算个简陋

❖ 崖畔回声——我的故土情怀

之所，但村民之淳朴、厚道，他们对我们这些平均年龄未及弱冠的知青百般呵护和关爱，让我真切地体会到当年在知青中流行的那句歌谣——"我在陕北安了家，千里之外有妈妈。"此语非艺术之表达，乃是一种心声的袒露。当然，既来接受"再教育"，决非是来享安乐。每天，启明星才刚刚退去，我就从土坯房中走出，扛上农具，上山劳作。未及一年，我就体会到"披星戴月"是怎样的一个时间概念，体会到"汗滴禾下土"是怎样一种滋味。稼穑之苦、衣食之难，劳筋骨、苦心志，先贤的箴言、父母的训导，在我有了新家之后就全明白了。宜君哭泉，那个传说中与孟姜女哭长城有点瓜葛的地方；东角生产队，房东蔡吉安大哥、朱金凤大嫂家的那间曾萦绕我梦魂的"板打墙"土房，当然，还有那里的每一位父老乡亲，他们赏赐给我的每一碗饭，他们所给予我的无限关爱，都已在我的心中积化成一种故土情愫。你们还都好吗？我想你们。

"未及弱冠到陕北，转辗回京已有年；怅望边地夕阳坠，不知何处是乡关。"胡诌出的几句算不上诗的顺口溜，虽不雅训，但是我的真情表达。从北京广渠门的老宅出发，在陕北简陋的寒舍里安了新家。之后，又几经转辗，我又回到了原点。这一去一回，世事变了，我也老了。犹记当年，千寻思、万谋划，只要能回到北京，就算妥了，可岂能知晓：此心安处是故乡。刚回到北京时，心里空落落的，老是安定不下来。诚如西人在一首诗中所表达的那样：我常常满怀烦忧，但又不知忧从何来。经过时间的沉淀、梳理、反思，我渐渐懂得，我心灵的一角已经被一个地方所占领，那就是哭泉东角村那个用"板打墙"筑起的家。家的南面是一个打麦场，麦场旁有一口水井。

◈ 家

尤其是家门前长着两棵笔直的白杨树,成了我思想感情定格的坐标。有时,我一个人在想,我将心灵的包裹寄存在那里已经取不回来了。那个给我欢乐给我愁的地方为何能让我魂牵梦绕,对此,我说不清、道不明,我似乎被这说不清道不明的"神物"给分了身——我的皮囊寄寓在这里,我的心魂还在遥远的陕北。从那时起,我对所谓的精神家园似乎有了一个新的理解,这就是:让人精神向往的地方,便是能让人心灵得到安妥的地方。从我的人生履历来讲,在陕北那个"家"里,我待的时间只是我人生的二十分之一,但我为什么能将这短暂的岁月如此怀念呢?转念又想:人生最宝贵的是什么?答曰:青春。一个人将自己的青春淹留在一个地方,又焉能不对那个地方充满念想呢?

也算是一种幸运吧。大凡在延安插过队的老知青们,都将圣地延安视为自己的第二故乡。这么说来,在那遥远的陕北,永远有一个属于我们的家在为我们敞开着门户。在北京待得时间长了,总想回第二故乡去看一看,看一看陕北高原的丽日蓝天,看一看那起伏的山峦,听一听那淳朴的乡音,喝一碗那甘甜的米酒。每次探访回来,心里能愉悦好长时间。但长此奔波,也不是个办法,后来,我发现,在北京与延安两个"家"之间,还有一个被我们这些老知青喻为是"精神中转站"、"情感邮箱"的大家庭,这就是至今在中国的组织机构中,唯一保留的一个名叫"延安知青处"的机构。有时,我给知青处打电话,朋友问:"知青处?知青处是个啥单位?"我知道,给这些年龄小我许多,没有插队经历的人讲这个单位是干啥的,需要费许多口舌。这个单位只有延安才会将他保留,只有我们这些

❖ 崖畔回声——我的故土情怀

老知青才会从这个名称中读到一种家的感觉、读到一种温馨和暖意。当年，我们像一股大潮，一股脑地涌向陕北，但这潮水在回落时就没有来潮时那么利落了。时至今日，还有300多名知青兄弟和姐妹生活在陕北的土地上，他们早已将知青处视为是自己的家。延安毕竟是革命老区，无论做什么事情就讲究一个厚道。这么多年来，滞留在陕北黄土地上的知青受到延安各级的亲切关照。从生活补助到医疗保险，从解决住房到安排子女就业。"有困难找知青处"，在这句寻常话语中，让人可以看得出，老知青们已经将知青处视为自己的家。有一次与一位"插友"在闲聊中，得知留在延安的知青在南泥湾创建了一个延安风华北京知青林，一些返回北京多年的老知青还抽空回去参与知青林的建设。"风华"二字，勾起了我们这一代人对青春岁月的怀念。所谓的"情系陕北"，从另一个侧面来讲，寓意着知青们将生命的根扎在了陕北。风华知青林蔚然深秀，苍翠欲滴，大有杜甫"新松高千尺"的勃勃气象。这种寓意，象征着生命之树常青，也是对一代风华，对知青精神风貌的一种写照。

　　我与延安知青处的同刚主任很熟。有事没事就通过电话或发个短信与他呱拉上几句。同主任比我要小十多岁，但他在知青处一待就是26年。这是一个有心人，对知青史非常熟悉，对知青文化也颇有研究；这又是一个热心人，在26年间，他与许多知青都保持着密切交往。知青们将他视为娘家人，遇上高兴的事，想与他来分享；遇上难肠事，也爱向他倾诉。有着陕北人质朴厚道秉性的同主任，对每一位知青的事都很上心。他常说，他担当的是一个传递者的角色。延安各级对知青的关爱，知青们对延安的殷切关注，需要相互传递，需要一个纽带来系住这份结缘于艰苦岁月、弥漫着家的温暖的亲情。陈立胜是一位留在延安的老知青，2014年除夕夜不幸去世。同刚闻讯后，于第一时间赶到立胜家中，并将此事向北京延安知青联谊会的李连元会长、王晓建副会长进行通告，紧接着又开始联系墓地，参与丧事的安排。立胜夫妇均为知青，女儿又在外地工作。同刚主任将立胜身后的一切事都安排的妥当，给立胜，这位在延安的黄土地上插队、工作、生活了45年的老知青办了一个简朴、隆重而又体面的葬礼。看着老知青的凋谢，一个正月天，同刚是在悲痛中度过的。他热爱在延安插过队的每一位知青，他情不能已，赋诗作悼："送君仙鹤岭绵延，茫茫雪山徒步难"。语出肺腑，读来令人柔肠寸断。

延安知青处，一个被老知青们时常念叨在嘴边、散发着家的温馨的名称，每每说起这个名称，我有一种看见母亲倚闾相望、呼唤游子归来的感觉。我想，这种感觉就是对回归家园的一种渴望。

一湾河水向东流，宝塔山下有家园。延安，我想你！

❖ 崖畔回声——我的故土情怀

心在高原

孙燕君

> 我的心在高原,这没我的心,
> 我的心在高原,追赶着鹿群,
> 不管我在哪游荡,在哪流浪,
> 高原的群山我永不忘!

当我站在苏格兰高原的青山绿水间,耳边旋即回响起彭斯的声音。这首诗在我心中已储存多年,但我真不知道诗中的高原竟是这样美,美得令人窒息。山,苍翠欲滴;水,清澈如镜。

我伫立良久,但并没有陶醉。因为这是彭斯的高原,不是我的高原。我的高原距此万里之遥;我的高原不是绿色的,而是黄色的;我的高原没有鹿群,只有牛和羊。

眼前的山水与我梦中的高原的反差太强烈了。然而,尽管如此,在我的记深处,依然珍藏着黄土高原的山川地貌,依然珍藏着那个朴素的小村庄、那些淳朴厚道的乡亲。那种魂牵梦绕的滋味是难以言传的。高原频频入梦来,游子思乡泪湿枕。

当时,我正在伦敦"洋插队"。

当我告别了妻子女儿,坐在飞机的舷窗旁,心境竟与20年前坐在西去列车的窗口有几分相似,依然是满腔豪情。当年去陕北插队,尽管是不可抗拒的命运,但说心里话,我是真心想去的。我以为我到那里去是为了实现一个伟大理想。至于这理想是虚妄还是现实,当时的我并不十分清楚。我此番赴欧的目的是明确的:考察两种制度,研究两种文明。至于这个目的能否达到,坐在飞机上的我对此毫不怀疑。

来到伦敦不久,我就领略了理想与现实之间的距离。对于选择了自费留学的我,自然逃不脱边打工、边学习的命运。当时,英国经济萧条,找工作难于上青天。一个月过去了,工作没影儿,兜里的英镑却已经见底。前面一片迷雾,而且没有退路。这是我平生第一次遇到了生存危机。

一个奇冷的下午,我踩着伦敦少见的大雪,沿着泰晤士河,在漫无目标地行走。望着静静流淌的河水,望着幽暗寒冷的伦敦城,我的思绪冻结了。忽然间,我想起20年前陕北高原的一个夜晚,同样的大雪,同样的寒夜,我们高里塬的六个知青到郝塬作客,吃喝了一通之后,对着昏暗的油灯,开始海阔天空地神聊海侃。然而,陶醉是暂时的,第二天还要上工。于是,我们不得不踏雪而归。那是十几里的山路。我们六人一字排开,扯开嗓门合唱《长征组歌》:"雪皑皑,野茫茫,高原寒,炊断粮……"那是上一代人的歌,也是我们这一代人的歌。歌声在高原夜空久久回荡,也不知吵醒了多少进入梦乡的老乡。那时,我们虽然苦闷,但并不孤独;虽然迷茫,但并不

❖ 崖畔回声——我的故土情怀

颓废。高原崎岖的山路都挡不住我们青春的脚步。

"雪皑皑，野茫茫……"站在泰晤士河旁的雪地里，我又唱起这首歌。我忘记了寒冷，忘记了饥饿；近来盘绕在心中的幻灭感随风消散，一种孤身奋斗的畅快感浸透全身，一种与当年相似的英雄主义情怀油然而生。"高原寒，炊断粮……"我越唱声调越高，越唱情绪越激昂，一任风雪扑面，无视路人的目光。

第二天，我终于敲开了一家英国人开办的餐馆。

我的工作是在餐馆的地下室里剔羊肉。每天要干十多个小时。一天下来，浑身累得像散了架，连洗澡的力气都没有。没想到剔羊肉劳动强度之大，不亚于在农村干活。然而，当年我是一个不满20岁的小伙子，如今已是人到中年。每天除了干活，我还要上四个小时的课，剩下的睡眠时间只有五个多小时。最痛苦的时刻是每天凌晨，不下决心是断然起不了床的。每天，当我披着晨星，睡眼惺忪地奔向餐馆时，就不由想起当年在农村插队时，天刚麻麻亮，就吆着牛上山的情景。吆牛耕地要起早，队里仅有的几条耕牛差别很大，若能套着一条快牛，耕地时能省不少劲，但要套快牛就得起早，要不然，快牛就让别人套走了。那时年轻，觉总是睡不够。村里的劳动时间拉得特别长，就像老乡们说的：要把太阳从东山背到西山。农忙时更是如此，一天下来又困又乏，晚上还想在油灯下看会书，经常是一页未看完人已进入梦乡。早上，鸡是叫不醒的，非得靠闹钟。那种打着哈欠，提鞭踏月奔牛棚的滋味确实不好受。当时真想知道"晨兴理荒秽，带月荷锄归"的陶潜一天劳动的时间是不是和我们一样长。

想当年，对于我们这些到陕北来插队的知青来说，过劳动关并非易事，但是，我们凭着一种韧劲，居然将这一关闯过来了。一年以后，许多农活都能拿得起。不久，我又当了村干部，劳动的强度更大了。当年，在农村，干活干不到前面的干部是无权说别人的。平心而论，我们插队时，为村里确实做了不少有意义的事。诸如办夜校、办小广播、种实验田、推广杂交玉米。但是，我们的努力并没能改变村里的面貌。几年之后，当我们离开时，高里塬依然和从前一样贫困。在村里的那几年，我将绝大多数的时间都花在地里了。日出而作，日落而息，用双手向土地要一碗饭吃。当时，我们没有时间学习，更没有时间娱乐。我们把青春和汗水毫无保留地挥洒在那块贫瘠的土地上，而收获与付出却不成正比。许多年过去了，反思当年，不能否认正是这块黄土地给了我们终生受用的东西，但一想起那贫穷的生活、繁重的劳动，让人感到发怵。当时，机械化对于我们来说是一个遥远的梦。读了许多书，却弄不明白是什么束缚了生产力。

在那家餐馆我整整剔了三个月的羊肉。我竟奇迹般地挺过来了。但我心里明白，若没有当年在黄土地上的磨炼，这种奇迹是不会发生的。

最艰难的时期挺过去之后，我的境遇慢慢好了起来。不久，我找到了教书的工作。一边教书，一边读书；经济上慢慢地宽裕了起来，时间也充裕了。于是，我开始品尝别人创造的现代文明，开始在这个没落了的帝国里寻觅昔日的辉煌，开始寻找飞机上那个蓝色的梦。

人的一生会有许多梦，也许，只有极少数人能将梦想变为

❖ 崖畔回声——我的故土情怀

现实。在陕北插队时，我做过引水上塬的梦，做过防止水土流失的梦，结果都破灭了。在这个绿色的岛国，我没有做发财梦，也没有做绿卡梦，我的这个梦，说来并不宏大，还挺实在，实在的有些不像梦，就是这样的一个梦，难道我还不能实现吗？

人生自古伤离别。海外游子有谁不害思乡病？最凄惨的是我在伦敦过的第一个中秋节。夜深人静，举目无亲，推窗望月，潸然泪下。想起插队时过的第一个中秋。我们六个知青围坐在窑洞前，抬头望着明月，心中思念亲人。但我们没有流泪，而是拉起手风琴，轻轻地唱起《山楂树》、《莫斯科郊外的晚上》。当时，我们离家不过千里，实在想家了，买张火车票就可以回去。而今，我独自一人漂泊伦敦，离家万里，归期遥遥。有谁看我拍遍栏杆？有谁听我对月独吟？

一年以后，我接来了妻子女儿。生活安定了，家人团聚了，但我的内心仍然不能平静。一种无可名状的空虚不时袭来，而那黄土高原的景象和昔日的插队生活却越来越多地闯入梦中，似乎是在一遍又一遍地告诉我：眼前的青山绿水不是我的家，我的家在黄土高坡。

也许是土地在召唤着我，也许是我无法拔出深扎在黄土地里的根，也许是未成的事业在等待着我，当那蓝色的梦越发飘渺时，我开始考虑回归了。

抉择无疑是困难的，不可能没有犹豫，没有徘徊，没有遗憾。但当我要回去的消息传开后，在朋友圈中引起了不小的震动。曾经与我一起患难的朋友们劝我留下，我教过的学生劝我留下。他们都是好意，理由又是那样简单。这里生活舒适，我有学位，有洋房和汽车，有大片的绿地，有新鲜的空气，我为什么要走？我好不容易从第三世界跑到第一世界，好不容易一家人团聚了，可为什么又要走？我不走是有理由的，也许有一千条理由。但我要走就没有理由了吗？当年插队时，干活干累了，地头歇息，村里最好的种地把式"十三能"问我：放着天堂似的北京不待，为什么跑到我们这里来下苦？我无言以对。是的，好心的乡亲们不理解。他们只问我们为什么来？却不问我们为什么不离去？

其实，来和去都自有理由。

我带着妻子女儿还是回来了！然后，我又重操旧业。忙碌的两年过去了。伦敦似乎已朦胧成雾。夜深人静时，偶然忆起"留洋"的岁月，仿佛一场梦。高原的土窑洞，村前的小河依然频频入梦，难道黄土高原上的青春岁月也是一场梦吗？

我们这一代人，经历了太多的苦难，失去了太多的东西，面对逝去的青春，我说不出，我无悔无恨。

生活再次平静下来，但我的心海却难以平静。

终于，我越来越多地想起伦敦的绿地，想起苏格兰的高原。"无端更渡桑干水，却望并州是故乡"。真的是怎样吗？

终于，我又越来越想念高里塬的窑洞，想起那里的父老乡亲。我刚步入不惑之年，难道已经开始怀旧了吗？

尽管商海滔滔，世风浮躁，但我重返高原的计划仍在实施中。我知道，我的事业在北京，但我的心不在这儿，我的心在高原！

❖ 崖畔回声——我的故土情怀

南义沟纪事

孟和平

南义沟来了大明星

很少有人知道南义沟这个地方。别说我们这些插队知青，就连甘泉当地人知道南义沟的都不多。那地方偏僻，山大沟深。一年四季，沟里的人不到外面去，外面的人也不到沟里来。我们插队时，偏偏被分到这么一个地方。有时，我们进一回城，遇到有人问："后生，在哪里插队？"我答："南义沟。"他一听，摇摇头说："南义沟？没听说过。"

由于偏僻，南义沟的婆姨们便每天站在硷畔上，看着对面公路上南来北往的汽车。村里的许多人连汽车都没坐过。县上的干部下来检查工作，没有人愿意到南义来。村子偏僻不说，路又难走。隔三差五，能有一个邮递员进村送信，这对村民来说，就算是个大事了。村子由于处在梢林中，地气阴湿，许多老乡都患上"柳拐病"，走起路来一瘸一拐的。

村里没啥娱乐，天一黑，人就睡觉了。知青们生活在这么一个偏僻的小山沟,感到特无聊。用现在的话来说,就是郁闷。就是这么一个闭塞的地方,要是有人说能有机会见到电影明星,那绝对没人信。

1969年3月的一天,南义沟真的来了一个电影明星,而且是"正牌"的。这明星突然出现在一个小山沟,真叫人开了眼。

我们去了一看,嗨,这不是八一厂的头牌大明星王心刚吗?

上一个世纪六七年年代,王心刚绝对是万众瞩目的人物。甭管他打扮成啥样,那派、那范、那精神气质,让人一看就不一样。

二队的那位女知青不仅见到了王心刚,而且还和他足足聊了有20分钟。她回到宿舍,表情十分兴奋。看来,她真的过了一把追星瘾。而对当地村民来说,他们压根不知道王心刚是谁。我一向木讷,又不爱凑热闹。王心刚来到南义沟果然不假,我只是傻不愣登地盯着他看了几秒钟,心里也没产生其他感觉,一转身就走了。现在回想起来觉得挺后悔。当时怎么没想起向他讨个签名什么的,真够笨的。

王心刚当然不是等闲之辈,他没事跑到我们这穷山沟来干什么?后来一打听,才知道是八一电影制片厂来南义沟拍电影,片名是《万水千山》,内容是红军长征,还是彩色的。说实在话,我们一开始对拍电影有点不信,原因是《万水千山》在"文革"前严寄洲已经拍过。更重要的是,"文化大革命"将文艺界给折腾了个底朝天,那些有名的和没名的编剧,那些演员和导演,改造的改造,蹲牛棚的还窝在牛棚里,有谁居然敢拍板定剧本，敢拉队伍出来拍电影？想了半天，终于悟过劲来。在文艺界，当时还有至高权力的人物哩。

南义沟怎么就撞上这么好的运气，怎么能让摄制组给看上了呢？我问了一个在电影中扮"国军"的演员后才知道，他们看好的是村周围的几处外景。

"国军"？当时正在"文化大革命"期间，哪儿来的"国军"？

拍《万水千山》时，许多大场面的演员都是由部队的战士来担任。解放军战士进村的时候，的确是"一颗红星头上戴，革命红旗挂两边"。可第二天早上，他们就全换上了国民党军队的服装。原来，这拨解放军是演"坏蛋"的。"国军"被分散开，住在我们村的窑洞里。白天，他们扛着枪在山上乱跑，吓得各家的鸡在脑畔上乱飞。"国军"的这种打扮，当地老乡以前见过，那是1947年，胡宗南进攻延安的时候。现在又看到"国军"穿着这种"行头"，村民们觉得怪怪的。

又过了几天，上面传下来话说，要各村组织群众演员去协助拍摄"大会师"的场面，并说不用化妆，穿农民自家衣服就行，而且还给参拍者记一天工分、管一顿饭。我一听，有点想去。记工分多少先不说，起码能混的吃一顿饱饭。不过，一问才知道，拍摄地点在县城西北的南沟门，离我们村有好几十里路哩，而且还要过两条河。这么远的路靠两条腿走，一大早就要出发，什么时候回来还说不准。这时，我就装病打了退堂鼓。

其他几个哥们姐们倒挺积极，他们全报了名。想着明天就能上电影，头天晚上，就有人在被窝里做起了明星梦。第二天天刚亮,众人就集合出发了,留下我在家照门。晚上,天擦黑的时候,才见他们灰头土脸地回来了,一个个累得半死,而且饿得也不行了。一进门,他们都说拍电影不容易,让好几千人一起从山坡上往下跑,跟拦羊似的,乱哄哄的跑了好几遍。知青们腿脚利索,问题不算太大,可把患"柳拐病"的老乡们给难为坏了。

"看见女演员了吗?你们上镜头了吗?"不识相的我不管他们的劳累,还一股劲地问。"上个屁,连摄影机在哪儿都没看见。"我叫人顶撞了一句。不过,自从那次以后,再也没听哪个知青说要当电影演员。他们都立志要进工厂,或者去当兵。

"大会师"拍完,大明星和八一厂的人就转移到别的地方拍片去了,村里也恢复了往日的平静。但知青们可一直没有忘记在南义沟取过外景的《万水千山》,十分想看"文革"期间拍摄的第一部彩色影片,想看电影中的主角王心刚,当然,也想看电影里有没有自己的身影。几个月过去了,一年过去了,两年过去了,什么动静也没有。这到底是怎么回事?咱山沟里的受苦人哪里知道,这部电影早就被"枪毙"了。

南义沟的"枪声"

洛河由北向南缓缓流过,把道镇分成了东西两半。

河西就是我们南义沟村,河东是另外一个村子,叫麻子街。这两个村子虽然隔着河,但直线距离只相隔一里多路。

我们刚插队没几天,中苏在珍宝岛上发生了冲突,之后,形势立即紧张了起来。各村的基干民兵被送到公社武装部进行培训，主要是学习俄语，为了在交战期间，起码能说几句"缴枪不杀"之类的话。可上面没想到，这些受苦人平时说话都不利索，哪里能说得了卷舌尖的俄语。

民兵们学习回来后，向村里传达了上面的指示精神。其实，搞了一次培训，他们记住两件事，一是苏联的坦克厉害，咱们的炮弹打中坦克之后，坦克上有一种装置，能将炮弹反弹回来，弄不好还把自己人给炸了；二是苏联的一架运输机能载700个空降兵。南义沟的许多人别的事情不知道，但他们经历过战争。1947年，胡宗南进攻延安，陕北经历了一年多的战火。民兵们回村后把这些事说给老乡们听，其中有一个老乡便问："700人？这比咱全村的人还多。真的要降下这么多的空降兵，咱村可就恓惶喽！"

虽说言者无心，可这听者有意。从那时起，南义沟的人心里或多或少都蒙上了战争的阴影。有一家人为防不测，买了一大缸盐，说以后供销社就不卖盐了。

1969年夏季的一个夜晚，麻子街的人突然听到南义沟方向传来激烈的"枪声"，其间还夹杂着"炮"响。被惊醒的人还清楚地看到爆炸造成的闪光。那枪声时而密集、时而稀疏，前后持续了大约20分钟。这是麻子街群众多少年来遇到的最不可思议、最令人恐怖的事情。

麻子街的民兵队长是个复员军人。他从枪声的密集程度上判断出这不是一般的军事冲突，绝对是正规作战。那么，忽然间又是谁和谁在这里交火激战呢？想来想去，嗨，那还能是谁，肯定是苏军的空降兵和南义沟的民兵交了火。上面不是早就说了吗，这叫突然袭击。不过，南义沟拢共才有几个民兵，照这架势，能抵得住苏修空降兵的垂直打击吗？

民兵队长经过分析后，立即做了三件事：一是集合民兵；二是组织老乡准备向后沟和山上转移；三是到公社武装部去报信。

在这深更半夜，公社武装部的人听到报信后，觉得此事非同小可，便立即给县武装部打电话。县武装部接报后，认为这是大事，又急忙上报给延安军分区。

延安军分区接到报信后是怎么处置的，这我就不清楚了。不过，猜也猜得到，无非是查看地图，看看上级的敌情通报，再分析一下情况。

南义沟是一个小山沟，不靠公路，从军事战略上来讲，没有任何具有战略价值的目标。那么，苏军在这么一个偏僻的地方搞垂直打击，到底有什么意图？真叫人猜不透。

闹来闹去，军分区一时还真不好下决心。值班参谋很精明，他指示甘泉县人武部一定要把情况进行核实。于是，县武装部又发指示给公社武装部，公社武装部又去找民兵队长，叫他派人去侦察摸底。

民兵队长接到命令后，派了一个民兵去南义沟看看。就这样，对敌进行前线侦察的艰巨任务就落到了一个患有"柳拐病"、跑步都不如我们走路快的基干民兵的身上。他在一片漆黑中摸到了河边，趴在地里，听了好半天，发现对岸没有任何动静，也没见南义沟那边来人报信。他想过河侦察，又怕对岸设埋伏？想到这里，这个民兵侦察员就趴在原地不动，敌情自然没有搞清楚。

当黎明的曙光就要出现的时候，在麻子街放哨的民兵在晨雾中突然发现南义沟那边过来几个人。等他们走近了，民兵们听出来，这几个人讲的是北京口音。

民兵们大概不会知道，这几个人里有一个就是我本人。

昨天，时华上县城赶集。他买了一堆鞭炮，有二踢脚，有挂鞭。临睡觉前，我们几个在窑洞外拿着鞭炮放了起来，惹得已经睡了觉的老乡起来围观。这时，时华又拿了些鞭炮去二队放，放完了，觉得心里挺痛快，像是出了口恶气。现在回想起来，可能是生活太沉闷，弟兄们想通过放鞭炮来释放一下心中的郁闷。但对放鞭炮可能引发的一系列严重后果却全然不知。

麻子街民兵队长把挂鞭的响声误认为是自动步枪，把二踢脚的爆炸当成了火炮，并由此做出错误判断，进而演绎出苏军空降兵降落到南义沟的闹剧。我想，这与刚传达珍宝岛事件以及搞战备培训有关。

第二天一大早，我和几个弟兄要送丁建设回京看病。长途汽车有一个停车点就设在麻子街。一大早，我们过河到麻子街来赶这趟车。一到街上，我们发现麻子街的气氛有些异常。街上空无一人，只有武装民兵在巡逻。这时，几个民兵把我们拦下，为首的正是民兵队长。

队长问我们昨天晚上的枪炮声是怎么回事？我们一听都笑了："哪有什么枪炮声，是有人放鞭炮。"民兵队长又问："是什么人放的？"有人一指我，"就是他"。队长一听，当即吼了起来："是谁叫你放的鞭炮？"我当然不知道因为放了几串炮竟然惊动得麻子街的人一宿未睡，更不知道此事还惊动了军分区。我自己觉得没事，他凭什么吼我？于是，我回敬了一句："我爱放就放，你管得着吗？"队长带着全体民兵在野地里冻了一夜，当时正在气头上，于是，他又大吼一声："把他给我绑起来！"

我后面早就站好两个民兵，没等我反应过来，就被他们按住，来了个五花大绑。几个民兵拉开枪栓，押着我就去了公社武装部。别看民兵对付苏军空降兵不灵，拾掇几个像我这种身板像小鸡子似的人倒是绰绰有余。

到了武装部，部长见民兵绑了一个知青，他只是瞄了我一眼，没说一句话，转身出去跟民兵队长嘀咕了几句，回屋后，他叫人给我松绑。之后，他又找了把椅子让我坐下。很快，部长就问清了事情的缘由。部长批评我不该乱放鞭炮。因为这是一个特殊时期，人们都很敏感。接着，他又说民兵队长不分青红皂白绑人也不对。将双方都进行了一种温和式的批评之后，部长放我回家。

"苏军空降兵"事件就这么过去了。

现在想来，当时的我虽无心作恶，但玩过了头，受到批评，也是咎由自取。

南义沟没有当兵的人

我到南义沟插队时，全村共有五百多口人。当时，甘泉县的总人口还不到三万，南义沟一个村子占了全县人口总数的百分之二，说来也不算小。可就这么大的一个大村子，新中国成立后的二十多年间竟没有给国家贡献过一个兵。

说老乡不愿意送孩子当兵，这倒不是。那时候，解放军在社会上的地位很高。一人当兵，全家光荣。当年的年轻人，都有过当兵的梦想。但在当时,能够参军入伍的人并不是很多。我曾经问过当地老乡:为什么南义沟的人不出去当兵?老乡们都摇头叹气:"唉,验不上嘛。都怪咱这地方水土不行,人都害'大骨节病。'"

知青们从来没听说过什么"大骨节病"。老乡们指着自己的手给我看:"这就是'大骨节'。年龄越大,骨节就越粗。到老了,连镢头把都握不紧。""大骨节病"也称作"柳拐病",是一种地方病。可能是由于水土的原因,一些生活在林区或潮湿地方的人,在青少年时,骨关节就开始变得畸形、肿大。手指关节渐渐变得像算盘珠一样。"大骨节病"患者和正常人的身高一比,硬是矮了半头。

由于腿骨关节发育异常,许多老乡走起路来总是一瘸一拐的。这种体格的青年,确实当不了兵。村里的青年都知道当兵验不上,每年征兵的时候,南义沟没有报名的,招兵的也不到南义沟来。

新国中成立前,南义沟倒是有一个人当过兵。他是二队的朱德林。朱德林其实也有点"柳拐"。起先,他在国民党部队当兵,是机枪手。在直罗镇战役中,他被红军俘虏,此后又参加了红军。解放战争后期,大军南下,他也不知道是怎么回事,跟部队没有联系上,就自己回到村里当了农民。

1969年,南义沟破天荒地竟然验上了一个兵。南义沟北头是六队,六队的沟口有个蚕种场,场里有个技术员叫许炳林。那一年,部队来征兵,他报了名,经过政审、体检,很快就通过了。这件事好像给南义沟人长了一回脸。不过,从严格意义上来讲,许炳林不是南义沟人,他只是在这里工作。

❖ 南义沟纪事

真正从南义沟出去当兵的是四队知青朱晓林和王燕生。这两个知青形象好、身体好、出身好、品行好，给村民留下的印象更好。这些优点加在一起，当兵就不成问题。他们当兵的那年是 1972 年。临走的那天，我还跟朱晓林拉了好长时间话。他穿的那身没有领章帽徽的新军装，真叫人喜爱。

而真正轰动了全村的并不是朱晓林和王燕生，是一个名叫白海前的本村青年。海前是我们五队白加树的儿子。那时，他家境不好，父子三人相依为命。海前常年穿得破破烂烂，他一边照料年幼的弟弟，一边跟父亲下地干活，吃了不少苦。海前人很机灵，我们下地在一起干活，他手把手教我们如何锄地、如何点种。他爱听我们讲北京的事，还会唱陕北民歌，说一些乡言俚语。"二八月的小蒜，能香死老汉"，这话是我跟海前学来的。

因为每天和知青在一起，海前似乎长了许多见识。他向往大山外的世界，他知道农村青年要走出大山，唯一的出路就是去当兵。1972 年，他刚到参军的年龄，就报了名。海前个子不高，又黑又瘦，一笑，就露出一口白牙，整个就是南义沟的"许三多"。他命好，是南义沟少有的没有患"大骨节病"的优秀青年。验兵时，经过层层筛选，他最后成为一名中国人民解放军。这对于出生在一个穷山沟的苦孩子来说，无疑是"鲤鱼跃龙门"的大事。他当了兵，不但是白老汉的骄傲，也是全村的光荣。

南义沟同年入伍的这三个年轻人，一起去了新疆沙湾县陆军八师炮兵团。后来，朱晓林和王燕生提了干，并被部队送到沈阳炮兵学院深造，成为那个时代的佼佼者。

◈ 崖畔回声——我的故土情怀

  自 1970 年以后，一直以为自己将永远留在农村的知青，好像也渐渐有了出路。后来，他们有的人招工进了工厂，有的上了大学。

  时光飞逝，世殊事异。改革开放之后，年轻人梦想当兵的情结在市场经济的新形势下也渐渐淡化。当了兵的知青们自离开部队后，回到地方发展。白海前复员后，又回到了甘泉县。他先后在公社当干部，后来任甘泉县工商局副局长。现在，海前也退休了。每次有知青回乡探访时，他都参与接待，还陪着知青们一起喝酒，那股热情劲不减当年。

饥来驱我

王晓辉

我和姐姐是一起到陕北插队的。那一年,姐姐刚满17岁,我才15岁。姐弟俩带一口箱子、两卷铺盖,乘上西去的列车,开始了漫长而艰苦的人生之路。

插队岁月苦,苦中也有甜。20多年后,当我们这些插队知青聚在一起时,忆及那段难忘的岁月,少不了一番感慨,当然也流露出一种自豪。我们庆幸在刚走上人生之路时,就得到一种锻炼。不过在当时,我们对许多事情没有感悟,参不透那么深的道理。因为当时的我们,每天所看到的现实生活确实是太苦了——至少我们是这样认为的。这现实给人留下最深的记忆就是饥饿加失落。

饥饿这个名词,我上小学时就知道,但体会不深。插队之后,这才体会到饥饿是怎么一种滋味。

插队初期,我们享受的是双份口粮。一份是国家供应的商品粮,一份是生产队分配的粮。这双份口粮在外人听来确实不少,可对于我们来说,刚够吃。第二年,情况就不好了。一是

❀ 崖畔回声——我的故土情怀

我们又长了一岁，饭量更大了；二是肚子里原来存下的油水，也已经消耗没了；三是劳动强度不断加大，体能有点跟不上。这一天，上工的钟声刚响过，我和京城、全忠相约来到工地。工地在一条小山沟里。当时，中苏交恶，战事正紧。"深挖洞、广积粮、不称霸"的最高指示将全民动员起来。我们到山沟里来正是为了落实"深挖洞"的指示。我们觉得，在山沟里"深挖洞"一点必要都没有。这里山大沟深，原子弹扔不到这里，就是扔到这里也不管用。但是，上面要求这么做，咱不想干也得干。

这一天，挖了好长时间的洞，我们觉得无聊，便坐下来休息。刚一坐下，肚子就"咕咕"地叫开了。早晨，我们每个人灌了一肚子清米汤，一泡尿，就将米汤"尿"光了。三个人坐在一起，忍着饥饿的煎熬。人越饿，想象力就越丰富，于是，三人在山沟里搞起了"精神会餐"，将北京城里能叫得起的美味佳肴挨个数了一遍，越数，肚子越饿。抬头一看，日头还没到正午，但后脊梁已经饿得贴到心上了。

以往，遇到这种情况，我们就会到老乡家去。名义上是讨水喝，但只要人家拿出馍让我们吃，我们也不客气。可是，时间长了，我们再不好意思去了。全村一共有20多户人家，20多天就转完了一圈，再说，他们也不富裕呀！这时，我们三个便你一言、我一语地开始想到哪里去找些吃的。想了半天，谁也没有想出个好办法来。可是，肚子不饶人，一个劲地叫。

"走！咱们拿馍去！"我胸有成竹地一边说，一边站起来拍打着沾在裤子上的土。

"到哪儿去找馍？"金城和全忠异口同声地说。

· 220 ·

饥来驱我

　　我卖关子似地将他俩瞅了一眼后,又郑重其事地说:"想吃馍就跟我走,不想吃就在这里待着。"我将这句话撂下之后,抬脚就走。走了几步,我心里感觉到:金城和全忠对我说的话虽然感到有些莫名其妙,但他们一定会跟我来。这时,我心里不免有些小得意。我走到村北头的一个小院里。一进院子,就叩响了窑洞的门。这时,只听见里边有人问:"谁?"我粗声粗气地继续拍打着门说:"快开门,我是北京知青晓辉。"过了一会,门"吱"的一声打开了。我二话没说,抬脚跨进门。为我开门的是一位年轻妇女,她显得很紧张。窑里的光线很暗,炕上坐着一位老婆婆。俩人除了眼睛里闪着惊恐之光外,似乎还在问:"你们干什么来了?"

　　这是村里杨振忠的家。不用问,老杨和他儿子干活去了,只有他老伴和儿媳在家。我在窑里瞥了一眼,看到里面十分寒俭,和普通农家一样,只是后窑掌立着一张大木案,这在当时的农村就算是一件很排场的家具了。再转身看,只见金城和全忠也跟脚进了门,一左一右像两个门神似的站在那里。这时,我心里顿时气壮了许多,便大声问道:"家有馍吗?"婆媳俩并没有回答我的问话,只是不约而同地点了点头。我一看,她们表示家里有馍,便大声武气地说:"拿来!"那媳妇看了一眼婆婆,婆婆给她点了一下头,她便用一个小簸箕将馍给我端来,一句话也不说,怯生生地站在那里。这么一来,我倒有些不知所措了。我一边往肚子里咽口水,一边回头朝左右二位"门神"示意。这时,金城和全忠全明白了,俩人几乎同时下手,一手抓一把,四只手将簸箕端来的馍全抓了过去,转身就往外走。

崖畔回声——我的故土情怀

这时，我还站在原地不动。我用我的眼神和表情在告诉这婆媳俩：馍是他俩拿的，我一个也没拿。最后，我还是有些不放心对她们说："这事不能给外人说！"见婆媳两点了头，我才转身离去。

京城和全忠还真够意思，他俩回到山沟后，把馍分成三份，还不知又从哪里弄来几棵大葱。这时，俩人一动不动地在等我来了之后一起享用。

这两个人用四只手抓来的是什么馍哟！如今，要是将抓来的那些馍放在餐桌上，能有人瞧它一眼就不错了。那是小麦在石磨上磨到最后才筛出来的面。这种面又黑又粗，蒸成馍，颜色像粟子皮。可那时，能吃到这带着麸皮的馍，甭提多香了。我们三个大小伙子一会儿工夫，就把十来个馍吃得连一点渣儿也不剩。京城一边打着嗝，一边说："晓辉，你真行……"全忠也点着头，嘴里发出"嗯、嗯"的声音。

我们哪里知道，我们擅自到老乡家要馍的事会惹出祸来。

这一天，姐姐从县回到村里。她在村里干得好，没多长时间，就当选为知青积极分子，在逐级开完积代会以后，她就被留在了县上。一听说姐姐回来了，我想：这不年不节的，她回来干什么？在村上贫协主席王大爷家，我们三人被召了去。一进门，看见姐姐很严肃地坐在那里。这时，我心虚了。王大爷的老伴是个急性子，她一见我们仨进了门，就问："你们到杨家去要馍吃啦？"我们同声否认说："没有。""还敢说没有，咱看见金城和全忠手里拿着馍从杨振忠家出来。"王大爷的小儿子铁蛋揭发说。这时，我为自己没有直接拿馍感到庆幸。可转念又想：这样做太不义气了。何况向人家要馍还是我出的主

❖ 饥来驱我

意。想到这里，我急忙申辩："我们不是去要馍，是去讨水喝，结果人家给了几个馍。"这时，王大娘涨红了脸说："玄谎。老杨家恓惶着哩。蒸下的馍还要分着吃，哪里有送人的。"说完，大娘又说："好娃哩，你们从北京来到这山沟，见了你们，我就像见到我的娃。哪一次你们到我家来，不用说'大娘我饿了'，大娘也会做饭给你们吃！"王大娘一边说，一边掉下泪来。这时，我似乎动了恻隐之心，我低着头喃喃地说："大娘，来你家吃饭的次数太多了。我们都不好意思来了。"

转身一看，姐姐坐在炕沿也哭了，这下，我可害怕了，我怕她写信将这件事告诉给远在北京的父母，我便急忙说："大爷、大娘、姐，我错了。"这时，王大爷从凳子上站起来，闷声闷气地说："行咧，行咧，娃都认错咧，快下面，吃饭吧。"

这天晚饭，我们三个人和姐姐都在王大爷家吃了一顿酸菜糊糊面。那味道，今生今世都忘不了。

❖ 崖畔回声——我的故土情怀

一只箱子

芦 村

16岁那年，俺有了一件属于自己的家具，一个木箱子。

箱子出产于国营家具厂。虽然材质不怎么名贵，做工却一点不含糊。致密的卯榫，严实的牙口，镀铜的扣锁，暗红的漆面儿。当时谁家娶媳妇，要是能买上这么一对箱子，放在新房里，那才显得富贵喜庆呢。

知青大规模上山下乡开始之后，买这种箱子要凭插队证明信。这箱子成了专门供给上山下乡知青的专用箱。箱子的扣锁下面印了一段号召上山下乡的文字。于是，这箱子不仅表明了主人的身份，同时也成了那个年代的时尚标志。

按照当时的宣传，知青下乡后要落户，要在农村扎根一辈子。可是谁也不知道去了会怎么样，也不知道还能不能回来。出去另立门户，没地儿搁东西怎么成。家里一个月没吃菜，给俺置办了这么一个箱子。

走的时候箱子里塞得满满的。有衣服、书本、常用药、卫生纸、肥皂、牙膏、罐头、酱油膏、白砂糖，还有一大瓶炸好

❖ 一只箱子

的肉丁黄酱。

经过汽车、火车、毛驴拉的架子车长途转运，到了村里，箱子已经有了松动。我怕它散了，就赶紧把它钉补钉补，摆在窑洞里。

箱子一打开就空了一半。肉丁炸酱仅吃过一顿就差不多见底，第二天被抹得精光，连瓶子也不用洗了。酱油膏、肥皂、卫生纸一到村里就被充了公。集体伙着用东西，没几天就都糟蹋光了。看见别人都有存货，自己暗呼上当，敢情糊弄傻小子哪。等家里以后再寄来，咱得留个心眼，细水长流嘛。

自从身份由一个学生变成了农民之后，我的箱子里又多了两样东西：一个是烟卷儿。虽说十几岁孩子抽烟有点早，可人家都抽，自己不抽显得忒雏儿了，让哥们儿怎么出来混。

另外一个就是往来的书信。那时，鸿雁传书，往来频频，没过多时，箱子里就摞了厚厚的一沓子。这些是精神按摩器，没有这些信，日子怎么过。

家长的信，都是不厌其烦地谆谆教导、反复叮咛。将在外，君命有所不受。父母圣训，顶礼膜拜之，读过之后便束之高阁。

同学的来信内容都差不多。插队的、兵团的、农场的，各有各的不幸。友情为重，"学而时习之，不亦说乎"。

放在箱底的那部分，属于珍藏版。字字句句，早已烂熟于心。个中滋味，容俺自己慢慢哑摸，就秘而不宣啦。

箱子上搁了一盏小油灯，于是，这箱子就成了小书桌。墨水瓶上插一根罐头皮卷成的小管，穿上棉花捻儿，灌上煤油，火柴一点，照亮了桌面，也照亮了心。一封封泣血沾襟的信笺在这里封缄,一篇篇驴唇不对马嘴的歪诗也在这里出炉。

有一天,到后山上积土肥。因为那块山地离村子远,肥料运不过去。老乡们习惯就地把附近的灌木丛砍下堆起来,上面盖上厚厚的生土,把灌木点燃,烧过的土就有了肥力。

快晌午了,一个娃娃急匆匆跑来。说有几个北京学生来到村里。看知青宿舍没人又走了,好像把箱子打开了。

我赶紧往回跑。一看宿舍被翻得乱七八糟,箱子全撬开了。钱没了,箱底儿那些"怕见光"也被翻过。当时我恼羞成怒,恨不得把这伙人逮住都宰了。

半晌儿,那几个"江洋大盗"被民兵捆着押回来。绳子勒得他们呲牙咧嘴,一副可怜巴巴的熊样。

都是插队的,同是天涯沦落人,有点物伤其类。赶紧找村书记求情,说是朋友误会了,大家闹着玩呢。

村书记是个走过江湖的人,立刻明白是怎么回事。他背着手在地上走了几个来回,最后撂下一句话:"把人交给你们。你们看着办。"

一阵子寒暄,与几个"大盗"就算交了朋友。他们一个劲儿夸咱仗义,东西给放下了,钱却不拿出来。江湖上传说的义字当先,其实也是扯淡。我咬着牙忍了,好在以后再也没来骚扰。

那只箱子倒是没被撬坏。原来镀铜扣锁非常不牢靠,随便一拨就开了。只好再买个钌铞儿安上,加了一把挂锁,心里踏实多了。

此后便有人话里话外地敲打咱,整风学习班也让我深挖资产阶级思想根源。知道就是遭劫后箱底儿的秘密走了水,惹得

◈ 一只箱子

人们流着哈喇子交头接耳。这下也甭遮遮掩掩的了,爱谁谁吧。打那时候起,脸皮变得厚多了。

插队四年之后,分配到工厂,过上一段轻松的单身生活。再也不用想着缸里没面、灶旁没柴,也不用为下雨担不回来水而发愁。

新建的三线工厂,宿舍里的墙还没挂灰,还透风。把箱子摆在窗前,免得夜里风吹着脑袋。那年地震,人都睡在地板上。枕头前边挡着这个箱子,把自己的命交给了箱子。

搞对象了以后,拼起两块单人床板,把俩人的箱子摆在一块儿,就有了家的感觉。箱子里变得整洁了,分门别类放着两个人的东西,幸福的感觉油然而生。

箱子底儿清理出来了。早先就老老实实地坦白过,政策也必较宽大,让咱自己处理。咱懂得做人一心不能二用,且一山容不下二虎。要想好好过日子,就得放走一只。

在卫生间蹲了半天。将那些藏在箱底的信,一封封打开、默诵、点燃,像是在祭奠。火苗忽明忽暗,烟熏火燎的,呛得眼泪直流。

经过九九八十一难,终于调回北京。两口子没工作,那叫艰难。没饭辙,只好在街边摆个小摊。天天被追得满街跑,一点儿小本钱也常常被强掠。读书人在街头与人锱铢必较,已经斯文扫地。还要屡被当街训斥,真是羞惭得无地自容。

然而"父母在,不远行"。为了膝前尽孝,也为宝贝儿子在咱百年之后不至于流落他乡而举目无亲,曾经有回北京捡破烂、扫大街的决心。责任重大,目标明确,这点屈辱又算得了什么。

❖ 崖畔回声——我的故土情怀

南征北战，仗让咱越打越精了。咱把货放在那个木箱里，搁在离摊位不远的胡同拐角。每次只拿着很少的东西到街上卖，即便逮住了也损失不大。

有一天出摊，还是被城管发现了。一大帮呼啦啦围了上来，都是大壳帽，也分不清是"哪部分的"。

这回真的急眼了，刚上的货啊。兔子急了也咬人，插过队的怕过什么，大不了撞个鱼死网破。事儿不闹大，怎么立住码头。

一个领头的歪着脑袋看了看俺的箱子，凶狠的脸有点松弛：

"刚回来吧？在哪儿插队啊？"

"陕北。"腮帮子咯吱吱在抖，怎么也咬不紧。兔子终归是兔子，就是呲着牙也肝儿颤。毕竟没打过架。

"哦，不容易。哥们儿，这儿不让摆摊儿，以后别来了，啊。"说完拉着一群喽啰走了。

"哼，不来？一家子吃什么？"等人家走远了，才敢讪讪地自我解嘲。躲过一劫，倒纳闷了：今儿太阳从哪边儿出来的？

一打听才知道，敢情是箱子帮了忙。那位也是知青，回城后不知怎么出息了，穿上了官衣儿。看见带字儿的箱子有点"兔死狐悲"，暗地里放咱一码。此后看见咱，远远地就绕开了。咱也识相，把箱子放在胡同深处的一个院儿里。不就是多走几步路嘛，总不能让人家交不了差。

再后来，咱可耻地腐败了一回，走后门进了国营单位。虽说到后来破产、下岗那是后话，谁让咱没长前后眼。在当时可是中了头彩。

一只箱子

最后一次摆摊，清一下存货，也跟摊友道个别。一个哥们儿眼泪答答地拉住俺的胳膊：

"老哥可算踏实了。这箱子你要是不用了，给哥们儿留下吧。"

这位朋友回城晚，拉家带口的，连个箱子也没有。还能说什么。把钥匙往他手里一塞："东西不多，连箱带货全是你的了。"

回到家里悔了，怪自己脸儿热。陪咱半辈子的箱子就这么离开自己，仗义得忒大发了。再想想回城知青的窘迫，能帮上人家的忙也算物尽其用了。

拼了几十年，熬到了退休才搬了新家，四白落地，那叫豁亮。抚摸着厚重的铁门，那么牢靠，那么结实。妻儿老小跟俺饱尝颠沛流离、寄人篱下之苦。终于有了真正属于自己的家，乐得咱屁颠儿屁颠儿的。

回想起曾经睡过黢黑的窑洞，睡过墙上露着砖的单身宿舍，也睡过北京的地震棚。进单位时候，非得签不要房的保证，否则不接收。在北京土生土长，插队几年回来就成了二等公民，没资格要房了。干脆把咱挂电线杆子上，行么。

都说老天爷不饿死瞎眼的家雀儿，这话我信。前赶后错居然混上了单元楼房。这是多大的造化，这得修行多少年啊。

穷命的人享不了福。看着满屋子的新家具，心里惶惶的，好像不是自己的家。脑子里老是想着那两块单人床板和带字儿的箱子。现在日子是好了，可是心里躁的慌，不像早先那么踏实、舒心。

跟了俺半辈子的那个箱子。也不知道它怎么样了。或许那哥们儿早就不用它了。

◆ 崖畔回声——我的故土情怀

回　村

刘蕴秋

"穷家富路",这是我在陕北插队时常听老乡说的一句话。

人穷,就怕穷在路上。所谓"一分钱难倒英雄汉",此言非虚。就拿当年在农村插队来说,回家探亲难,探完亲往回返也难。这里说的是我插队第二年,回京探亲已超了时限。一过春节,看到家里人上班的上班、上学的上学,我觉得无所事事,就开始拾掇东西,准备返回村里。

听说我要走,母亲便开始为我准备应带的东西。她买回来猪板油,把它炼好,装在两个罐头瓶里。接着,她又在家里搜出些生活用品,一并给我打捆裹起,好像我这一走,三年五载回不来似的。我父亲殁得早,家中生活困难。15岁的大弟弟见母亲大包小包的给我弄下这么一堆东西,便揶揄似的亮了一嗓子:"地主买办黑心肠啊,都把我们剥削光!"这是一首革命歌曲中的两句歌词。母亲听弟弟用唱歌来调侃,只在一旁笑。不错,弟弟拿这两句歌词用来形容我对家里的"掠夺"倒也贴切。为了我,家里的日子越过越紧巴。看着

回 村

母亲给我裹下这堆东西,我心里有些不落忍。在农村干了一年,没给家里带回来一分钱,临走还拿了这么多东西,心里充满了愧疚。

节前,我是通过逃票的手法回京探亲的。想到这次回村依然没有路费,我还打算采取老办法。我把我的想法跟母亲一说,她坚决反对。我说:"我在火车上逃票已有了经验,现在路上也不冷了,您就放心吧。"母亲连看都不看我一眼,很决绝地说:"我想办法给你把路费凑齐。逃票的事咱不能做。"第二天,母亲把自行车卖了,给了我30块钱让我去买车票。我知道母亲的脾气。她一旦作出决定是不容更改的。我接过母亲给我的钱,我把这钱先攒着。她卖了自行车,每天上班该怎么办?回到村上后,我再把钱给母亲寄回来。我意已决,我还是要用逃票的手法返回村里。

与我一起回村的还有同村插队的邢桂芬,她说有一个叫小平的女孩是她家邻居,在富县插队,也想与我们一道同行。我想,人多了当然好。我向她俩提出采取逃票的手法,并讲了我回京逃票的经过。她俩听了很兴奋,决心一试。可没想到临行前,她二人变了卦,说家里人不放心。见她二人坚持要买票,我又提议说:看这样好不好,咱们三个人买上两张票,查票时倒换着用,这样,每人能节省三块二毛钱。不要小看这三块多钱,在当年,这钱能在黑市上买十几斤好小米呢。她俩听了之后,犹豫了片刻,但最终还是同意了。小平问我:"咱买的票由谁来拿?"我说:"当然是你俩拿。我有逃票的经验,查票时,你俩接应一下我就行了。"她俩一听,感到放心了。

◈ 崖畔回声——我的故土情怀

事情就这么定了，我们真的只买了两张车票，而我只是买了一张站台票就上了车。上车后，她二人手里有票心里自然踏实，我没座位就只好在车上转悠。过了一会，邢桂芬陪我在车门边上说话，这时，一个男乘警过来问我们："为什么不坐在车厢里？"我说："我晕车，在这里吹吹风。"邢桂芬心虚地说："我们有票。"说着，她就把票掏了出来，乘警把票扫了一眼就走了。

我们乘坐的那辆列车满员但不超员，厕所和车门附近一般都没有人。有时我转累了，便回到二位同伴的座位前待上一会，装出碰到老同学凑到一起聊天的样子。桂芬和小平很体谅我，她们有时也起身到别处转转，为的是让我能坐下来歇一会。

远途的普快列车基本不卖近途票，所以，近途几乎无人下车。但我心里有底，再往前走，中途肯定有下车的，到那时，我就有了固定座位。

其实，我在车上转的主要目的，是在寻找藏身之地。我制定出的对付查票的策略是：我与她俩分开坐，她俩查过票之后，派一人过来，给我送来一张以备检查之用。这个办法在环节上听着挺合理，但细想也有漏洞。首先是一定要等她俩的票让列车员查完后，才能把票转给我，而我因为没有固定座位，她们到哪里找我？其次是查票的若是从我所在的那节车厢开始查，那就糟了，我必须立即去通知她俩。而在这个过程中，难免会发生没等到通知她俩之前事情就可能败露。因此，最保险的办法是，我得找一个藏身的地方先躲起来。一开始我打算往厕所里藏，但一想不行，那地方几乎成了人人皆知的藏身之

回 村

地，反而不安全。转来转去，我看中了两节车厢之间，有一个给旅客烧开水的锅炉房。锅炉房在车厢门旁，开车后闲置未用，锅炉立在房间中央，占据了大部分面积，但周围还是能挤着站几个人。锅炉房还有门，是朝里开的。找好了藏身之地后，我心里踏实了许多，并将这个隐秘之地告诉了两位同伴，让她们心里也有个底。

火车过了郑州站不久，我再一次到两位同伴的车厢里转悠。这时，车厢的另一端已经开始查票了。我们三人眼光一对，桂芬立刻跟我来到两节车厢的连接处，一看，锅炉房的门正开着。看见前后没人，我迅速躲了进去。这时，桂芬也看好了锅炉房的位置，到时候，她好来接应我。

后来，桂芬告诉我，自从我躲进锅炉房后，她的心就提到了嗓子眼。查票期间，她始终没心思回到座位，就站在离锅炉房不远的厕所旁，假装等着上厕所，斜眼观察着我的动静。我进锅炉房之后，才发现锅炉房的门没有锁。想想也是，一个锅炉房，又不是厕所，没必要设锁。可是，这却难为了我。我力量有限，万一有人推门怎么办？抬眼望了望锅炉，我有了主意。我用后背顶住门，把腿蜷起高抬，然后把两只脚顶在锅炉壁上，身体完全悬空，紧缩成一团，卡在一个狭窄的空间里。这时，我怀着紧张的心情，等着不可预知的情况发生。

没过一会，真的有了情况。我忽然听到有人敲门，声音急促却不大，在敲门的同时还使劲在推门，并夹杂着的说话的声音。由于各种声音混杂，虽只有一门之隔，我听不清他们说话的内容。我猜想：是列车员或是列车长来了，他们一定察觉到

❖ 崖畔回声——我的故土情怀

这是一个躲票的场所，或许他们还在这里查出过躲票的人呢。我无意中低了一下头，竟发现门的下方有一个小百叶窗，透过百叶窗，我看见站在门外的几双大脚。

要是一般的女孩，遇到这种情况恐怕早就从悬空中掉了下来，可我是逃过票的人。在回京探亲的路上，逃票、扒车，把我锻炼得老练而沉稳。我庆幸自己选择的方式对路，我的身体卡在空中，犹如一根粗壮的木棍紧紧顶住了门，尽管门外一伙人在用力推门，门却纹丝不动。当时我想，只要有一口气，我就要撑到底！假如我真的撑不住掉了下来，那也只好听天由命。

门外闹腾了好一会，终于没了动静。是票查已经查过了？还是有人在门外守候着等着抓我？正当我满心狐疑，胡猜乱想时，一低头，看见一个小纸团从百叶窗的缝隙中投了进来，我把双腿放了下来，捡起纸团展开一看，只见桂芬在纸条上写着：没人了，出来吧。

拉开门，我走了出来。门外一个旅客也没有，只有桂芬一人站在门旁。她惊魂未定地对我说：刚才都快把我吓死了。你刚进去一会，就来了几个男知青，原来，他们也看好了这个藏身之处，没想到晚来一步。我真怕门被他们推开。我问桂芬，那几人怎么样了？桂芬说：他们见推不开门，就想往厕所里藏，可厕所当时正有人，他们又往前走了一节车厢，说话间，查票的过来了，没等他们躲藏，就把他们带走了。

我听后无言，为那几个未曾谋面的知青惋惜。很幸运，那趟列车一路上只查了那么一次票，后来，我也有了固定座位。到了终点站之后，我按既定方针，由我拿着一张车票先出站。

❖ 回 村

车门刚一开启,我就蹿了出去,以最快的速度跑向售票厅,买了站台票,以接人的身份用站台票进了站,向桂芬和小平所在的车厢跑去。

此时,大部分旅客都已出站,我的两位同伴正提着大包小包缓缓地往站口走。那年,我们仨带的东西都不少。我上前接过我的提包,并把车票还给了她们。就这样,我们顺利地出了站。

逃票的事就这么过去了。我们三个人的心终于安了下来。下了火车该怎么办呢?那时,不要说我们仨,就是所有的知青,都舍不得花钱住旅馆,一般都在候车室过夜。我们到铜川下了火车之后,就在候车室找了一个僻静的角落,打了些热水,吃了自带的干粮。第二天一大早,我们就赶到了汽车站。这时,卖票的窗口还没开启,但窗外早已排起了长队。我们来得不算太晚,可轮到我们买票时,大客车的票已经卖光,只剩下卡车票了。这时,谁还顾得上什么客车和卡车,只要能买到一张拖拉机票都行。这时,我和桂芬就要与小平分手了。她要往延安南面的富县去,而我和桂芬要往延安北面的延长去。后来听桂芬说,小平是高干子弟,她父母当时正在接受审查。通过那次与小平相处了一路,感到她遇事有主见。遗憾的是,我后来再也没与小平联系过。她一切还都好吗?不知她记不记得我们逃票的事。

从铜川坐上大卡车一路向北。从节气上来说,已近清明,但黄土高原依旧是光秃秃的,见不到一丝绿色。我想起了王之涣的诗句,看来,这陕北的万仞山,春风同样不肯光顾。

汽车到达延安已是下午,汲取在铜川买票的教训,我们先去卖票的地方买明日到延长的车票。可没想到的是，票早都卖完了。看来，今晚要在车站过夜，明天仍然走不了，若不能及时回到村里，在这里连吃带住又要花钱，那逃票所节省下的钱不就白省了吗？不行，得想办法尽快回到村里。我提出找车站站长来帮忙，桂芬犹豫说："咱又不认识车站领导，恐怕找了也白搭。"我说不认识也要试一试。我带着桂芬朝车站旁的后院走去，很快就找到了站长。站长有40来岁，见办公室来了两个不速之客，表情有点诧异。我上前先打了一声招呼，接着用陕北话说："我是在延长插队的知青，刚从北京回来，没买上回延长的车票。我家里生活困难，回村的路费是母亲卖了自行车给我凑的。我不敢再耽搁了。吃住没钱，仅剩下买到延长的车票钱，请您帮我这个忙，只要明日能走，就是站着也能行！"

说到家中的情况时，我真的动了情，声音哽咽，泪水在眼眶中打转。不知是我的话说得诚恳，还是眼泪打动了站长。他犹豫了片刻，问了我一句："就你俩？"我说："是"。他拿起笔，在一张纸上写了几个字。我接过来一看，上面写着："请售给延长车票两张。"我和桂芬千恩万谢地走出了站长办公室。到了售票处，我连钱和纸条一并递上，里面人看了一眼纸条，立马递出两张票来。

历经艰难，我们终于回到村里。第二天一大早，我就和社员们套上牛犋开始春耕了。

[友情链接] 对于每一位曾在延安插过队的知青来说，总有那么一个村庄、一孔敞开着门扉的窑洞在等候着他们。这种记忆能引发人的尽情遐想，并在这种遐想中，隐隐感到他们心灵中珍藏的某些东西依然被寄存在那里。正是凭着这种记忆和遐想，他们的心灵似乎得到一种慰藉。我们所说的"精神家园"也好，"故土情怀"也罢，表达的就是这样的一种心理。

这组散文中的《家》，真实地抒发了老知青的故土情怀。这种隔空遥望的思念、这份割舍不断的亲情，积化出了家的温暖，让人在这朴实而又充满真情的表达中，对精神家园所包含的意蕴有了更深的理解。《心在高原》所表达出的意绪与《家》有异曲同工之妙。心灵的归属在哪里，生命的根就扎在哪里。孙燕君用英国大诗人彭斯的诗作为这篇散文的篇首语，诗中的一句"高原的群山我永不忘"可视为是这篇散文的点睛之笔。

这两篇散文表达的是一种游子情怀,其余的四篇,记述的是作者插队时的生活经历。《南义沟纪事》所讲述的故事,充满趣味。几段毫无关联、在人们想象中不可能发生在穷山沟里的故事,作者将它连缀之后,娓娓道来,从中可以看到一个时代的缩影。《饥来驱我》,写的是小事一桩。通过记述当年插队时与村民索要馒头来充饥的一件往事,将人情、人性刻画得准确而深刻。芦村的《一只箱子》,从背上它来陕北插队,到回京之后转辗于困顿多艰的生活路途中,箱子和它的主人所经历的人世沧桑,经过作者看似轻松还略带调侃的叙述,让人读后,读出一种悲凉。刘蕴秋所写的《回村》,其实是对插队期间衣食住行中的"行"的表述。回京探亲难,探完亲往回返亦难。仅一个出行就如此艰难,想必对衣食的获得就更是难上加难。几位作者,或抒发情感,或追忆往事,抓住要点,不及其余,在选材和表达上可以看出作者的功力。

浊酒一杯说蘖醴（外一篇）

王克明

我有 30 多年没有在陕北窑洞的热炕上喝米酒了。

在陕北插队时，每逢过年，夜黑天寒，窑里的土炕烧得热乎乎的，大锅小锅冒着热气，一盏老麻油灯竖在炕中。我和乡亲们围坐在炕上，主人的婆姨站在炕边灶火前，一边给灶火添柴，一边为我们煮米酒。米酒滚开，她用碗盛来，先端给最小的娃娃，再依次给别的娃娃端上，让他们喝。这是"平时敬老，年节敬小"。然后，我们每人捧一只大碗，围绕在炕中央的木盘前，就着盘中小菜，边喝边聊。几碗酒下肚，浑身汗津津的，过去一年的辛苦烦恼便置诸脑后。我身处千里异乡，心念京城父母，好在有这米酒来冲淡我的思亲之情。

每逢此时，我便想起范仲淹当年在延安写下的"浊酒一杯家万里"的典句，觉得甚是真切。

浊酒，便是米酒。明人杨慎"一壶浊酒喜相逢。古今多少事，都付笑谈中"，被用于《三国演义》卷首，成了千古绝唱。杜甫戒酒时曾有"潦倒新停浊酒杯"之句。后来的陆游，上岁数后也有"青山千载老英雄,浊酒三杯失厄穷"的慨叹。不过,他们一位老居四川,一位退留浙江,喝的那酒,可能与范仲淹喝的浊酒——陕北米酒不同。

陕北米酒为黄色,呈粥糊状,浑浊黄稠,如黄河万里浊水。陕北人也叫它"甜酒"、"稠酒"、"浊酒"、"混酒"。那时,各家各户,过年时都做。做得好的,甜;做得不好,酸。我插队在余家沟,自己不会做米酒,过年时,乡亲们轮番叫我吃年饭,我将每家每户做的米酒喝了个遍。那东西,有的喝多了会上头;有的却味薄没劲,略有酒味而已。初尝时,只觉馊败,难以下咽;再尝时,甜味上口,耐得品咂;及至喝惯了,那米香酒香便一起留在口齿间,胃里也感到舒爽无比。米酒酸了不好喝,太甜了又不香,恰到好处才是。我将村中几十户人家的米酒都喝过,自然知道谁家的酒好,便径直奔那家而去。上炕坐定,讨几碗来喝。好在陕北有句话,叫做"好汉问酒,赖汉问狗"。

近读元曲,从中竟读到这种黄色米酒。无名氏杂剧《延安府》一:"俺准备些肥草鸡儿、黄米酒儿。"说的便是肥的母鸡、黄的米酒——或黍做的酒。无名氏杂剧《朱砂担》一:"昨日多吃了几碗酒……我则是多吃了那几碗黄汤。"所说的也是黄色米酒——浊酒。

当年喝米酒只是嘴馋,喝得高兴,今日始知这酒的历史久远。

浊酒古代叫过醪、醴,南方北方原料不同,酿法不一,叫法上似乎分不太清。《说文》:"醪,汁滓酒也。"《广韵》:"醪,浊酒。"杜甫有诗:"钟鼎山林各天性,浊醪粗饭任吾年。"不过,他是在四川喝的,怕是大米醪糟。但晋时左思在搞得洛阳纸贵的《三都赋》里,记下的醪却不是江米酒。《魏都》中"清酤如济,浊醪如河",是说浊酒似黄河一般浑黄,那该是和今天陕北米酒一样的东西了。西汉邹阳《酒赋》说:"清者为酒,浊者为醴。"《礼记正义》:"以酏为醴,酿粥为醴。"由此略知,醴之酿造,同陕北米酒一般。

东汉的郑玄曾将把醪、醴做了一个区别。郑玄注《周礼·天官·酒正》:"泛者,成而滓浮泛泛然,如今宜成醪矣。醴犹体也,成而汁滓相将,如今甜酒矣。"他说醪中有米渣滓在酒面上——这让人想起醪糟,武汉叫它"浮滓酒"。而醴是米与酒液相融、上下一体的浊酒。这正是今日陕北米酒的形象。

《说文》说:"醴,酒一宿孰也。"《释名》也说:"酿之一宿而成醴,有酒味而已。"我在余家沟时,那"有酒味而已"的米酒,都是在冬季酿造,发酵时间长点儿。如在夏季,搁在高温里,发酵肯定快。

古有稻醴、黍醴、粱醴,原料不同,制法应一致。《尚书》里记着:"若作酒醴,尔惟曲糵。"郭璞注《山海经·中山经》"糵酿"句:"以糵作醴酒也。"明末宋应星在《天工开物》中说得清楚:"古来曲造酒,糵造醴,后世厌醴味薄,遂至失传,糵法亦亡。"他说醴因其酒味儿太淡而失传了,使用糵造醴的方法也就随之消亡。

糵是什么?是谷物长出的芽。《说文》:"糵,牙米也。"酿醴时用它糖化发酵。远古时候,人们就已分清:谷物发霉为曲,谷物发芽为糵。《汉书·匈奴传》里记:"有汉所输缯絮米糵",那时,这种物资很是流传。专家说,糵最迟到南北朝就从酿造界脱离了，只残留在制饴工艺中，像做麦芽糖什么的。这似可证明宋应星所言不虚。

然而，陕北米酒却是用蘖酿成。

陕北人每到腊月中下旬，就开始造酒。先制乡里人说的"曲"。用烧得响起的热水将麦子焯浸10多分钟，把水倒掉，装入瓦盆，盖上盖儿。三四天后，它们发芽半寸，倒出来晒干，或放锅里烘干。然后，在石碾上压碎成粉，用罗将麸皮罗出，这就算做成了。但这不是经发酵生霉过程造出的"曲"，只是麦芽而已。陕北人却用它做米酒的酒母。其实，这就是宋应星所说早已失传的"蘖"。《释名》："蘖，缺也。渍麦复之，使生芽，开缺也。"说的便是这东西。

造酒时，把小米和黄米浸泡一夜后，放在碾子上压成面，过罗后入蒸锅，蒸的过程中，掀起锅盖将面团打散。熟后，放瓦盆内拌入"蘖"。十斤米放一斤"蘖"，并兑冷开水。此后，在"粥状培养基"里发酵。数日后，酒香溢出，变稠粥状，即成米酒原浆。将原浆舀入热水，边添柴加温，用细筛子将团粒罗出，在锅中煮沸，即为米酒。因米已粉碎，悬浮在酒液中，故酒体浑浊。东汉高诱注《吕氏春秋·重己》"其为饮食酏醴也"说得明确："醴者，以蘖与黍相体，不以曲也，浊而甜耳。"说的正是陕北米酒的制法。

总之，陕北这种用蘖作糖化剂酿出来的米酒，一是"浊醪如河"，二是"汁滓相将"，三是"浊而甜耳"，四是"蘖与黍相体"。各种特点趋向一个结论：用"蘖法"做的陕北米酒，就是传说中的醴——黍醴或粱醴。这应该是最古老的酿酒方法。蘖在中国，似乎只有北方人用。从殷墟发掘可知，3200多年前殷商武丁时,人们就已经能用麦芽、谷芽作蘖,作为糖化发酵剂酿醴了。

插队年代,聚散无常,因此,杜甫的诗里,我最喜欢他在陕西写的《赠卫八处士》。诗里所说到的酒,正是这种酒。"问答乃未已,驱儿罗酒浆。"罗,便是用罗来过筛。只有这种米酒是在喝之前过这道程序的。因为原来制蘖压米,都用粗罗。《康熙字典》引《诗诂》释"醴",说醴是不过滤的:"酒之甘浊而不沸者。"其实,过罗为的是醨去酒体中糠麸渣滓,并非过滤,并不是像《周礼·天官·酒正》注所说"沸,谓醴之清者"那样。过一下儿罗,只是为了不碜牙。老有人说醴是古代的"啤酒",其实差远了。

陕北米酒饮用前的过罗工序,传承已久。关汉卿杂剧《鲁斋郎》"楔子"里有:"做筛酒李四连饮三杯"之说。筛,元人也写作"醨,滤酒"。武汉臣杂剧《生金阁》三:"我如今可醨滚热的酒与他吃,我烫这弟子孩儿。""我如今可醨些不冷不热、兀兀秃秃的酒与他吃。"

杜诗所云"酒浆",即米酒原浆。《史记·魏公子列传》记:"公子闻赵有处士毛公藏于博徒,薛公藏于卖浆家。"《集解》曰:"浆,一作醪。"《索隐》按:"别录云浆,或作醪字。"很明显,这里的"浆",就是"醪"。直呼酒为浆,实在是因为,那里出售的是浓稠的米酒原浆。所以,当时所售卖之"浆",不是鲁迅解释"引车卖浆"所说的"豆腐浆",而是米酒原浆。

杜甫在陕北富县写的《羌村》诗里,有"手中各有携,倾榼浊复清。苦辞酒味薄,黍地无人耕"。说在缺吃少喝的动乱年月里，浊酒兑水多，倒出来一会儿就沉淀澄清了。其酒味太薄的原因，是没人种糜谷，造酒原料少，将就着喝了。那酒，也是这浑黄米酒。西汉《淮南子》里就有"肉凝而不食，酒澄而不饮"之说。古人平日里常备有做好的米酒，但兵荒马乱、粮食短缺时，穷人便得节省饮用，喝那"浊复清"的酒了。

米酒，不像白酒越陈越好，长时间存放会继续发酵而变酸。杜甫《客至》中的"樽酒家贫只旧醅"，写的就是酒放多日的穷人家境。有一年年末，我回京看父母，村里的老乡给我装了两瓶米酒原浆。其中一瓶在暖气的房中多放了些日。开瓶盖时，突然一声响，黏稠的米酒原浆竟喷了出来，只剩半瓶，且酸味甜味全无，喝不得了。古人喝浊酒也要求不酸，即"酒酸不售"也。

古代，有钱人平日可能拿醴当粥喝，但后来，蒸馏造酒取代了发酵酿酒，米酒便不是日常用的酒了。可是在陕北民间，米酒之所以退出日常用酒行列，不是因为白酒的冲击，而是根本喝不起白酒，因为粮食短缺。我插队那个年月，乡亲们只能在过年时用点粮食做一回米酒。所以，仅仅是因为贫穷，古代日常喝的浊酒，竟变成了年节的民俗现象。

明代张岱在《夜航船》中曾言："黄帝始作醴。"不管是不是黄帝始作，糵、醴这些东西，总是十分古老的。江西人宋应星曾认为"糵造醴"早已失传，可他没料到，在支离破碎的黄土沟岔之中，这东西一直还在。陕北这个地方，沉淀着厚重的历史文化，常让人觉得深不可测。

我离开余家沟后，多次回去，但都没赶在过年。我下了决心：回陕北去过个年。回那山沟，坐在窑洞里的热炕上，再喝一杯很古老很古老的浊酒——醴。

"举案齐眉"话木盘

我插队的余家沟很穷。二十几户人家,竟无一桌、一椅。我们到了村上之后,村上人说:"知青们要看书学习,要给他们配置桌凳。"于是,生产队经过讨论,给我们做一桌一椅。雇来个串乡木匠,做了几日,成就一张桌子。后来,每晚生产队记工分,都围绕在桌前进行,我们偶尔写字,也使用的是那张桌子。

有了这张桌子之后,我们还在桌上吃饭。把熬好的菜放在桌上,找来各种坐具,围绕着它。这使乡亲们大为意外。全村人来参观。有见过世面者说:"城里人吃饭都不上炕。"

乡亲们都坐在炕上吃饭,但没炕桌。发挥桌子功能的,是个"盘子"。陕北所说的"盘子",是指用途相当于小炕桌的长方形木制盘子。至于圆形菜盘,统称"碟子"。这种木盘,长一尺八寸、宽一尺二寸左右,边沿高寸许,红漆彩绘或无彩绘。饭前,家里的男人或者有客人——如我们,早早上炕,盘腿坐在羊毛毡上,尽管拉话,主家婆姨把饭做好后再端上来。

陕北山沟里见到的人少,来上一位客人,庄户人必得好招待。家里再穷,也要挣"好门户"的名声。收工回来,来不及炸糕、蒸馍、压凉粉,白面又太过珍稀,于是,荞面饸饹或杂面便是主饭了。擀杂面是陕北女人特有的真功夫。那时候,农村人窑洞里最醒目的设备便是那黑明锃亮的石板锅台,杂面要放在那上面擀。女人们抡起擀面杖,"嗵嗵嗵"、"嗵嗵嗵"地将锅台震得山响，节奏极强。擀开的面，直径一旦超过擀面杖的长度，便将那大面片折叠起来擀，直到将面擀成像纸一般薄厚，摊开来，面积少说有三平方米。

该煮面了，婆姨们便将木盘双手恭敬地端置炕中席上——如果弯腰抬臂，便似"举案齐眉"——供男人们食用。盘内放着几个小碟和小碗，里面盛着葱、芝麻盐、辣椒面、腌韭菜、自制西红柿酱等。木盘外的炕席上，放一大盆"臊子"。那婆姨将煮好的面条分捞在碗中，都浇上"臊子"，放在木盘中。这"臊子"是将洋芋、胡萝卜切成小丁，经油炒后再用水煮煎而成。丁是丁，汤是汤，很香。这东西跟意大利拌面调味的"沙司"音同义通，应该是同一个词。安排妥当，婆姨及其男人便对客人道："则吃。则吃。"说些古代语言。

炕上的人端着碗，盘腿而食。吃完一碗，主人劝说："倒上吃。"每人便将木盘中浇好臊子的面，倒在自己手中的空碗里，吃完再倒。尚未吃饱，客人可将空碗放在木盘中，将筷子搁在碗上，表示肚子还能容纳，婆姨便会忙忙地拉风箱，接着下面条。饱了，则将筷子平放在木盘内，以示库容有限。这时，主人便不再相劝。否则，这西北高原上的窑洞主人会像东北人劝酒那样，热情地让你一碗接一碗地吃下去。

木盘是用餐必不可少的餐具。吃面条是在木盘中摆面碗和佐料，臊子放在炕席上。吃黄米饭时，则是将一盆洋芋酸菜置于木盘中，大盆米饭放在盘外的炕席上。即使喝米酒，也是酒碗在木盘中，酒盆儿在炕席上。

插队时，年少不知世事，不知木盘的金贵。今日想来，惊讶不已。

那盘，最迟2000年前已有。

长沙出土的西汉长方形漆盘，其形其状其用途，与我在插队时见到的木盘一模一样。那会儿，怕是贵族使漆器、百姓用木器吧。

先秦时期，贵族行盥沃之礼之时，以匜浇水，盘承弃水，盘是礼器。其另一用途在陕北古今没变，就是盛放食具。《左传·僖公二十三年》云："乃馈盘飧，宾璧焉。公子受飧返璧。"说的便是这"盘"。陕北用的"盘子"——也就是木盘，和"案"一样，是最古老的家具，远远出现在桌椅板凳之前。以"案"为"餐桌"，已有4500年历史。出土战国时"案"之形状，与今天的陕北木盘相同，有四围边沿，只是添加矮足而已。《说文》："案，几属也。"清代段玉裁注："许云几属，则有足明矣。今之上食木盘近似，惟无足耳。"《说文》还有："槃，承槃也。"段玉裁注："盘引申之义为凡承受者之称。"西汉时有个识字本儿《急就篇》，内有盘、案二字，唐代陕西人颜师古注："无足曰盘，有足曰案，所以陈举食也。"说盘、案用途一致，都是放置和端送食物的。

那个叫做"举案齐眉"的成语，源自《后汉书》所记东汉事迹。说陕西咸阳妇女孟光，敬重丈夫，为其端饭——就是婆姨给男人端饭——不敢仰视，把头低至眉毛与手中木案相一致的水平。所说之案，与陕北农家使用的木盘相同。如果有长腿儿，不可能端用。《汉书·外戚传》中则记有此事："许后朝皇太后，亲奉案上食。"《史记·田叔列传》也有："赵王张敖自持案进食，礼其恭。"这些"案"，都是用于端放食物的矮脚木托盘。

这几本书里所记载的"案",都与礼敬有关,因为,案曾作为官制所规定的内容,是礼的组成部分。搜集了周王室官制和战国时各国制度的《周礼·考工记》中记载:"案十有二寸。"元《说郛》引朱熹《训学斋规》中的话说:"凡饮食,举匙必置箸,举箸必置匙。食已,则置匙箸于案。"今天,陕北人吃完饭,仍然必须把勺子筷子放在木盘里。这规矩,竟是遵行 800 多年前的朱子教诲。

由于食物总是置于盘案之中,我们的语言里便有了通指饮食、饭菜的词"盘飧"、"盘馔"。如《左传》里有那个"乃馈盘飧"。读杜甫诗,其《客至》中有"盘飧市远无兼味,樽酒家贫只旧醅"的典句,韩愈《送刘师服》诗中,则有"草草具盘馔,不待酒献酬"。所说的都是盘案。

宋释普济的《五灯会元》卷八《圆通缘德禅师》里有句"只是移盘吃饭汉",说的是端移置有食物的木盘。而宋代徐梦莘的《三朝北盟会编》则记载了上炕吃饭:"共食则于炕上,用矮抬子或木盘相接,人置稗饭一盔,加匕其上。"沈括在延安守边,与西夏打仗时,始创木地图,最初便是在盘案上用面糊木屑塑山川形状,成就沙盘。沈括《梦溪笔谈》卷二十五记载:"予奉使按边,始为木图,写其山川,旋以面糊木屑写其形势于木案上。未几寒冻,木熔蜡为之。皆欲其轻,易赍故也。至官所,则以木刻上同观。乃诏边州皆为木图,藏于内府。"

今日所见古代的画像砖、石及坟墓壁画,有当时富人吃饭的场面。人盘坐于片状物上,面临案或盘,盘案之外,置大盆食物。观看这用餐形式,我瞠目结舌:这与我插队时所看到的陕北老乡吃饭时的场面一模一样，只有踞于地面和坐在炕上一点小区别。今人所坐片状物，是毡，毡下有席。古人所坐，史家都说是席。对此我有所怀疑，觉得那是席上之毡。无毡而踞，屁股冰凉。秦岭以南，尚可凑合；秦岭以北，很难想象。《周礼》中，已记载有以毡为床了，汉代人何不坐之？坐在毡上，屁股不凉，何况可能是在没有热炕的情况下。如果真不坐，我想原因只能有三：一、那被盘坐之物是榻榻米，单块使用；二、将宴会场地盘成大炕，猛烧；三、人类进化至汉朝时，屁股耐寒。

画面上的片状物，太薄，不会是榻榻米。这是一。若说古代有炕奇大无比，我个人不敢想象。这是二。那么，只能持"耐寒"说了？《晋书》里记，西晋愍怀太子，怒舍人杜锡劝他修德进善、远于谗谤，让人把针放在杜锡常坐的毡里，刺之屁股流血，以报复其尽忠劝谏。书虽为唐人撰写，但资料是晋时所传，可以为据。汉至三国两晋，有钱人喜住干阑式房屋，木地板，席铺于地。那杜锡负责传宣乃至起草诏命，当住在第宅宫室里，有木地板，有席，甚至可能有木床。还要铺毡，显然是屁股怕凉。否则，他大可免于针刺。此针毡事件发生于洛阳一带，距汉亡仅几十年。虽然两千年前，河南人美术水平不如四川，不认真记录所坐之物，但北方人坐毡，应为确实。由此我想：毡是个很重要的东西，一不小心，历史把它给忘了。

总而言之，陕北的吃饭方式十分古老。华夏很多地方，自中晚唐、五代以来，已因高桌坐椅流行，吃饭的坐姿渐由屈腿改为垂脚。北方人却仍喜欢盘坐暖炕，这一点，从宋时范成大诗句"稳作被炉如卧炕，厚裁棉旋胜披毡"中，和《大金国志》"妇家无小大皆坐炕上"的记载中可以看出。直至"文革"时，北京城里还有睡热炕的居民。但自明代，案脚伸长，无围绕边沿的炕桌，已遍及各地。唯陕北穷乡，不单没发展起高桌大椅，连炕桌也不曾产生。陕北并非没有过矮脚之案。绥德出土的东汉画像石上，便有富人临案而踞的形象，甚至有餐叉。可是，高桌坐椅在唐代已经出现，炕桌在明代已经普及。在闭塞的陕北，除少数规模惊人的窑洞庄园外，世世代代的受苦人却连案脚也没发展起来，这显然与贫穷有关。我插队的村里，乡亲们家里的木制家具，无非是一个米柜、两只箱子。家具都彩绘、写对子，是串乡画匠的作品。有只箱子上写的是："摇钱树儿人人爱，祖祖辈辈大发财。"很直率地表达出自己的理想。

汉代时，"盘案"一词还代指祭品。《后汉书·循吏列传》记载，公元105年，官员王涣不幸病逝："涣丧西归，道经弘农，民庶皆设盘案于路。吏问其故，咸言平常持米到洛，为卒司所钞，恒亡其半。自王君在事，不见侵枉，故来报恩。"那盘案，便是平日盛食物、供祭品的木盘。"盘案"之所以可代指祭品，只因祭品也是食物，也置盘案中。至今，陕北乡间，木盘的另一重要用途，便是丧葬时，用以端送祭品。村上的人死了，奠送中有重要仪式曰"侑食"，巫师托举木盘，游走端送祭品，用这样的方法寄托我们的哀思。

今天，炕桌终于在陕北乡间逐渐普及——比历史上炕桌的普及年代晚了五百年；而高腿餐桌在山沟窑洞家庭仍很少见——历史上高桌的出现年代已逾千年。

历尽苦难的陕北，有过若干次历史民族的迁徙和他们的政权统治，其间战争无数，竟有长达一世纪者。直到我去陕北插队之前的一百年，战乱还曾使我们那个数十里深的山沟阒无一人，荒冢不辨，古窑残壁，血迹斑斑。而今，沟里居住近2000人，竟无一户是百年前的居民。几千年来，不同的民族自西、自北而来，或饮马而过，或落地生根，融入汉族。我们村里的村民，就有深目高鼻、全脸胡须、毛发悉卷曲者。乡亲们传承至今的生活习俗，不知是祖上民族的痕迹，还是汉族文化的熏陶。故而，他们何时始用木盘，何以"举案齐眉"至今，似已不可考。唯觉甚古远，如此而已。

❖ 崖畔回声——我的故土情怀

插队散记

张树人

豆腐记事

　　陕北属黄土高原。山大沟深，沟壑纵横，水资源贫乏；加之耕作技术落后，广种薄收，水土流失，真是个苦焦之地。我们插队的年月，乡民们除了种些谷子、糜子、玉米聊以充饥之外，几乎没有其他副业。茶坊生产队由于地处国道边，相比其他生产队出行比较便利。队里借助这一地利优势，办了些副业，譬如大车店、磨坊、煤炭运输和豆腐坊，另外还种了些瓜果、蔬菜等。我插队的时候，曾在菜地和瓜地干过，开过手扶拖拉机跑过运输，还在豆腐坊磨过豆腐呢。

　　提起豆腐，看官或许不知，富县人很会做豆腐。做出的豆腐质地紧实，味道独特，都说用麻绳将豆腐能捆住提着走。我到陕北插队吃的第一顿饭，就是豆腐。当时正值冬季，滴水成冰。我们200多名北京知青被部队的军车拉到茶坊公社粮站，下了车开完欢迎会，就在粮站院里吃饭，吃的是肉片白菜烩豆腐。细观锅里的肉和豆腐，就如同陕西泡馍，讲究的是"水围城"，面上一层油泼辣子，颜色诱人，香味扑鼻。知青们历经长途跋涉，早已饥肠辘辘。此时已然顾不得别的，急忙排着队，各自盛了一海碗，三五成群，蹲在地上就吃了起来，几口吃下去，身上便觉得暖和多了。再看那碗里的豆腐，切成菱形片，吃到嘴里倍儿劲道，且筷子夹持绝无散碎，细细咀嚼品味，豆香绵远悠长。加之陕北特有的油泼辣子，泼出的红油已化在汤里，且夹出的豆腐，片片挂着辣油，食之齿颊留香，回味无穷。插队期间，我曾到富县和延安开会，又多次品尝豆腐。在茶坊时，偶有来客，每每提及富县豆腐，无不赞叹其味美实惠。

秋天的时候，豆子从山里收了回来，队里派我到豆腐坊和房东大娘把豆腐坊恢复起来。豆腐坊里，靠着南墙是盘水磨，北面有一盘灶连炕，还有一口熬豆浆的大锅。大锅所处的正上方，从房梁上垂放下来的是过滤豆浆的纱布，纱布四角吊在一副十字交叉的木板上。此外，沿南墙根已码好两麻袋黄豆，接下来，大娘和我把第二天要用的黄豆泡上。这样，豆腐坊的摊子就算恢复起来了。

书说简短。第二天凌晨四点，我起身到队里饲养室牵了一头驴，把驴套在豆腐坊的水磨上，先磨黄豆。说起泡黄豆，这可有讲究，水一定要放宽，要把黄豆泡透，这样，磨出的黄豆就比较细。磨好的豆浆需要滤除豆渣，我站到火炕上手持摇板，反复摇晃纱包。此时，纱包里已倒入磨好的豆浆，经过晃动和挤压，乳白色的浆汁直接流入下面的大锅。待豆浆滤净后，将留在纱包里的豆渣倒出来，然后，再往纱包里倒入新的豆浆。如此循环往复，直至磨出的豆浆全部过完豆渣。下一步就是熬豆浆。此时，大娘又往锅里续了些水，我则挑着豆渣桶奔猪场去喂猪。我们队的猪场养了好几头猪，只要是在豆腐坊干活，通常都兼着养猪场的管理。到了猪场，我用豆渣先把猪槽添满，然后，擎了把锨，跳进圈里，把猪粪清除出来。

等猪场打理完，回到豆腐坊，我要把豆腐格子准备好，先淋上水，再铺好豆包布。返回身再看，此时，豆浆已经熬得差不多了，大娘不断地拿着舀子连搅带淘，很有点扬汤止沸的意思，为的是怕豆浆溢出来。趁空儿，我盛了一碗豆浆尝尝鲜。嘿！醇香味浓，口感颇佳，绝非现在市面卖的豆浆可比。豆浆既已煮好，炉火此时已撤，大娘就开始点豆腐了。那时，当地点豆腐既不用盐卤，也不用石膏，而是用酸浆。酸浆是头天做完豆腐以后，将锅里余下的水盛在盆里盖好，待其自然发酵后即成。大娘点豆腐技巧娴熟，点出的豆腐软硬适中，口感颇佳。我亦曾尝试点过几次豆腐，总觉得差些火候。待豆浆点入酸浆之后，就逐渐呈现豆花状，在开始凝固时，随即用盆儿盛出，依次倒入备好的豆腐格子里，倒满后，收拢豆包布勒紧，再取石板将倒入木框里包好的豆腐压紧压实。等到豆包布里的豆腐水分渗得差不多的时候，豆腐就做成了。

晌午吃完饭，我来豆腐坊取了两盘豆腐搁到挑子里，按照前一天客户预订豆腐的情况，给人家挨家送去，顺便收一下豆腐账。送完后，豆腐坊剩下的豆腐就由我挑到街上，吆喝着去卖。现在回想起来，我辈亦曾挑着挑子，当过卖豆腐的小贩，说来也是一桩趣事。

❖ 插队散记

夏收记事

  夏收季节，为避暑热且不误农时，我们通常出工早，收工晚。那段时间，凌晨四五点就得爬起来，和当地村民一样，戴顶竹编帽，再带把镰刀就出发了。说起陕北的竹编帽，可与我们常见的那种草帽不同。草帽虽能遮阳，但头顶处并不透风，戴起来就感觉头顶很闷热。而竹编帽的头顶部为双层，这样，既能遮阳，还能通风，戴在头上，感到凉爽舒服。富县当地人收麦用的镰刀，也和我在北京农村所见不同。当地乡民所用的镰刀叫木镰，它是由木的镰刀架和金属的刀片儿两部分组成。刀片儿很薄，在磨刀石上将刀片磨好后，往木镰架上一卡就能用了。

  收麦时节，正是陕北最热的时候。收麦子和收豆子一样，收早了，麦子还没成熟；收晚了，麦粒儿容易往下掉。老话说："谷熟一时，麦熟一晌。"说的就是这个道理。特别是豆子，豆荚一开再收割，那损失可就大了。收麦的时候，我们顶着烈日，边割，边用手掐着麦子，搂着差不多了，就往地上轻轻一撂，接着再往前赶。大伙儿个个挥汗如雨，我亦用毛巾不断擦汗，擦完了，把毛巾往腰上一别，接着再干。这时，你猜怎么着，我的上衣后背和裤腰处一圈全是汗碱。那会儿，人年轻，拼的就是一股冲劲，否则，弯腰割麦，连干上几天，能顶下来实属不易。割麦的时候，手上、胳膊上常常被麦芒划得全是口子，汗水一流进划破的皮肤里，那才叫难受。割麦割得实在累了，就勉强扶着腰站起来歇会儿。往前看，麦地就像是永

❖ 崖畔回声——我的故土情怀

远到不了头。这时，额头上的汗水流到眼睛里，沙得眼窝疼，流到嘴里咸咸的。有时我想：不知道这会儿城里人都在干什么？他们或许在公园里散步，或许在马路上遛弯儿，或许口里正嚼着冰棍在享受着哩。人分三六九等，农民兄弟的辛苦，没有亲身体会真是感受不到。所谓的感同身受，我以为应该是"身受"在前，"感同"在后。只有亲身体验了，才会得到相同的感受。

麦子收得差不多了，留一部分人把地里的麦子收一下尾，其他人的任务就是把割下来的麦子背回去。我们把随身带的绳子铺在地上，将麦子聚拢起来，整齐地码到绳子上，摞得就像小山一样高。看官可千万不要小觑捆麦的活，若是捆不好的话，走不到场院就散了。待捆扎结实之后，还要找一根棍，将绳子校紧，只有这样，人背起来心里才感到踏实。有一次背麦子闹了个悬。那次，捆的麦子有些多，加之山道坡度陡，我弯腰往前走，麦捆竟从我头上翻了过去。这时，我双肩还挎在麦捆的背绳上，结果，连人带麦捆一下子都折过去。说来老命算好，正巧山道边有一块突起的岩石，将我和麦捆一齐拦住。要是真的滚下去，搞不好小命休矣。

由收麦又让我想起收豆子。那时的生产队总会将主要精力和有限的农家肥用于主要农作物的种植上，对一些杂粮，比如豆类、荞麦什么的，反正地也多，撒上些籽就不管了，哪有施肥一说。到收获的时候，收多少算多少，也没人在意。那次，队里派我们几个人去北山收豆子，说是有十来亩地，待到地里一看，就面积而言，足足够20亩。但豆子长得稀稀拉拉，并非我们想象中满地的豆棵儿，看起来还不如地里的野生甘草长得多呢。我等在地里东拔一棵、西拔一棵，好歹才算将豆秆聚拢起来扎成捆。本来，豆子的产量就低，又种在远山上，熟透了之后，豆子会从豆荚中脱离出来。三折腾，两折腾，背回来的尽是豆秆和豆荚，晒干扬净，一亩地顶多也能收获个二三十斤。不过，不要看豆子的产量低，可离开它，咱想吃豆腐可就没辙了。

场院记事

庄稼收完背到场院，无非是晾晒、脱粒、扬场、储藏、分配等活计。所有这些活计几乎全凭人力。玉米棒子背到场院后，队里的婆姨、女子们围坐在小山一样高的玉米棒子堆旁，利用手持玉米棒子相互搓的办法进行脱粒。搓出来的玉米主要是为了交公粮，其余的玉米棒子则直接分给乡亲们拉走。当然，还会分别留出一部分，放到玉米仓里储存起来，以备留作来年的种子，还要给队里饲养的牲口留作饲料。麦子、谷子脱粒，则是将割下来的带穗秸秆均匀地摊到场院里，有时候用驴套上碌碡，人站在秸秆中间，牵着驴转圈碾压；有时候，我们一伙人用一种叫连枷的工具来捶打。连枷是用粗一点的藤条编的类似拍子的东西，约一尺五长，十余公分宽，用木棍与其杆轴结构连接，双手持棍，可将拍子摇起来用力拍向麦秸或谷穗，使受到捶打的麦穗和谷穗脱粒。

摇耧、擩草和扬场，要会使用左右两只手，这是乡民公认的技术活，会干这种活的人通常会得到乡民们的赞佩和尊重。摇耧撒种，以前撰文已经说过，小子不再啰嗦。擩草其实就是

❖ 崖畔回声——我的故土情怀

铡草。但看官且住，擩草并非指的是铡草的人，而是坐在铡刀旁，往铡刀口续草的人。擩草首先要把秸秆捋顺，双手掐紧，随着铡刀起落的节奏，有序推进。关键的是要掌握技术要点。若双手离刀口过远，秸秆又松散，草则无法铡齐；若离刀口过近，则无法持续送入秸秆且极易伤手。我在农村时，看到几次因擩草不得法而伤了乡民手的事。谈及扬场，要会使左右手，我等趁着在场院劳作，亲自感受了一把扬场，感觉右手方向还能勉强，左手方向的动作就有些变形，如若要达到左右手都运用自如的程度，绝非简单事，确实得有个适应和习惯的过程。

在场院里劳作，最惬意的事就是夜里看场了。我曾经看过几天场。看场时，为了便于夜间休息，乡亲们事先在麦秸垛里掏出了个洞。洞的大小，因看场的人数来确定。一般来说，看场是由两个人结伴。待吃完晚饭，我就夹着一条毯子来到场院，把毯子扔到麦垛里的洞里。看看天色还早，就和一块儿看场的社员，先到队里饲养场和老饲养员坐着聊上一会。估摸着时间差不多了，我们这才又回到场院。此时，夜幕降临，四野寂静，灌木丛间可以见到星星点点的萤火虫，河里的青蛙鼓着肚皮，和着草丛里的纺织娘、石堆里的蟋蟀，一起演奏出乡野交响曲；往山脊上看去，隐约可辨黝黑的山梁。山里的夏夜，透着一种神秘。

我和队里一块看场的社员，先提着马灯绕着场院转了几圈，边聊边巡视。到了将近子夜，日间的酷热早已消失殆尽，身上感到有些凉意。场院的南面是稻子地，东面除了稻田以外，还有社员的自留地。北面的庄稼地紧挨着茶坊邮局和汽车站。场院西头的边上是队里的饲养室，饲养室的后面是通向茶坊街的一条路。这条路往南不远处,路就分了道:向东,可以路过公社饲养场到小泉坡队;向西,绕过古州峁,坐摆渡过河可以到县城。生产队饲养室后面,就是我们队的水磨房。站到马路边上,可以清晰地看到磨房里的灯光,听到溪水冲着巨大的木制水车吱吱呀呀地在转动。我俩围着场院四周边走边聊,待转回到麦垛旁,各自又披了件衣服,靠在麦垛上,天南海北地又啦瓜了起来。斗转星移,不知不觉间,我们也不知道聊了多久,约莫着将近子时,我已然觉得有些熬不住了。于是,我俩好歹又围着场院转了几圈,看看没啥事,我便给一起看场的那位道了个乏,就钻进麦垛里做那南柯一梦了。

公粮记事

每年夏收和秋收以后,就开始交公粮。如果我没有记错的话,我们队向上边报的交公粮的计算基数是不到500亩地。实际上,在那个年代,各队都打些"埋伏",有的生产队"埋伏"还不小哩。当地由于土地贫瘠,耕作技术落后,有些地方甚至沿用"刀耕火种"的耕作方式,加之人为的限制和各种名目的摊派,即便打"埋伏"瞒报一些亩数,但也难以解决温饱;何况无论队里每年地里的收成如何,公粮亦须足额缴纳,然后才能根据情况再申请返销粮和救济粮。

看官看到此处想必唏嘘不已,可能还要问何为"刀耕火种"?既有问,那么,就容小子慢慢答来。陕北山大沟深,地广人稀,不少地方每年秋收已毕,所种的耕地就撂荒,任由杂草生长。开春时,则要寻找已撂了两三年荒的地块,耕种前,

❖ 崖畔回声——我的故土情怀

先举上一把明火，将生长在摆荒地上的各种杂草灌木烧成灰烬，并将这灰烬就势翻入地里，权作庄稼的肥料。此时，但见乡民人人挥着一把老镢头，将摆荒的地掏上一遍，继而把种子撒上，再用耙子把地搂平就不管了，剩下的事就靠老天爷眷顾了。

　　书说简短。临到交公粮的时候，队里会派几个身体健壮的人去。看官看到此处或许会问，交公粮对于处在茶坊地段的村民来说太方便了。离粮站又不远，拉着架子车，抬脚就到，何须用身体健壮的人去呢？看官有所不知。公粮拉到粮站，先要由粮站工作人员检验成色，倘若粮食含水分较大，那就莫说废话，只有摊到场院继续晾干；如果运气不好，检出含沙或谷糠、秕子之类较多，那就对不起了，必得重新装回去。我们就碰到过这种事。粮站当院里就搁着一副装置，差不多有四米高，其形状一端是阶梯，另一端是滑道，滑道是由铁篦子构成的。滑道和铁篦子之间有一台手摇鼓风机。操作时，一个人在底下负责摇，其他人则负责背麻包。背麻包的时候，腰弯如弓，一手在肩头处抓住麻包口，另一只手则托住麻包下边，艰难地踏着阶梯要到了滑梯的顶台上，然后，侧身将粮食沿滑道缓缓倒出。粮食经过滑道篦子过滤和鼓风机吹风处理，之后，验收的关卡这才算过了。

　　陕北的麻包有两种，一种细长的叫"口袋"，适合于驴背驮；另一种就是我们常见的那种短粗的。一般来说，细长口袋大约能装160斤左右，而短粗的麻袋差不多要装180斤到200斤。如此重量我竟然能背起来。粮食验过后，我们还得把它扛入粮库。粮站并无卷扬机之类的运输工具，自然全凭人力。当时的茶坊粮库坐北朝南，通过检验的粮食直接往窑洞里背。窑洞里的粮食都是散装存放的，装得多了就在窑洞门口不断地增加挡板，于是，斜搭在挡板上的踏板也随之涨高，仓里的粮食也需不断地推平，然后再放上踏板，以便于继续往里背粮。插队那几年，小子参加交粮的机会多，自然背麻袋的次数也不少。

看着公粮总算交进去了，心里却百感交集。想我农民兄弟起早贪黑，一年四季面朝黄土背朝天，打下的粮食悉数交公，给自己留下的倘不够半年食用。他们的生活贫困拮据，但交公粮却一点也不含糊。他们的劳动关乎着天下粮仓的亏欠和丰盈，他们享受不到国民应有的待遇，但却支撑着国家的发展。中国的农民真苦！中国的农民真好！这就是我在插队期间乃至到回城之后，对中国农民由衷的感叹和由衷的赞美。

瓜园记事

茶坊街的南边有一块瓜地，大概够十亩地，地里种的是香瓜。当地乡民称香瓜为小瓜。为了叙述方便，我还是将此称为香瓜。我们队瓜园的东边紧挨着一条土路。这条土路从茶坊街出来往南，与小泉坡下来的土路汇合后，再绕过古州崩就到了去县城的渡口。瓜园的周围都是崖畔，崖畔下面就是滔滔洛河。

种瓜时，队里统一安排劳力，日常管理则是由一个"瓜把式"负责。等瓜地快开园的时候，队里会另外派人协助开园。自从知青来这里插队后，每年开园时，队里就派我们知青来协

❖ 崖畔回声——我的故土情怀

助开园。看官须知，选派知青协助看园子有若干好处，内中除了可以帮助"瓜把式"一起打理瓜园以外，最重要的任务是掌称卖瓜和记账收钱。说起当地乡民看瓜园，毕竟与当地有扯不清的关系，碍不过的情面、得罪不起的公社干部。乡民们日晒雨淋好不容易种点瓜，指望卖出去之后能有几个零花钱。所以，队里通常都会选派知青在瓜地看园子，除了偶有知青造访，给予适当照顾以外，余下的你尽管放心，说什么关系情面，也别说你是公社干部，不管是谁，要吃瓜，先把钱付清了之后再走人。

　　插队的头一年，队里派我到瓜园帮忙。我和一个"瓜把式"拾掇园子。"瓜把式"平时和我关系处得非常好，我接了任务后，来到瓜地里放眼一看，园子里已然爬满了瓜秧，金黄色的顶花竞相绽放。走进园子，靠近路边的东头，有个看瓜的窝棚。窝棚是用树枝搭起来的，整个窝棚靠桩脚支撑，离地一尺多高，大约是为避免雨季地面潮湿和鼠窜虫爬。窝棚的顶部搭了一个人字构架，再用秸秆、麦草和塑料布遮严，以避风雨。夜间，我和瓜农就在窝棚里休息。白天，则跟在老瓜农后面掐尖打蔓、除草松土、浇水施肥、侍弄秧苗。虽烈日炎炎，劳作辛苦，但却自由自在、无人管束。

　　没过多时，眼瞅着香瓜陆续开始成熟了，小子看在眼里，心里充满了丰收的喜悦。说起香瓜来，我们所种的香瓜是当地品种，并非如今城里农贸市场所见的黄金瓜、绿宝石、伊丽莎白之类的东西。当地香瓜的瓜皮浅绿发白，成熟时略呈浅黄色。由于水土之故，所以，香瓜吃起来，脆甜爽口。天热时，若把瓜放一段时间再吃，瓜肉会变面变沙。时隔多年以后，小子辗转回京，我和妻子时常到农贸市场买菜，顺便也逛逛水果摊，亦曾留心寻觅我插队时种过和吃过的那种香瓜，却再也没有寻见。农贸市场里有时候倒是有那么一种瓜，和当年我在茶坊时种的瓜有些类似，只是瓜色偏白，个儿也大些。我常常怀疑，这该不是茶坊香瓜改良的品种么？

清晨，我披着破棉袄从窝棚里钻出来。陕北这地方昼夜气候温差大。早晨人外出还要披棉袄，到了晌午，却又骄阳似火。我站在窝棚前，放眼远处山梁，东方已露出鱼肚白，山脊的轮廓清晰可辨；北坡上，队里出工的钟声在山里回响。像往常一样，我挎了个篓子往园子西头走，去把那些已陆续成熟的香瓜摘下来，然后集中到窝棚前，就可以随时对外卖了。

由于瓜地紧邻通往县城的交通要道，且正值盛夏，香瓜还是很好卖的。价格么，就听老瓜农的，他比较有经验。我们商定完价格后，他有时就去地里忙了，实际上也是为了避免遇到熟人来买瓜。我呢，就在瓜棚前找个阴凉地坐着，掌着称，等着卖瓜。有时候，没有买瓜的人来，我们就在地里忙活。待买瓜的主儿来了，吆喝一声，我们再过去也不迟。但凡遇有来买瓜的，我等自然欢迎品尝。当地乡民和过往行人来窝棚跟前买瓜，见"掌柜"的是知青，也都十分客气，并不讨价还价、挑三拣四。我想：这一来是香瓜确实不错，没什么可挑的；二来我等也决不斤斤计较，秤杆儿上适当地上翘一点，顾客们无不面露笑容满意而去。偶尔遇到想吃白食占点便宜的，我等或好言相劝、或讥笑嘲讽，甚或声色俱厉示以颜色。

前文曾述及，难得有那知青路过瓜园进得窝棚来，情况自然不同。须知我等知青见面，颇有些"同是天涯沦落人"、"他乡遇故知"的感觉。虽然从未谋面，却觉似曾相识，必得相互亲近，热情攀谈一番。我等自然少不了盛情邀请品尝，临走则还要坚持带走一些。那些知青朋友担心给我带来麻烦，再三推辞，无奈碍不过盛情，又见那老瓜农亦热情相劝，方才慨然受之，拱手致谢而别。

寻驴记事

我们生产队的场院在茶坊汽车站的前边，场院的西侧是饲养室。在我印象里，生产队拢共养了15头牛和7只驴，由一个饲养员老汉负责日常管理；需要集中铡草准备饲料时，队里会另外派人来。有一段时间，我也在饲养室里待过，铡草、遛驴的活儿也都干过。

有一天夜里，在饲养室里拴得好好的大叫驴被人偷走了。大叫驴在队里饲养的7只驴中，那可是与众不同。它高大肥壮。大概是喂养得好，大叫驴的毛色又黑又亮，宛如缎子。驴最明显的标志是两只耳朵都短一截，好像曾经被剪过，但不知道是为什么。这头驴的外号叫"大叫驴"，一提起"大叫驴"，队里老乡们都知道。

饲养员夜里发现驴丢了，顿时惊出一身冷汗。他赶忙把丢驴的事告诉了队长。队长带了几个人来到饲养室，详细了解情况，又认真踏勘了现场，之后，大伙又聚在一起分析了各种可能性。丢了驴，这在当时绝对是件大事。此事经过乡民缜密研究，料定驴被偷走后，在集市卖掉脱手的可能性很大。于是，当即决定马上派出几路人马分别出去找驴。出去的人或沿洛河赴甘泉，到延安的集市上去查访，或往东去牛武和交道塬方向探寻。过了两天，牛武、交道和县城等方向派去的人均无功而返。乡民们听此消息后，无不面露失望的神情。这时，忽见公社派人过来传信，说是接到延安方向打来的电话，驴已找到，偷驴贼也被擒获，现在正往回返呢。乡民们闻讯，大喜过望。我亦以手加额叹曰：如此幸运，驴失而复得，实乃"天网恢恢，疏而不漏"。

到晚间，远赴延安寻驴的人押着偷驴贼，牵着驴凯旋而归。乡亲们早已等候多时，有人接过大叫驴的缰绳，将驴牵到大伙儿跟前。几日不见，乡亲们都说驴瘦了。大叫驴好似通人性，亦摇头摆尾。大伙再看那偷驴贼，已被五花大绑。那盗贼年龄约在40岁上下，眼睛滴溜溜乱转。乡民们见到此贼，口中"狗日的"如何如何骂个不停。若非队里的干部拦着，那贼免不了要挨许多拳脚。

看看天色已晚，队里决定将偷驴贼暂押到饲养室，留下几个人夜间轮流值守。我留了下来值前夜班。半夜换班之后，我就在饲养室的炕上和衣睡觉了。黄粱梦做得正香，猛然间听得有人高喊："快追啊！贼娃子跑啦！"一听此言，我一骨碌爬起来，借着月光望去，果然见一人前面跑，两个社员在后面追。未及多想，我撒开脚丫子追了上去。若要论起跑步来，一般人绝不是知青的对手。刚过一会，我已超过队里的那两个老乡，迅速接近那个贼娃子。那贼刚好跑到古州峁坡下的路北边，见后面有人追，慌不择路，见眼前是个崖畔，乃纵身跳下。说时迟，那时快，我也紧接着跳下崖畔，没等那贼爬起来，就将其按住。等到后面两个社员赶到，将那贼用绳子捆了个结实。将贼捆好后,看看天色已蒙蒙亮,相互之间简单商量了一下,觉着夜长梦多,干脆就直接把那偷驴贼扭送到县里的看守所。

那时候,驴可是生产队的重要劳力,谁偷它,就等于戴上了"破坏生产"的帽子。我们把偷驴的贼送到县里看守所后,就算交了差。反正驴也找回来了,队里也没啥损失。

乡土记事

岁月沧桑,夕阳几度。一打春,洛河的冰面便开始融化,河水缓缓流淌,汇入了渭河。

北山的灌木丛林间,干枯的树枝头,竟冒出些许嫩绿的新芽。路边刚钻出地面的小草,也吸吮着早春清新的气息。塬峁川坡的农田里,积肥的架子车,驮粪的毛驴,耕地的黄牛,间或夹杂着乡亲们吆喝的声音在山间回荡。乡亲们在面朝黄土背朝天的劳作中,也毫无顾忌地释放和宣泄着自己的情感。

说起当年村里吆牛耕地的场景,小子在陕北插队时曾亲眼目睹,其中频现火爆热烈的场面十分了得。以小子拙眼看来,吆牛耕地的场景,充分体现和张扬了乡土文化的内涵,其间当然也掺杂些许糟粕。看官看到此处,必会问此话作何讲?原来,村子里有几个瓜怂在驱牛耕地时,借着牛说事儿,相互间讥讽笑骂,极尽斗嘴之能事。瓜怂们一边用鞭杆儿在牛身上挥来舞去,虚张声势,对牛故做咬牙切齿状;一边则嘟嘟囔囔"骂"个不停,好似对牛有深仇大恨。小子在旁冷眼细观,心想:牛若有知,亦会觉得蹊跷:如此这般受虐,竟不知如何得罪了这帮瓜怂。而且这些瓜怂们,其训牛之用语无所不用其极，内中不少言语堪称龌龊和低俗。每逢耕种季节，驭牛的瓜怂们凑到一起，就如同打了鸡血般精神抖擞。他们之间，或互相取笑，爆料花边新闻；或虚张声势，编排故事相互贬损。有时斗嘴斗得激烈时，能展示出包公子与妓院老鸨斗嘴之风采。我插队的时候，每到春耕，耙地的，拿粪的，摇耧和撒种的都要到齐，各路人马自然来得不少，遇到斗嘴情景，但见各色人等或在旁观战，或插空敲个边鼓，或添油加醋推波助澜，或索性赤膊上阵鏖战起来。其中有一些婆姨女子，听到不堪之语后，或假装没听见，或赧颜啐之，或以笑骂还击。有一次斗嘴到高潮处，一个倒霉瓜怂出语不慎，言语中捎带了一个泼辣婆姨，这下可招祸了。但见那婆姨柳眉倒竖，杏眼圆睁，继而招呼来一帮女子将那瓜怂按倒在地，且竟然骑将上去将其揍一顿，直至那瓜怂再三讨饶，婆姨们方哄笑散去。此时，旁观者已然是乐得岔了气儿。此经典场景亦传为日后不可多得的美谈。我辈知青既然来此插队，入乡随俗、耳濡目染，亦少不得被卷入斗嘴之中。起初，知青们还觉得言语低俗，难免有些张不开口，未过多时便习以为常，而且逐渐学着敲起了边鼓，并掺和进去，时间不长，其中若干知青竟已熟练掌握个中技巧，借着骂牛，讥讽打趣，颇为老道，些许斗嘴高手上得阵来，未及几个回合便丢盔卸甲落荒而逃。

在京城时，小子偶尔翻阅书报，或到电影院看电影，看到描述劳动人民战天斗地时的场景。其中，给人留下深刻印象的是修水库的场面。只见工地上遍插彩旗，人潮涌动，颇有"遍地英雄下夕烟"、"敢叫日月换新天"的感觉。看起来，银幕中的建设者们如罗汉在世、金刚重生，或打钎，或砸夯，锤起夯落,上下翻飞,整个劳动场景气壮山河,令人难忘。待我辈来延安插队,亲身体验劳作之艰辛后,方知影视作品所描述的场景和实际参加劳动的情况竟是天壤之别。小子在农村几乎什么累活苦活都干过。据小子切身体会,莫说是挑土拉粪和背粮扛包,就是锄草收麦等活,人若似影视作品宣传报道的那样干活,那样"霸王硬上弓"、"瘦驴拉硬屎"般强弩着,苦水再好的人也坚持不了多久就指定趴架了。就拿锄地来说,凡有经验者,无不知晓干此活需要悠着点,分配好体力方能持之以恒,似这般愣头愣脑,单凭一股猛劲干活纯属鲁莽行事。镜头中的劳动场景全然是缺乏劳动常识。脱离实际的文艺宣传作品,至多只能算是个虚幻的美丽气泡,经不起实践的检验。虽说"文革"那些年,文学艺术作品大都是"假、大、空",但植根于民间的乡土文化,则来源于劳动大众的生产实践,发乎于自然。据小子了解,诸如陕北道情,陕北秧歌,安塞腰鼓,秦腔,碗碗腔等自不必说,其实,不少乡民在田间地头都会吼上两句地方上流传的戏词儿。而且,有的村里甚至自己就能拉起个草台班子来。逢年过节,走村串户,自娱自乐。就是平时干活也离不了整点节目,以利于调节气氛,使人忘掉疲劳,堪称工地一景。记得在洛河滚水坝工地干活时,小子曾屡屡见民工们联手砸夯时,粗犷有力的劳动号子,抑扬顿挫、颇有节奏。所谓砸夯是以石夯为中心,对称四角各占一个人,以手拽绳,在领头的组织下,同步移动,或同步拉起石夯并一同落下,借以夯实坝面基础。其间领夯手领唱,其余和之,真是声震寰宇气势如虹。多年之后,小子曾查阅有关文献资料,找到最接近当年劳动号子的领夯词,并记下领夯词一首,供读者赏析：

领：大家准备好哇，　众：嗨，把夯提起来呀。
领：一夯接一夯啊，　众：夯夯有力量啊。
领：一夯压半夯啊，　众：千万别空夯啊。
领：大家使足劲呀，　众：嗨，使足劲呀。
领：大家要注意啊，　众：千万别砸脚啊。
领：打夯要打实呀，　众：质量要第一呀。
领：劲往一处使呀，　众：千万别溜号啊。
领：保质又保量呀，　众：质量数第一呀。

其实，据小子当年所见，作为一名有经验的领夯手，通常都极善于根据场景的变化，不拘一格地变化领词内容，全然无需死记硬背。众人和声时，音调和唱词相一致，没什么区别，或索性直接以"唉嗨，唉嗨呀"应对，这样，实际做起来就简单多了。

记得插队时在山上锄地，每人搂上两三垄苗，大伙并排挨着膀子往前锄。有时，兴致使然，就会有人出头，或者推举一人来领唱，其余人则一句递一句地跟着合唱。所唱的曲调差不多都是陕北道情的调调，节奏舒缓、高亢嘹亮。至今，小子尚能吼上两句，只不过词儿却一句也记不起来了。

◈ 崖畔回声——我的故土情怀

我当"伞头"

温东方

陕北人将闹秧歌也称作"闹红火",用关中道的话来说,也叫"闹社火"。凡在陕北插过队的知青都知道陕北正月"闹红火"是怎么一回事,但是,知青中参与"闹红火"的人不多,当过"伞头"的人就更少。

我插队的地方在甘泉王坪公社大庄河。那里山大沟深,地广人稀。当地老乡一把老镢一副连枷,一年四季辛苦劳作,除去红白喜事、下雨生病,从来没有歇息和娱乐的日子。但是,只要一到过年"闹红火",无论是家里的事情还是队上的活计,都可以撂下不管。

有一年元旦刚过,公社通知说要搞秧歌汇演。消息传来,各大队都很积极,特别是那些爱红火热闹的后生女子们更是积极响应。我们大队从腊月初就开始筹划秧歌汇演的事。老书记曹文章亲自带人进山砍回两个"树轱辘",解开后,让杨木匠作了十个腰鼓筒子,老书记还亲自给鼓筒蒙皮子刷漆。鼓做成之后,一试,声音居然十分响亮。除了大鼓和其他响器外,所

我当"伞头"

有的道具都是我们自己做的。队上计划正月初二在戏楼子起场子,"沿门子"、"转院",然后去许家寨和其他大队走村串户拜年,最后再到公社。那一年,我们准备了十来个节目,除去秧歌,还有腰鼓、旱船、眉户剧、陕北说书和舞蹈等。

大庄河闹秧歌没有自己的"伞头"。翻山过去到杨家河,那里倒有一个好"伞头",可本村的秧歌队又离不开他。我插队时写过陕北说书,还演过样板戏,虽然水平不见得有多高,但"精尻子撵狼——胆大不识羞"。大队长魏德智早就打起我的主意,他问我敢不敢当秧歌队的"伞头"。那时,我插队已经六年,论干庄稼活干啥像啥,可就是没当过"伞头"。见队长这么一问,我想:既然和贫下中农结合,就要从多方面学习。场子秧歌是群众喜闻乐见的一种娱乐形式,又不是"抬楼子"祈雨、搞迷信,于是,我就把当"伞头"的事应承下来。

当"伞头"可不是闹着玩的。"伞头"一人怂,就能把整个秧歌队祸害了。当"伞头"最难的有两点:一是舞,二是唱。舞是指"走场子"。陕北秧歌场子名目繁多,什么"白马分鬃"、"龙摆尾"、"单过街"、"拧麻花",一套一套的。陕北文化底蕴深厚,闹秧歌的行家特别多。你扭秧歌路子走错,轻则遭到耻笑,重则主人家不放鞭炮相送,把你晾在那里下不了台。舞不易,唱更难,要的是即兴编词,出口成章,还要有感染力,能引起观众的共鸣。"转院"拜年时,还要见景生词,祝福主人。到每家都要唱新词,不能"吃剩饭";遇上其他村的秧歌队,更是要有问有答,要是对不上来就"栽"了。

那年,我们组织的秧歌队还算不小,有四五十号人。魏德志当秧歌队长兼拉胡琴;锁弟吹笛子兼管账收礼;我是副队长兼当"伞头";王文华、王文富兄弟是擂大鼓的;寇文虎当舨船的艄公兼丑角;还有八人组成的腰鼓队,他们是清一色的青皮后生。加上锣鼓家什,这支秧歌队给人一种气势宏大的感觉。

在临近过年的前半个月我除了早上打一背柴之外,就是苦练秧歌场子,特别是和大鼓进行配合。我还找到杨"伞头",向他请教"下角子"的步伐与身段。杨干大还传了我一个对歌怪招。他说:"对场子时不能慌,你就跟着他的词、他的调唱。"这一招后来还真派上用场。为了把这次"红火"闹好,各生产小队也很支持秧歌队,给排练的人每天计半个工。大家决心要拿出最高水平给乡亲们拜年,为大庄河争光。

初二那天,是正月里难得的一个艳阳天。那天一大早,婆姨娃娃、女子后生都出动了。他们穿红戴绿,喜挂眉梢,一改平时死蔫耷拉的样子。上午十点来钟,扫芊塔的惠怀友带着他们的腰鼓手来了。后生们个个收拾得利索。放了几挂鞭炮,锣鼓就响了起来。我穿着老乡做的对襟黑棉袄,头上扎着羊肚子手巾。这是我平时在队里的一贯打扮,不同的是腰间加了条红腰带,右手举了一把镶金边的伞。我先领着男队员在戏楼前趟了几个大圆场,也算拜了庙、祭了天地。然后,魏队长简单讲了几句话之后,我就把队伍拢全,在场子中间唱了四句开场:

  青天呀蓝天蓝格茵茵的天,
  大庄河又接来丰收年;
  全村老少喜开怀,

❖ 我当"伞头"

咱把秧歌就扭起来。

唱词是我事先想好的,不用现编。锣鼓再次响起之后,我就带着秧歌队转了个大场,按老书记的嘱咐,在拦牛场院绕了一圈,朝村口姚干大和赵来忠家扭去。

来忠是姚干大的女婿,和我同岁。当时,他已经结了婚。我们队里除了北京知青之外,就数他的文化程度高,他还是一队科学实验小组成员。他婆姨小名叫姚毛,是村里的美女。他家两孔新石窑的门窗上贴着红窗花,玉米篓里盛满了玉米棒子,瞭一眼就知道家境不错。看见秧歌队来了,姚毛大开院门,表示欢迎。腰鼓先踢了个四人场子,这时,人也越聚越多,我乘机编词,锣鼓声一停就唱了四句:

东山上的荞麦哟西坡洼的糜,
高高的柴垛上卧一只大公鸡;
来忠不仅娶了个好婆姨,
科学种田他还数第一。

词儿有点土,但没想到却博了个满堂彩。也许是大家对北京知青当"伞头"没抱太高的希望吧,但听我这么一唱,觉得还可以,于是,大伙便齐声唱出最后一句:"依呼呀呼咳,科学种田他还数第一。"此时,歌声笑声直向脑畔山荡去,主家很高兴。秧歌队出院时,姚毛还塞给锁弟一个红包。

初战告捷,我一下子有了信心。

出了来忠家向右一转,就是去后庄的山坡路。我领着秧歌

❖ 崖畔回声——我的故土情怀

队在鼓乐声中边舞边走,后面还跟着一群碎娃娃。我们先是到赵干大和曹干大家。这两家院子有些小,秧歌队就在门前兜着圈子表演,这叫"跑街筒子"。再上去就是狗娃、西安和白永明家。这三家是亲戚,院子挺大,还没有隔断,正适合秧歌队跑场子。我们进门时,已经有许多人在那里等候着。他们有的趴在院墙上,有的蹲在石窑脑畔上。我把排练时几个基本式样都走了一遍。一队队长刘升旺跟我相处得好,他一直在脑畔上往下看。后来,他告诉我:队伍整齐不乱,能看出一种阵势。

再往上就是二队队长刘四虎家。四虎官名叫刘治发,他人长得干瘦,却有把子力气;眼睛不大,可有神。他当了两年小队队长,年底分红在全大队总是名列前茅,很受社员们拥戴。他和生产委员牛娃,最早引进磷酸钙与茅粪搅籽种荞麦的方法,拿粪的时候又臭又薰,手指甲染得黄绿黄绿的,人人都说他是胡日鬼,可到了秋底,却获得了大丰收。那荞麦籽鼓得连棱棱都不见了。不过,这人有个爱耍赌的毛病。年前,因为掏荒和耍钱,他和我吵过一回。今天,他家窑门口摆了一张方桌,桌上堆着烟糖瓜子。他儿子长锁、女儿兰兰都穿得新崭崭的,在院子里搞迎接。四虎叭嗒个旱烟袋,小眼睛瞅着我,大概是想听一听这北京知青"伞头"会给他编排几句怎样的唱词。我根据四虎的特点,随口唱了这么几句:

四虎、四虎怪得太,
脚踩一双便纳鞋;
他科学种田脑子活,
满坡坡的荞麦满沟沟的菜。

❖ 我当"伞头"

众人听后刚要叫好,我一举伞,压住锣鼓又唱了一段:

山丹丹开花背洼洼红,
灶台台点灯窑掌掌明;
不要"单双"不"闷壶"(两种赌博方式),
子子孙孙不受穷。

众人一听,笑了个不住气,四虎也说:"人家娃说得对着哩嘛!"那天,我们给每一户乡亲都拜了年,排练的节目也都过了一遍,在时间上也没有拖得太晚,因为第二天我们还要到许家寨演出。

许家寨大队和大庄河是近邻,相距不到八里地。这两个大队有很多家户都是亲戚,关系非常好。第二天一早,我们集合队伍起身,过了对面湾,绕过马王庙,再翻一道山梁就到了后许寨。随同我们来的还有一大群婆姨、女子、后生,比秧歌队的人还多。一进村,后许寨生产队长就放起鞭炮,大队支书高生满也从许家寨赶过来相迎。我去年秋底刚跟他一起在北沟几个大队搞过秋粮测产,便上前连忙握手寒暄。社员们端茶送水、烟糖款待,场面十分热闹。高书记说:秧歌主场子设在许家寨的大场院里,于是,我带着秧歌队走起"单过街",沿后许寨主街行进表演。虎子的老艄公扮得惟妙惟肖,青莲的旱船潇洒飘逸,可足劲哩。遇到放鞭炮或端茶散烟的,我就给他们唱一首拜年祝福的秧歌。队伍在锣鼓的伴奏声中,边舞边走,串村的整个过程都是在后许寨社员们的簇拥下进行的,那气氛可真叫一个喜庆。出村时,还有不少本村的后生、女子加入到

◈ 崖畔回声——我的故土情怀

我们队伍中。

秧歌队来到许家寨。偌大的场院上已挤满了人，几个村的乡亲们都来了。我按规矩绕圈子辟场，没想到绕圈子不起作用，这时，只好把腰鼓队从中间调到前边，这才把场子辟开。我们把大鼓、响器都安放在场院东头，这叫定位。安好场子后，由于队伍"跑街筒"有些劳累，便和许寨队干部商议后决定，先演节目，后跑秧歌大场。第一个出场的是怀友、延娃他们的腰鼓队，踢了一套八人场子，这也是在外村第一场正式的腰鼓表演。平时看他们排练并没有特别感受，没想到动真格的时候竟然这么有气势。开始时，鼓手们速度较慢，每个动作都能看清楚，鼓声也是一板一眼的很有节奏，红绸子像火苗似的跳动，鼓手们时而散开时而聚拢，聚拢时似牡丹一朵，散开时，如怒放的山丹丹花。没看到有任何人指挥，那鼓的节奏却渐渐加快，人的动作疾如闪电，鼓槌捶得忘情。人们都在呆呆地听，愣愣地看，忽然，鼓声戛然而止，鼓手们静如雕塑，鼓穗垂直。这时，人群中爆发出一片欢腾和掌声。我不知道这受苦人打的腰鼓是从哪里传下来的。除了这厚重的黄土高原，还有什么土地能承受得住这赳赳虎步的踩踏。这时，一阵唢呐声把我的思绪拉了回来，原来轮到我给主人致辞了：

叫一声乡亲们听我表，
许寨这个村村实在是好；
粮囤子高来米柜柜满，
"牛不老"（牛犊）骡驹驹满坡坡跑。

❖ 我当"伞头"

唱了四句，我立即换了一个韵：

学习大寨热情高，
村前村后展新貌；
大庄河许寨手拉手，
来年生产拔头梢。

我唱毕，秧歌队和许寨的乡亲们一块儿唱起最后一句："依乎呀呼咳，来年生产拔头梢"。接下来是王成、兰翠、唤女等八位女子的扇子舞，随后是跑驴扳旱船，接着寇文虎化了个女装，即兴表演了一段"遇亲家"。这是文虎的拿手好戏，他一举手、一投足活脱脱像个老婆婆，而且唱功道白都不错，时不时还说上几句"儿话"，逗得大伙直笑。今天看来，这些节目的水平或许并不高，但在那个万马齐喑的年代，在那闭塞的山沟沟里，村民们几乎没有娱乐，人们不论看什么节目都看得如醉如痴。最后上场的是由我编写、锁弟执导的三幕两场眉户剧《青春似火》，描写了一对农村青年响应晚婚号召，说服父母推迟婚期的故事。这个节目，我们花了大力气进行排练，也是我们最出彩的节目。当时，大多数秧歌队表现的都是传统段子中的一些老故事，我们这种自编自演的节目很少见，调子是人人会唱的眉户调，唱词是陕北口语，再加上魏德智几位精彩的伴奏和郝玉英等人的精彩表演，给人耳目一新的感觉。

节目演出告一段落，但场内场外没有一个人离去，大家都等着看伞头秧歌。这时，我心里想了一下要跑的队形，便给身旁打大鼓的王文华点一点头，举起花伞踩着鼓点儿出场。舞蹈

❖ 崖畔回声——我的故土情怀

组、腰鼓手、旱船和演其他角色的男女相间成一排跟在后面，全体跑大圆场。第一圈下来，我瞄了瞄，约摸有近百号人。在锣鼓声中，我们又绕了两个大圆场，然后，我开始从自己最熟悉的"踩四门"跑起来。第一个"角子"下在正北，本来绕圆场时是一直向前，我忽然向右一转，并退后一步，稍稍右斜，让过身后的狗娃，再往前迈步，方向一变，赶在下一个人之前，朝准备下第二个"角子"的位置舞去。其后所有人都在这个位置，以这种动作和节奏转身，这样，就形成了一个拐角。当然，"伞头"伞要稳，腰要扭，这样依次在东、南、西，安好"角子"，一个外圆内方的图案就转出来了。头一个场子走完，眼前已然人来人往，这时候，"伞头"脑子一定要清楚，将要走的场子了然于心，认准定位大鼓，及时转换下一个图案。"伞头"除了引领掌控队形图案之外，还要和鼓手默契配合，拿捏好场上节奏。换场中间，我还唱了好几段秧歌，其中有赞美许寨梯田的：

> 齐格铮铮的堰堰平展展的地，
> 许家寨的梯田好名气；
> 去年亩产五百五，
> 今年要打六百一。

接下来的几句是夸赞知青的：

> 山丹丹开花赛朝霞，
> 延安窑洞住上了北京娃；

❖ 我当"伞头"

扎根山沟受教育，
青春汗水任挥洒。

这时，也分不清谁是秧歌队的谁是观众了。每个人都在表演也都在观看。还有人进场子来对歌。不承想，许寨有个愣后生就给我出了一个难题：

对面面的沟里流河水，
北京娃领了个大摆队；
羊羔羔吃奶屈蜷个腿，
黑地里（晚上）睡下想的谁？

陕北农村青年结婚早，不大看得上光棍汉。没结婚成家就算不得男子汉。我们知青虽然老大不小了，但在老乡眼里还是学生娃娃。许寨后生一问正问了个端，大伙儿都等着听我作何回答。我一时还真想不出个答对来。人一急，大冷的天竟憋出一脑门的汗。这时，我猛然记起杨"伞头"的话：对场子时不敢慌，你就跟着他的词、用他的调来唱。这时，我居然来了灵感：

对面面的沟里流河水，
北京娃插队到陕北；
山亲水亲人更亲，
不想咱亲人再想个谁？

❖ 崖畔回声——我的故土情怀

  这一回应，算蒙混过了关。后来，魏队长告诉我，那对歌的后生是盼女她哥。他妹子模样长得可俊哩，是许寨女子中的人尖尖，她哥兴许有问婚的意思。

  之后，我们又跑了"双关门"、"蛇盘九颗蛋"、"卷菜心"等秧歌场子。这时，场院边围满了观看的人群。我向王文华使了个眼色，他的鼓点随之加快。我的脚步也逐渐加快，秧歌队里的男男女女都盯住前面的人，随着人流呼啦啦地转，特别是到了下"菠花"的地方，更是要快步赶上。这时，两边是扑面而过的人流，耳边只有嗵嗵锵锵的锣鼓声，人一上了秧歌场，就忘记了困苦，忘记了饥饿，忘记了一切。在群山的护卫下，秧歌场上所有的人似乎都融化于天地之间，都放下了所有的心机在尽情欢乐。

  那次当"伞头"之后，大庄河的五谷又养育了我四个春秋，直到1978年底，我考入大学离开了村子。几十年过去了，我看过很多秧歌表演，每次听到鼓声响起，我的心就立刻被拉回到黄土场院。当年，那鼓声伴陪着我走过千山万水，伴陪着我度过青春岁月。时间和阅历让我领悟到：世殊事异，时代在发展，但陕北秧歌的主旋律不会改变。那是祖先与我们的对话，是生命与自然的共鸣。那歌舞、那鼓声，属于黄土地，属于那群受苦人。只有在黄土地，才能孕育出那样慷慨豪迈的生命之音。

❖ 枣红马

枣红马

马平安

  生产队马厩里的那匹枣红马，是我在陕北插队期间见到的最好的一匹马。

  只要一有磨面、拉车、犁地的活儿，我就争着去饲养室牵牲口，借机与饲养员套近乎。

  饲养员姓李。他人特别诚实，又非常勤快。我每次见到他，一口一个李大叔。大叔每次见到我，也总是笑眯眯地夸赞知青们懂礼貌。其实，我与李大叔套近乎是想亲近一下他喂的那匹枣红马。自从见了那匹马之后，我一直有一个愿望，就是想骑一回马，在马背上寻找一种感觉。

  上初中时，我结识了西城体校的一位同学，他家的书架上摆着许多书。保尔、马特洛索夫、夏伯阳、伏龙芝、阿利克塞这些小说里的主人公成了我心仪的英雄。在这些英雄人物里，夏伯阳骑在马上冲锋陷阵的威武形象，给我留下深刻印象。我梦想长大后，当一名骑兵，像夏伯阳那样驰骋疆场，让战刀在马背上熠熠生光。

❖ 崖畔回声——我的故土情怀

　　去饲养室次数多了，我和李大叔越来越熟悉。我发现，李大叔对枣红马格外宠爱。他每次给牲口喂料时，总要给拴枣红马的槽头里放一把黑豆。喂完牲口后，他还特意把枣红马牵到一块空地上，让它在地上打几个滚，舒展一下筋骨。有时，李大叔还会把马牵到小河边，用刷子沾着水给马梳洗鬃毛。每当这时，枣红马就显得很兴奋，它喜欢将身体紧靠在李大叔的身边，然后，伸直脖子贴在李大叔的脸上。

　　这是一匹军马。它的军旅生涯是在哪里度过的？它的主人骑着它是否穿越过战火和硝烟？那边关的朗月、密林的晨雾、大漠的落日，可曾是这匹枣红色的战马在驰骋时掠过的风景？关于这一切，不仅我不知道，就连李大叔也不知道。只是这匹马的屁股上印着一个戳子，一看戳子，就知道这匹马是哪年入伍的。不过，这匹马是怎么来到我们村上的，李大叔倒能说得清。每次和他说起枣红马，他的兴致就特别高。有一次，李大叔正在给牲口拌料，一见到我，就放下手里的筛子，盘腿坐在炕上，装上一袋烟，一边抽着，一边说："这匹马与咱村上有缘，与我有缘。它的前生今世我不知道，只听说那一年，部队上开展大比武。在一次实战演习中，一颗教练弹爆炸后，溅起的泥土打伤了马的左眼。它从部队淘汰到地方上以后，分到了咱村。"

　　李大叔对枣红马的宠爱，包含着多种感情成分。其中有对人民子弟兵的热爱，有对军旅生活的向往。他将这种情感都系在了枣红马身上。当时，陕北农业生产根本谈不上机械化，一个生产队能有几只大牲口就算不错了。我所在的这个队能分来一匹军马，村上人为此十分高兴。村里自从有了这匹马，队里

❖ 枣红马

的干部去县里或公社开会办事，全靠枣红马驾辕拉车。记得我们刚来村上插队时，队长领着一伙人到公社接我们，为我们拉行李的车排了一行，枣红马所驾的车是头车。

中国人对马的喜爱，不仅仅是因为它位于六畜之列，可供人使役，可代人远行，而更具文化意义的是，马的形象和气质与中国人所崇尚的龙马精神有一种契合。我们在许多文学典籍中可以看到对马的传神写照。就拿这匹枣红马来说，当我第一眼看到它时，立刻被它惊人的气质所吸引。我真没想到，一个偏僻的小山村还有这么好的牲口！它的通体呈枣红色，鬃毛油光发亮，好似锦缎，每根毛发清清爽爽，泛着光泽，尤其是鼻梁上那绺呈剑柄状的白毛，一下子提升了枣红马的精气神。

我为了实现骑马的愿望，便不断地与李大叔套近乎，还有意寻找一些话题。有一次，我问李大叔："您听没听说过夏伯阳？"

"啥羊？我光知道有黑山羊。"

一听李大叔的回答，我笑得差点岔住气。一看大叔急切地等我给他解释的神情，我便对大叔说："夏伯阳是一个人的名字。他是苏联红军的一名指挥员。他在伏龙芝元帅的指挥下，在苏联的东线战场上多次击退了高尔察克的白军，曾经三次获得圣乔治十字奖章。1919年9月，在利比时申斯克附近遭到了白军的埋伏，他英勇地牺牲了。"

"你怎么对外国人，知道得这么详细？听你这么一说，这个人还真是了不起呢！"

看到大叔的情绪不错，我试探着说："大叔，能不能帮我圆一个梦？"

❖ 崖畔回声——我的故土情怀

　　大叔望着我企盼的眼神，便将身子向前探了探问我："你给大叔说，要圆一个什么梦？"

　　听大叔这么一说，我心里有了底，便眉飞色舞地对他说："我想骑一下枣红马，想学一学夏伯阳在马上驰骋的神情。"

　　大叔一听，脸上的笑容立刻消失了。他严肃地对我说："娃呀，你这几天给我讲的那个夏什么阳，原来就是为了骑马。这马是咱队上的宝贝，谁都舍不得骑。你这个梦，大叔怕是帮你圆不成哩。"

　　看着大叔一脸认真的样子，我还能说什么呢！

　　说来也巧，没过几天，机会来了。那天早晨，我刚走到小学校门口，迎面看见栓柱拉着一辆架子车朝我这边来了。我上前一问，才知道栓柱准备借牲口到公社给队上拉种子。

　　我想，这下机会来了，去公社拉种子，肯定要用枣红马。我心里一边盘算着，一边对栓柱说："我给你看着车，你去领牲口吧。"

　　栓柱放下架子车朝饲养棚跑去，刚过一会，就见他牵着枣红马过来了。

　　"栓柱，我帮你看车，你也得表示表示呀！"

　　"有话就直说，你想让我咋表示？"栓柱是个畅快人。

　　"让我牵着枣红马在前面溜上一圈。"

　　栓柱听了我的话，犹豫了一下。可能是碍于情面，他还是把缰绳递到我手里。我接过缰绳，慢慢靠近枣红马。马望着我，向后躲闪。我知道，所有的牲口，可以凭嗅觉来分辨许多东西。枣红马大概在我身上嗅到与李大叔不同的气味。这时，我也不急着上前接近它。在它面前站了一会儿后，我模仿着李叔的样子，用手轻轻地抚摸着它的鬃毛，并将五指分开，在它的肚囊下搔来搔去。枣红马见我没有伤害它的意思，便慢慢松了警惕，顺从地由我牵着走。

我知道这个过程既是与马相互磨合的过程，也是一个"预热"的过程。我边走边寻找着机会。当我走到一块平地之后，便使了一个"张飞骗马"的手段，纵身窜上了马背。我右手紧握缰绳，左手抓住马脖子上的鬃毛。我的这番举动将枣红马吓得不轻。它当即停下了脚步，两只前蹄在地上连蹄带刨，刨了刚几下，又直立起身子，仰天嘶鸣，企图将我从马背上摔下来。这时，我才意识到"好马配好鞍"这句老话所蕴含的意思。再好的马若不配马鞍，人骑上去就会失去重心，坐不稳。即便骑了上去，浑身都感到不舒服。这时，我来不及考虑别的，脑海里只有一个念头：无论如何也不能让马把我甩下来。我双腿夹紧马的肚子，两手用力抓住马的脖颈。将身体紧紧贴在马背上。枣红马见这一招不灵，立即又将前蹄落下，高高地扬起后腿，如此反复地重复着这个动作。这时，村里的几个婆姨刚好路过此地，一看这情景，她们惊呆了，纷纷替我捏着一把汗。就这样持续了好几分钟后，枣红马慢慢地松弛了下来。这时，我用脚后跟轻轻地磕了一下马肚子，左手拉了两下缰绳，枣红马便乖乖地朝着后沟走去。在一条没有人迹的土路上，我用脚后跟不停地磕打着马肚子，它似乎明白了我的意思，又顺从地跑了起来。熟悉马性的人都知道马有三种行走姿势，除了驿站上需要"羽檄急传"、飞马快递之外，一般情况下，马采用的行走姿势是"颠"，也就是我们所说的小跑。"颠"了一会，我觉得不过瘾，便模仿夏伯阳杀敌的动作，两

❖ 崖畔回声——我的故土情怀

腿将马的肚子一夹,枣红马即刻飞奔了起来,那一刻,我感到一种极大的满足。

潇洒过后,我骑在马上缓缓地往村里走,快到村口的时候,远远看见李大叔和拴柱正站在路边焦急地朝我这边张望。我敏捷地从马背上跳下来,神气十足地牵着马走了过去。

平时和蔼的李大叔此刻脸色变得铁青。他急匆匆地走到枣红马的身边,爱抚地用手拍着它的头。枣红马像一个受到委屈孩子一样,见到李大叔之后,便用头蹭李大叔的肩膀。李大叔心疼地抚摸着马,并取下拢在头上的头巾为马擦拭身上的汗水。人情练达的大叔大概是为了不让我过于尴尬,还有意拍拍马的脖颈,口中不停地说:"回来了就好,没出事就好。"

我不知道李大叔的这句话,是说给枣红马听的,还是说给我听的。总之,我听了之后心里既热乎,又惭愧。我抬头望着李大叔,大叔看到我面有赧色,又笑着对我说:"娃呀!枣红马要是累病了,乡亲们可就苦了。"

听了大叔的话我感到无地自容。我低着头,口中喃喃地说:"大叔,您说的话我懂了。"

此时的"夏伯阳"仿佛如梦初醒。后来,我才渐渐感悟到:在生活中,人的觉悟不是以文化程度来论高低。就这件事而言,我和李大叔无论是在思想觉悟上,还是在对枣红马在情感上,差距真的不小。

卖瓜记趣

王晓建

我刚插队的那年春天,我们村以"搞副业"为名,种了几亩西瓜。瓜地选在我们下熟畔和邻村上熟畔之间的一块好地上。宜川人把种瓜称作"押瓜",押瓜不是谁都能干的活,生产队专门聘请了一位"瓜把式"担此大任。

从选地到下种,眼看着瓜地里的西瓜破土出苗,由小到大,生产队长杨福财宣称:"唔,咱村今年的副业是搞对了,等把瓜卖了,村里的人都能分上几个钱。"

那一年可谓风调雨顺,被全村人寄予分钱希望的西瓜刚到伏月天就成熟了,每一个都有十几斤二十来斤重。杨福财给我们几个知青切开一个,嘿!沙瓤。大家吃了之后一致认为:在北京也没吃过这么好的西瓜。

接下来的事情就是要把西瓜变成钱。杨福财决定,逢集日时,让毛驴驮上西瓜到集上去卖。卖瓜的任务,经村里人议定,就交给两名北京知青——我和钟年年。

为什么要让两个知青去卖瓜?我们的好朋友、把什么事都能看得通透的明珠子笑着说:"你们知青又认不得几个人,可以不讲情面,想白吃瓜的人不就吃不成了嘛。"

高柏公社的所在地,过去有一座九廊头庙,所以,本地人把去公社称作"去庙上"。九廊头庙原本有定期庙会,后来,庙会逐渐演变为赶集,每逢农历初五、十五、二十五,是赶集日。

赶集日的前一天,村里人摘了瓜,除各家各户分了几个之外,其余的就堆在一起等着卖了。杨福财给我和钟年年交代说:最好卖现钱,实在卖不成现钱,记账也可以。所谓记账,就是遇到没有或不愿掏现钱的吃瓜人,把他们的姓名、住在哪个村、吃了几斤瓜记下来。我和钟年年有些疑惑:要是有人把瓜吃了,却报个假姓名、假村庄咋办?杨福财有把握地说:不打紧,谁会为几斤瓜哄人哩?

第二天一大早,我和钟年年赶着三头驴,驮着好几百斤西瓜去了二十里外的"庙上"。我俩到得早,占了个好地段摆上瓜摊。那瓜摊其实也简单,就是一杆秤、一块擀面用的案板、一把长而弯的切瓜刀。我们的瓜价是八分钱一斤,想吃的一律掏现钱,概不记账赊欠。卖瓜时,我俩张不开嘴大声吆喝,瓜摊起初无人问津。但是老天帮忙,随着天气越来越热,我们终于开了张。第一位主顾是个领着娃的俊俏婆姨,她用包在手绢里的钱买了我们的瓜。接下来的主顾是一群庙上学校的学生娃,他们边吃边称赞我们的瓜又沙又甜,给我们招来不少主顾。这时,我听到有人悄悄议论:"咦?咋就叫两个北京知青来卖瓜?""这不明摆着吗,要是他村里人来卖瓜,一伙子亲戚、熟人得白吃多少?"

❖ 卖瓜记趣

三三两两的北京知青也凑过来吃瓜,有认识的,也有不认识的。我们赶紧解释:"这是生产队里的瓜,是集体财产。"知青们看我俩这么认真,都表示理解,痛痛快快地掏了钱。

临近半晌午,我们的瓜才卖出去不到一半。有的人一听不能记账赊欠,摇摇头就走了。我和钟年年紧急商量,要是继续非现钱不卖,剩下这些瓜就有卖不出去的危险;反正临来时杨福财有话,也可以记账赊欠,咱们就调整营销策略,允许记账赊欠。

我们的"新政策"立刻见效,顿时,围过来不少吃瓜的人。只见账本上的账越记越多,我们身后的瓜堆越缩越小。过了晌午,我们的瓜只剩下十几个了。

我俩松了一口气,这才感到又渴又饿。我和钟年年舍不得吃瓜解渴,只喝了自带的水,又掏出村里女同学给我们蒸的馍,准备吃午饭了。

我们的邻摊卖的是羊杂碎汤,摊主是从延长县过来的。卖羊杂碎的将叫卖声吆喝得格外动听——"葱花花,油煎煎,辣子调上红艳艳,谁吃谁言传。"我们觉得摊主吆喝得有趣,便学着他的腔调韵味大声续了一句:"谁吃谁掏钱!"摊主扭过头来笑道:"对嘛,不掏钱不行,羊杂碎汤不能白喝,你们的西瓜也不能白吃嘛!"

在摊主的热情邀请之下,我俩来到他的杂碎汤摊前。循着香味伸过头去一看,那口大铁锅里漂浮着一层红红的辣椒油,随油翻滚着一块块诱人的羊杂碎。我和钟年年已经垂涎欲滴,问明一碗三毛钱,便一人要了三碗。摊主念我们知青卖瓜不容易,特地在每碗里多加了几块杂碎。我俩就着杂碎汤吃馍,各自风卷残云般把三个馍、三碗杂碎汤吞下肚。还不太饱,想再吃几碗羊杂碎，兜里却没有属于我俩的钱了。卖瓜的钱倒是有，可那是生产队的，说什么也不能动。只得咽一口唾沫作罢。那一刻觉得，真要吃个够，我俩每人非得再加三个馍、三碗杂碎汤不可。

正回味着刚才享用的美味，一位大模大样的不速之客出现了。此人是四十岁上下的壮汉，头上勒个手巾圈。他刚一蹲下来，不问价就叫切瓜。我们给他切了一个十斤瓜，他没用一袋烟的工夫就吃完了。吃完后，他抹抹嘴，理直气壮地对我俩说："你们是下熟畔的吧？把账记上，可别记在我名下，记在你们队长杨福财名下，他欠我钱哩！"我们当然不信，坚持要他掏钱，或是告知我们，他姓甚名谁、家住何处。壮汉拗不过我们，只得留下自己的姓名和住址。我们还不罢休，又说："你该不会编个假姓名假村子哄我们吧？"壮汉被我们问得不高兴了，正色道："好娃哩，你们该知道，咱陕北人、宜川人从不哄人！"看他说得诚恳，我们半信半疑地放他走了。

到了散集的时候，我们的瓜竟然一个都不剩，全卖了出去。数了数钱，有三十多块！这在当年，可以说是一笔巨款，因为我们辛辛苦苦干一天活工才值两毛七分钱。

回到下熟畔，交了卖瓜钱，村里人都说我们俩干得不错，卖了这么多钱，还记了这么些账。趁杨福财看账本时，我们问他认不认得那个壮汉，欠不欠那壮汉的钱？杨福财想了想，点点头说："他给咱村治过牲口，虽说没治好，也该给他钱。就把他那瓜账记在生产队开支里吧。"

钟年年指着账本问："这些瓜账什么时候收？"杨福财说："我看你两个都记全了，等秋后收了庄稼，到各村收回来就对了。"我说："隔那么久，赖账咋办？"站在一旁的明珠子肯定地说："咱这地方，穷是穷，可不会有人赖账。"

忙过了秋庄稼的收割、打场，杨福财说：可以去收瓜账了。按照我和钟年年记的瓜账，欠账人分布在北起延长县雷多河，南至秋林镇，西至交里公社、云岩公社的地域。于是，我们决定分两路收账，我和八珠子去西边的交里、云岩公社，钟年年和根海南去秋林镇北去雷多河。瓜账既可以付现钱，也可以用粮食折抵，所以，我们需要吆着驴去。

收账过程很顺利。每到一个村，当初吃了瓜的人都无异议，个别人付了现钱，大多数人用刚收获的粮食折抵。有的人还记得我这个卖瓜的知青，会说上一句："这后生卖了瓜还来收账，顶个人用哩。"有的人家男主人不在，家里的婆姨也认账，我们说该折抵多少斤粮食，那婆姨会如数拿出糜子或谷子或玉米，倒在我们预备好的装粮食的布袋里。

有的人家还让我们喝碗水，招呼我们吃饭。但八珠子对我说："水咱可以喝，饭可不能吃人家的。"他接着解释说："你想啊，咱收瓜账，人家如数给了，咱再吃人家的饭，不是占了人家的便宜吗？那就不对了。"我觉得八珠子说得有理，在收账的日子里，我们总是吃干粮充饥。

几天以后，我们吆着驴，驮着几口袋糜子、谷子、玉米回到下熟畔。再过几天，钟年年他们也从北边回来了。钟年年他们的收账之行也很顺利，收回不少粮食来。

我和钟年年交换情况后都有些感慨：宜川人也好，延长人也好，留下的人名、村子名都不是假的。看来，还真叫那壮汉说对了，陕北人哪有哄人的？

❖ 崖畔回声——我的故土情怀

甘泉·道镇·洛河

赵 超

我对陕北的地形地貌印象特别深刻。有时，我一个人躺在床上神游陕北，眼前便浮现出连绵的群山、纵横的沟壑。当年，我们来延安插队时，乘火车抵达铜川后，又坐上卡车向北驶去。过了金锁关之后，感到地势渐高，天气更冷，山的颜色也由灰褐的土石山变成了清一色的黄土山。山山相连，蜿蜒起伏，那浑雄苍茫的气象令人感到新奇、感到震撼。

从宜君到黄陵，从黄陵再到洛川、再到交道塬。塬面的尽头，便是在陕北享有盛名的洛河川。洛河从志丹流入甘泉之后，地势渐渐开阔，急湍的河水流到这里之后，便变得温柔舒缓了起来。

这条时而清澈、时而浑浊的河，在左摇右摆中，为两岸淤积出一条肥沃的川道。我们插队的地方是在甘泉县道镇，这是被甘泉人称为"白菜心"的好地方。河两岸的村民聚居在洛河向东甩过来的一个大湾子里。从那时起，我就伴着洛河，在这片平坦的川道度过了八年的青春岁月。

❖ 甘泉·道镇·洛河

甘泉因水质清冽甘甜而得名。这个北与延安、南与富县相邻的山区小县，气候温润，森林茂密。我所在的道镇又是贯通南北的交通大镇。每年春季一到，解冻后的洛河开始浸上河边的浅滩，此时的河面看起来比冬天宽阔了许多。往地里拉车送粪时，我们经常跑到河边去踩冰河融化后的稀泥滩。有一次，我发现在平坦的川地中，从高到低，有好几层土堰，当地人将这种堰称作椽帮堰。打这种土堰的技术含量并不高，在村里找上一些木椽，将木椽横着一根挨一根捆起来，或者找几块坚实的木板，将木板夹成空槽，然后往里面填土，用夯砸实，逐层加高，这样，就成了一道土墙。我从事考古工作之后，才知道这是中国古代建筑中最为古老的建筑方式——夯土。陕北多的是黄土，这种土黏性大，夯瓷实之后，其坚固程度抵得上石头。道镇虽然川道宽阔，但我们每天还要到十里以外的山上去种地。我问老乡为什么不种洛河边的川地？老乡说，怕洛河发水。每年只要发上一次水，一年的辛苦就白费了。

陕北农民终年劳作，不得消停。从大地解冻开始，送粪、犁地、播种、锄草、收割。插队之后，这才算读懂了唐诗中"四海无闲田"的典句。那时，我们种地从川里种到山顶，从坡地种到沟底，直到节气过了，再也不能播种时，就拉起锄把开始锄地。

山地越来越远，队里嫌来回跑路，又费时间人又受累，便决定让大家带上铺盖，在后山上废弃的窑洞中住下，集中人力，把后山的庄稼锄完。

人在一个地方住得时间长了，就喜欢到一个陌生的地方待上几天。按理来说，住在村上该有多好，可我们几个知青却满

❖ 崖畔回声——我的故土情怀

心欢喜地想住在后山废弃的窑洞里，似乎能体会到一种别样的浪漫。那些天，天刚麻麻亮，我们就沿着山坡开始锄草。早晨天气凉爽，在山上锄地也没啥感觉，可一到亮红晌午，太阳像是在盯着人晒。沿着地畔锄上一个来回的草，晒得人口中能冒烟，连一口水都喝不上。这时，我们才真正体会到"汗滴禾下土"是怎样一种滋味。在山上锄了七八天地，终于把第一遍草锄完了。回到村里的那个晚上，我们迫不及待地跑向洛河。此时，河水显得温柔可亲，被骄阳晒过的河水凉热适中，躺在水里，那种轻松舒适真是无法言表。潜到深水处纵情戏耍一通之后，就仰卧在水面上，全身放松，看着深邃的星空，真有物我两忘、浑身通泰的惬意感觉。

陕北的夏季，风雨无定。我们领略了温柔平静的洛河在雨后的狂暴汹涌。大雨过后，眼看着河水越来越浑浊，水面越来越宽阔。一天早上，隐隐听到有闷雷从天空中传来，跑到河边上一看，咦！河里翻卷着大浪，水面上漂满了黑压压的柴草杂物。急速的水流可以用一泻千里来形容。那种气势，令人血脉贲张，又让人感到自己的渺小无助。

洪水卷来的是柴草、庄稼、树木和一些未来得及躲避的猪和羊。洪水流到道镇之后，由于河床变宽，老乡们便利用这一地理优势，跳入河中，捞取洪水中的漂浮物。我一看有人跳到水里，也技痒难耐，两眼一闭，稀里糊涂蹿入水中。洪水的浮力极强，老乡们有经验，都是直立着身子跳入水中，腾出来一只手在水中捞河柴。而我却像在清水中游泳一样，平扑着进入水中，脸上立刻被糊了一层泥浆。我顿时产生一种莫名的恐惧，手扒脚蹬，拼命往岸边游，直到脚踩到河底，才松了一口气。这时，抬头一看，发现自己已经离下水的地方有一里多远；低头再看，身上浆满了黄泥，活脱脱一个泥人。

有了这次经验之后，一到夏天，我们就盼着洛河发水，起码能在水中捞一些柴草。有一次，我们几个人从洪水中拉出一棵老槐树。这棵树有洗脸盆那么粗，长得七扭八歪。我们把它捞上来之后，劈开、晾干，用它烧火做饭，免去我们上山砍柴之苦。

陕北的秋天雨水多，甘泉因为林木繁茂，每到秋天，连阴雨下个不停。有一次，道镇后沟发了洪水，水流虽然没有洛河大，但在一条狭窄的山沟里能有这么大流量的水，足可见"秋连阴"的威力。

这条沟蜿蜒几十里。据说，翻过山沟，就是号称"陕北江南"的南泥湾。以前，在这道沟的后沟掌修过一个水坝，但几年下来，水坝已经淤平，没有太大的蓄水功能。水坝下面是我们二小队的水稻田。在陕北，能种水稻的地方不多。甘泉道镇因水利之便，有几处地块能种稻米。我所在的生产队也种了一些水稻，虽然产量不高，但能出产大米，这就让我们队的人为之骄傲。记得我们队有一位婆姨就常对一小队的人说："秋里，你们吃油泼辣子干捞面，我们吃小炒肉盖大米饭。"这一年，稻子刚收完，后沟就发了一场大水。发水的时辰是在晚上，我们睡得正香，忽然听见队里的钟敲了起来，拿那时的流行话说，"钟声就是命令"。我们几个知青马上起来，推门一看，乡亲们都往库房跑，一进库房门，就看见保管员站在囤子里装粮。这时，后沟涌来的洪水已经开始冲击库房的土墙。不容思考，我们几个知青马上接过装好的粮袋，一步一滑地爬上山

❖ **崖畔回声——我的故土情怀**

  坡，把队里的种子和存粮一袋袋转移到坡上社员家里。当我们把最后一袋粮食搬出之后，库房的后墙就被洪水冲开一个大口子，屋顶也垮了一大半。事后，老乡们都说，幸亏这几个北京娃来得及时、肯出力，要不然队里损失就大了。

  甘泉是延安所属的县区里土地面积较小的一个县，而道镇却是贯通甘泉南北的一个交通大镇，流经此地的洛河在陕北来说算是一条大河。千百年来，洛河和它的大小支流，滋润着这方土地，又把这里的黄土携带到中原。但是，不管这些黄土被送到哪里，它都刻着陕北的烙印，有着陕北的乡土气息。就像我们这些从甘泉走出去的知青，不管到哪里，都忘不了那里的山和水，忘不了那里的人。

掏小蒜

徐 楹

一方水土养一方人，这句老话听起来顺溜，实则将水土与物产的关联没有说清楚。这句话应该这么说：一方水土出一方物产，一方物产养一方人。为了赞美陕北山野里特有的小蒜，我想起了滋养万物的水土，想起了在延安插队的艰苦岁月。

我们刚到陕北的时候，正是寒冬腊月。自从路经黄陵桥山，看到那经霜不凋的苍松翠柏之后，我的眼中就再也没见到与"绿"有关的颜色。在两个多月的时间里，每天看到的是黄土山，吃的是黄米饭。一个"黄"字，似乎涵盖了陕北的景物、物产及饮食。难道黄土高原真的就与绿色无缘了吗？

正月里来是新年。正月一过，春风开始吹拂寒凝的大地。没过几天，"遥看草色近却无"的景象在山川大地开始呈现。有一天，我刚吃过早饭，村里一群碎女娃娃叽叽喳喳地进了院子，一口一个徐楹姐，叫得我都应承不过来。只见这些女孩子穿着脏兮兮的破棉袄，每个人的臂弯里都挎着一只用荆条编的筐子。她们说要带我到后沟去掏小蒜。

❖ **崖畔回声——我的故土情怀**

　　小蒜？什么是小蒜？我听得一头雾水。这时，一个胆大的女孩上前拽着我的衣襟说："徐楹姐，你只管跟着我们走，到了地方你就知道了。"说话间，她给我递过来一个小筐子，里面还放着一个磨旧了的小铁铲。这时，我有些为难了——知青们都到地里干活去了，今天轮我做饭。晌午回来，饭没做熟，那可就把大事给误了。那时，陕北农村普遍贫穷。每天吃的是豆钱钱、麸皮做成的糠饽饽，能吃一顿小米饭就算不错了。至于蔬菜之类更是无从谈起。整整一个冬天，我们吃的是酸菜熬洋芋。这时，有个小女娃看到我既想和她们到后沟去掘小蒜，又怕误了晌午饭，便给我出了一个两不误的主意。她说：干脆焖上一锅玉米仁，人不用照看，从后沟掘小蒜回来，饭也就做熟了。说着，她们便一起动手，有的往锅里倒水，有的从院里抱回来一堆柴火。她们手脚麻利地拨开灶里的火籽，吹了几口，火苗就蹿了起来，一阵功夫，锅就开了。这时，那个小女孩将玉米仁倒进锅里搅了一搅，等锅里的水又开了之后，就将勺子扣在锅沿儿上，撑起锅盖，之后，她又将一块榆木疙瘩往灶膛里一塞，转身对大伙说："走，咱到后沟掘小蒜。回来一揭锅盖就能吃饭。"当时，我被她们这些麻利的动作惊呆了。我一看她们把一切都安排妥当，也就糊里糊涂地跟着她们往后沟里走。

　　这些小女孩最大的只有十一岁，小的才八九岁。我跟在她们后边走，觉得挺可笑。可当时我一门心思在想：小蒜是什么？小蒜在哪儿？我心里正琢磨着，村子最后一户人家院子里蹿出一只狗向我扑来。我当时慌了手脚，竟然将一个名叫柳叶的小女孩推在前面为我挡狗。只见这女孩往地上一蹲，假装在

❖ 掏小蒜

地上捡石块，然后，猛地往起一站，手一扬，狗便吓得跑了。走了一阵，我回头张望，只见那只狗又从院门外蹿了出来，不过，这一回它再也没出声，而是目送我们向后沟走去。我松开了女娃娃的手。此时，才发觉刚才提的那只荆条筐子在躲狗时给弄丢了。我正左顾右盼地在找筐子，一个小女孩早已将我丢在地上的筐子拾起来替我挎着，还一股劲地对我说："那只狗惦记你腿把子上的肉，它不吃筐子。"

小蒜大多长在向阳的坡地里。为了抄近道，几个女孩拐到一条陡峭的山路边，她们三下两下就蹿了上去。我手脚并用往上爬，爬了没几步便累得气喘吁吁。最后，还是她们连拉带推，将我推到山上。

山顶上视野开阔，十分亮眼。这几个女孩像一群小山雀，刚到山上便四散开来。她们说着、笑着、互相招呼着，还不断地在山间寻觅刚冒出地表的小蒜苗。我呢？既不认识小蒜，又爬不了这陡峭的山坡，便只能眼睁睁地看着这几个女孩子在山地里掏小蒜。她们将掏出来的小蒜抖一抖，然后撂在筐子里。

过了好一阵，她们似乎想起我了。她们用安慰的口气对我说："姐，你就坐在这里晒阳阳吧。"

我坐在地畔上，享受着春日阳光照在身上的那种惬意和温馨。当地人将这种享受叫"晒阳阳"。我晒着"阳阳"，看着这群碎女娃娃在山地里掏小蒜。她们的小脸红红的，清澈的眸子放着一种清亮的光。这时的山野，黄土已经酥松，各种野菜也冒出了地表。听她们说，最早从地里蹿出来的是辣辣苗、白蒿芽、苦菜和小蒜。我对这些野菜一个也不认识。尤其是她们说的小蒜，我好像从来没听说过。她们手脚麻利地找着、用小

· 299 ·

镢或铁铲掏着。挖了大概有两个时辰，这时，不知是谁发出悠长的一声呐喊，不一会，她们便纷纷齐集到我身边。我转身一看，这些孩子臂弯里挎的筐子里，所收获的小蒜有多有少。有一个小女孩挎的筐子大，但挖的小蒜着实不少；另外一个提的是一只小筐子，但掏的小蒜连筐底都没盖严。这时，我这个被她们称为大姐姐的人，在没掏出来一棵小蒜的情况下，竟然给人家主持起了小蒜的分配。我说：咱把掏来的小蒜匀开吧。没想到，我的这个提议得到了大伙的赞同。看着大伙每人都提着少半筐小蒜，我似乎也有了一点成就感。

该回家了。我站起来就走，刚迈出一步，就觉得双腿不听指挥，只想蹲着身子往下溜。这时，她们有的扶着我，有的拽着我，遇到太陡的地方，她们还拿出小镢掏出一些小土窝让我踩着。折腾了好半天，我总算平安下了山。进村时，只见那只狗又迎了上来，它看看又是我们，就知趣地躲开了。

当大家分手的时候，一个小女子给了我一个筐子，里边有厚厚的一层小蒜。我坚辞不要。可她们却劝我说："领你到后沟，一是为了让你转一转；二是为了掏些小蒜。"我表示：咱下次再说。等我以后有了好的表现，你们再来犒劳我。她们听了之后有些不解：表现？什么是表现？她们朴实得令我无语。

我转身要走，两个小女娃也跟着我。她们一个一走进窑洞就掀锅看玉米饭熟了没有，这正是我所担心的。开锅一看，玉米仁不但熟了还黄黄的，黏黏的。没想到这顿饭做得这么省事、省力。人不在灶头前，饭就做熟了。这时，另一个女孩则手脚麻利地将小蒜洗净切碎，放盐一调，这就算是有一个菜了。

❖ 掏小蒜

晌午，知青们吃着玉米仁就小蒜。这是我们自插队以来第一次"见青"。他们一边吃，一边夸赞小蒜的味道好。我对他们讲述了上午掏小蒜的经历，他们听了之后，又对我鼓励了一番，并且说：你给咱继续值班做饭，再掏些小蒜就着吃。

小蒜，顾名思义，相对于大蒜来说，它真是名副其实地小。小蒜的叶子像葱，根部像蒜，味道则非葱非蒜。自从吃了这顿小蒜之后，我和这几个小女娃结下了情谊，而且随她们又去了好几次后沟，每次都掏回来不少小蒜。

所谓的知识青年，只是学过一些书本知识，并无专长。论年龄，本该是我教这些女娃们学点什么、做点什么，可在现实生活中，她们却成了我的老师。在她们身上，我学到了许多东西。就拿掏小蒜来说，若不是跟她们去了后沟，我就不知道小蒜是什么。这是一次生动的"再教育"，并且给我们以启迪。

每当我听陕北民歌《打马茹》、《摘樱桃》、《掐蒜薹》，就会想到为什么没有人写一首《掏小蒜》呢？难道掏小蒜不够浪漫吗？是三哥哥不和二妹妹一起掏小蒜吗？当然，我们村的"二妹妹"们叫了我这个愚笨的大姐姐同去后沟，肯定唱不出酸曲来。现在，陕北经过退耕还林，山川大地林草丰茂，会不会有小蒜的栖身之地？我们当年掏的小蒜，该不会成为"绝唱"？

这几个稚气未脱的女孩子在我刚插队时，呵护过我、照顾过我，使我在她们身上感受到人性的温暖。她们心灵的纯洁、善良，包括那种淳朴的欢乐是陕北人优良品质的一种真实呈现。岁月无情，旧梦难圆。假如时空可以转换，时间能够倒流，可爱的女娃娃们，请你们把三哥哥先放上一放，把我这个

❖ 崖畔回声——我的故土情怀

大姐姐带到后沟再掏一次小蒜。不为别的，只想让咱们一起回归自然。咱们再浸上一锅玉米仁，吃新鲜的细盐调小蒜。那时，我一定自己提筐，自己上山，自己对付那只狗，自己扫去身上的土。

可爱的女娃娃们，我隐约记得你们的乳名：鸡换、柳叶、七姓……你们现在可好吗？你们虽然小我几岁，但在陕北农村，你们中间大概已经有人做了奶奶。我想念你们，你们当年的大姐姐从远方发出的祝福，你们也许听不到的，但我深信，你们的心中一定会感知到。

❖ 接生记

接生记

公孙雨

每每和友人谈起在陕北插队的经历,我不由得揶揄一句:插队九年,从接生到埋人,把一辈子的事都干过了。我就先说"接生"吧。

自从当了赤脚医生之后,睡觉总处在警觉状态。五个"插友"睡一条炕,我把边儿守门,图得出入方便。半夜,硷畔上一响起脚步声,一准儿是有急症。没做亏心事,也怕半夜有人叫门。赶紧起身穿衣,背上药匣子,不爬山钻沟走几十里夜路,就算阿弥陀佛。

那晚来的是个叫杰的河南人,他让我过去瞧瞧他妹子桂花,怀孕七个月早产。我一听头都大了。虽说当赤脚医生已有些时日,而且参加过公社办的医疗培训班,师从北京301总医院陈主任月余,但在妇产方面毫无经验。繁衍后代属人类本能,世世代代百姓自有其言传身教之道,哪个村落都有个把经验丰富的接生婆,一般无需我等染指。所以,我的第一反应是:"为甚不找后沟贺二家的来接生?"

杰说:"她要是能行我就不找你,你过去看看就知道了。"

拿上手电下了硷畔。杰的窑洞在沟对面。跳过沟底小河里的几块垫脚石,再爬一段缓坡就到了。杰将我领到家里,把事情交待给他娘,就回自己的窑洞睡觉去了。

杰家的窑洞也就四五米深,没有窗户,仅在门框上方,留个等宽的方口透气漏光,即便白天,窑内也不敞亮。土炕盘在窑掌的地方,当地人把这种炕叫"掌炕"。窑洞被烟火熏得黢黑。灶洞里填放着木柴,铁锅中烧着开水,灶台上墨水瓶儿做的油灯闪着微弱的光。我的近视眼要借助灶口内的火光,才勉强看得见窑洞里的景象。

杰的父亲叫拴柱,三年灾害时携家带口逃荒到这里安下家。迁户口时,河南老家开来的证明写着家庭成分是地主,而在这个穷山村里,此前连个中农都没有。也许栓柱从前真的没受过苦,力气活他干不动,细致活他不会干,是个肩不能扛、手不能提的主儿,评工一直只有七分,享受婆姨女子待遇。公道说,他挣的工分低,还真没有政治歧视的缘由,干农活,他确实干不过村里的一些年轻妇女。

杰的妹妹叫桂花,她出嫁到邻村的塬上,这次因怀孕才回来住到娘家。桂花性格木讷老实,长相也一般。

此时,杰娘的(当地对某人母亲的昵称,并无不尊之意)正搂着桂花的腰,靠坐在窑掌。桂花虽然一身疲惫,神志倒还清楚,甚至不忘礼貌,还用微弱的声音给我打招呼:"你坐。"

杰娘的眼巴巴地瞧着我:"这可咋办?"

我说:"为什么不让她躺下,这样多受罪?"

"不能躺,婆姨家坐月子就怕血晕。"

我站在灶口，怯生生地问道："怎么啦？这大半夜的……"

杰娘的用无奈中夹杂着一丝希望的口气对我说："你看看就知道了，下来一只手……"说着，就一把掀开盖在桂花腿上的被单。

宋人周敦颐谓莲花"可远观而不可亵玩焉"。我等知青后生虽说也年过二十，但不要说人伦之道未曾涉足染指；异性之隐秘部位生理构造，更是连远观都没有过的。我无奈只得凑近查看，胎儿的一截儿小手臂露出母体外，软绵绵地耷拉着一动不动，颜色已经黑紫。我急忙掏出三棱针，拭过酒精棉球，将针尖轻轻地刺在小手指尖处，毫无反应，看来，胎儿早就不行了。

"流血多不？"我边问，边退回到灶口位置翻腾药匣子。

"还行，不算多，就是孩子生不出来让人熬煎。头胎都好好的，谁承想这二胎倒……"杰娘的话里透着说不出的沮丧。

"孩子估计是保不住了，还是大人要紧。"我试探着说。

"你看咋办就咋办，那娃早就不中了。"杰娘的说。

"咱这医疗站条件不行，先用点消炎抗感染的药，我看还是抓紧送医院吧。"

我说完，放下药，就立马跑到前沟找大队革委会主任老蔡。

找老蔡的目的是让他安排手扶拖拉机。我们村在山沟里，离公社有三十多里路，但这是一条只能靠驴驮人背来运输物资的羊肠小道，开手扶拖拉机就得另外辗转多绕二十多里路，路上还有几处坡度很陡的险路段，还得找三四个壮劳力来推拖拉机，所以，我队上的手扶机子功率号称是十二匹马力外加四个人力。

我爬到老蔡窑洞外的硷畔，隔着窗檩向他报告了桂花的情况。老蔡猫身隔着被窝儿点亮油灯，又满满装了一锅旱烟吧唧着，打起精神给我吩咐道："通知毛全（拖拉机手）给机子加满柴油和水，天一亮就起身，黑地上路太危险；手扶机子的拖斗里衬上麦秸，再铺上两床被子，路不好，不敢再把人颠坏了。你把急救的药该带的带上，再带足干粮。医疗站要是没钱，大队出纳先支上一点，就说我说的。桂花娘的不放心就相跟上，不记工。杰父子两个叫村里把工记上，再加上你，总共三个男劳力我看就行了。到了大路，那父子两个回来，捎带从后山梁背回来两捆谷子撂到前场上。你跟拖拉机到公社卫生院，路上不敢有闪失。公社如果治不了，直接送县医院。机子把人送到后，叫毛全从供销社捎一车化肥，拉回来放到分销点院子。"

不过半袋烟功夫，这点事儿安排妥当，我也松了口气。告辞老蔡，立马跑到后沟将蔡主任的指令传达给毛全。大队出纳住在另一个村子，钱，医疗站还有点儿，不行我自己先垫上。干粮嘛，拿上两块灶上剩下的团子就行了。

当时实行的农村合作医疗，对于本队社员的常见病患者，只收五分钱挂号费；那些慢性病或需转院治疗的，由医疗站报销70%，自付30%；桂花已经嫁到外村，按说队里就不管了，老蔡承诺先支点儿，也是暂借的意思，不然，让杰一家深更半夜到哪里去借钱？

回到杰家窑里，把老蔡的吩咐同样告知了杰父子，上路的事就都安排妥了，心里的半块石头落了地，可另半块却提得更

◈ 接生记

高了，这就是老蔡提醒嘱咐的那句话："路上不敢有闪失！"是啊，五十多里的土石路颠簸，产妇本来就容易出血，一旦发生血崩，我的那点儿维生素K、葡萄糖盐水之类的急救药品，哪里能救得过来呢？

深秋季节的陕北昼短夜长，算算离天亮还有好几个小时，即使上了路，没有三四个小时也到不了公社。再说公社卫生院的医疗条件，我心里清楚，技术、药品、器械好不到哪里。再往县里送，绕川道又得跑五十多里砂石路，手扶拖拉机最快要下午才能到达县医院，桂花即便没有大出血，体力能不能坚持下来也是问题。有什么可以采取的自救办法吗？反正觉是睡不成了，我坐在灶口的板凳上，一边添柴烧火，一边翻看着我的"赤脚圣经"——《农村医疗手册》。

书上说，健康年轻产妇的难产首先可能是因为胎位不正，正常妊娠情况应当是胎儿头部最先露出；不顺产可能会是臀部，胎儿在子宫内呈倒坐状，如果产妇骨盆开口狭窄，分娩会造成困难；最麻烦的是横侧位，此时胎儿的手臂最先露出，而肩和头在子宫内造成嵌顿，俗话说就是被卡住。

治疗胎位不正的方法分外倒转术和内倒转术，外倒转术须在产前进行，产妇自我或在医师辅助下用双手进行腹部按摩，朝一个固定方位轻轻回转，坚持数日可见效。对于临产时才发现的胎位不正，如不具备剖腹条件，可进行宫内倒转，即一手扶住孕妇腹部，另一手戴上橡胶手套缓缓地探入母体内托住胎儿身体慢慢回转，直至头部挪转朝向产道方位，即可按顺产方式产出。如果确认胎儿已在母体内死亡，可用手术刀钳剪，将胎儿进行体内分解后分段取出。

甭说了，这些对我都是绝无可能的选择，难度太大了！弄不好，产妇性命难保。

但看到这里，我又突然感觉眼前一亮。是啊！我所面临的实际情况是可以确认胎儿已无生命迹象，应属死胎不下，和一般意义的难产有所不同；此时关键是如何尽早让胎儿脱离母体，以保证产妇的生命安全。于是，我又找出另一本《中草药偏方验方手册》，翻到"死胎不下"栏目，手册给出的偏方是：巴豆、大黄、二丑、芒硝各五分，将这四种中药研末后用酒调和，贴在三阴交穴位处。寥寥就这么几句，任何原理性的解释都没有，但我想：这药只要不内服就问题不大，大不了不顶事嘛，试试！

大队医疗站在另外一个村，距我和杰家的村子不过一里多路，但路十分难走，一边是数十米高的土崖，另一边是十几米深的石沟峭壁。好在轻车熟路平常走惯了，也就顾不得许多。和杰娘的简单交代了几句后，我一阵风似地赶到了前村，掏钥匙、开门、点灯、拉抽屉、戥药、研磨、过箩、兑酒调和，不一会儿就完成了全部工序。来不及找地方打烧酒了，用卫生酒精代替吧。巴豆属于有毒的中药且稀缺，是被县药材公司严格控制的药物，好在我们医疗站的药斗里还残留几粒巴豆壳儿，拣出来充了数。

这个偏方说起来有些奇特，略懂中药的人都知道，这四味药都是下泄的药物，若是要治疗便秘的毛病，在药剂配伍中少量加放其中一味即可。刚才提到的巴豆，仅几克就能引发剧烈腹泻，严重时可致人死亡；大黄的性质温和些，但生用时因泻下力作用强烈，孕产妇忌用；二丑其实是牵牛花的种子，因有黑白两种颜色故称黑白二丑，所含的牵牛子甙在肠内遇到胆汁及肠液会分解出牵牛子素，能刺激肠道增进蠕动，导致强烈泻下；芒硝就是含结晶水的硫酸钠，《本草纲目》认为有泻热通便的疗效。

这四味药物对于正常产孕妇，都是禁忌配伍，医生如不慎错用肯定非庸即昏，偶有外用时一般也是针对疮痈之类的皮肤外科病症。三阴交穴位于小腿胫骨内侧缘后方、足内踝上三寸处，因足太阴、少阴、厥阴三条经络交会于此而命名，也是孕妇禁针的部位。由此看来，无论药物还是穴位，都是产孕妇的禁区，这是一步险招啊！用还是不用？

不用，怎么都说得过去，只要挨到天亮将人抬到手扶拖拉机上，一上路只管走下去，我就没有太大责任。可是前边说过，结果恐怕凶多吉少。用呢，确实没有十足把握，但书里所说的产孕妇禁忌，针对的是内服用药，和确保母子双双平安的考虑；这两点应该并不适于目前对桂花要采取措施的情况，两害相权取其轻嘛，《本草纲目》的"九畏十八反"不是也有"以毒攻毒"的案例，按兵法理论叫出奇制胜。当然，对于采取这样非常规的急救措施，还得向她本人和家里说清楚才行。

拿上配好的药，我回到杰家里，桂花的身体状况没有任何变化，不好，也不坏。我向母女二人介绍了从书里查到的资料，拿出药瓶打开给她们看看、闻闻，一股清香浓郁的酒精味扑面而来，然后示意指了指三阴交穴位的位置，瓶里的药就将涂在这个地方。

"能行？"杰娘的一脸狐疑地问我。

"说不好，但应该不会坏事。"我实话实说。

"甭管咋的,试就试,你尽心了,哈好(方言:无论如何)我不怪你!"桂花苍白的面孔,此时透出的却是无比坚定。

"那咱们就搂造(方言:开始)。"我也用地方方言应答。为了缓解她们,也更是缓解自己的紧张,到此时,我才蓦地想起一个重要问题:约该贴在哪条腿?

中医药的施教传承历来带有神秘色彩,如号脉就有按性别区分男左女右的说法。照此推理,产妇肯定得敷右腿。而桂花靠卧的位置刚好左腿在外、右腿在内,贴敷右腿穴位我得趴到炕上操作,贴左腿就方便得多,站在炕沿儿边上就够着了。顾不了那么多了,疗效是第一位的。上炕吧,敷完右腿,我将剩余的药糊又一并敷在左腿的三阴交穴位。偏方既然没说,我就自作主张,两条腿一齐来吧,谁知道天上的哪块云彩会下雨?

敷完药后,我又退回到锅灶跟前,继续加柴添水烧炕。说实话,这时是连翻书的心情都扔到爪哇国去了。约莫过了15分钟的光景,有动静了,炕上传来桂花屏住气力发出的嗯嗯啊啊的声音,逐步由弱渐强,分不清是呻吟还是低声嘶喊。我的心蹦到嗓子眼,大气也不敢出,头扎得更低,连向上扫看一眼的勇气都没有。

就这样努了差不多两三分钟,感觉像是过了半小时,不知因为紧张,还是在灶火边蹲得太久,我浑身上下已湿了个透。突然听得"砰"的一声,什么东西砸到了炕席上,犹如一颗未炸的炮弹。接着就是杰娘的欢呼:"下来了!"

"什么下来了?"我赶忙问。

"都下来了!"我腾地跳起过去查看,简直不敢相信自己的眼睛。

❖ 接生记

　　胎儿面部朝下地趴伏在离桂花两三尺远的位置，后面拖着脐带，再后面是中药里叫做"紫河车"的胎盘，三位一体、干净利落，并无多少血污的痕迹。桂花长长地舒了口气，眼睛闭着，浑身再没有一点气力。

　　"感觉咋样？"我边问边观察着桂花的反应，同时用手摸了摸她的额头，出了不少的汗，体温正常。

　　"咋也不咋，就是想睡……"桂花软软地回答。

　　"你太累了，是得好好休息，睡吧，明儿个我再来看你。"说着感觉有点儿不对——早已过了子夜，应当说天亮了我再来看你。

　　天王老子！我曾假设了若干种不同的结局：顺利的，不顺利的，但没有一种是现在这般状况。中医药简直太神奇了，我觉得自己好像在扮演着巫医角色，施了某种巫术魔法的感觉。事后细细地想，大概是这些下泄的药物敷设，造成了子宫平滑肌的剧烈收缩，而"两腿都要敷"的策略使得药力更加猛烈。但好在桂花打小吃苦耐劳，身体能顶住，再加上又是经产的妇女，产道畅通没有大的阻力障碍，才达到一气呵成的效果。

　　收拾起药匣子准备撤了，告诉杰娘的收拾炕席的事儿，我就不管了。

　　"看你说的，这就够麻烦你了。头早起让杰老子把他发送到山上去。可怜哟，还是个男娃哩。"当地的风俗，凡未满12岁的孩子夭折，都是山葬——天亮前由亲娘老子将早夭的孩儿送到山上的阳崖埂儿，图早日再投胎转世。胎儿的胎盘一般埋在窑内"投灶"里（位于炕道通向向上烟道的转角处，平时外面盖块薄石板），到底有什么讲究，或许为了将根留住？无考。

[**友情链接**]一方水土养一方人,一方水土孕育一种文化。这种文化与这个地域的历史,以及生活在这方地域中的人的性格、习俗以及生活方式息息相关。

红色革命历史和黄土风情是陕北地域文化的两大源流。在陕北,以整合红色革命历史文化资源而创作的各类艺术作品不胜枚举,许多知青作家依托这两大文化资源,创作出许多脍炙人口的艺术作品。这组散文,显然是受到黄土风情文化的滋养,所表现的主题、描写的场景,无不散发着浓郁的黄土气息。王克明在陕北的山沟里,听到一种别样的话语声腔、语调和表达方式。这个有心人从挖掘、研究陕北方言土语入手,溯其源流,经过长期考证、整理,写出《听见古代》一书,保护了珍藏在陕北这个文化圣地里弥足珍贵的民族文化积淀。这里编选了王克明的两篇散文，显然是作者在整理和著述《听见古代》时所得来的一个副产品。"浊酒"、"木盘"，陕北人的寻常饮品和经常使用的器物，经作者溯本追源、有理有据的考证，一壶浊酒和一只木盘，便成了一种文化的贮藏器和托举物。《插队散记》和《我当伞头》，是一首农事诗，是一首信天游。作为北京知青，这两位作者，若没有对陕北农事的谙熟、对带有浓郁黄土风情的民间艺术的真诚热爱，是断然写不出这种带着黄土气息的作品来的。

　　汪曾祺先生说，文学是一种记忆或回忆。在黄土地插过队的北京知青，以自身的体验，懂得了人生的衣食之难，体会到稼穑之苦。高天空旷、黄土连绵的陕北给他们留下许多记忆，这种记忆经过岁月的发酵和积化，就有了无限沧桑尽在其中的厚重与旷达。《枣红马》中的饲养员李大叔，《掏小蒜》里的那群活泼天真的农村小女孩，洛河岸边的人事物象，之所以能成为作者的一种记忆，其间必定蕴含着对作者心灵有所震动或使其感动的东西。《卖瓜记趣》和《接生记》是一种别样的人生体验。这样的人生经历丰富了作者对插队生活的记忆。从这组充满地域特色的散文中，可以让人看到：回忆是对精神贮存的一种释放。

❖ 崖畔回声——我的故土情怀

我的青春谁做主

汪 起

第一章

  立山扛着一卷铺盖站在窑洞前，看着门框上贴的那幅早已褪了色的对联：耕地拿粪种庄稼，推米磨面做针线；横批是：风流人物。看完这副对联后，他脸上呈现出一丝苦笑。

  去年，和他一起来南寨子插队的两个男知青，一个招工走了，另一个"转插"去了河北。没过多久，他也被队上派到"西包线"去当民工。今天，按约定好的时间，队上又派人来替换他。出门时间也不短了，他又背着铺盖回到清泉沟。

  窑里多时没人住，除了阴冷之外，还散发出一股发霉的味道。立山裹紧露着几处棉絮的破棉袄，斜躺在冰冷的土炕上。从插队到出民工，各种劳动场景在这一刻都浮现在他眼前。"苦心志、劳筋骨"，何时才是个尽头呀！

  每天凌晨天刚麻麻亮，队长一声悠长的"起身喽"，把他们从睡梦中唤醒。知青们揉着惺忪的睡眼,跟随老乡们深一脚浅一脚地开始了一天的"远征"。天不亮就起身,到晚上,不到分不清地里的苗和草的时辰收不了工。回到窑里,在昏暗的油灯下,狼吞虎咽地填饱肚子后,倒头便睡。插队前,在家养成的晚上洗漱的习惯早就丢了——入乡随俗嘛。到农村不到一年,他盖的被子和睡的枕头,与老乡家的一样——被头油和尘土蹭得黑亮。辛苦劳作了一年,盼来秋后的分粮,扣除公购粮、牲口饲料和来年的籽种,分到各家的口粮少得可怜。转过年,到了青黄不接的三四月,有些人家里就断了顿,只好四处拆借。为了改变这种贫穷落后的面貌,县里推广先进农业技术,派来驻队干部在书记家开会。

会场乱糟糟的。有人交头接耳,有人搓毛线,而油灯照不到的阴影里还不时传出阵阵鼾声,与主持人慷慨激昂的宣讲交相呼应。祖辈传下来的耕作方式在顽固地抵抗着新生事物。千百年来,山沟沟里的庄稼汉只有一个想法:要想过上好光景,只能靠开荒。1942年,陕甘宁边区开展大生产运动时,驻扎在这一带的八路军教二旅就是靠开荒,才解决了部队的吃饭问题。

睡在冰冷的土炕上,立山的脊背感到冷飕飕的,他翻身又侧卧在炕席上,没过一会儿,又感到咯得胯骨疼。不睡了!立山索性起来走出窑洞,圪蹴在硷畔上晒太阳。晒了一会,感到身子暖和了,精神也为之一振。他突然来了情绪,面对群山扯开嗓门大声诵读:"毛主席教导我们,农村是个广阔天地,到那里是可以大有作为的!"诵读完,立山又转念一想,一年多了,他除了领教了什么叫"下苦",谈不上有所作为,更甭说大有作为。去年秋天，几个知青和当地青年张九霄，为了让贫穷的村民们到年底能分上一点红，便主动提出要义务接管大队撂荒多年的果园。几个年轻人在一起，给果园松土、灌水、施肥、剪枝，贴进去不少工，可今年开春后，果园却不见果花绽放。他们向县园艺站求教，技术员来了一看，认为是果树老化，又跟不上养分。看来，今年就别指望果树挂果啦，再侍弄上一年，到明年再说。

  日头过了正午，肚子饿得开始叫了起来。立山起身向伙房走去，进门一看，冰锅冷灶。想起自插队以来，在生活这道关卡上，知青们不知遇到多少难肠事。有米下锅时，水缸里却没有水；等将水从沟里挑回来，灶上又没柴烧。最让知青户和村民们感到头疼的是，村上只有一个碾子一盘磨。知青们和村民要加工米面，只能排号，经常是这家刚碾完米，另一家又磨面，而且牲口又缺，只能靠人来推磨碾米，在磨道转上一早晨，转得人头晕眼花。立山看了看伙房，水也有，柴也有，可就是没有磨好的米和面，总不能拿带壳的米下锅呀！

  从伙房出来，立山琢磨着该麻烦谁家婆姨帮忙磨几升面。不经意间，他目光落到矗立在路旁的翻斗水车上。这个木制的圆形水车直径有两米多。听队长贺占旺说，这是多年以前，队里搞水浇地时造的，当年还修了配套水渠，后来沟里发洪水，水渠被冲垮了，再也没修复，水车也就随之废弃了。立山两眼盯着水车出神，脑海里幻化出一组江南水乡的画面：倚河而建的磨坊，河水推动着水车，磨坊里传来喜庆的欢歌，加工好的米面被村姑们装进了袋子。立山想：要是能把这架旧水车改造成水轮机，实现粮食加工机械化，那么，就可以免去村民们推碾磨米之苦。这时,他忘了饥饿,跑到沟底去看河沟。只见三米多宽的河道里,流淌着清澈的河水。他脱鞋下去试试深浅,河水刚没过小腿肚,估计凭这点水流量要想带动巨大的水车恐怕够呛。不过,他记得一本杂志里介绍一种适合山区使用的小型水轮泵,听说县水利局还搞过试点,效果不错。如果从上游修条水渠,把河水引进村里,靠水流的落差,就能产生强大的动力能量,凭借这个能量,就一定可以带动小型磨面机和碾米机,之后,再弄台小发电机,白天加工粮食,晚上发电,让南寨子乡亲们不再受推磨碾米之苦,还能让他们告别小油灯。

第二章

晚上在一户村民家吃了一顿饱饭,回来把炕烧热,立山美美地睡了一觉。第二天一早,他又和村民一起上山掏地,歇歇的时候,立山凑到生产队长贺占旺身边,述说了想建水轮泵站的想法。贺队长人年轻,脑筋活泛,接受新事物快,当即点头说:"行,需要人手队里派。"

一连七八天,立山先后去了东沟、王坪、桥镇,参观了好几处水轮泵站,又去大庄河北京知青点求教,获取了有关异步感应发电机的宝贵资料。

返回南寨子时,路过县城,立山又去了水利局。局革委会主任打量着眼前这个精干的年轻人,问他:"是北京知青吧?有啥事?"

立山向主任说了南寨子想建小型水轮泵站的打算,并将将最近参观学习的感受向主任作了一个汇报。主任一听,脸上露出了笑容。他给立山倒了杯水说:"好事嘛。一看你这个年轻人,就知道是个干事的。我这里有几台 20 型水轮泵,你打个借条先拉上一台。技术资料咱局里给你提供。走,我带你找技术员,技术方面的事你问他。"

在技术员的办公室里,立山一边往挎包里装资料,一边问:"尾水管是整个基坑的核心部分,不能随意改动,可桥镇公社的泵站为什么把 120 公分的出水口做成 100 公分的?"

"我在设计桥镇泵站基坑时,考虑到进水流量,把尾水管出水口做成 100 公分也包含着探索的成分。"技术员把自己的实践经验毫无保留地告诉了立山。

"只要设计合理,水轮泵站怎么说也能顶一台 7 马力的柴油机,带动小型碾米机、磨面机应该没问题。"

技术员的建议坚定了立山的信心。他扭头一看,天不早了,背起挎包准备和技术员握别。

"等等。"技术员拦住立山问道:"你学过制图吗?"

"没学过。"

技术员转身打开木柜门,拿出一卷坐标纸和一把绘图用的长直尺递给立山:"这些你会用上的,今后有什么困难就来找我,别客气。"

回到南寨子已是掌灯时分。立山直奔贺占旺家,进门正赶上吃晚饭,他也顾不上和队长寒暄,一屁股坐炕沿,端起队长婆姨递过来的洋芋黏饭就吃了两老碗。吃过饭,贺占旺听完立山的汇报,十分高兴。他说:"咱说干就干。明天打早咱俩进沟再勘察一遍,先把机房的位置定下,然后你去县里拉泵,我带人干土方活。"

第三章

　　天刚亮，村东的沟畔上晃动着两个人影。贺占旺指着一条掩映在荒草中的沟渠说："这条渠，就是当年搞水浇地时修的引水渠，咱把它修补修补就行。"

　　说完，两人走到大路边，立山问："这里能找到一米多宽的厚石板吗？咱箍的水涵洞至少要经得起手扶拖拉机的碾轧。"

　　"姚店沟里可能有。"贺占旺想了一下又说："福长他大有办法，他可是在榆林城里干过大工程的老石匠。"

　　"沿山根的水渠要修成暗渠，不然遇到下雨，山上的泥土冲下来，用不了多长时间，水渠就废了。"

　　"咱先把你说的那个基坑建成，机房盖好，水渠的事好说，不急。"贺占旺接过话茬说。

　　设计中的引水渠延伸到土峁折向南，再转过山脚就是村的东头，在这里是建泵站是最佳的选择。水渠终端刚好位于大路上方两米多处，路面北侧的护坡几乎呈垂直状，路面与沟底的垂直距离近三米，如果设计立式尾水管可以产生四米高的落差，泄水穿过涵洞再向前流上三四米之后，就能汇入河道。

　　晨雾混合着炊烟渐渐从沟底升到半山腰。一阵紧张忙碌的测量之后，队长和立山最终确定了基坑的位置和机房的面积。他们用镢头在山坡上勾画完施工作业面时，村里传来给山上掏地社员送早饭的吆喝声。各家婆姨提着米汤罐罐，用笼布包着玉米面干粮陆续向路边集中。贺占旺摘下头上的蓝布帽，掸掸身上的土，对立山说："吃罢饭，你就去饲养室找保子，牵驴套车到城里拉水轮泵。"

立山和保子一路颠簸,从城里把水轮泵拉到村里已经是半后晌了。他找人把水轮泵抬到知青伙房暂时存放,之后又扛起镢头来到村头工地。山坡上,贺占旺和豪儿正在挖土,福长将溜下来的土装到架子车上,倒进沟里。看见立山,他们立刻围了过来。

"拉回来了?"福长问。

"拉回来了,放在伙房里了。"

"走,看看去,什么东西让你说得这么神。"豪儿有些迫不及待。

"先干活!收了工再看。"贺占旺不让去。

立山见山坡上已经开出一块三米多宽的平台,爬上去用镢头试着掏了几下,没想到混合着红胶泥和料浆石的土崩异常坚硬,一镢头掏下去,震得虎口发麻。

晚上回到知青灶房,立山惊喜地发现北京支延干部老李探亲回来了,窑洞里弥漫着诱人的"老鳖趴锅沿"(玉米面贴饼子)的香味。

"收工啦,洗了手快吃饭。"老李热情地招呼着立山。

"嘿!真是'想啥来啥,想吃奶就来了妈妈,想娘家人小孩他舅舅就来啦。"不知怎的,立山见到老李,忽然想起《林海雪原》中杨子荣回答座山雕的黑话。

见老李满脸疑惑的神色,立山赶忙说:"我正盼您回来呢。队里想建水轮泵站,现在需要获得清泉沟水流量的准确参数。您是水利专家,这个忙您一定要帮。"

老李指了指放在窑掌的水轮泵说:"我一进门看见这东西

就知道你们要弄个啥事了。这个忙我一定帮。不过，要准确把握河水流量得有清泉沟水文监测资料。以现在测得的流量数值设计个小泵站应该没啥问题。快吃饭吧，吃了饭再说。"

第四章

第二天吃罢早饭，立山和老李扛着铁锹来到村东头。老李在引水渠入口处的上游，选取了一段平直的河道，两人用石头和泥土封堵了河床，只留出一米宽的河道口。这时，水流明显加快。老李测量了这段河道的平均水深，从裤兜里掏出手表，又向河里扔了几片树叶，默默地测算着流速。反复试了几次之后，老李抬头对立山说："大约每秒 0.67 立方米。"

"不会吧，前些日子我测了几回都是 1 立方米以上，今天怎么连 1 立方米也到不了？"

"如果是这样，要么就是你在测量前刚好下过雨；要么就是你忘了乘系数。"立山一听，觉得老李说的对。如果按照自己以前测量的数据设计出尾水管，那麻烦可就大了。

"为了稳定流量，咱们最好在前面的沟岔里修个小蓄水池。还得要估计山洪的破坏力。这些在设计引水渠水闸时都要考虑。"老李不失时机地提醒立山。

从河边回到宿舍，立山开始着手水轮泵尾水管的设计。整整两天，他把自己关在村小学的教室里，先后拟定了三种不同落差、不同扩散角、不同进水量、不同输出功率的方案，经过比对、筛选，将最终确定的尾水管设计绘制成图纸。

当立山夹着一卷图纸兴冲冲地跑到村东机房工地时，干土崾的半山腰上已经出现了一块近 30 平方米的平台。立山走到贺占旺的跟前，摊开图纸，连说带比划地讲明了基坑的尺寸、泄水渠的大小和走向。接着问占旺："石料、沙子、水泥咋解决？"

贺占旺对此早有安排。他说："这些事你就不用操心了。我已经派人去办了。你给咱把技术上的事弄好就行。"

过了没两天，所有的事情基本办妥，立山又和大伙挖好基坑，准备修建横穿清泉沟大路的泄水涵道。队里派来福长他大——老杨。老杨 50 多岁，平时不大爱说话，见立山和另外两个年轻人拉来了两辆架子车，便说："跟我走。"

沿着崎岖的小路，进沟没走多远，就看到一处石崖。这里曾是一个采石场，已经有好些年没人来开采了。崖下散落着大小不一的石料，半埋在泥土中。老杨随手搬起一块放到车厢里。他见立山站在旁边犹豫，嘴里蹦出七个字："这些石头都能用。"

"砌基坑要用一些好石料呢。"

"也够用。"老杨说话赶短截近。

两辆架子车来回跑，不一会，山崾前堆了一长溜石料，其中还有几块从泥土里刨出来的条石和厚石板。

破土挖沟作业面窄，人多了反倒窝工。立山和豪儿就去洛河畔拉来沙子过筛，老李看了看筛好的沙子说："要想保证工程质量，得用水洗沙。"

泄水渠壕沟挖好了，老杨叫人把选好的石料滚到沟里，自己蹲在沟底拿锤子一阵敲打，原本不规正的石头竟有模有样地被垒成两道石墙。现在，只要用条石和石板盖在石墙上，暗渠就算完成了一半。修另一半泄水渠时,立山也想学学石匠手艺,可这手艺不是一时半会就能学会,立山只好给老石匠打下手。泄水渠完工后,水轮泵站工程进入到关键部位——尾水管筑造。立山摊开一张张图纸想讲给老杨听,老杨说:"给我说一说上下的尺寸就行了。"

立山看了看老杨,有点不放心地说:"那可是全封闭的圆锥形管道。用石头砌,每一层上下口的尺寸都不一样。您老不看图纸施工,有把握吗?"

老杨笑笑说:"没麻达。"

立山一听老杨说得这么有把握,便感到这图纸真的是白绘了。随着锤錾声有节奏地响起,一块块錾好的石块在地上摆了一圈,石面平整,还带有微微的弧度。立山帮老杨砌好第一圈石头,一看,其圆度好像是拿圆规画出来的,量了一下,刚好。当尾水管上升到 80 厘米时,口径与第一张图纸标注的数值完全吻合。这时,立山打心眼里佩服这位老石匠。

第五章

半个多月后,尾水管落成了,基坑也砌好了。贺占旺又派人开挖了一里多长的引水渠。之后,又约上老李,把水轮泵固定在基坑里的地脚螺栓上,便跑到引水渠的入水口,临时截断了清泉沟河里的水。

河水涌进引水渠之后,刚开始水流急湍,可流着流着,流到百米之外的山下时,水流得慢了,看上去柔柔弱弱的,不像在流动。立山知道,这是干燥的土渠要吸饱水之后,才能给更多的流水放行。过了好长时间,水头终于流到引水渠的尽头,基坑里的水越聚越多。当水位高过水轮泵的进水口时,"唰"的一下,水流通过泵体催动叶片后,进入尾水管。四米高的落差所形成的水流动力,带动着泵顶部的皮带轮飞快地转动起来。

"这家伙输出的功率还不小呢!"立山兴奋地叫起来。没想到,他的话音刚落,皮带轮转速渐渐慢下了来,直至停止转动。显然,这是进水量不足造的。

"是不是水渠跑水了?"立山寻思着。

"不像是跑水。可能是水渠渗漏严重,损耗太大。"老李分析说。

立山巡视了一趟水渠,果然没发现跑水的地方。他和老李又等了好长时间,但仍不见基坑里的水位升高。这时,立山向老李投去求助的目光。

"问题不大,只是需要解决水渠的渗漏问题,唯一的办法是修石渠。"

立山找到队长贺占旺,说出要把土渠改成石渠的打算。

"能行。不过眼看要收秋了,劳力都得上山。等忙过这个季节,冬里备料,明年开春修石渠。"

转眼一个多月过去了。一天,立山接到公社通知,要他去道镇参加农村积极分子学习班。一门心思想修水渠的立山没把学习班当回事,仍然和社员在一起忙着秋收,等收完秋庄稼之后备石料。又过了一个星期,大队书记找到立山说:"公社捎来话,让你去学习班。"

立山急忙赶到道镇,可学习班已经结束。公社领导见了立山，二话没说，让他赶快去县农业学大寨办公室下设的指挥部报到，地址在下寺湾。见领导态度严肃，立山以为那里还有个没结束的学习班，就背着行李去了下寺湾。

到了下寺湾，立山才知道自己是被分配到指挥部来当干事的。接下来的日子，立山除了陪同下来检查工作的领导走走、看看，然后再写一写工作简报，其余时间就和公社干部谝闲传。立山待得实在无聊，便要求到雨岔沟去驻队，直到过了春节，县里召开"四干会"时才回到县城。

"四干会"闭会的前一天，立山遇到曾在雨岔大队一起驻队的教育局革委会主任王明洲。王明洲把立山拉到路边神神秘秘地说："你知道吗？你们这批知青中的积极分子已经开始分配了，你被分配到教育口。"

几天前就听到分配消息的立山正憋着一肚子火。听明洲这么一说，他好像找到了发泄对象："一定是你怂在搞鬼。这年头没人愿意去学校教书。再说，当初要知道办学习班是这个目的，我连下寺湾都不去！"

"哈哈，你怂不愿吃我的敬酒我不勉强，不过，会有人找你谈这件事的。"说完，王明洲神秘地眨了眨眼转身离去。

回到南寨子，立山马上开始忙活修石水渠的事。晚上，驻队干部老李找立山谈话。他把话头扯得很远。从知青来延插队，谈到他们对农村的贡献；从山区基础教育的落后，谈到知青对农村教育事业发展应起到的作用……累了一天的立山不等谈话结束，都睡着了。第二天晚上，老李与立山继续谈话，听着听着，立山有些不耐烦了。他对老李说："等我把水轮泵站建完，机器设备安装好就走。"

又过了一天，老李觉得立山把心思都放在水轮泵站的建设上了，于是，这一次他和立山谈话时，换了一个方法。他给立山分析"走"与"不走"的利害关系。老李说："到县上当老师机会难得，你不要小瞧教师这个职业，教书育人、答疑解惑，比你给队里修一个水轮泵站要重要得多。许多知青做梦都想得到招工的机会，你有了这个机会却不珍惜，下次招工还不知道要等到什么时候。再说，水轮泵站大部分工程已经完工，剩下修石渠的事队里也能干。"话说到这份上，立山也只能遗憾地离开南寨子。

办完手续，立山前往梁庄七年制学校任教，那天，是1971年3月18日，恰逢巴黎公社起义100周年纪念日。

后　记

立山当了教师，心里仍然惦记着南寨子的水轮泵站。可惜梁庄地处石门对面的山沟里，距离南寨子近百里路。那时，交通不便，往返一趟最少得两天。立山想回南寨子看看，但学校又忙，一时难以成行。

后来，队里有人给立山传来话说，"农大"要在清泉沟修公路，水轮泵站因为建在路边，需要拆除。作为补偿，"农大"给南寨子盖了一个机房，并赠送柴油机和全套小型粮食加工设备。听到这个消息，立山心里有了些许安慰，同时也感到一种莫名的失落。

雨（外一篇）

张铁良

引　子

爱回忆，说明人老了。追忆既往，因为那是一笔精神财富。过往的有些事让人萦怀了一辈子，心底的这点痒处，只能自己偷偷地挠挠。插过队的知青，都从那个年月过来的，豁嘴儿说话：肥（谁）不知道肥（谁）啊。眼瞅着"插友"一年走了好几个，心里有点哀伤。再不说就没机会啦。如果从中看见有你插队生活的一点影子，别言语，您就偷着乐吧。

一

睡到自然醒，也没听见队长来催命。歪着脑袋一听，外头雨下得哗哗的。弹了一下旁边哥们的脑门儿："嘿，今儿不用上工啦。"

小肚子鼓胀，拉开窑门，往院坝尿了一大泡，滋得老远。

忽然听见有动静，怕是房东家的兰花去喂猪。赶紧缩回来关上门，听见院里兰花笑骂："砍脑壳的背时鬼。"

回头又上炕，想接着再来个"回笼"觉。平时早上睡不醒，今天反倒精神了，一点困意也没有。

插队的知青有四盼：一盼邮递员，二盼过大年，三盼招工体检，四盼下雨天。下了雨，庄稼地里进不去人，就不用出工干活了。

村子在山沟最里边的沟掌上。抬头是窄窄的一溜天，每天看见的只有村里几十口人，一年到头连个路过的生人也没有。整天窝在村儿里，把哥儿几个憋得心慌。

快到晌午时候雨停了。在炕上侃了半天，肚子开始叫上了。想起缸里没水，灶上没柴，瓮里的苞谷面也见了底，还得去房东家拆借一两升。日子过得恓惶，一点算计不到，就吃不到嘴里。跟大伙儿商量一块儿去镇上散散心，但没人响应。都懒得怕动弹，那俺一个人去。

俺属龙，卦书说：壬辰龙，五行属水，为行雨之龙。

从小儿就喜欢下雨。每逢下雨，别人往家跑，俺往外头跑。大街上，天地之间白花花的，俺疯得把挨打都忘了。

村子离驿镇十多里路，一路泥泞，踉踉跄跄，弄了两手泥。想当年，杜甫老儿避难鄜州，寄居羌村。写下"一旬半雷雨，泥泞相牵攀。既无御雨备，径滑衣又寒"的诗句。此时犹如时空穿越了一把，与杜老先生蹒跚同行，共沐风雨。

前头就是街西头的石桥了，又下起了小雨。在路旁的葫芦河洗了手，独自进了街。

街上冷冷清清，店铺大都关了半扇门。一个人孤零零地淋

◈ 雨（外一篇）

在雨中，饥肠辘辘，如一条丧家之犬。

这条街有一里多长，是陕北大镇。汉唐以来，以至于近代，留下许多名人的足迹。地上有杜工部的脚印，抬头有林伯渠的题词。今天没这雅兴，估摸已经过了晌午，先喂饱肚子再说。

饭馆里一个人也没有，要了一盘回锅肉，四个馍馍，一碗鸡蛋汤。狼吞虎咽地把馍馍吞下，菜汤儿都喝进嘴里，盘子倍儿干净。桌子底下两条黄狗拱来拱去，气哼哼地瞪着这个涩皮的外乡人。

在供销社买两盒红舞烟，回去打发炕上那几个哥们儿。街上空荡荡的，连个说话的熟人也没有。总不能刚吃了饭就回去吧，想想还是去书店消磨时间。

路北两间铺面房，挂着"国营新华书店"的牌子。冒着小雨，紧跑几步钻进屋子。

屋中间摆一个大案，放着一摞一摞的小册子。三面墙是书架，架子上空落落，几本被翻得脏了吧唧的书，东倒西歪地散放着。门口坐着一个营业员，悠闲地嗑着瓜子，两眼盯着街上的风吹草动。不知道走了什么后门儿，才能捞上这么颤乎的活儿。

没啥好看的书，都是养猪、防治小麦蚜虫病之类的科普读物。醉翁之意不在酒，只不过借这个地方多待会。一边翻着书，一边瞄着门外，希望有熟人路过。即便是不认识，也打个招呼，亲不亲、故乡人嘛。

天不早了，估摸着没什么希望了，心里怏怏的。挑一本《战地新歌》，再拿一本《鲁迅短篇小说集》。在这儿磨叽半天了，总得买两本，不想看那营业员的白眼。

忽然屋里蹦进来一个女生，真是意外的惊喜。她没打雨伞，布鞋上也没粘泥，一看就是附近的知青。不免有几分羡慕、几分嫉妒：在镇上插队真有福气，天天都能逛街。

她看屋里只有一个男生，有些不自在。迟疑了一下，还是走到对面一角，在书架上找书看。

上中学是在个男校，一个女生也没有。插队了，村里也没有安置女生。糊里糊涂地长大了，这两年才知道了男女相悦是人的本能。此时似乎感受到一种辐射，烤得浑身燥热。

贼胆包天，转身来到大案前。假装看书，壮着胆子偷偷地打量她。衣裳不合适，肥肥大大的，衬不出凹凸有致的腰身。梳两个松散的小辫子，有点歪，显得大大咧咧的。裤脚挽起来，露出半截结实的小腿。脚下是北京产的塑料底布鞋，透着一丝乡情。她若无其事地翻着书，安详而恬静。

从没有这么看过女孩儿，竟有点五迷三道了。没提防她突然回过头来，眼光碰在一起，心里怦地一跳。慌慌张张转过身，交了书钱跑出来，脚底下有点拌蒜。

营业员在后面叫："喂，那学生，书咋不要咧。"

哎哟喂，现眼了，忘了拿书哩。

听见她在屋里"噗嗤"笑了。想自己真是窝囊。

从来没有这么失态，让小爷斯文扫地。以后在街上碰见她，远远就避开了，好像欠她一笔钱。

1972年，大部分知青分配工作了。

眼睁睁看着她上了一辆卡车，从此就天各一方了。佛说：前世五百年回眸才修得今生擦肩过。憋屈了这么多日子，怎么连句话也没说。再不说就没机会了，豁出老脸挤到跟前。

"我不，不是……"张开嘴又不知道怎么说。

"知道啦。"她笑着大声说。

"嗯……"

"你挺爱看书的，下着雨还往街上跑。"她倒是挺大方。

"嗯，是。"俺有点顺杆儿爬。

"有时间多看看书，把功课拾起来，别荒废了。早晚有用。"她很认真，语重心长。

"嗯，是，真是……"我语无伦次地回答，也不知道说了什么。只觉得很温暖，很感动。

汽车带着烟尘远去了。

心结解开了，愁绪又系紧了，好像丢了啥东西。本来谁也不认识谁，咋就这么牵肠挂肚。

二

眼睁睁看着一起插队的同学们一个个走了，自己的那份招工通知表却没等来。

乱哄哄的知青宿舍变成了冰房冷灶。路上看不见塑料鞋的脚印儿，街上听不见熟悉的京腔。"茕茕孑立，形影相吊"。就像被扔了的一只流浪狗，惶惑地审视四周轻蔑的眼色。

最怕有人问："你怎么还没走啊?"这句话像一棍子打在脑门上，登时血脉贲张、头晕目眩："你丫管得着吗，老子不想走。"

"自幼曾攻经史，长成亦有权谋。恰如猛虎卧荒丘，潜伏

❖ 崖畔回声——我的故土情怀

爪牙忍受。不幸刺文双颊，那堪配在江州。他年若得报冤仇，血染浔阳江口！"《水浒传》里的这首《西江月》常常从咬紧的后槽牙里蹦出来。

白天累个贼死，咬着牙挨着，暂忘了孤寂。

晚上心烦意乱，躺炕上发呆，才知道夜长。

窑顶上贴着一张字条，上书"身卧福地"。烟熏火燎的，字迹依稀能辨。房东老头儿真有意思，破土窑也算福地。

盯着时间长了，常常产生幻觉。窑洞忽而越来越高，空荡荡的，自己显得那么虚弱渺小；忽而窑顶低得近在眼前，压得人喘不过气来。心一横闭上眼，你他妈不塌下来就是孙子。小爷躲都不躲，谁怕谁啊。

"知道啦。"她那声音带着一种磁性，宛如天籁。时不时就飘到耳朵里，暖呼呼的。梳歪了的小辫子、窈窕的腰身，勾起百般联想。小样儿，也不知道还记得俺不。不论离多远，一样也睡在地球上么。忽略距离，只当她就在身边。想着想着，渐渐迷糊了。

没有自制的心灵鸡汤，可怎么活下去。

不再盼下雨。一下雨就把人关在窑洞里，像被流放的犯人。虽然没人看着你，也是寸步难行。

坐在门槛上，看着院坝里的水洼儿发愣。雨点砸出一个个水泡，像一个个的草帽儿，漂着，漂着。有的灭了，又有新的冒出来。

"下雨啦，冒泡啦，王八戴上草帽啦。"小时候多么讨人嫌。大家都这么互相取笑，气得戴草帽的同学赶紧摘下来。结果是大家都淋得精湿，草帽也都在手里拿着不敢戴，谁让刚才

雨（外一篇）

嘴欠来着。

邻居姐姐跟她的对象散步回来，紧挨着，步履轻柔。到了院门口不进来，伞下情浓。歪着脑袋伸过去看，被她狠狠地剜了一眼："去。"

那时候憧憬自己以后长大了，也这样挽着她走在大街上。挨得紧紧地，皮鞋磕着地面在响。

恨自己跟大傻帽似的。下乡转户口的时候，飞蛾扑火般地义无反顾。怎么就没想到，从此把一生断送，这辈子再也没有雨中漫步的机会了。

院坝里传来"吸溜吸溜"的声音。江娃子蹲在门口，托着一瓦盆糊汤，咂着嘴巴，喝得正香。几个光屁股娃娃围着蓬头垢面的婆姨。难道那就是俺明天的日子？

"有时间多看看书，把功课拾起来，别荒废了。早晚有用。"她临走说的话常常在耳边回响。让家里寄来一堆中学课本，堆在炕上，烦了拿它解闷。开始看着看着就睡着了，后来看，觉得有了点意思，最后居然不离手了。整天捧着书，痴迷呆傻，疯癫自语。惹得老乡们见了俺躲躲闪闪的："这娃怕是魔怔了。"

听说印尼苏加诺时期的外交部长鲁斯兰·阿卜杜加尼政变下台后，抑郁疯狂，寻死觅活。后来在牢房终日诵读《圣经》，情绪渐渐稳定了。养了一百多只猫，再也不想叱咤风云的政治抱负。

书，能丰富人的头脑，也能麻木人的神经。

雨啊，你就下吧。看你能把俺押到什么时候，小爷就是不服。

❖ 崖畔回声——我的故土情怀

三

若干年后,终于回到了北京。户口本重新安上自己的名字,真有种噩梦初醒的感觉。这几年所有的事情好像没有发生过,一切回到刚毕业时的那一刻。重新待业、分配工作。

工资和同岁的人都拿得差不多,谢主隆恩。可是人家是技工,而且开始带徒弟了。咱是壮工,俗称"力笨儿"。

属龙的性格本来是行踪不定、变化莫测,可插过队就变得更快了,整天像套上犁的牛,梗着脖子较着劲地爬坡。再教育的伟大成果就是让知青都尝到了辛酸和困苦,知道了隐忍。

什么事都干在别人前头,什么好处都走在人家后头。比起插队时的农活儿,这算个屁。

好在功课没扔,终于考进学校。比同桌的学生大一辈儿,时时让人羞赧不已。校徽只好别在兜盖里面,喜欢,又不愿意让人看见。

多年的磨难麻木了神经,养成了猪的性格。一是记吃不记打,把刻骨铭心的艰难屈辱都忘了,总是幸福地回忆那亲切的一草一木。二是见点好处就哼哼,幸福得不得了。哪怕是本属于自己的东西,重新回到手里就觉得占了大便宜。

一天下课出来,见到了久违的她。当年魂牵梦萦的小辫子,已经梳成两条大辫子。多年不见,已经混进了教职员工的行列。少了当年的矜持,多了成熟的老练。别着一枚红色的校徽,刺眼的光芒让人头晕目眩。同年插队的知青,差别怎么就那么大呢。

❖ 雨（外一篇）

天下着小雨。有点失魂落魄，推着自行车，沿着马路漫无目的地走。

马路上华灯初放，小雨淅淅沥沥地下着。在雨中跌跌撞撞，没有小时候的那种畅快，也没有曾经憧憬的那种闷骚。脑海里浮现的是凄风冷雨的小镇和雨中的丧家之犬。

心里的隐痛，被一枚红色的校徽勾起来。想起了当初到了农村，想起了窑洞里的孤独和绝望，想起了处处的刁难和歧视。白白荒废了十年，年近而立却不立。愤怒、委屈化成了说不出的哀伤。在村里老乡面前装着坚强，在父母兄弟面前装着快乐，在领导同事面前装疯卖傻。这时，雨雾笼罩着自己，天地之间只有自己，还他妈装什么。心底的闸门一打开，多年的积郁便狂泄出来。放开喉咙，毫无顾忌。风声盖住了狼一样的哀鸣，脸上谁知道是雨水还是泪水。灵魂出窍，昏天地黑，惊天地、泣鬼神。

雨不知什么时候停了。狂想半晌，又回到现实。揉了揉麻木的手，只觉得湿冷的衣服裹着热乎乎的身子。发了一阵疯，心里倒明白了。怨恨没用，所有沟沟坎坎都必须面对。男儿只有庄敬自强，有插队这八年垫底，还有什么不能对付的呢。

四

雨已经下了几天。

颠簸了多半辈子，居然忘了雨的美好。退下来了，闲着难受。还以为自己是小伙子，一见下雨就往外跑，结果感冒了。

雨淅沥淅沥地下着，不紧不慢。看着楼下，路面行人如蚁，一片片的雨伞，像是朵朵漂动的莲花。

"少壮不努力，老大徒伤悲"。小时候常听大人这么讲。那时心里想，老了是多么遥远的事情，好几十年呢。谁知道一眨眼就到了。

一切都晚了。现在就是再拿个博士，也白瞎了，顶多镶个镜框挂在墙上。青史留名能有几人，大多数的人生都是碌碌无为。到该咽气的时候，才明白归零的含义。

昔日的同桌，做了封疆大吏。说起当年插队，兴致勃勃，抑扬顿挫。聚光灯下，如数家珍。

一场战役结束，不论胜了还是败了，总有一群将军加官进爵，享受不尽的荣光。也有无数英魂尸横遍野，任凭狗啃狼叼。

终于退下来，就什么都甭想。不论混过一官半职，还是穷困潦倒，好比"坟地改成菜园子——拉平了"。正如1972年的流行语，不卑不亢。

天闷热，老伴把束在脑后的头发梳成两个小辫子，宛如当年插队时的样子。

四十年过去，窈窕的身材已经有点臃肿。乌黑的小辫子已经花白。不变的仍然是那种泰然自若、漫不经心的神态。

昨天夜里做了一个梦，又梦见回到了插队的村子，而且带着一家老小。似乎是要带着老婆孩子继续插队，胸口揪心地疼。自己这辈子糟践了就算了，把孩子撂在那儿可怎么回事啊。一着急就醒了，出了一身汗。

近几年，常常思念原来插队的地方。那里的人，那里的一草一木，都是那么亲切。在谁家过的年，在谁家吃过饭，上过谁家的梨树，偷过谁家的旱烟。脑子里像过电影，音容笑貌就在眼前。

怎么受的苦，怎么伤的心，倒不记得了。

常常陷入矛盾而不能自拔。明明哭着喊着逃出来的，却常常怀念那里的美好。

伟人说过：每个人都在一定的阶级地位中生活，各种思想无不打上阶级的烙印。

这句话像一句魔咒，缠绕着俺的命运。正是因为挨过饿，就连菜汤也不肯浪费。因为住过土窑草堆，有间新房就喜不自胜。曾经衣不蔽体，现在穿什么都觉得华丽无比。曾经不准恋爱、不准回家、不准唱歌、不准乱说话，现在就觉得无比自由、无比快乐、心情无比舒畅。

一旦曾经在农村插队，屁股上已经清晰地打上知青的烙印。这个印记将伴随自己一生。就连到了八宝山烟囱胡同，也会翩翩起舞飘然升天。

身体已经不能远行，但插队的地方是一定要去的。怎么也得上上坟，缅怀英年早逝的同学，也缅怀自己埋葬在那里的青春。

雨下下停停。街上的行人渐渐少了。华灯闪烁，小雨初歇，挽着两鬓花白的妻子，走在湿漉漉的街上。终于感受到了小时候憧憬的温馨浪漫。风雨同舟，粗茶淡饭，只当老伴儿就是一个亲人。此时又有了恋爱的感觉。惶惶惑惑半辈子，忽然感到那么踏实，那么舒畅。

二妹子

曾家沟离张村驿公社30里,在山沟最里边的沟掌上,再往里就没人家了。

一条沟弯弯曲曲,分布着六个村子,村里住的全是四川移民。沟里自然条件差些,没有一块整齐的土地。但这里景色宜人,开春后,菜花黄、稻谷香,桃花梨花竞相开放;村口有一个落差三四米的瀑布,转过山坳,便听到哗哗水响,半山坡上的村落映在眼前。这里的人们日出而作,日落而息,安祥平和,一年到头也少有生人来,有如陶渊明退隐的桃花源。

1969年2月初,春生他们五个北京来的知青刚到这村里,立刻被这里的山村秀色迷住了。

二妹子是知青的房东,小伙子们住的窑洞就是她的闺房,后来这孔窑成了她的新房。她招了女婿,那时,知青已经搬到新窑去了。

二妹子长得不漂亮,圆圆的脸,眯缝着眼,唯有一对酒窝,带着自信的微笑,十分耐看。或许是队长的女儿,也算当地的干部子弟,她见过些世面,所以,见了这些知青大大方方的,没有一点小家子气。

知青点没有女生,春生他们五个小伙子都是男校的学生,见了女孩,反倒有些拘谨。住在她家的院子里,朝夕相处,二妹子的身影老在眼角的余光里。

闲了时,这些知青夸张地侃侃而谈,招来一群碎娃娃和后生挤在窑门口问这问那,而那些婆姨女子们则在不远处,坐在一起一边做针线活,一边窃窃私语。听到要紧处,便嬉笑起来:"噢哟,要死了……"二妹子红着脸,专心做着手里的活,好像什么也没听见。

刚到村里,就赶上了过年,喜庆的气氛冲淡了乡愁。村里人虽然不富裕,过年却搞得很像样。豆豉腊肉、猪肉汤团、摊米黄、粘豆包,整笸箩的瓜子,窑面上挂着成捆的旱烟,家家都显现出节日的欢乐。这些远道而来的知青整天串了东家串西家,傻吃闷睡,乐不思蜀。只有收到寄来的家信时,竟当着老乡的面哭得稀里哗啦。这件事让村里人笑话了好几天。

二妹子的爷爷住在中间最高大的窑洞里,窑里很豁亮。炕头的窑顶上贴了一张红纸条,上书"身卧福地"。窑尽头是两个柳条编的一人高的大粮食囤。踮起脚看看,只有少半囤粮食。老人说:"没入社时,粮囤都是满满的。这些年不行咧。"

春生满脸疑惑,心想:难道入社不好吗?

回过身来吓了一跳,旁边放着一口黑漆大棺材。老人顺手拿块抹布爱惜地擦拭着,脸上带着幸福安详的神情。这口三寸厚的棺材,要耗费十几棵柏树。虽然政府严禁砍伐松、柏、杨、桦,但老乡还是不惜犯法,也要为老人备上口中意的寿材。当然,林场对这种事也是睁一只眼闭一只眼。

老汉是村里唯一戴老花镜的人,学问不高,但教训起人来却咬文嚼字,平添了几分威严。有一次,知青的粮食口袋发霉了,春生拎着口袋在院里抽打,散落了一些剩余的包谷面。老人看到,心疼地说:"哪能咯恁糟践粮食哟,暴殄天物。"这句话让春生难受了好几天。

有一天,老汉生气了。因为下乡后知青都学会了抽烟,王同学没有纸烟时,就抽老乡的旱烟。他家的旱烟就一捆捆挂在窑面上,这小子走过,悄悄把烟尖掐下装在衣兜里。时间长了,几捆烟全没了烟尖,那烟尖可是整捆烟最好的部分。老汉气冲冲地把一捆烟扔在炕上:"要吃烟就拿一捆去,不要糟践嘛。"吓得这些学生娃张口结舌,二妹子却在她爷爷身后做着怪脸,笑个不停。

二妹子还有一个曾叔伯爷爷,是村里辈分最大的孤身老头,但并不孤苦,二妹子帮他把衣被洗涮得干干净净。老人家每天戴个曾国藩式的水晶眼镜,哼哼唧唧地到处闲逛。春生问他多大年纪,他把手指勾着:"光绪九年的人。"他辈分大,入社时资产多,半面山坡是他的,还有几头牛。一次,队里把每月五块钱的补助晚给了他几天,他也不吱声,走到牛圈牵着牛就走。大家赶紧赔礼才算罢手。

这老人的成分是中农。在队里,中农最有威信。他们没雇过长工短工,评不上地主富农,不受冲击。又比贫农和长工资产多、善经营,所以队里的事都是几个中农说了算。

过完年,开始准备地里的活了,天天担粪,把村里的牛粪、猪粪、羊粪掺和上土,要担到村外的地里,而且每担都要过秤,120斤一担,担得人肩膀生疼。那天,春生被老乡用激将法将得挑了180斤,刚走几步,被队长抢下。队长对着乡亲一顿吼叫:"狗日的想死啦,这些娃都是金贵身子,日鬼出麻达谁担得起。"知青听了,心里热乎乎的。

村里规定,人粪和鸡粪可以留用在自留地上。知青也分了二分河边的菜地和坡上的一亩地,但知青们贪玩,把菜地种不好。队里只好在庄稼地里种些菜,让他们下工时便顺便采摘些黄瓜、洋芋回去吃。

一天,春生正收拾扁担、箩筐,二妹子端了一盆鸡蛋出了院坝。多馋人的鸡蛋。春生问她干啥去,她说:"昨晚开会你没听,今早要喂牛。等一会你也要去噢。"

村里每次开会都耗得很晚,几十口子人挤在一个窑里吧唧吧唧地吃烟,半天才有人说一句,春生靠在炕里面睡着了,散会才醒,啥也没听见。

跟着她到了牛圈,几个壮汉正蹲在那儿吃烟。村里上工时工间休息,就喊一声"吃烟喽"。春生抽不了旱烟,又没有卷烟,也不好干站着,就跟二妹子一起磕鸡蛋,一会儿就磕了一大盆。

他们把烟瘾过足了,把牛拴好,队长拿一个牛角做的漏斗,灌满鸡蛋,插在牛鼻子里。春生负责扳住牛头。牛不肯喝,拼命扭着脖子。队长喊:"快吹眼窝。"春生不明白,疑惑地对着牛的大眼珠吹气,牛闭眼的同时,咕咚咽了一口,再吹,又喝一口,真是奇妙。

十几头牛都灌了鸡蛋,这半天跟牛脖子较劲,着实累得不轻。春生感慨地说:"牛比人强,还有鸡蛋吃。"二妹子笑了:"给你吃,你拉得动犁么?"这死女子。

每到春耕时节,队里都要给牛上最好的料,除了鸡蛋,还有磨成瓣的黑豆。几天喂下来,瘦骨嶙峋的黄牛脊背上的毛色就有了光泽。

刚到农村,还不让知青使唤牛和山犁。只能远远地看着山坡上一对对牛走过,犁过的土地黑油油的,老乡跟在后面扬鞭大喊:"嘚球",知青们羡慕得不得了。第二年,这些知青就能套上牛耕地了。

在村里最快乐的活儿要数锄草了。

黑油油的土地,长出两寸高的糜子苗来,在阳光照耀下,绿茵茵的,煞是好看。说是锄草,其实包括间苗。就是把多余的种苗铲掉,留下的苗均匀间隔四寸。同时松了土,土壤空隙大了,水分就不易蒸发了,俗称"保墒"。"那前腿儿躬,后腿儿绷"的功夫,自然要练一阵子,腰酸腿疼就不必说了。

村里几乎没有平地,每当锄草时节,便有邻村的人一排排出现在山坡上,相互对唱起山歌来。二妹子一反平日的矜持,一声长长的"哟……嗬……"仿佛是天籁之声,如甘泉沁腑,无比畅快。领唱的是"梁山伯"与"祝英台",却是自编的戏文。四句唱罢,大家便"哟嗬哟嗬"地跟着合唱起来。等这边一落声,对面山坡应答着下文唱起来,虽听不懂方言俚语,也听出是在互相揶揄、调侃。大家尽情地哄笑着,脸上泛出兴奋的光彩,把一身的疲惫融化在欢快的气氛里,不知不觉,已经晌午了。

阴历五月,是插秧的季节。小溪边,勤劳的老乡开出五里长、约二十亩水田,足够全村人吃大米了。其中有一些软稻子,每家能分几升糯米。

那天挺早就被叫起来。先到秧床拔秧苗,捆成小捆备用。天亮了回来吃早饭,房东大婶把大家叫到她家吃汤圆。那汤圆有网球大,一碗四个,周围有许多蚕豆大的糯圆子。二妹子一碗碗端上来。有肉馅的,也有红豆馅的,这些天,知青已多日靠酸馍馍、洋芋糊汤充饥,见这等美食便狼吞虎咽起来,连啥味道都没吃出来。

雨（外一篇）

村里不许妇女下水田，怕受凉落下病。只有二妹子领着两个女娃，忽悠悠挑着担子走在田埂上，往田里打秧子。就是把捆成小把儿的秧苗均匀抛在田里，方便插秧人随手拿到。有时她们捉弄人，故意把秧子扔在插秧人的身边，溅人一身水，招来一阵哄笑。这种又轻便、又热闹的活，都是年轻的小姑娘来做，给田里插秧的男人们带来不少欢乐。

男人们先在田埂上蹴着吃烟，烟吃毕了，缠起烟荷包下田了。这时大家并不抢先，这是谦恭的表现，要请"大把式"走在最前面。春生哪里知道，傻乎乎跟着队长和几个"把式"后面下了田。从左到右排开，每人四行，边插边退，他们真快，几下就把春生落下了，给他留在一个小巷里，旁边的蒋二哥不时帮忙带几把，仍然跟不上，渐渐落在了右边。站上田埂时，叮了满腿的蚂蟥没抖落，后面就催着赶紧到下一块田里接着干，腰疼得受不了也不敢直一下，二妹子在田埂上看着呢。兴奋也是生产力。咬牙熬到收工，腰像折了一样。第二天，连炕也下不来了。

几天后，插好的秧就挺起腰来。再晚些，水田里蛙声一片，就要除草了。每人拄一木杖，一字排开，把稗草踩进泥里，留下稻谷。若遇到水葫芦，就要连根拔起，放到路上晒干、晒死。为了除根，有时要毁掉一大片田，不然泛滥起来，整块田就绝收了。

稻黄时，田里放掉了水，放进一个五尺见方、二尺深的木斗，三面挡好一人高的芦席，木斗里斜置一尺宽的小木排，男劳力抢着稻捆在上面摔打脱粒。稻谷尽是细小毛刺，粘满全身，一天下来，痛痒难耐。此时才知"粒粒皆辛苦"的道理。

❖ 崖畔回声——我的故土情怀

农民那时没有啥挣钱的副业，花钱主要靠卖点鸡蛋，再就是靠种的麻了。队里每年种些线麻，分给每家，剥了卖给供销社。队里有两个大麻坑，砍下的青麻在麻坑里沤烂，留下纤维部分，晾干就能剥下麻来。

起麻坑是最脏的活计，臭烘烘的绿水里泡着一捆捆的麻杆儿。要下去两个人，把麻捞出，交给坑边的人拿去晾。农村人心疼衣裳，每年捞麻的人都要脱得精光下坑，女人是不能靠近的。这两年有了知青，也算有了外人，老乡就不肯下了。队长找到知青，因大家都有泳裤，就应承了下来。

深秋的山沟里，已经很冷了。春生俩兄弟到坑边，脱了棉衣，只穿三角裤衩下到冰冷刺骨的臭水坑里。哆哆嗦嗦地一捆捆把麻捞出，弄得浑身上下满头满脸全是臭泥汤。等起干净麻坑，俩人已经冻得说不出话来了，光着身子一路跑回村里。二妹子正帮忙烧水，见他们回来，赶快回避。关了窑门，哥们儿拿烧好的热水，从头到脚冲干净，钻进被窝筛起糠来。那浑身臭气，好几天都消不掉。

麦收后，队里开始给知青打新窑。在村子最高处，就在二妹子家的窑背上。晾了几个月，入冬就搬过去了。

一天，大家都不在，家里就春生一个人，收工后还要自己做饭。天渐渐黑了，院坝里有动静，昏暗中竟是二妹子。春生叫她进来，说了两句无关紧要的话，她就帮着做饭。灶火映着她的脸，一明一暗的，平静又有点不安。

那天，春生的话特别多，也不管她爱不爱听。饭好了，客气地请她一起吃，二妹子迟疑一下，便坐了下来。手捧着碗筷，没怎么动，只是痴痴地听他说个没完。

忽然,有人喊春生。是他一位大婶来请他去她家吃饭。一看见二妹子:"噢哟,我当是哪个哟,是你两个在吃饭哩。"二妹子扔下碗,飞也似的跑了。

从此,二妹子再也没有和春生在一起说过话,远远地就避开了。

冬季,春生探亲去了。开春回来时,二妹子结婚了。她招了女婿。那小伙真帅,一表人才。只因他爸成分不好,老挨斗,他在队长家入了赘,以后的光景就好多了。

二妹子羞答答地为人妇了。春生站在窑背上远远地向她笑着,点点头,算是祝福。她也点了点头,又似乎是无意的,背过身去,走开了。

[友情链接] 这三篇小说主题不同,风格迥异。《我的青春谁做主》表达的是一种理想情怀,《雨》是个人意绪,而《二妹子》将一段轻拿轻放的无果爱情写得不露神色,让人从中读到一种含笑的无奈。

每个人都有自己的青春故事,有的故事只能珍藏在心里不可与外人道,有的故事经过岁月的积化,适宜以文学的形式来表达。可以看得出,这三篇小说,具有非虚构的写实性,每一位曾在陕北插过队的知青,或多或少,都能从中看到自己的影子。《我的青春谁做主》,显然是因为对自己的青春做不了主的一种发问。这篇小说表达的主题、讲述的故事和描写的场景,是知青对插队生活的一种集体记忆,用现在的话来讲,这种记忆、这种意识表达出的是一种正能量。《雨》是个人意绪的一种表达,写得轻松、自然,有汪曾祺小说的笔法。从那样一个年代走过来的人,从那样一个历史环境中度过青春岁月的"老插"们，能在这篇小说中嗅到一种气息。作者能摁住手中的笔，将那样一个远逝的年代、将那样一种充满淡淡忧伤的气氛诉诸笔端，在不动声色的叙述中，将萦怀心头的往事给和盘端了出来。"再不说就没机会啦"，这是一种夫子自道的幽默，在幽默中，缅怀了自己已逝的青春。

《二妹子》写得很巧。全篇没有表达爱情故事的场景和语言，但爱情的影子又无处不在。春生和二妹子各有心事，但一直没有被点破。小说在结尾处有一种回光返照，字里行间散发出的人性温暖令人感动。

◈ 崖畔回声——我的故土情怀

神奇的土地 精神的沃壤
——浅谈陕北地域及历史文化对北京知青精神的滋养

张志清

屈指算来，北京知青赴延安插队迄今已46年。

作为一个老延安，一个即将步入耄耋之年的老人，我亲历了知青运动从源起到形成高潮，从渐呈式微到成为遗响这样一个历史过程。前一段时间，北京延安知青联谊会编撰《从黄土地走出的北京知青》一书，约我写一篇文章。我以《桥梁和信使》为题，讲述了40多年来，我与知青在一起工作、生活、交往的点点滴滴，表达了我们之间在艰苦岁月中结下的深厚情谊。作为长期生活、工作在延安，并担任延安主要领导的一个老同志，在知青人生成长的路上，我曾做过一些"铺路架桥"的工作。当看到知青们走出黄土地之后，在更广阔的舞台上将人生演绎得丰富多彩时，我的内心充满了喜悦与欣慰。党的十八大之后，有关知青的话题再一次引起人们的热议，在这种热议中，我将这种喜悦和欣慰转化成对这种热议的理性思考。不用说，许多人在新一届党和国家领导人的履历中，看到有不少

◈ 神奇的土地　精神的沃壤

领导人都有过当知青的经历，其中在延安插过队的习近平、王岐山、王晨等更是引人注目。古语云：后波推前浪，人事有代谢。当前，在我国各级领导、各条战线，包括国家最高领导层中，当年的插队知青占据了相当大的比例，这是一种历史的必然。知青能堪负国家重任，能在各个领域取得骄人的业绩，固然与个人的机遇、素质，包括年龄的正当其时有关，但在很大程度上，与他们的插队经历、与他们年轻时在农村经历过严酷的人生磨砺有关。这种经历不仅丰富了他们的人生，锤炼了个人的心志，而且使得他们比同辈人更能深刻地了解社会，了解民间疾苦，更具有情系群众的纯朴感情。这种从插队生活的磨砺中所获取的精神滋养、所锻造出的人格品质，必定会升华成一种崇高的政治理念和文化精神。因此，研究知青文化、研究知青史，首先要探寻知青成长的人生经历。

　　陕北是一个地域概念，又是一个文化概念。在这块远离京畿、地处边荒的区域里，当年有近28000名北京知青来这里插队。这些来自京都的风华学子，在这么一个幅员并不广阔且闭塞贫穷的区域里，经受了艰苦的人生磨砺，承受了严酷的风霜雨雪。全国各地，有知青插队的地方很多，但唯有延安涌现出的优秀人才最多，其内在动因，恐怕与他们年轻时在延安插队期间所获得的精神滋养、人格养成和品格锻造有关。当然，任何事物都具有它的两面性。俗话说：栽什么树苗结什么果，撒什么种子开什么花。内因固然重要，但外因，即外部环境也十分重要。即便是秀木嘉树、奇葩丽花，若没有可供其生长的土壤，若没有阳光雨露的普照和滋润，恐怕也得不到很好的生长。因此，研究知青文化和知青史，探寻知青成长的人生道路、人格的养成和在插队期间所获取的精神滋养十分重要。

综前所述,作为一个生于斯、长于斯的老延安,我经常能听到人们对延安的一些赞美之词。在许多人的心目中,延安是一个贫瘠之地,又是一块精神的沃壤。她地处偏远,充满神奇。那么,延安究竟"神"在何处?又"奇"在哪里?这就要从这块土地特有的地域和历史文化中来寻找答案。延安人常说,在上一个世纪的一百年里,延安"红火"过两次,一次是中央红军长征到达陕北,一次是北京知青来延安插队。在这样一个看似简单的概括表述中,却完成了对历史的一种链接,并对延安之所以"神奇"也给予了诠释。

我们知道,在土地革命时期,中国共产党在全国创建了许多革命根据地,但因党内错误路线的干扰和国民党的军事围剿,使得这些根据地丧失殆尽。而地接边荒的陕北,在那样一个腥风血雨的年代里,竟然奇迹般地为中国革命保留了一块根据地,这就为红军长征提供了一个落脚点。毛泽东同志在党的七大前夕曾讲道:"我说陕北有两点:一是落脚点,一是出发点。没有陕北我们就下不了马。"正是因为有了这么一块红色革命根据地,使得从征鞍上下了马的中国共产党人,像希腊神话中的安泰踩在大地一样,获得了一种新生力量。毛主席在离开陕北时,曾以"陕北是个好地方"的感兴之言对这块土地给予由衷的赞美。这句言近意远、简短而深刻的赞语,富有深情,并且包含着丰富而深刻的意蕴,需要我们去认真解读。

从上一个世纪90年代以来,延安当地以及从延安走出去的知青,先后编撰了《情系黄土地》、《回首青春》、《从黄土地走出的北京知青》等反映知青在延安插队生活的书籍。从

❖ 神奇的土地　精神的沃壤

2013年开始,延安市委又编撰"北京知青与延安"系列丛书,现已出版的《苦乐年华》、《黄土蕴情》在知青和广大读者中产生了良好的反响。这些书籍,对于钩沉梳理知青在延安插队的历史、记录知青与延安人民在一起度过的难忘岁月,对于启迪后人勿忘历史、开创未来,起到了存史、资治和育人的作用。我在与知青40多年的交往中,在阅读这些书籍中,清晰地看到陕北地域文化和延安红色革命历史文化对知青的精神滋养和人格的培育。这种文化,深刻地影响着知青对人生、对生活的态度。那么,陕北的地域文化和革命历史文化又具有哪方面的特征呢?近年来,人们对文化这个抽象概念有着多种定义和解释,我比较认同余秋雨先生对文化这个抽象概念所下的具体定义。他说:"文化是一种包含精神价值和生活方式的生态共同体。它通过积累和引导,创建集体人格。"这句定语里有几个关键词值得注意,一是"精神价值",二是"生活方式",三是"积累和引导",四是"集体人格"。那么,陕北地域文化中究竟蕴含着怎样的一种"精神价值",展现出的是怎样的一种"生活方式"呢?我们首先要从这方地域所具有的独特性和生息在这方地域中的民众所具有的民众性格中来寻找答案。有研究中国革命史和"延安学"的专家和学者认为:延安地接边荒,在历史的不同节点上,曾是一个多民族杂居的地方。这里山大沟深,地处偏远,外来文化得不到传播,许多民间习俗得到很好的保存。党中央、毛主席之所以能在延安生活战斗了13年,书写了中国革命的红色传奇,奠定了中华民族的千秋伟业,是当时的陕北为中国革命提供了集天时、地利与人和为一体的有利条件。这个有利条件中,最重要的是由陕北地域及历史文化所培育出的以"人和"为主要特征的民众性格。当年，在陕北流行这样一句信天游："哪怕人头挂高杆，也要闹共产。"这种民众性格，自然包含着陕北人对公平正义、自由解放、反抗压迫等为主要内容的"精神价值"的追求，同时也包含着陕北人身上所具有的豁达、果敢、包容、甘于奉献、不怕牺牲的精神特质。这种精神特质自然是通过一种质朴、节俭、兼爱、助人等"生活方式"衍生出来的。这种"精神价值"和"生活方式"经过引导和积累，自然就形成了陕北人的一种集体人格。中国共产党之所以能在这块贫瘠而富有的土地上成就了中华民族的千秋伟业，近28000名北京知青之所以能在这块土地上得到一种精神滋养，这就要求我们在研究知青史和知青文化时，应当从更广阔的文化背景来阐释其中的内在逻辑。作为这一历史的见证者，作为长期对知青这一群体的关注者，我以为，北京知青之所以能在延安获得精神滋养，有以下几方面的因素可备一述。

一是延安在中国革命历史上的崇高地位。我们知道，中国共产党自1921年诞生，到1949年中华人民共和国成立，在这28年间，有将近一半的时间，中国共产党以延安为中心，在这块贫瘠的黄土地上，演绎了一部充满传奇的红色革命史。当年来延安插队的北京知青被称为"老三届"。他们中间，有的人与共和国同龄，有的出生在建国初期。他们所接受的教育是那个时代的主流教育，是共产主义人生观、世界观和革命理想教育。尤其是在"文革"初期，作为革命圣地的延安更是声名日隆。一些后来到延安来插队的北京知青，在"文革"初期，曾到延安串联学习，并从那一刻起，他们就将延安视为是放飞理

◈ 神奇的土地　精神的沃壤

想的绝佳之地。许多知青能有这样的想法，是延安在中国革命历史上的崇高地位，与他们心中的革命理想和英雄主义情结有一种天然的契合。之后，在上山下乡运动初显高潮时，他们中有不少人便将插队的首选地定在延安。

　　北京知青刚来延安插队时，我是延安地区革命委员会下设的一个"政工组"的成员。当时，组织上觉得我年轻，与知青接触交流具有年龄优势，于是，我就成了延安当时具体负责接待、安排、分配知青的工作人员之一。在上一个世纪70年代初，我们曾以"陕西省延安地区革命委员会政工组"的名义，组织编写出版了《知识青年在延安》、《延安精神育新人》、《延河之歌》等书籍。"文革"后期，党团组织逐渐恢复，我被组织任命为共青团延安地委书记，名正言顺地成为联系知青工作的主要负责人之一。在此期间，我与知青交往频繁。他们中的一些人曾深情地给我讲述起"文革"初期到延安"串联"学习的情景，讲述起第一次看到宝塔山、延河水和延安土窑洞时的激动心情。知青心中的理想与对革命圣地延安向往的心结，不仅使他们日后在延安的土地上接受精神洗礼、获得精神滋养有了一个预期的目标，而且为插队期间接受艰苦的锻炼奠定了坚实的思想基础。

　　二是延安有着丰富的革命历史文化资源。党中央、毛主席在延安生活战斗了13年，给延安留下了一笔丰富的革命遗产，使得延安成为一个政治资源、红色历史文化资源和红色旅游资源的富集区。每年，有大量的国内外游客来延安参观学习，他们在这块土地上聆听历史的回声，寻求一种精神的滋养，接受心灵的洗礼和思想的升华。在知青插队的年代，以延安的名义，整合革命历史文化资源而形成的各种艺术作品不计其数，这对知青在插队期间接受再教育提供了一个有利的条件。在研究知青成长道路时，尤其值得注意的是，当年参加过革命的老红军、老八路、老赤卫队员还正值盛年。知青来延安插队之后，许多人都与他们有过接触和交往。有的知青来延安插队上的第一堂课，就是聆听当年参加过大生产运动的老八路讲革命传统，有的将到达延安的第一站，选定在革命旧址前。我在担任共青团延安地委书记期间，充分利用延安丰富的革命历史文化资源，对延安广大青少年进行革命传统和革命理想教育。北京知青作为一个外来的青年群体，他们曾在首都北京接受过良好的教育。来延安插队之后，知青们更能充分地享受到延安红色革命历史文化对他们的精神滋养。我想，正是由于延安具有其他地方所不具有的这种文化资源，使得广大知青能从中国革命的亲历者的身上，能从革命旧址的实地来了解历史、接受教育。那时，延安的生活条件还很艰苦，但就是在那样一种环境中，知青们了解了基层，懂得了生活，懂得了革命是在怎样一种环境中取得胜利的。这一切，对知青健康人格的养成和世界观的确立都产生了深刻的影响，起到了其他教育资源不可替代的积极作用。

　　三是延安是一块精神沃土，是一处精神高地。延安作为中国共产党人的精神家园，她在中国革命历史上的崇高地位是历史赋予的。经常有一些外地来的朋友和我谈起延安，他们要我对延安的"圣地"之称作一个解释。我说，这个"圣"不是一个光环，也不是一种自封。因为延安是中央红军长征的落脚地，是模范的抗日根据地，是共和国的预演地，是延安精神的发祥地,是毛泽东思想确立地,是夺取全国胜利的出发地。延安有着如此丰富而深刻的历史文化内涵,所以,将延安尊为"圣地"应该是实至名归。党中央、毛主席在延安时期,丰富了马克思列宁主义,开创了中华民族的解放道路,有许多理论建树至今都具有指导意义,尤其是彪炳千秋的延安精神,为延安的发展,为知青的成长,提供了宝贵的、用之不竭的精神动力。俗话说:穷乡僻壤出英才。我认为:穷乡僻壤也能孕育出一种崇高伟大的精神。当年,知青在延安插队期间,学习《复电》,弘扬延安精神成为那个时代的主旋律。在那一时期,因为工作关系,我与知青交往密切,他们中的许多人与我有着很深的交情。我每次到农村基层进行走访或调研,常常会被知青们为改变当地贫穷落后的面貌所焕发出的工作热情和冲天干劲所感动。他们虽然来自首都北京,但身上没有浮华之气。他们展示给人的是质朴真诚、谦逊有礼。他们将理想信念和知识文化,通过在劳动实践的磨砺中,转化成一种精神品质。正是在延安这块黄土地上,知青们得到延安精神的滋养,心身得到茁壮成长,并为日后人生的"出彩"打下了良好的基础。

四是延安的地域文化和民众的集体人格对知青的精神滋养起到"润物无声"的作用。综前所述,地域文化中最主要的内涵,是由生活在这方地域中的民众身上所具有的"精神价值"和他们的"生活方式",通过引导积累而形成的集体人格。陕北民众的"集体人格"中最鲜明的特点是:豁达、包容、厚道、质朴和奉献。无论是党中央、毛主席在延安的 13 年,还是北京知青在延安插队的艰苦岁月,延安人将这种集体人格所包孕的优秀品质得到完美的展现。知青在延安插队期间,接受这种集体人格的熏陶和影响更为直接、更为深刻。我们知道，延安精神是一个抽象概念，而这种精神正是通过当地民众自身的示范，通过他们的一言一行和言传身教将这一伟大精神具体化。当年，在延安插队的北京知青与当地民众朝夕相处，共同劳动、共同生活，有的还在一个锅里搅稠稀，有的与老乡们在一个土炕上抵足而眠。正是有了这种相厮相守，使得知青们从他们的身上看到一种质朴的人格和这种人格中放射出的精神光亮，感悟到延安精神的实质和内涵。习近平总书记讲述当年在延安插队时曾说：七年的插队生活对我的锻炼很大。最大的收获有两点：一是让我懂得了什么叫实际，什么叫实事求是，什么叫群众，这是让我获益终生的东西；二是培养了我的自信心。我的理解是：习总书记所讲的"实际"和"实事求是"也包含着对陕北民众性格的赞美。知青在延安插队期间，以阶级斗争为纲的"极左"思想主导着意识形态。家庭出身、其父母当时的境遇，给一些知青造成很大的精神压力。但延安的父老乡亲在评价知青时，不论其家庭出身，不看其父母当时是"红"是"黑"，而主要是看他在插队时的表现，也就是看知青在农村插队时的实际作为。这就是一种淳朴的实事求是的精神。正是由于陕北民众性格中蕴含着这种具有人性温暖的品质，才使得来延插队的广大知青能在那样恶劣的自然环境中，在那样艰苦的生存条件下，度过生活、劳动、思想等重重关口，并且拥有了健康的人格。

　　谈知青在成长路上所获取的精神滋养，实际上讲述的是人与土地的一种亲和关系。任何事物都具有它的双向性。知青们在延安这块土地所具有的地域和历史这两大文化资源中获得了

◈ 神奇的土地　精神的沃壤

丰富的精神滋养，作为一种反哺和回馈，无论是在他们插队期间，还是在离开延安之后，知青们都将哺育过他们的黄土地视为是自己的第二故乡，是他们的精神家园。当年，知青们在插队期间，领文明之首，开风气之先，将京城先进文化，将科技、教育以及文明的生活方式传播到闭塞的黄土地，对推动当地经济社会的发展作出了积极贡献。在离开黄土地之后，知青们以"惜身亦家惜土地，终怀父母之心"的赤子情怀，依然关注着延安的发展。他们积极为延安引进项目，修路架桥，助学兴教，扶贫帮困。这种寸草春晖、涌泉相报的情怀，体现出的是一种亲情，一种情意，一种结缘于艰苦岁月而历久弥坚的深厚情谊。作为一个老延安，我的大半生都与知青有交往。当年，我在担任共青团延安地委书记时，亲眼目睹了知青们与延安人民一道，发扬自力更生、艰苦奋斗的延安精神，在改变延安贫穷落后面貌过程中所展现出的青春风华。在那个时期，延安地区的领导班子有一个共识：就是把发现、培养、使用优秀知青作为干部工作的一个重点，让一大批知青走上了县、乡、村各级领导岗位，这既为各级班子输入了新鲜血液，也为知青日后成长奠定了良好的基础。尤其使我感到自慰的是，我无论是在担任共青团延安地委书记期间，还是在宜川、志丹、黄陵担任主要领导期间；无论是在任延安行署专员时期，还是任延安市一届人大常委会党组书记、主任期间，凡遇到相关知青的事，我都不遗余力地为知青的成长进步做"铺路架桥"的工作。每当看到知青得到成长，工作有了进步，我都感到是一种莫大的欣慰。就拿我担任共青团延安地委书记这一时期来说，我积极向组织推荐优秀知青干部，大胆提拔、使用优秀知青。

❖ 崖畔回声——我的故土情怀

上一个世纪 70 年代初，在延安团地委工作的 10 名干部中，就有 5 名北京知青和 1 名上海知青。在延安地区所属的 13 个县中，有 7 个县的县团委书记是北京知青。我在担任延安行署专员和延安市一届人大常委会党组书记、主任时，见证了"后知青时代"那些走出黄土地的知青对延安的眷恋，见证了延安人民与知青在艰苦岁月结下的那份情谊和由这种情谊所结出的累累硕果。岁月如梭，青春难再。但作为对那段历史的一个亲历者，我从自己的工作经历和自身的感受中，体会到延安这块土地对知青人格的养成和精神的滋养起到了不可估量、也是不可替代的积极作用。故不计笔拙，撰此一文，算是对研究知青成长经历的一次抛砖引玉吧。

延安插队的北京知青成长之路探析

同 刚

党的十八大之后,原已有些淡化的"知青"话题又重新引起了人们的热议。在热议中,许多人将关注点落在了曾在延安插队的北京知青这个群体上。据悉,这一群体在各个领域涌现出的人才之多、比例之大实为全国之冠。当年,来延安插队的北京知青有近28000名,与全国1700多万知青相比,这一规模并不大。最令人感兴趣的是,就是这么一个群体,又来到延安这么一个幅员并不广阔、闭塞且又贫穷的地方,竟然能涌现出如此众多的优秀人才,这的确是一个值得人们思考的问题。

笔者认为,当年来延安插队的北京知青中,之所以能出现这么多的优秀人才,其中的因素是多方面的,但个人因素、家庭因素、环境因素、时代因素和政策因素,对他们的成长、成才起到了至关重要的作用。

一、个人因素

当年,来延安插队的北京知青同属"老三届"。他们所处的时代、所接受的教育基本一样；来延安插队的时间点也基本相同。但在这种"一样"和"相同"的背后，却有着他们个体之间的不"一样"和不"相同"。从首都北京来到偏僻落后的陕北，陡然间从理想的天空坠落到现实的土地上，面对这种艰苦的生存环境，有的人能很快安下心来，融入到这种生活和环境中，有的人适应性就差一些；有的知青在来延安插队之前，思想上对接受再教育做了充分准备，有的则准备不足。插队之后，有的知青在艰苦的劳动之余，依然不忘读书学习，有的则对前途产生了迷茫，认为既然是来插队落户，这辈子大概就只能当一个农民了。这种适应性上的差异，这种在艰难困苦中所展现出的人生态度，与个人日后的成长有着密切的关联。

和社会上的其他群体一样，知青这一群体的构成以及他们个体之间的差异，决定了他们未来的人生走向。我们现在所认同的人才，是这个群体中较为优秀的那么一批人。而这批人的优秀素质不是在插队时才表现出来的，他们中间的许多人都出自北京名校，是本校的高材生。在校期间，他们有的是班干部，有的在学校期间就入了团、入了党。这批人后来之所以能成为一个好知青，又从一个好知青成长为一个优秀人才，这与他们自身原有的素质是分不开的。在探讨知青成长、成才之路时，我们不能忽视对知青个体素质的研究。

北京知青来延安插队之前，所接受的是共产主义人生观教育，是革命理想高于天的教育。这种教育，使得红色革命情结早已在他们心中扎下了根。到革命圣地延安来插队，正契合了他们心中的理想。延安是世人向往的革命圣地，延安精神无疑是知青们心中的精神图腾。特别是一些干部家庭出身的知青，其父母都曾在延安学习、战斗和生活过。在父母的教育、训导和感染下，他们自然会珍惜来延安插队的机会，并将插队视为是实现革命理想的必由之路。还有一部分知青在"文革"时期曾到延安"串联"。早在那个时候，他们就产生了要奔赴延安的想法。后来，知识青年上山下乡的号召一发出，他们便将这种想法付诸行动。从这几方面综合来看，无论是在学校期间，还是在家庭教育方面，包括他们自身所具有的素质和品格，这等等的一切，奠定了他们成长、成才的思想基础。

二、家庭因素

知青插队前后，即从"四清"运动到"文革"爆发，"以阶级斗争为纲"是意识形态的主旋律。因此，由于"家庭出身"和"社会关系"的不同，使得他们在看待社会、看待问题、处理人与人之间的关系等方面，也都有着很大的差别。在那个特定的历史条件和社会环境下，一些知青在插队期间就感受到，家庭出身对他们的心理影响非常大。当时，有的知青父母正在接受审查，有的进了"五七"干校，有的被打入另册。之后，无论遇到参军、招工、招干、提干、升学等，都需要经过严格的政审。面对这种政治上的差别对待，家庭出身不好的知青心灰了、意冷了，但还有一些知青虽然也受到这种差别对待，但他们能经受住这种政治上的歧视，他们有着敏锐的政治洞察力和判断力，并将政治上的差异对待转化成一种动力，积蓄力量、储备知识，从不灰心。研究知青成长、成才之路，这一点非常重要。

三、环境因素

知青的成长，离不开他所在的具体环境。知青们插队的农村，自然环境、经济状况、安置条件、乡风民情等，与知青的成长都有着密切的关联。而在这诸多因素中，乡风民情尤为重要。

许多知青在插队期间，真切地感受到延安人民的淳朴、仁爱和厚道，这种精神品质陶冶着知青们的心灵。许多知青都有一个共同体会，他们认为：延安是延安精神的发祥地。延安精神不是停留在教科书中，不是陈列在纪念馆里，而是体现在乡亲们对待生活的态度上，体现在他们的言传身教中。唯有与延安的父老乡亲一起劳动、一起生活，才能体会和感悟到延安精神的真谛。

正是因为知青们在延安这块浸润着英烈鲜血的土地上，正是因为他们在延安父老乡亲淳朴、善良的品格中读懂了延安精神，受到延安精神的熏陶和滋养，使得他们在插队期间，乃至在返城之后，无论是思想素质、工作态度还是奉献精神，与没有插过队的同龄人有着明显的区别。

当年，在延安插队的北京知青，主要从事生产劳动，但也积极参与延安的各项建设。如"梅七"铁路线、拓家河水库，如搞科学种田、办乡村教育等。在当时，大凡知识性和技术性较强的建设工地、农业技术以及教育岗位，都有知青的身影。如果说农村是锻炼知青的大熔炉，那么，参与延安的各项建设、推广科学种田、普及乡村教育，这一切，无疑为知青施展才华提供了更广阔的天地。其他不说，当年许多知青通过"出民工"的形式，学会了许多劳动技能。他们中的一些人成了石匠、木工、铁匠、电工、焊工、机修工，这为他们日后参加工作打下了坚实的基础。当然，知青们在插队期间所学到的不仅仅是这些劳动技能，更为重要的是，知青中有许多人是"文革"初期的红卫兵，他们的心灵在不同程度都受到"极左"思潮的影响和伤害，急需有一个平复心灵的港湾，而陕北正是这样一个理想天地。因此，知青们从"风云激荡"的北京来到相对平静的农村，精神上有了一种放松感。除此而外，还有一些知青是没有得到"解放"的干部、知识分子、原工商业者的子女。他们刚来延安插队时，虽然少不更事，但心灵并不轻松。可是，淳朴厚道的延安父老乡亲，不以出身、成分和家庭来论人，他们看重的是你在劳动中的表现。这种在政治上的一视同仁，为一些知青缓解了思想上的压力，使他们心灵得到慰藉。

四、时代因素

北京知青在延安插队时，延安的经济建设和文化建设还十分落后，尤其是工业基础底子薄弱。在周恩来总理的亲切关怀下，北京市给延安援建了一批"五小工业"。这些企业从创办期间到建成之后，需要大批的技术人才。而北京知青无论是年龄，还是知识方面都占有一定的优势。在推动延安工业经济发展的同时，也为知青的成长、成才提供了新的机遇。一些知青在返京后，能很快成为他所在企业的生产和技术骨干，这与他们在延安打下的基础是分不开的。

北京知青来延安插队，与兵团、农场、林场有所不同。他们真正实现了与土地的一种融合。当年，以知青组为单位，知青们直接被分到农村最基层的生产队从事劳动，靠挣工分来生活。以知青组为单位的分散式的插队方式虽然更加艰苦，但也能让知青们受到更好的锻炼。在此期间，他们对中国国情有了深入的了解，看到了中国底层社会最真实的一面，有了独立思考的能力，培养出了他们与人民群众心心相印的朴素情怀。

五、政策因素

知青在延安插队期间，受到延安各级党政机关的亲切关怀。在具体工作中，地方党政机关十分注意贯彻普遍教育与重点培养相结合的原则。据统计，当年在延安入党的知青有1157人，入团的14517人；有1195人出席过全国和省、地、县的党代会、人代会、团代会、妇代会、积极分子代表会，受到过表彰和奖励。他们中担任过地、县、社、队各级领导班子成员的有4759人。当然，我们这里所说的人才，不是以职务高低来论。知青中的优秀人才，以其自身的特质，所做出的建树，表现在政治、经济、文化、教育、文学艺术、科技等多方面。但有一点可以说明，这些人才，基本上都产生于在延安插队或工作期间、受过表彰和奖励的先进分子或积极分子之中。

实践证明，延安对知青在插队期间的安置，以及后来参加工作之后的关怀，做得细致周到，堪称全国典范。至今，延安还保留着全国唯一的知青管理和服务机构，继续做好对留在延安的老知青的服务工作。

由于上述五方面因素的作用,知青们经过插队锻炼,经过工作实践,思想成熟、眼界开阔,形成了实事求是的思想方法,练就了任劳任怨的吃苦精神,积累了丰富的工作经验,无论是从政、治学、经商、务工,都不怕困难、甘于吃苦,保持了不断进取的精神风貌。

当年,延安的黄土地以博大的胸怀迎来近 28000 名北京知青。当时,他们刚刚走出校门,在延安的黄土地上经了风雨,见了世面。之后,他们又陆陆续续离开了延安,成为社会的中坚。从这个意义上说,延安无愧于时代,无愧于老区的地位。在"文革"时期,接纳并培育了一大批有思想、有才华的知青,使他们成为建设有中国特色的社会主义的栋梁之才。这是延安继革命战争年代之后,为中华民族做出的又一历史贡献。

❖ 崖畔回声——我的故土情怀

知青文化思辨

陈立胜

有关知青文化的话题,在插过队的知青以及社会各界引起了广泛的关注和讨论。我认为,这种现象不是"泛文化"的产物,而是预示着知青文化资源经过长期积淀,已形成了一种文化现象。作为一名原北京知青,我有责任根据自己对插队生活的体验与反思,提出管微之见以供商榷。

一、知青文化建设的意义

当年,在知识青年上山下乡热潮中,曾有近28000名北京知青到延安插队。他们诚实地履行了自己的初衷,为老区建设奉献了自己的青春,并与当地群众结下了深厚的感情。而今,这段岁月已成为历史。作为这段历史的亲历者,我们对在这段历史中度过的青春岁月十分看重,因为它曾改变了我们的命运,在我们生命之树上留下了最深刻的年轮。

我们这一代人,由于错过了历史的机缘,以致在共和国的历史上，既无前辈人的辉耀，也无后辈人的光璨。在这两个历史时期的交替中，我们发挥了一代人应有的作用。我们平凡而不平庸，多艰而不沉沦，执着而不守旧，至诚而不张扬，这正是我们这一代人精神品格的特征。

每当我们回望与前瞻的时候，无不发出这样的感慨：我们的人生色彩不够斑斓。由于人所共知的原因，我们错过了学习的黄金期，没有受到本该受到的完整教育。这种缺失造成的影响，在生产力发展缓慢的年代尚不凸显，但随着时代的发展与进步，这才发现，这是一块"硬伤"。为什么在科技领域，在具有创新性的行业里，很少见到知青的身影。可以这样说，我们这一代人，就整体而言，在道德精神上似乎没有缺憾，而在能力奉献上却有负于时代。从一定程度上来说，这是时代的局限性使然，并非我们没有尽到自己的主观努力。

但无论何时，只要回望自己的来路，就会深刻地感到：最使我们自豪的，是我们曾为老区建设奉献过自己的青春热情；最使我们感到欣慰的，是我们由此展开了自己多彩的人生；最使我们满足的，是延安的黄土地赐予了我们丰厚的精神财富；最使我们难忘的，是峥嵘岁月与蹉跎年华相伴的那段风雨历程；最使我们感念的，是圣地延安对我们的哺育之情；最使我们欣喜的，是延安的飞速发展与日新月异的变化。这种情感，是一种崇高的情感，也是知青特有的情感。这种情感晶莹如玉，纤尘不染，光华照人；这种情感，岁月不能侵蚀，流俗不能扭转，世风不能侵染；这种情感，是经历的浓缩，感知的升华，反思的集萃。

我想，这种情感的总和就是知青精神，也就是知青特有的一种精神。这种精神的内涵是"自力更生,艰苦奋斗"的延安精神与"无怨无悔,痴心不改"的知青奉献精神的结合,其外延表现是埋头苦干的工作态度,求真务实的思想作风,质朴无华的精神气质,重在奉献的人生理念,共同奋斗的群体意识,持久不懈的理想追求,真情友谊的道德情怀,老有所为的积极心态和自信"青春不老"的乐观主义精神。这种精神的形成,缘于插队生活的锻造,时代风云的淬炼,并随着时代的发展而不断升华;这种精神,既有延安精神的深厚底蕴,又展示着一代知青的神采风华,其本质是积极向上的,因而永远不会过时,永远是支撑一代知青不断进取的精神力量。

我们这些以"老三届"为主体的原知青,已年过花甲。我们还能为社会做些什么呢?无情的自然法则使我们充满了紧迫感。我们这些人,一般没有给后人积攒下多少物质财富,却积累了丰厚的精神财富。而这份精神财富能否传承下去,自然成为我们最为关心的问题。然而,在价值多元化的今天,人们的价值取向已不复我们当年,更何况,我们所谓的精神财富尚难得到社会的体认。我们只有很好地解决这一问题,才能使我们的后代与我们一样,永远继承优良传统,永远铭记革命历史,永远景仰圣地延安,永远不忘淳朴善良的延安人民,永远以伟大的延安精神激励自己成长与进步。我们如果能够实现这一夙愿,也就实现了自己的余生价值。

然而,要将这一崇高的目标变为现实,仅靠我们的努力显然不够,因为个人的认识是有限的,很难产生令人信服的教化作用。此外,我们还要承认,两代人之间的确存在着认识上的差异,这就是所谓的代沟,这条代沟并非不可逾越,但必须要搭建起相互沟通的桥梁。这种桥梁既不是简单的言传身教，也不是单一的政治灌输，是一种具有强烈感染力的文化，而这种文化，显然应该是知青文化。

然而，目前知青文化还未形成自己的体系，还难以发挥应有的渗透和教化作用。这样，时代就给我们提出了一个建设知青文化的历史任务，而这一任务应该由广大原知青共同来完成。我们要完成这一艰巨的历史任务，就必须争取有关方面的支持，就必须调动广大原知青的积极性，就必须有可行的规划，还必须要让承担这一历史任务的人有坚定的决心、创造的智慧和神圣的使命感。

据我了解，随着时间的推移，广大原知青对自己的插队经历和成长过程的反思在日益加深并不断推出成果。而且随着大家的陆续退休，为了更好地体现余生价值，他们纷纷把目标定位于知青文化。我认为，对这股涌动的热流，只要加以适当的组织和引导，必能形成知青文化建设的热潮。如果这样，在我们的有生之年，一定能够使这笔珍贵的精神财富上升为文化，并完整地传承给我们的下一代。

二、知青文化形成的条件

我们知道，任何一种文化的形成，都不是人们主观意志的产物，而需要有一定的条件，一是要有文化创造的主体；二是要有丰厚的文化资源；三是要符合时代的要求；四是要有长期存在的历史价值。而知青文化具备了这四个基本条件，因此，就具有形成的可能性。

知青文化的主体是当年来延安插队的近 28000 名北京知青，一般来说，他们有知识、有文化、有阅历、有情感、有理念、有热情，有犹新的记忆，有素材的占有和创作的冲动，当然还有使历史铭记的渴望，有在基本问题上的共识和参与知青文化建设的积极性。因而，这支队伍充满激情活力。这是延安北京知青文化可以形成的条件之一。

知青文化形成的基础是广阔而深厚的知青文化资源。这种资源的构成，主要是广大知青的生活和情感经历，经过反思而形成的各种理念，以及相关的文物和文字记载。对诸如此类的文化资源，如果抽象地看，或许缺乏色彩，正如局外人在评论我们的经历，评论我们的插队生活时，往往以"艰苦"或"磨难"概括之；关于精神风貌，往往以"风华正茂"或"意气风发"概括之；关于情感与心态，往往以"以苦为乐"或"其乐无穷"概括之；关于回首与反思，又往往以"无怨无悔"或"青春无悔"概括之。这些说法不能说不对，因为它起码反映了知青插队的经历和成长的大致情况，反映了这一群体在一些基本方面的共识。但这些说法又过于简单化、概念化，难以反映知青内心世界的丰富。事实上，在知青群体内部，结构是多元的，层面是可分的，同中存异，异中有同，不一而足。就拿当年赴延安插队的知青来说，其共性是同为北京人，同在北京上学，同有"文革"的经历，同时赴延插队，又一同从延安走上各自的工作岗位，仅此而已。但应该注意的是，在一些基本方面，人与人之间还存在着一定的差异，如出身的不同，家庭经济地位的不同，学校教育质量的不同，在"文革"中的经历不同等。这些因素在每个人的思想中，难免会留下或深或浅的印记。还有，从年龄上说，存在着 15 岁到 22 岁的年龄序差；从文化层面上看，仅知青主体的"老三届"就存在从初"68"到高"66"六个层级；从思想状态上分析，有的已基本成熟，有的还不太成熟，有的还相当幼稚；从"文革"经历上界定，有的涉足很深，有的涉足未深，有的则一直当"逍遥派"。值得注意的是，他们中的多数人未受过完整教育，也未达到完全民事行为年龄，却投入了一场史无前例的政治运动，以致许多人在心灵深处留下了难以平复的伤痕，在一定程度上影响着自己的成长。知青插队时，由于年龄不同、受教育程度不同、思想状况不同、家庭条件不同、对"文革"的认识不同，必然会导致人与人之间，在心理状态、思维方式、价值取向、精神风貌等方面的差异。这种差异无疑会影响到每个人对插队动机和目的的定位，以及插队中的思想表现和精神状态等。

关于知青插队的动因，一般来说，其外因主要是插队政策的驱动，其内因则是广大知青走"历史必由之路"的决心。这是知青群体的共因。此外，还有不可疏忽的个因，如有的是为了寻觅生活的出路，有的是为了缓解家庭的压力，有的是为了摆脱"文革"的梦魇，有的是缘于对外部世界的好奇，有的是出于对田园生活的向往，有的是为了追随自己的恋人。总之，原因是多种的。然而，在那个强调共性、抹杀个性的年代，对这些客观存在的差异却讳莫如深，谁也不敢触及。这种情况在一定程度上压抑了知青个性的发展，也影响了外界对知青多侧面、全方位的认识。除此而外，近 28000 名知青同在一个地区插队，但各地自然条件和经济状况极不均衡，社情民风也有一定的差异。当时,延安地区的县与县之间,公社与公社之间,大队与大队之间,乃至于小队与小队之间千差万别、情况各异,这就决定了知青插队的境遇有所不同。从自然环境和交通条件来看,知青们所在的村落有的在塬上,有的在川道里,有的在高山上,有的在拐沟里,有的甚至在深山老林中。这些村落,有的与县城近在咫尺,有的相距几十甚至上百里,有的已实现"三通",有的还相对封闭,有的还很落后。从社情民情上看,有的村风较好,对知青相当照顾,有的一般,有的较差。从生活水平上看,有的地方粮食充足,细粮比例超过当时的北京,有的地方连粗粮都不够吃,还有的地方长年吃糠咽菜。从劳动的付出和收益情况看,有的地方劳动强度不大,而工分值却很高;有的地方劳动强度大,而工分值却很低,以致有的知青还需要家里补贴。知青境遇的不同,必然会产生不同的心理效应。在这个问题上,有一个值得注意的现象,那就是,越是艰苦的地方,越能锻炼人,越能培养人的高尚情怀。当然,这仅仅为一般规律,具体情况还要进行具体分析。另外,各地对知青政策的执行情况也存在差异,有的地方很好,有的地方一般,有的地方较差。在征兵、招工、招生等工作中,一般能坚持择优推荐的原则,但人情因素也起着一定的作用,尤其是受极"左"思想的影响,一些招工单位不是重在表现而是重在出身,政治歧视使一些优秀知青失去了进取的机会。

知青之间虽然存在着上述差异,但总的来说,他们在插队期间同属一个命运,故而在一些基本问题的认识上,还大致相同。但随着陆续走上工作岗位,大家的命运开始发生了分化。

他们有的分到国家机关,有的分到国营企事业单位,有的分到集体所有制单位。地位的变化,必然会引起思想的变化。这种变化在计划经济时代尚不明显,在市场经济条件下则不断加剧。他们有的手捧皇粮无忧无虑。这些人一般志得意满、风光无限,在回首往事的时候,感悟是"先苦后甜"或"没有苦,哪有甜"。而另外一些人,既无机遇的光顾又不善掌握自己的命运。他们中间,有的下岗失业,有的贫病交加,有的家庭裂变,而更多的是平庸无为。总之,各人都有一本难念的经。这些知青在回忆往事的时候,往往苦涩多于甜蜜,情怀也就不那么浪漫了。

人的社会存在决定人的意识。知青既为社会人,也必然会受到这一规律的制约。因此,大家的观念不可能完全一致,也没必要强求一致,正因为不完全一致,才得以构成五彩斑斓的知青世界,才得以形成层次丰富的知青文化资源,也才能够在此基础上形成绚烂多彩的知青文化。

我们研究知青文化,固然不能忽视知青的个性,但研究个性的目的还在于找出他们的共性。只有找出这种共性,才能从庞杂的知青文化资源中理出头绪,将此上升为理性认识,得出科学理论,反映知青精神世界的全貌。根据马克思主义哲学观,我们知道,共性寓于个性之中,是对个性的高度概括,没有个性也就没有共性。因此,研究知青文化,没有捷径可走。只有通过对知青文化资源的划分与概括,才能得出正确的认识。为此,我们必须下大工夫,认真搞好对知青文化资源的挖掘与整理。

知青们对插队生活的共同认识在于:一是艰苦的插队生活

锻炼了他们的体魄，磨炼了他们的意志，净化了他们的心灵，为他们今后的发展打下了基础；二是通过亲身实践，使他们对"三农"有所认识，开阔了自己的视野；三是在与当地群众的交往中，彼此在思想观念、生活方式、地域文化、气质风貌等方面达到了一定程度的融合，促进了共同的进步；四是实地接受了革命传统和延安精神的熏陶和教育，使世界观发生了革命性的转化；五是他们与当地群众之间产生了真挚的情感，以致将插队的地方视为自己的第二故乡。以上共识，无疑是广大知青间交流与合作的基础，同时也是知青文化建设的支点和有迹可循的思路。这是知青文化可以形成的条件之二。

　　进入新时期以后，广大知青在知识、文化、思想和道德素养方面的水平线也拉开了新的差距。他们中有的固守传统，抱残守缺；有的境界较高，勤于反思，对知青问题有较深入的认识；有的身居高位，政治上成熟，看问题用战略眼光；有的学术造诣较深，文化底蕴丰厚，看问题有一种历史和文化的视野。这种认识上的差异，需要得到一个统一，而统一的途径就是携手共建知青文化。这个目标是崇高的，一经提出，必会调动广大知青的积极性和创造性。这是知青文化可以形成的条件之三。

　　北京知青在延安插队，较之其他地方，有着鲜明的典型性和代表性。当时，在全国范围内，知青插队的形式有多种，总括有兵团、林场、牧场、茶场、橡胶场等单位插队和农村插队之分，而以农村插队为主。当然，农村插队的形式也最具代表性。在农村插队，又可细分为返乡插队、个别小规模插队和成建制插队之分，而成建制的插队又是知青插队运动的主要形式和正规化标志。从分析这几种形式入手来研究知青文化，必然具有典型代表意义。这是延安北京知青文化可以形成的条件之四。

另外，北京知青赴延插队还有以下许多鲜明特点：一是京延两地同为中国历史文化名城，其交流与融合具有重要的历史文化意义。二是延安不但是中国革命的圣地，而且是中华民族的圣地，其炎黄文化、黄土文化源远流长。在这里，北京知青不仅可以受到革命传统教育，而且能受到地域文化的滋养和中华文明的熏陶。这不能不说是赴延插队的北京知青的一种幸运。三是当年来延插队的知青，分布面很广，这种分布的广度必然会决定知青文化资源的广度。四是插队及安置条件较好，有利于知青的稳定和与当地群众的交往。五是知青中的大多数人在工作分配时被分在延安，他们程度不同地为延安的发展作出过贡献，这就使得知青在延安工作生活有了一个较长时间的跨度。六是直到今天，还有一定数量的知青留在延安，他们在延安知青文化建设中，必然会成为一支能发挥恒久力量的群体。这些因素不但决定了延安知青文化资源的深度和广度，而且决定了知青文化所具有深厚的底蕴和较高的品位。这是延安北京知青文化可以形成的条件之五。

随着北京知青风华纪念林建设的进展，延安知青文化建设已经有了一个良好的开端和可靠的依托。这两项建设相辅相成，互为表里，一定会收到事半功倍的效果。这是延安北京知青文化可以形成的条件之六。

延安知青文化建设如能在全国知青文化建设中先行一步，必然会使延安成为全国知青文化建设的首倡之区。延安知青文化建设在进一步增强延安文化魅力、提高延安知名度的同时，必然会引起全国知青的关注、支持和响应。这应该是延安知青文化可以形成的条件之七。

当前，我国各级党政领导人一般都有插队经历或熟悉知青插队历史，因而对知青文化建设能够给予理解和支持。这是延安知青文化可以形成的条件之八。

知青插队的主体是"老三届"，而"老三届"基本与共和国同行，其经历在一定程度上可以折射我们国家的历史变化。因此，知识青年上山下乡运动是由多种社会历史因素所决定的，其中既有理论的导向，又有政策的驱动；既有先期的实践，又有现实的需要。然而，更为重要的是在"文革"特定的历史条件下，适应了当时政治、经济发展的客观需求。

我们知道，"知识分子与工农群众相结合"是毛泽东同志关于知识分子理论的基点。他坚信"知识分子若不与工农群众相结合，则将一事无成"。他坚定地认为，这对于整个知识分子来说，是一条"历史的必由之路"。他通过总结国际共产主义运动的经验教训，使这个结论进一步得到了论证，并使之上升为无产阶级革命事业是否后继有人的高度。这就是当时对青年工作的指导理论。这种理论威力巨大，深入人心，使许多人从很小就做好了"乐在天涯战恶风"的思想准备。从政策方面来说，"教育为无产阶级政治服务，教育与生产劳动相结合"的方针使知青们从小学时代就树立了"劳动创造世界"的观点，并在劳动实践中经受了一定程度的锻炼。当时我国国民经济发展的总方针是"以农业为基础，以工业为主导"，之后，根据国家的实际，又提出"以粮为纲，全面发展"和"大办农业，大办粮食"的政策口号，使全国的各行各业树立了坚定的"农业第一"的思想。从大专生毕业后的走向和城市人口的流向上来看，曾先后提出了"四个面向"：面向农村、面向边疆、面向工厂、面向基层和"我们也有两只手，不在城里吃闲饭"的政策性号召，直至毛主席发出"知识青年到农村去，接受贫下中农的再教育，很有必要"的最高指示，最后确定了全国广大知青的走向。

党和国家为了贯彻一系列以农业为中心的方针政策，曾先后推出了邢燕子、侯隽、董加耕、赵耘等志愿到农村安家落户的知青典型，以此号召广大知青和城镇人口返乡务农。在这种政策的感召下，知青们到农村插队，也就成为一种历史的必然。至于后来知青插队规模之大，席卷全国，牵动数千万个家庭，改变了一代人的命运，则是任何人都始料未及的。应该说，知青插队运动是"文革"特定历史条件下的产物，确切地说是上述理论、政策与当时政治、经济发展需要相结合的一种历史的必然选择。

从政治方面分析，1968年初，曾在"文革"中起过"先锋"和"桥梁"作用的红卫兵运动已渐式微，学生们在"极左"路线的愚弄下已开始觉醒。在这种条件下，大家面对的现实是：既不能复课，又分配无门，于是陷入苦闷、彷徨、焦虑、忧思和激愤的情绪中而不能自拔，不知道自己的出路究竟在哪里。这种情绪是一种危险的情绪，有可能酿成一种逆动力。这种严峻的现实要求决策者必须为他们寻找生活的出路。但在当时，由于政治动乱造成经济停滞，国家根本没有安置这样一个庞大群体就业的可能，而让知识青年到农村去，则不失为缓解城市就业压力的权宜之计。这就是知青插队运动为什么在1968年高潮陡起的全部政治和经济原因。

知青插队运动不是孤立的,我们不能忽视与此相关的各种联系。从一定意义上说,我们理清其源流、经过和走向的过程,可以折射出共和国的历史进程。我们据此可以相信,知青文化建设必将引起有关专家学者的关注和研究。这是知青文化可以形成的条件之九。

北京知青对延安人民怀有深厚的感情,延安人民对北京知青也怀有同样的感情。这种珍贵的感情,应当与天地同长久,与江河共绵延。知青们对延安人民无限感念,缘于延安人民对北京知青的关爱。知青们刚到农村插队少不更事,毛病很多,甚至损害过当地群众的利益。但当地的干部群众对知青们十分宽容,就像对待自己的孩子一样。这样的真情呵护,是知青们以后在任何地方都体会不到的,这怎能不在他们的心灵深处打下难以抹去的烙印。延安人民对知青的插队经历,感同身受。他们对知青当年的趣闻轶事更是津津乐道,如数家珍。我们有理由相信,在延安的广大民间,蕴藏着深厚的知青文化资源,只待我们去挖掘和整理。我们坚信,北京知青文化建设的崇高目标,一定会得到当地人民的支持和配合。这是延安知青文化可以形成的条件之十。

知青文化资源经过几十年的积累和沉淀,已经十分丰厚。其层面也日渐清晰。全面挖掘整理的时机确已成熟。这是知青文化可以形成的条件之十一。

综上所述,知青文化不但是可以形成的,而且时不我待,应当立即着手来从事知青文化建设。

三、知青文化泛论

我们既然提出了知青文化的概念,那么,知青文化建设的意义又该如何界定呢?我认为,知青文化不同于黄土文化。这两种文化虽然同样根植于黄土地,但本质却迥然不同。黄土文化有数千年的发展历史,而今已长成参天大树,根深叶茂,硕果累累;而知青文化,其资源的积淀也不过40多年,远未形成自己的体系或形态。我们知道,黄土文化的创造主体是当地的人民群众。他们世世代代在这片土地上生息繁衍,与这片厚土达到天人合一的境界。而知青文化的创造主体是北京知青,他们受过京延两地文化的熏陶,对两地均有着纯真质朴的情感。故黄土文化带有突出的地域文化特征,而知青文化带有清晰可辨的两栖文化特征。

黄土文化的传播空间以黄土区域为主,而知青文化的传播空间以原知青分布的区域为主。原知青分布在全国各地,故知青文化具有发展成为一种全国性文化的可能。黄土文化虽是中华文化的重要组成部分,但其传播的基本条件是:要必须保持自己厚重的文化底色,否则,就会减退这种文化的魅力和价值。因此,这种文化基本是一种地域文化。

由此可知,黄土文化有着深厚的历史根系,有着很强的吸附力、同化力和渗透力。能够吸纳和融合外来者与当地人共同生活,共同创造,共同奋斗。而知青文化相对较弱,但有着广阔的传播空间,对全国原知青有着不可回拒的感召力、沟通力和同化力。因而可以在更大的范围内宣传黄土地、宣传陕北、宣传延安，提高延安的知名度。这两种文化各有自己的功能却又相辅相成，可以共同担负起为延安经济社会发展服务的文化使命。

因为延安的北京知青文化的创造者、传播者，以及传播的主要对象是曾在延安插过队的北京知青，因此，这种文化又是一种专属文化或具有鲜明地域特色的文化。

黄土文化经过漫长的历史积淀、陶冶与提炼，已形成自己的完整体系。这种体系的基本构成是丰富多彩的民间艺术和表现黄土风情的现代文学作品。这种文化以自己完备的体系、多样化的形式、朴茂的风格、鲜明的个性和持久旺盛的生命力跻身于中华民族文化之林。而知青文化，虽然有着自己丰厚的文化资源，但还有待于挖掘和整理；虽然已经有了一些成品甚至精品，但毕竟为数太少；虽然有着自己的创造大军，但尚未经过必要的组织和训练。由此可知，知青文化建设在我们手中才刚刚起步，要真正形成，还要假以时日。为此，我们深感任重而道远。

我们知道，知青文化建设是一个庞大的系统工程，不但需要最广大的原知青参与，而且需要经过至少两代人的努力。我们这一代人的责任，一是为知青文化建设创造一个良好的开端；二是将继承与发展的任务很好地交付给我们的下一代。

我们认为，要使知青精神具有持久旺盛的生命力，就必须高度体现知青精神的存在价值。这种价值虽然是客观存在的，但不经过提炼和大力宣传就难以得到充分的体现。我想，这应该是我们进行知青文化建设的着力点。

知青精神是延安精神与知青实践相结合的产物。知青精神要具有鲜明的时代特征,也要与时俱进,要与现代观念结合。那么,怎样结合?对此,我们已从新一代中央领导人的理论和实践中看到了希望,故对知青文化建设的前景充满了信心。

在当代,知青的团体精神与内部凝聚力一直为社会所称道,但之间仍存在着一些成见、分歧与隔阂。这种情况长期困扰着我们,影响着我们之间的交流与合作,甚至挫伤过我们团结共济的信心。一个颇有活力的群体内部,为何会产生这样的不良情况或非理智因素呢?我们可以无可讳言地认为,一是"文革"思潮的残余在作祟;二是知青之间长期分散,缺少交流,自我封闭;三是社会存在文化层次及价值观发生分化或裂变;更为重要的是,我们一直未能确立一个有重要意义的、符合大家共同要求的、能调动最广大知青积极性的崇高目标。知青文化建设应该能够较好地解决这个问题。我们坚信,在一个崇高目标的感召下,在新的奋斗历程中,所有的芥蒂和不理解都会冰消雪融,我们的精神一定能够达到一个全新的境界。

知青文化建设要健康顺利地发展,只有广大知青的热情还不够,还要将这项事业纳入法制的轨道,还要与延安的发展目标相一致,还要努力提高我们的科学文化素质,还要发挥各地知青联谊会的组织协调作用,还要建设好自己的基地或中心,还必须有一个能忠诚于全体知青委托的、能够自觉接受广大知青监督的、高效率的运作机构。

◈ 崖畔回声——我的故土情怀

浅谈知青文化中的地域文化元素

二　河

我没有受过完整的教育，文化底子薄，文字功底也浅，基本不具备创作条件。近年来，在对插队生活的回忆中，忽然产生了一种创作冲动，竟一连写了20多篇有关插队的文章，并得到知青和文学界人士的认可。我想，自己的作品能受到他们的喜欢，主要还是靠积累下的生活底蕴。说到生活，这是我唯一不缺的，因为我无论在插队前，还是在插队中，还是在插队后，总是比较注重生活积累。虽然我创作的空间比较狭窄，题材仅限于插队生活，但由于我对那段生活非常熟悉，甚至体察入微，所以写起来比较得心应手，从而在一定程度上达到了真实与感人。我在与其他知青作者交流时，发现大家都有同样的体会。看来，源于生活、高于生活确实是文艺创造的不二法门。

然而，过去，我把生活看得过于单纯，认为那不过是终年劳作和繁衍生息而已，顶多是人类的客观存在与生产和社会活动的外在表现，忽视了其中固有而深藏的文化底蕴。在这种理念的指导下，一切文艺创造只能是自在而不是自觉的，因此很难达到一个理想的高度。另外，创作不但受着特定生活环境的影响，而且受着地域文化的影响。以延安知青文化而论，它就受到陕北地域文化和京城文化的影响，因为来延安插队的北京知青都曾受到过这两种文化的熏陶，其文化性格的形成也必然会受到这两种文化元素的作用与制约。

现在，一些学者对陕北地域文化对知青文化的影响，已有充分肯定，并有了较为深刻和完备的论述；而对京城文化对知青文化所产生的作用和影响尚未有人论及，这不能不说是延安知青文化研究工作的一个缺失。

有感于此，我拟从自己插队前后的经历出发，浅谈一下京城文化对知青文化形成的作用，虽属"管见"，却也不无"抛砖引玉"的意义。

京城文化是一种母体文化，其外延甚广。其中与一代知青成长最有关联的是主流文化和市民文化。而主流文化的导向作用已不待言，需要着重介绍的是，在北京流布最广、在生活中无处不在、对青少年思想成长影响最直接的市民文化。这种文化有两个重要分支：市井文化和大杂院文化。

一、大杂院文化是我有生以来接触最早的文化，它启迪过我的童智，陶冶过我的性灵，培育过我的早期人格，使我学会了如何与人和谐相处。

我1952年出生，对北京生活的记忆始于上一个世纪50年代中期。那时，我家住东郊一个军工家属区。那是一个三进院落，住着几十户人家的大杂院。大家每天从一个大门出入，正是"低头不见抬头见"，关系自是非常融洽，相互间的称呼也十分亲切。

我记得,那时,谁家有个不幸,都能得到一院人的关心;谁家有个喜事,也会得到大家的祝贺。当然,邻居之间,也难免有个芥蒂,但纵然心中不快,也一般不会表现在面子上。我后来认识到,那时一院人能和谐相处的因素很多,如新社会新风尚的熏陶,街道积极分子的作用,大家相互理解的胸怀,以及"远亲不如近邻"的理念等。这种人与人之间的新型关系,不但能使大家长期愉快相处,而且有益于孩子们心灵健康的成长。我后来在插队时能与当地人亲和相处,这在很大程度上取决于自己从小拓展的开放的心胸。

大人们能和谐相处,孩子们也自然会和谐相处。大杂院里成百个孩子有时间就凑到一起尽情玩耍,谁的心灵也不会感到孤寂。这是一个群体,是我有生以来的第一个群体,它使我感受到快乐,感受到精神上的支持,这无疑是我们由自然人转向社会人的开始。我们后来在插队中,结成了一个中国庞大的群体——知青群体,并使这个群体成为社会的中坚。当我们这一代人的历史使命即将终结,可以回顾和总结自己心路历程的时候,又怎能忘却自己儿时的记忆!

至今,我还清楚地记得,大杂院最热闹的时候,是每年夏季的傍晚。而这种热闹,又每每从晚饭时开始。因为大家感到家里闷热,便将晚饭端到院子里吃;而各家的饭食又多不相同,不免相互礼让,真如一场欢乐的群宴。晚饭后,孩子们开始三三两两地到外面玩耍,大人们则各自端着自己的茶具,提着自己的板凳,凑到一起谈天说地。这种场合,成了大杂院的信息窗口,大家每天的见闻就在这里汇集,就在这里交流,然后,又不免从这里扩散出去。所有的这些信息,有的是亲见实闻,有的是道听途说,确与不确,都很容易引起大家热烈的讨论。

大家往往在谈完正事还余兴未尽,于是又开始了闲聊。闲聊的话题非常广泛,有国家大事,有历史掌故,有名人轶闻,有影剧评论,甚至还有家长里短。闲聊告一段落后,又开始轮流说笑话或讲故事。这时,院子里便充满了欢声笑语,以致把陆续归来的孩子们也吸引住了。

孩子们当时正处于好奇的年龄,最爱听大人讲故事。最难能可贵的是,大人们讲的许多故事,都不是从少儿读物上能看得到的,它们的来源,或是出于评书,或是出于戏剧,或是出于流传,或是出于小说,总之,都是我们这些孩子前所未闻,无不感到新鲜的,因而留下的印象特别深刻。这些生动的故事,后来竟成为我一笔骄人的文化财富,无论是在待分配的日子里,还是在插队岁月中,都曾一遍又一遍地讲给同学、战友和乡亲们听,而在当时那样一种文化荒漠的情境中,无疑是一股汩汩流动的清泉。

然而,大杂院最使我难以忘怀的,还是当年魅力四射的文化生活,尤其是每个周末的京剧汇演。我们知道,北京是京剧之乡,那里不但拥有全国一流的剧团和众多的知名演员,而且拥有无数计的"票友",至于一般爱好者更是比比皆是,甚至连拉车的、赶脚的、背煤的、卖菜的都能哼出一个接一个的名段来。至于我们大院,几乎家家都有人会唱京剧,有的还是一方的"名票",是当之无愧的艺术骨干。我家隔壁的张大爷京胡拉得好,谁的唱段他都能伴奏,拉起来就眉飞色舞,仿佛进入了一种超然无我的境界。对门的邹大叔专工裘派花脸。他嗓音宽宏清亮，如洪钟大吕，声震屋瓦。而他饰演的人物又多为英雄豪杰，充满了雄迈阳刚之气，所以很讨孩子们喜欢。中院的李爷爷学的是马派须生。他谙熟马派的所有剧目，而且唱得很有韵味。其他许多人也各有所长，整个院落充满了京剧艺术的氛围。

每逢周末的晚饭后，大家便不约而同地凑在一起，只要张大爷操京胡往那里一坐，一场京剧汇演便开了场。大家一般先是客气地你推我让，但只要唱开了头，便如流水般地一个接一个地唱下去。大家既是观众，又是演员，无论是谁，只要唱到精彩处，众人都齐声叫好。要说还有外行，就是我们这些尚未入流的孩子们。

我在这种艺术氛围的感染下，也渐渐喜欢上了京剧。一开始只是跟着大人唱，久之竟学会了几个须生唱段。李爷爷见我嗓音不错，悟性也好，便开始对我进行重点栽培。他首先教我吊嗓，然后教我运气发声和京韵念白。

在一次周末会演中，李大爷突然推我上场。我当时没有任何心理准备，但见大家都鼓起掌声，我只好强作镇定地唱了一段《空城计》，没想到效果还不错，得到了大家一阵又一阵的喝彩。

我虽然喜欢上了京剧，也有了一个不错的基础，但还仅仅把它看成是一个业余爱好，从未企盼过能有正式登台演出的机会。却不想到延安插队之后，在"梅七线"铁路建设工地上，这样的机会还真的来了。

原来，工地建设指挥部的军代表为了活跃民工的业余文化生活，决定组建一支毛泽东思想文艺宣传队，并率先上演京剧现代戏《红灯记》。在物色演出人员时，我有幸当选。在分配角色时，我自报饰演剧中的男主角李玉和。军代表见我敢揽这样的"瓷器活"，不由大吃一惊。他为了考我有没有这样的"金刚钻"，便让我唱了一段。我开口一唱，竟折服了所有在场的人。军代表便兴奋地拍了板。

仅经过20多天的排练，首演就获得了圆满成功。之后，又在各工地巡回演出20余场，产生了很大的轰动效应。我作为剧中的男主角，更是给大家留下了深刻难忘的印象，从此，人们便称我"李玉和"，仿佛忘了我的真名实姓。凡是懂行的人都说我演得专业，并询问我是否坐过科班。我自己心里清楚，我哪里坐过什么科班？不过是北京大杂院文化对我的熏陶而已。

二、北京市井文化的濡染，使我了解到北京平民社会生活，领略了京郊农村生活的风情，产生了走向广阔天地的萌动。

我家所在的北京东郊，属当时城乡结合部。这种特殊的地理环境，使我对城市和农村的社会生活都比较熟悉，并有着同样挚爱的感情。

我记得，我家的后窗紧临着一条连接城乡的马路。在这条道路上，每天来往的畜力车络绎不绝，而机动车则很少。我经常扒在后窗，欣赏路上繁忙的景象。那是一道流动的风景线，无时无刻都在变化。然而，最吸引我的还是那些成群结队的畜力车。虽然这些车辆统称马车，其实有马车、骡车、驴车、牛车、骆驼车多种。至于各类车的车型，又有大车、小车、胶轮车、木轮车之分。而车的套法，有单套、双套、三套之别。其所载的货物，也是种类繁多，从贵重物资到黄土、大粪，几乎应有尽有。所以，这是一道永不单调的风景线，能使我产生无限遐想。

在这些过往的车辆中，车型和套法的不同，代表着不同的运输能力，也决定着车夫的精神气质。在我的印象中，最神气的莫过于三驾胶轮大车，最委琐的莫过于单驾木轮牛车，最使人避之犹恐不及则是粪车。

三驾胶轮大车一般出自专业运输组织，车夫则大多是训练有素、技术高超的车把式，所以，他们不但神气十足，甚至有些高傲。而他们的技术的确令人折服，只要一杆长鞭在手，三匹骡马就乖乖地听他们使唤，哪个也不敢偷半点懒。因为他们的鞭子使得出神入化，只要信手一挥，就能打中牲口最怕打的耳尖。

我对车把式行当充满了艳羡，总想有朝一日能干上这个职业。不想天遂吾愿，此梦以后竟然成真。那是在插队时，我不但赶过一段三驾胶轮大车，而且成了附近有名的车把式。

我小时候不但喜欢看马车，还爱在马路上拾"马蹄铁"。马蹄铁是马掌上的护铁，掌钉磨穿后就会脱落，所以，在马路上时而得见。我把这样的废铁积攒够一篮子之后，就送到铁匠铺，换个块儿八毛，全都买了小人书。所以，我家的小人书特多，俨然是大院里的一个小小图书馆。久而久之，我与铁匠师傅们也都熟悉了，他们一见我来，总是笑呵呵地表示欢迎。而我完成交易后也不急着走，还要看师傅们如何打铁，如何给马钉掌。时间一长，我竟大略地看会了这些工艺，以后在插队时，还给我们村的老铁匠帮过不少忙。

稍大之后，我还经常与伙伴们到附近的农村去玩耍。我只要到了农村，无论看见农民干什么活路，都爱站在一边观摩，有时，在征得他们同意后，还亲自动手干。这就使得我对农村有了一个初步的印象，觉得农村天高地阔，农民纯朴善良，那里的生活虽然比城里艰苦，却也别有乐趣；那里虽然没有城里热闹，却也不失为孩子们的天堂。

我上学后，每到农忙，学校都要组织我们到附近的农村参加生产劳动。因为那时党的教育方针是"教育为无产阶级政治服务，教育与生产劳动相结合。"对于这个方针，无论后来如何评价，但仅就我们这一代人来说，确实收到了既端正了劳动态度，又打下了劳动基础，还培养了热爱"三农"感情的积极效果。这就为我们适应后来的插队环境，奠定了思想和劳动基础。

那时，我们虽属城里人，可与农民交往的机会也不少。赶车的、卖菜的、盘炕的、编席的、掏粪的，几乎全是农民，可以说，没有农民的辛勤劳作，就会影响城市生活的正常运转。尤其使我记忆犹新的，是"掏大粪"这个行业。因为他们与我们最为亲近，隔三岔五就要到我们大院光顾。他们赶着驴拉的粪车来往于城乡之间，为居民们义务清理厕所，然后将这些清理物运到农村肥地。因此，这是一种典型的两利共益的工作，十分令人尊敬。然而，当时思想落后的居民却对他们怀有偏见，遇到他们避之犹恐不及。更有甚者，竟以此教训自己的孩子说："不好好学习，将来就会变成'掏大粪'的。"而我院的居民却没有这种偏见，见到他们来了，总是客气地欢迎和热情地配合。最使我感动的是，还有些老年人招呼他们进屋喝水，而他们也很懂礼，只用自带的水杯站在外面喝。在全国劳动模范、首都掏粪工人时传祥同志的先进事迹家喻户晓后，居民们更觉得掏粪工值得尊敬，掏粪工也以自己的职业感到自豪。这种新的社会风尚，十分有益于青少年的成长，能使他们真正认识到：工作不分高低贵贱，只要是为人民服务，都是光荣的。

我家附近有一个叫八里庄的村庄，这个村庄过去是北京的一个著名窑厂。由于长期烧砖取土，形成了很多地坑。这些地坑日久连成一片，遂积水变成一片水鸟栖息的湿地。当地人叫它"上窑坑"，正好说明了它的成因。这片湿地后来经过八里庄大队集体修整，便成了北京的一个重要景区——团结湖。

我目睹了这一自然景观的变迁，深感劳动人民的伟大。这不就是"劳动创造世界"的典型事例吗？而这一认识，对自己正确劳动观的树立，无疑起了重要的启示作用。

我在少年时代，兴趣非常广泛，养过金鱼、鸽子、蝈蝈、蛐蛐；学过采桑、养蚕、杀鸡、做饭；爱看电影、京剧、曲艺、杂技；还喜欢观摩锯缸、补碗、磨刀、打铁、剃头等五行八作的技艺操练。而这样的兴趣爱好又不为我所独有，而是在当时北京少年中普遍存在。这些雕虫小技虽难登大雅之堂，却从不同角度锻炼了我们的思考和动手能力，还培养了我们的生活情趣和审美意识。如果这也属于文化，那么，准确的定位应是"市井文化"。而这种文化，在一代青少年的身心成长中，所起的濡染作用实在未可低估。

结束语

知青插队运动虽已过去 40 多年，但这段历史并未被岁月的烟云所淹没。因为它已成为一代知青的集体记忆，并形成了自己独有的文化，即知青文化。

知青文化这一概念的外延十分广泛，绝不是仅有局部经验者所能说清楚，而必须经由知青文化学者进行广泛的调查和综合的研究。所以，我作为一名在延安插过队的普通知青，只能就自己的亲身经历和个人认识，来发表一些对延安北京知青文化结构及成因的看法。谈这些看法时，就必须提及陕北地域文化和京城文化对延安北京知青文化的濡染乃至哺育作用。关于陕北文化对延安北京知青文化的这种作用力，已被大家充分肯定，并取得了较为丰富的研究成果；而对京城文化对延安北京知青文化的这种作用力，则还远未引起大家应有的关注。有鉴于此，我才以个人的现身说法来对京城文化进行浅析，目的是为了引起大家对这个问题的重视，以期经过大家的共同努力，弥补好这一研究工作的缺口。

一般来说，北京知青的成长经历和人格形成过程，应分为插队前、插队中和插队后三个阶段。第一阶段受北京地域文化的影响较大；第二阶段受陕北地域文化的影响较大；第三阶段受北京地域文化和陕北地域文化的共同影响较大。而在北京地域文化中，就绝大多数知青而言，又受其中的主流文化和市民文化影响较大。而在北京市民文化中，对青少年影响最直接、最广泛的，则是北京的"市井文化"和北京"大杂院文化"。

这是两种相互补充、相互渗透的文化，其不但对当代青少年，即便对上一代人的成长，也产生过不可低估的影响。如现代和当代著名作家鲁迅、老舍、张恨水、邓友梅、刘绍棠等人的许多重要文学作品都取材于此，并都放射着现实主义和人道主义的光芒。

这片厚土与陕北的黄土地一样，都给来延插队的北京知青的人生打下了深刻的印记，而这种印记，又必然会在他们的作品中得到折射，从而形成来延北京知青文化的丰厚底蕴。

这种文化的影响，至今仍显而易见。如许多知青历经40余年，至今还保持着北京的语音和北京的方言，还管鸡蛋叫"鸡子"，还管火柴叫"启灯"，还管老鼠叫"耗子"，还管猪脚叫"猪蹄"，还管收音机叫"话匣子"，等等，不一而足。当然，其中也不无负面的成分，如还有人保持着老北京的口头语，说话惯带"他妈的"、"丫挺的"，显得很不文明。另外，他们在生活方式上也还保持着老北京人的特点，如男人普遍会做饭，不少人还做得一手好饭，而且仍保持着较为鲜明的北京风味等。至于他们的精神气质和行为方式，也还保留着一些老北京人的特点。如凡属北京知青，无论现在的身份高低、精神状态如何，总难掩自己的知青本色。这或许是生活的印记在起作用，或许是一种说不清的因素在起作用，总之不好解释，似只可意会而不好言传。

我作为一个平民出身的普通知青，自感京城文化，尤其是京城文化中的市民文化，对我文化性格的形成影响甚大，并部分地体现在自己的作品中。而这种体现，绝不是刻意为之，而是一种自然而然的流露，所以有较深厚的生活气息、较真实的个性存在和较完整的情感依托,所以能得到广大知青读者的认同。我决心在今后的创作中,坚持以延安北京知青文化为主体,以陕北地域文化和京城文化为辅翼,主动汲取多种有益的元素,使自己的作品再上一个新台阶。

◆ 崖畔回声——我的故土情怀

老知青与大学生"村官"

老 周

延安风华北京知青林的名字起得好。这让我想起杜甫"新松高千尺"的典句,想起风华正茂,想起早晨八九点钟的太阳。知青林的名字好,事业发展得也好。近年来,到风华知青林参观的人越来越多,而且参观者的身份各异,最引人瞩目的是那些大学生"村官"。这些"村官"有的来自本地基层乡镇,有的来自外地。他们中有的人刚刚走上工作岗位,有的已经成功起步,做出了可喜的成绩。他们有一个共同之处——年轻,而且充满自信。看到他们意气风发的精神风貌,让我们这些老知青不禁想起我们年轻的时候,想起我们当年的执着,想起我们曾有过的梦想与追求。老知青与"村官",无论是在称谓上,还是在年龄上,好像有些不搭界,但我感到我们之间有某种相似的地方。这些年轻"村官",对我们当年在延安插队的人生经历很感兴趣,他们在与我们的交往中,想从我们的经历中得到一些有益的启示。每当他们对我提出一些问题进行探讨的时候,我不知从何说起,因为毕竟"异代不同时",对很多事情不能作出简单定论。现在，一些人认为，当年风起云涌的上山下乡运动与而今蔚然兴起的大学生"村官"现象，好像存在着一种沿袭关系。这个问题值得研究。但研究时切记牵强附会，必须从实际出发，从中梳理出彼此的异同。

老知青与大学生"村官"，虽然所处的时代不同，但都与农村这个广阔天地结下不解之缘，都以建设社会主义新农村为自己的理想目标，在这一层面上，老知青与"村官"有着高度的一致，而不同之处在于——

老知青插队的时候，正是本该继续求学的时候，却由于时代的潮流和社会的客观因素，不得不中断学业转而插队；而大学生"村官"是以受过完整教育的良好文化优势受到社会的尊重。

老知青插队，旨在接受贫下中农再教育，这种"再教育"，当然包含着许多的内容，我想，主要接受的是世界观的教育；而大学生"村官"则不同，他们一到农村，就处于管理者的地位，他们以自身的优势参与对农村工作的管理，并用这种优势影响着文化相对弱势的村民。

老知青插队的时候，多数人都做好了在农村安家落户一辈子的思想准备；而大学生"村官"已经由组织对他们的未来发展有了一个基本的设计。

老知青插队的时候，靠体力劳动来获取微薄的工分，也就是说，要靠工分吃饭；而大学生"村官"有工薪，还享受着一定的补贴待遇。

老知青插队的时候，延安广大农村还十分贫困落后，而改革开放之后的延安农村，尤其是自大力推进社会主义新农村建设以来，延安农村经济发展迅速。有了这样一个发展的基础，大学生"村官"就能在这样一个基础上更好地施展才华。

当然，还有其他方面的种种的不同。但我以为，正是有了这种不同，才反映出时代的进步。对于这种种进步，为一名老知青除了感到高兴之外，更希望这些年轻"村官"能珍视今天的幸福生活，潜下心来，在农村这个广阔天地创造出更加辉煌的业绩。

大学生"村官"自上世纪90年代出现以来，经过十几年的发展，已遍及全国。据有关方面统计，目前，我国基层农村的"村官"已达20余万人，今后每年还要以4万人的数量增加。除此而外，还有一个既定目标，这就是，要在近5年内，全国每个村庄或社区都能有一位大学生"村官"。当然，这种发展显然是循序渐进的，不像当年知青上山下乡那样一哄而起，因此，让大学生到农村当"村官"更符合科学发展观的要求，更具有持久旺盛的生命力。

大学生"村官"对老知青很尊敬，称我们这些在延安插过队的"老三届"知青为前辈。我不知道我们身上有什么东西值得他们推崇和学习。论身份，他们是天之骄子；论现代知识，他们比我们要优秀得多。我们垂垂老矣，已无任何优势可以称道。但后来通过我们之间的接触，我发现，这些年轻"村官"在老知青身上发现了一种闪光的东西，这就是：无怨无悔、甘于奉献的知青精神。不少大学生"村官"对老知青从事"二度创业"心生敬佩。尤其是当他们参观完由北京知青创办的延安风华北京知青林后，深受感动。他们说："你们年轻时在延安插过队、受过苦；退休后又继续在延安的黄土地上艰苦创业，这种吃苦精神让我们心生敬佩。我们要学习你们这种甘于吃苦、乐于奉献的精神。有了这种精神，才能长期坚持在农村奋斗。"他们还认识到，我们插队时的生产生活条件十分艰苦，就目前在知青林创业的环境和条件，也要比他们所处的环境艰苦的多。

通过双向条件的对比，这些年轻"村官"在这种对比中发现了自己的不足，这就是新时代大学生特有的理性与襟怀。当初，在创建知青林时，我们曾有过一个想法，就是通过知青林这个平台，一是想推动农村经济的发展，为社会主义新农村建设再出一把力；二是传承知青精神，让知青精神融入伟大的延安精神之中，使延安精神在知青林的所在地——南泥湾能发扬光大。没想到，在大学生"村官"身上，我们看到这种精神得到传承，得到彰显。我相信，大学生"村官"的卓越表现，必定会对许多大学生、对广大青年，包括对知青后代都将产生积极的影响。我还想，我们这些老知青年事渐高，行将退出历史舞台，知青林急需充实后备力量。而具有这种条件的，莫过于这些大学生"村官"。我在与他们的交往中，切实看到他们所具有的知识、能力与热情。

我认识一位大学生村官，他叫叶志伟，今年27岁，毕业于广西民族大学，现任延安市宝塔区柳林镇后孔家沟村村委会主任。他在校时就志存高远、好学上进，曾以非凡的毅力，根据未来发展的需要，主修或选修过76门课程，以优异的成绩获得了经济管理和市场营销的双学位。他毕业后，既未留在经济相对发达的广西，也未考虑到国企、外企或其他部门或单位就职，而是义无反顾地回到自己的故乡——延安市柳林镇，在该镇后孔家沟村任村委会主任助理。叶志伟热爱自己的家乡，热爱淳朴好义的乡亲们。他说，与其在外面发展，还不如先把家乡的事情干好。他在农村进步很快，在换届选举中，他由主任助理被选为村委会主任。他的成长与进步，固然与自身的努力有关，更与一位伯乐的发现、培养与提携有关。这位能识千里马的伯乐，就是该村党支部书记崔志海。崔书记是一名资深村干部，他脚踏实地、真抓实干，在叶志伟没有到来之前，该村人均年纯收入已达1.5万余元。

崔志海文化水平并不高，但能力和事业心极强，而且思想开放，工作经验丰富，有胆略、有眼光。当他看准叶志伟是个好苗子后，便重点对他进行传帮带，大胆放手使用，使叶志伟得到快速成长。

后孔家沟自然条件并不好，长期以来，人们广种薄收，倒山种地，一直没有摆脱贫穷。自退耕还林之后，该村抓住机遇，发展山地苹果，在短短几年间，种植规模不断扩大，农民收入不断提高。然而，随着苹果产业规模化发展，出现了销路不畅的问题。正值此时，来了大学生"村官"叶志伟。他认为：本村的山地苹果品质佳、口感好，之所以滞销，主要是宣传力度不够，于是，他主动承担了信息与广告工作。不久，他从网上得知山西晋阳举办全国苹果展销会的信息，认为这是一个极好的机会，于是，他向崔书记提出了让本村的山地苹果参展的建议。在崔书记的支持下，叶志伟在展销会上主动出击，积极展开营销，让藏在深山无人识的柳林山地苹果一下子有了品牌效应。从此之后，后孔家沟，包括柳林镇的苹果开始畅销全国各地。经过发展，目前，宝塔区柳林镇有了"全国山地苹果第一镇"的美誉,后孔家沟村也被誉为"全国山地苹果第一村"。叶志伟也以不俗的表现赢得了村民们的信任,这是他后来全票当选村委会主任的主要原因。

当我问起叶志伟的任职体会时,他说:作为一个年轻村干部,一个大学生"村官",首先不能以自己的知识优势自居,而要充分看到老"村官"们的优势,只有通过双向优势互补,才能形成班子的合力。其次是要将学到的知识转化为生产力。这种转化最有效的办法就是推广科技,只有让村民们掌握了科技,更新了观念,大学生"村官"才算发挥出自己的作用。三是要多做实事,不尚空谈;多出成绩,走共同富裕之路。只有这样,才能赢得群众信任。志伟的这番话,说到了点子上。大学生"村官"经过一段时间的打磨,已经走向成熟。

据崔书记说,柳林镇现在有七名大学生"村官",他们个个表现不俗,在推动农村经济发展中发挥了独特的作用。据了解,现在的大学生"村官"在延安很抢手,哪个村都想要。就拿叶志伟来说,当年是崔书记费了好大的劲才把他要到手的。

崔书记的说法,更触动了我想要大学生"村官"来我们知青林与我们一起创业的念头。因为无论干任何事业,其发展的希望都将寄托在年轻人的身上。

◆ 崖畔回声——我的故土情怀

由知青文化研究说开去

袁福堂

《华圣文化》从 2006 年开始，在刊物中开辟了"知青文化研究"专栏，引起了众多知青和社会各界的关注。该专栏刊登过许多有思想、有见地的好文章；延安从事过知青工作的一些老同志，还有一些专家学者，也从自身的经历和对知青文化研究的角度，在这个专栏发表了不少有价值的文章。这个专栏自开办以来，所刊登的文章我都认真读过，读过之后，也想发点议论，谈点看法，但是，苦于没有精确的资料，也没有对知青这个话题进行深入思考，所以，就把这事给放了下来。

前一段时间，我在《人物传奇》上，读到一个名叫万伯翱的人写的一篇题为《谁能靠老子过一辈子》的文章，其中写到他 1962 年高中毕业后，他的父亲，时任北京市委书记处书记的万里，要他到农村去接受教育和锻炼。并说，他是当时北京干部子弟中下乡的第一人。由此，我想起了邢燕子。当年，她主动要求到农村落户，去接受劳动锻炼。她的事迹很突出，也很感人，但我认为，邢燕子最大的功绩是：开风气之先，引领了一个新潮流。当时，全国的一些报刊对她扎根农村的事迹进行了报道，使她成为青年的楷模。追溯到延安时期，毛主席的长子毛岸英从苏联回国不久，就背上小米到延安县柳林吴家枣园，向边区劳动模范吴满有学习农业生产。用毛主席的话说："岸英还缺少农村这一课，应当补上。"

上一个世纪60年代末，毛主席发出"知识青年到农村去，接受贫下中农再教育，很有必要"的号召后，从1968年的年底开始，就有大批的城市知识青年奔赴边疆和农村插队落户，接受教育和锻炼。

知识青年上山下乡能形成运动，并形成高潮，这与当时中国的政治、经济等诸多因素有密切关系。我记得，1968年国庆节刚过，县上就开大会宣布：北京有一批知识青年要到富县来插队，接受贫下中农再教育；当地的知青也要返乡参加农业生产劳动。从此之后，我发现，机关、学校、街道上贴出的大字报少了，大辩论也销声匿迹了，武斗也结束了。当时作为"当权派"的我，心情可以用两个字来形容，那就是高兴。我意识到，我即使尚未"解放"，但从此可以过上安稳日子。当年，毛主席号召知识青年到农村去，是一个长远的战略构想，还是从当时的国情来考量、是一种权宜之计，我想，这几方面的因素可能兼而有之吧。但是，从一个基层干部的角度来看，我觉得知识青年上山下乡意义重大。

时过境迁，对于知识青年上山下乡运动的评价，见仁见智，各种说法都有，以此为题材的文艺作品也不少。《华圣文化》"知青文化研究"专栏上发表的文章也有百十篇；各级政府组织召开的有关知青的座谈会、研讨会的报道也经常见诸报端；北京知青访问团也常到延安回访。所有这些活动，传达出的信息都是对知青上山下乡所具有的意义给予肯定。党的十八大新当选的政治局常委的简历见报后，很多人从常委们的经历中看到，七名中央政治局常委中的四位有上山下乡的经历，有一位虽然没到农村去，但也被分配到工厂当工人。当年，在延安插队的就有习近平和王岐山。延安人对习总书记比较了解，因为他1969年就到延川县文安驿公社梁家河大队插队，前后待了七年。他在《我的上山下乡经历》一文中说："七年上山下乡的艰苦生活对我锻炼很大，最大的收获有两点：一是让我懂得了什么叫实际，什么叫实事求是，什么叫依靠群众。这是我获益终生的东西；二是培养了我的自信心。"

王岐山曾在延安市宝塔区冯庄插队。他曾经说："到农村插队之后，让我真正体验到了什么叫饥饿。所以，在后来的工作中，无论走到哪里，我都关注农民能不能吃饱肚子。"2009年，在一个知青座谈会上，一位当年也在冯庄插队的知青动情地说："我们有受苦的一面，也有受益的一面。在艰苦的条件下锻炼，必然能练就一些人，如王岐山等。"

再听一听知青们是怎么说的。1971年，我同北京的支延干部一起，带领富县的知青积极分子，出席延安地区召开的知识青年上山下乡积极分子代表大会。在大会交流中，有的知青说，能来到革命圣地延安插队，接受革命传统教育，接受劳动锻炼，我一生无悔。主持大会的延安地区政工组组长戴洁声归纳说，这应当叫青春无悔。此后，"青春无悔"便成了知青们对插队岁月的一种表达。这个说法，很快就在知青中得到传播。

由知青文化研究说开去

2010年,有一位叫天舒的北京知青在《华圣文化》"知青文化研究"专栏上发表了《40年来感沧桑》的文章。全文充满了对延安人民的深厚感情,并言辞恳切地说:他不会忘记延安人民对知青的养育之情,他将自己的插队经历视为是一笔宝贵的人生财富。如果说他对上山下乡运动有不满,或者有怨气,绝不会写出这样富有感情的文章。一位叫陈立胜的同志最早在专栏上写了一篇题为《真情历久方知味,品到心动即成诗》的文章,他以诗一般的语言描述了延安人民的纯朴、善良、热诚、宽厚,以及给他的教育、帮助和关爱。

1994年,我读过一篇关于延安市欢迎北京知识青年回延考察的通讯报道,其中有两句话说得十分深刻准确:"延安是中国革命的圣地,因为养育了一代'老延安'而誉满全球。而今,延安也因为是近28000名北京知青经受锻炼的地方而值得自豪。"这些话语表达了延安各级领导和广大人民群众对知青的心声。说到这里,我对知识青年上山下乡的认识观点也算作了一个表述,但我还要将知青们为延安所作的贡献归纳为以下几个方面。

一、知青们离开首都北京,到农村接受教育和锻炼,生活上、环境上确实艰苦。但是,我们应当看到,只有从艰难困苦中走过来的人,才有攻坚克难的意志和决心。经过艰苦生活锻炼的知青,之所以能成为社会的中坚,这与他们插队经历有关。

二、知青们到农村插队之后,与延安人民一道,发扬自力更生、艰苦奋斗的延安精神,为改变延安贫穷落后的面貌出力流汗。在这个过程中,让他们对农村有了深入的了解。我认为,不懂中国的农村、农业和农民的人,就不可能了解中国。

三、知青们领文明之首,开风气之先,把先进文化和科学技术带到了黄土地，为改变农村生产生活条件起到了潜移默化的作用，为推动延安经济社会的发展做出了积极的贡献。从这个意义上来讲，知青们在接受再教育的同时，也改变了延安广大农村贫穷落后的面貌。

　　四、知青们和当地的农民群众一起相处、共同劳动，结下了深厚的情谊。这种情谊，历久弥坚，已积化成一种亲情。直到现在，知青们以及他们的下一代，仍然十分关注延安的建设和发展，从这一点来讲，延安与知青之间的这种亲情将会积化成一段让人难忘的历史。

[友情链接] 知识青年上山下乡运动，经历了从源起到形成高潮，从渐呈式微到成为遗响这么一个历史过程。在长达近半个世纪的时间里，有关这方面的话题就从来没有消停过。由此，便有了研究知青史的专家和学者，便衍生出知青文学和知青文化。本集所选的这几篇文章，从政治、经济、文化和社会的角度对这场运动进行分析和评论。这些论述，见仁见智，均为一家之言。对于地处陕北的革命圣地延安来说，上一个世纪60年代末，有近28000名北京知青来延安插队，这是对延安产生了深远影响的一个大事件。由于延安在中国革命历史上有着

特殊的地位，又是一个贫穷落后的革命老区，加之来这里插队的知青与兵团、农场、林场有所不同，是真正意义上的插队落户，这就使得一些研究知青史的专家和学者，对来延安插队的这个知青群体有了更多的关注，并从延安红色革命史，以及独特的地域性的结合上，对这个插队群体从历史的角度、红色革命情结以及群体意识等方面作了深刻的分析。延安本土对知青史有研究的一些专家、学者，包括长期从事知青工作的老同志、老领导，以及知青本人，也从自身的经历和感悟中，提炼出具有深刻见地的思想和观点。这些文章，从时代背景、家庭社会、个人素质、乡情民风等多角度来讨论、剖析、探讨知青的成长经历、心路历程，包括延安红色革命文化以及地域文化对知青的影响。所述所论，虽为一家之言，但不乏新鲜深刻的见地。

◈ 后 记

后　记

　　知青文学是新时期以来,盛开在中国文学园地里的一朵奇葩,是中国当代文学的一个重要分支。

　　黄土地知青文学作为知青文学中一个重要的地域现象,以其独特的文化内涵、精神品质和创作风格受到了文学界的关注和广大读者的喜爱。从上一个世纪70年代初,延安曾编辑出版了《我是延安人》、《延河之歌》等知青文学作品,之后,延安及其所属的县区在征集有关知青方面的史料中,也收录了知青在各个不同时期所创作的文学作品。黄土地知青文学早期作品中,呈现出的是悲壮恢弘的理想主义和英雄主义色彩,其思想表达和审美意趣都带有那个时代的痕迹。在知青运动渐呈式微和成为遗响之后,知青文学将关注点放在对插队岁月的追忆和反思中,这些作品具有很强的思辨色彩和深刻的理性思考。作为一个地域所展示出的文学现象,黄土地知青文学最鲜明的特色是具有浓郁的黄土风情和乡土气息。这些作品,像飘荡在高天之下、厚土之上的信天游,苍凉、委婉,有一种抒情意味。从上一个世纪70年代末,以史铁生、陶正、叶延滨、

❈ 崖畔回声——我的故土情怀

梅绍静、高红十等为代表的一批作家和诗人，创作出一大批在文学界引起关注、并深受广大读者喜爱的优秀作品。这些作品，丰富并拓展了黄土地知青文学的创作内容，展现出独具特色的地域文化和浓郁的黄土风情。作为北京知青与延安系列丛书，这部《崖畔回声——我的故土情怀》在编辑中，既收录了黄土地文学具有代表性的作家和诗人的作品，又收录了知青中一些文学爱好者的新作。为了尽可能展示黄土地知青文学的整体面貌，在编辑过程中，还收录了知青在插队时创作的一些作品。这些作品尽管受当时政治语境的影响，但毕竟是知青们昔日唱出的歌谣，是一代人曾唱响的理想之歌。

黄土地知青文学对于陕北本土的文学创作具有奠基和引领意义。从北京知青与延安丛书中可以清晰地看到，北京知青到陕北插队，使京城文化和黄土风情文化得到交融。知青文学影响并助推了陕北本土文学的发展。《崖畔回声》作为北京知青与延安丛书的其中一卷，所收录的文学作品不仅能让老知青们得到一种青春的回忆，而且另外收录的几篇研究知青史和知青文化的文章，也能让读者看到知识青年上山下乡运动的历史脉络和对知青文化研究的新成果。

北京知青与延安丛书编委会

2014 年 11 月 10 日

总后记
经霜乔木百年心

　　六卷本的北京知青与延安丛书终于出齐了。瞅着这套散发着油墨清香的丛书,摩挲着样书精美的封面,让人感觉像触摸到一段远逝的岁月,像手捧着一代知青寄放在黄土地上的心灵包裹。掩卷沉吟间,我想起一位情系陕北的外乡人在一篇赋词里的吟唱——"天之高焉,地之古焉,唯陕之北,情魂系焉"。一个"情"字、一个"系"字,将萦怀于心、相思难表,"此心安处是故乡"的意绪表达得精准而透彻。

　　北京知青来延安插队已四十六年,四十六年的时光,足以让一本贮藏于箱底的青春日记的纸页变脆泛黄;四十六年的岁月,也能让一棵幼苗长成壮硕高大的乔木。当一代风华学子青春不再、韶华已逝,经历过人生沧桑回忆以往岁月时,这种回忆便有了更深刻的蕴意。这套丛书的字里行间,饱含着五味杂陈的人生滋味,书中所讲述的这些或豪迈、或悲壮、或苍凉、或喜悦的青春故事,所追忆的那段用青春的汗水和泪水浸润过的难忘岁月，在为我们还原了老知青们当年在延安插队时的历史场景的同时，也为那个时代的青春作了鲜活诠释。人生有代际，世事不相同。每一代人都有属于自己的青春。青春之所以在整个人生中显得弥足珍贵，就在于它是人生最具希望和憧憬的时期，是想干一切事敢干一切事的冲动期。这种冲动能够奠定人的一生里程，也足以让人终生回味无穷。

陕北地接边荒，地瘠民穷。而正是在这样一个荒凉偏僻的区域里，以毛泽东为代表的中国共产党人在这里演绎了一部改天换地、扭转乾坤的伟大传奇。有着这样一份历史荣耀、浸润过英烈的鲜血、有着丰厚的红色革命历史文化积淀的陕北，在1969年那个多雪的冬天，又接纳了来自京华的近28000名风华学子。当他们从繁华的首都北京来到偏远荒凉的陕北穷山沟之后，理想的天空与现实土地的反差之大，令这些刚出校门、初涉人世的年轻学子在困惑迷茫中，看到了一个真实的中国农村社会。接受过那个时代主流价值观教育的广大知青，在心中的理想主义、英雄主义情结与现实的积弱贫穷的碰撞中，也感受到这块土地所散发出的一种人性温暖，感受到陕北地域文化和红色革命历史文化所培育出的陕北民众性格里具有的包容、豁达、友爱、悲悯、果敢等优秀品质。而更让一代知青感受深刻的是，这块贫瘠荒凉的地域，又恰恰是一块能砥砺人心志的精神沃壤。他们志存高远、忧念天下的理想主义情怀与这块浸润过英烈鲜血的土地有一种天然的契合。北京知青一到延安就被分散到了各个村子和群众家中，他们从此成为当地群众家中的一员，在与群众朝夕相处中，他们切身感受到了陕北农民的喜怒哀乐、生活的艰辛和为生存而不屈不挠、坚忍不拔的意志

总后记 经霜乔木百年心

力。日积月累,他们理解了农民,理解了农村,也渐渐读懂了中国。这为他们后来步入社会、贡献社会奠定了基础,也为他们的人生添上了浓墨重彩的一笔。在"苦心志、劳筋骨、饿体肤"的青春历练中,在严酷的自然环境里,他们闯过了劳动、生活、思想等重重关口,真正体验到了稼穑之苦,懂得了人生的衣食之难。人生严酷的风霜雨雪成就了他们的人生观和世界观。当这一切都化成了自己青春的深厚积淀之后,那曾经历过的磨难,从逆境中走过来的青春,都变成了人生的一种资本。这种资本,为知青的青春履历打上了特别的徽记,也成了他们取之不尽、用之不竭的精神财富。这套丛书在相继出版之后,之所以能在广大知青中引起强烈的共鸣,之所以能在读者中引起反响,书中的一些篇章之所以能被媒体和报刊转载,这与知青在追忆他们在延安插队时的人生经历中,所抒写出的人间正道、所传递出的精神正能量密切相关。这样的人间正道和精神正能量,给活在当下,因物质膨胀而引发心灵焦虑的芸芸众生,尤其是年轻一代,提供了一种由记忆来唤醒精神的诊疗法。正像《光明日报》于去年8月,整版刊发的对丛书前两卷的评论所说的那样:知青不仅仅是一代人的记忆,一个年代的符号,其实也在动态地影响着我们的社会进程,而对它的解读与反思,也已汩汩地流入我们的文化心理。

我也是一名当地插队知青。虽然我与延安北京知青不在一处,但他们对我的影响,包括我从他们身上直接或间接所获取的裨益良多。这些来自首都北京的风华学子,当年身上所洋溢的青春气息,所展现出的"腹有诗书气自华"的精神气质,让我们这些在陕北本土成长起来的青年心生仰慕。1977 年,我考

◈ 崖畔回声——我的故土情怀

入大学，我们班里就有9名北京知青。他们勤奋好学、视野开阔、思想活跃。其时，学校所开设的学科基本上还沿用过去的老专业，而思想敏锐的知青同学已经看到一个开放的中国即将来临。于是，以他们为首向学校提出了发展史上十分重要的两条建议：一是增设西方经济课程；二是将过去的政治理论系更改为经济系，将国外先进的经济模式和先进的经济管理理念引进来。这些建议，在当时的认识水平下，堪为目光深远。西北大学之所以出现"经济系77级现象"，其中很重要的一个原因就在于学科建设的创新以及在北京知青影响下，同学之间形成的"互相轩邈，负势竞上"的积极进取的良好氛围。及至后来在延安参加工作，我与知青的交往更多。他们身上所保持的良好的精神追求，所展现出的奋发向上的人生状态，以及处事有则的端方品格和情系百姓的平民情怀，每每令我感动。而最令我钦敬与感念的是，知青们与延安人民在那样一个年代所结下的情谊，在岁月的流逝中更加显得弥足珍贵。平时在基层经常能听到当年与知青们在一起劳动生活过的村民们的真情讲述。他们会如数家珍地指着村前的坝地、山上的梯田和林木，叙说着与知青在一起度过的难忘岁月，有时还领着我到知青为村上修的石桥、学校和水井前去观看。"娃娃们插队时可把罪受了。我们在一个锅里搅稠稀，一口水井里挑水吃。临了，这些娃娃们还不忘咱这山沟沟，隔三岔五回来看一看，不知为咱村上办了多少好事。"每次听到这些上点年纪的村民还亲昵地将知青称作"娃娃们"，每次听到这语出肺腑的真情讲述，我的心中有万般感慨，总是不能平静。

这是北京知青与黄土地凝成的一段岁月。这段岁月在这套

◈ 总后记　经霜乔木百年心

丛书充满深情而质朴无华的叙述中被还原，在一张张泛黄的老照片中得以再现。在这种还原与再现中，我们聆听到老知青与延安父老乡亲隔着时空在互诉衷情，我们看到了窑洞、炊烟、田野和青春的身影勾勒出一组组亲切而又熟稔的乡土场景。知青们在延安的黄土地上经受了严酷的人生磨砺，但也获得了丰沛的精神滋养。作为对土地的一种反哺，他们以寸草感念春晖的情义，领文明之首，开风气之先，在插队期间，将知识的甘霖和文明的种子，播洒在这块土地上，使闭塞的黄土地受到现代文明的洗礼；在离开延安之后，他们又将对延安的眷恋积化成一种故土情结。第二故乡经济社会的发展、年成的丰歉、雨涝天旱，无不让他们牵挂在心。延安的历届领导班子，都十分珍视知青在延安插队的这段历史，并将这段历史视为是延安红色革命史的一部分。从上一个世纪90年代以来，北京与延安都相继成立了以联结知青与延安情谊为主旨的联谊会。延安作为知青的"娘家人"，早已将知青视为是延安儿女。延安的各级领导和父老乡亲，不仅时刻关注着离开延安的知青，对至今还留在延安的一些知青更是关爱有加。为了真实地记录这段历史，从上一个世纪70年代初，延安就整理出版了《北京知青在延安》、《延河之歌》等书籍，之后，又相继编撰和拍摄了以记录知青在延安插队历史为主旨的图书、画册和电视专题片。为了更准确、更翔实、全方位地记录北京知青在延安插队，包括"后知青时代"京延两地由知青和延安父老乡亲用情感续写成的这段历史，延安从2013年开始，广泛征集相关资料，发布征稿启事，专门成立了北京知青与延安丛书编委会，就丛书编纂的主旨、内容、体例进行了专题研究。在卷帙浩繁的史料中，要钩沉梳理出如此宏富的著述，一要有眼光，二要有耐心，而更为重要的是，要让收录书中的每一篇文稿、每一帧图片、每一则日记和书信，都能携带着那个时代特有的气息，反映出那个时代的话语语境。这样的编纂主旨，既符合老知青们的一种集体心理，又为读者客观准确地还原了历史的现场。陕西省委常委、延安市委书记姚引良为丛书作了总序，延安各县区，包括当年隶属延安地区的宜君县，为丛书的编纂提供了丰富的资料。在此期间，丛书编委会的同志，以对这段历史高度负责的精神，认真编审每一篇文稿、每一则日记、每一封书信，包括每一帧图片和载入大事记中的每一则记事。尤其令人感念的是，丛书在编纂过稿中，得到广大知青的热情响应，不断来稿来电话给了编委会以最大支持。特别是全国人大副委员长王晨专门接见了编委会成员，就丛书的编纂及出版提出了重要意见。作为这套丛书的出版单位，中央编译出版社为了这套散发着黄土气息、蕴含着一代知青的青春梦想、寄寓着老知青与延安人民深厚情谊的丛书能按时出版发行，从审读到编排，从校对到印刷，付出了心血与汗水。这一切，都应当以墨作记。

　　一套丛书，记录了一段难忘的岁月；一套丛书，让宝塔山与金水桥的距离拉得更近。品味历史，温故知新。能让读者从这套堪称一代知青的心灵史、精神史的丛书中聆听到历史的回声，能在老照片为我们展现出的时间遗址前流连沉思，这对于编纂者来说，是一种莫大的欣慰。对于我们的后人来说，期盼他们从鲜活的故事中读懂历史的沉重，从如烟的往事中理解人生的艰辛，从走过的踪迹中获取一种精神的力量，在人生的征

◈ 总后记 经霜乔木百年心

程中一路前行。

  谨以此献给曾在延安插队的所有北京知青。

    中共延安市委副书记、延安市人民政府市长　梁宏贤

图书在版编目(CIP)数据

崖畔回声：我的故土情怀／北京知青与延安丛书编委会主编.
—北京：中央编译出版社，2015.2
（北京知青与延安丛书）
ISBN 978-7-5117-2566-0

Ⅰ.①崖…
Ⅱ.①北…
Ⅲ.①诗集－中国－当代　②散文集－中国－当代
Ⅳ.①I217.1

中国版本图书馆CIP数据核字（2015）第029260号

崖畔回声：我的故土情怀

| 出　版　人：刘明清 |
| 责任编辑：薛迎春 |
| 责任印制：尹　珺 |
| 出版发行：中央编译出版社 |
| 地　　址：北京西城区车公庄大街乙5号鸿儒大厦B座（100044） |
| 电　　话：（010）52612345（总编室）　　（010）52612336（编辑室） |
| 　　　　　（010）52612316（发行部）　　（010）52612317（网络销售） |
| 　　　　　（010）52612346（馆配部）　　（010）55626985（读者服务部） |
| 传　　真：（010）66515838 |
| 经　　销：全国新华书店 |
| 印　　刷：北京华联印刷有限公司 |
| 开　　本：787毫米×1092毫米　1/16 |
| 字　　数：291千字 |
| 印　　张：27 |
| 版　　次：2015年2月第1版第1次印刷 |
| 定　　价：75.00元 |
| 网　　址：www.cctphome.com　　邮　箱：cctp@cctphome.com |
| 新浪微博：@中央编译出版社　　　　微　信：中央编译出版社（ID: cctphome） |
| 淘宝店铺：中央编译出版社直销店（http://shop108367160.taobao.com） |
| 　　　　　（010）52612349 |

本社常年法律顾问：北京市吴栾赵阎律师事务所律师　　闫军　　梁勤
凡有印装质量问题，本社负责调换，电话：（010）55626985